À PROPOS DE L'AUTRICE

Michelle Smart est une habituée des listes des meilleures ventes de *Publishers Weekly*. Fervente dévoreuse de romance depuis son plus jeune âge, elle a à coeur d'écrire des histoires d'amour exceptionnelles, portées par des héros hors du commun.

Sur ordre du prince

★

L'héritier secret des Kalliakis

★

Quand l'amour fait loi

MICHELLE SMART

Sur ordre du prince

Traduction française de
ÉLISABETH MARZIN

HARLEQUIN

Titre original :
TALOS CLAIMS HIS VIRGIN

Ce roman a déjà été publié en 2017

HARPERCOLLINS FRANCE
83-85, boulevard Vincent-Auriol, 75646 PARIS CEDEX 13
Service Lectrices — Tél. : 01 45 82 47 47 - www.harlequin.fr
ISBN 978-2-2804-7223-4

Composé et édité par HarperCollins France.
Imprimé en avril 2022 par CPI Black Print (Barcelone)
en utilisant 100% d'électricité renouvelable.
Dépôt légal : mai 2022.

FSC
www.fsc.org
MIXTE
Papier issu de sources responsables
FSC® C159065

Pour limiter l'empreinte environnementale de ses livres, HarperCollins France s'engage à n'utiliser que du papier fabriqué à partir de bois provenant de forêts gérées durablement et de manière responsable.

1

Talos Kalliakis se massa la nuque. Les paroles du médecin lui avaient glacé le sang.

Astraeus Kalliakis — le roi d'Agon, leur grand-père — était condamné. Il regarda ses deux frères. Un immense chagrin se lisait sur leur visage. Helios, l'aîné et l'héritier du trône, prit une profonde inspiration.

— Il faut avancer la célébration du jubilé.

La nation se préparait à célébrer le cinquantenaire du règne d'Astraeus, et le début des festivités était prévu pour la fin de l'été, six mois plus tard. Or d'après le cancérologue, le roi ne vivrait pas jusque-là. Talos s'éclaircit la voix. Jamais il n'avait eu la gorge aussi nouée.

— Je suggère de nous concentrer sur le gala et d'annuler le reste des manifestations.

— D'accord, acquiesça Theseus, le cadet. Il faudrait l'avancer à avril. Dans trois mois. C'est un peu juste, mais à nous trois et avec l'aide des courtisans, nous pouvons organiser un hommage digne de ce nom.

Plus tard, leur grand-père risquait de ne plus être là. Deux mois de chimiothérapie lourde réduiraient ses tumeurs et lui feraient gagner un peu de temps, mais cela ne le guérirait pas. Il était trop tard pour ça.

Deux mois plus tard

Talos Kalliakis traversa l'arrière du Théâtre de la Musique, qui accueillait en résidence l'Orchestre national de Paris. Le papier peint défraîchi se décollait par endroits, la moquette était usée jusqu'à la corde et il y avait des traces d'humidité au plafond... Pas étonnant que le bâtiment soit menacé de démolition. De toutes les salles de spectacle qu'il avait eu l'occasion de voir au cours des deux derniers mois, c'était de loin la plus décrépite. Mais il n'était pas là pour le cadre. Il était venu sur un coup de tête, après avoir été déçu aussi bien par les violonistes des autres grands orchestres de France que par ceux de Grèce, d'Italie, d'Espagne et d'Angleterre. Or, le temps pressait.

Ce qu'il avait envisagé comme une tâche aisée s'était transformé en épreuve d'endurance. Il recherchait un ou une interprète capable de l'émouvoir autant que le faisait sa grand-mère quand elle était encore en vie. Il ne prétendait pas avoir l'oreille musicale, mais il reconnaîtrait l'objet de sa quête dès qu'il l'entendrait. Il le savait. L'artiste en question aurait alors l'honneur de jouer la dernière composition de sa grand-mère, accompagné de son orchestre, au jubilé de son grand-père. Il avait hâte que sa quête aboutisse. Une petite voix intérieure lui soufflait de choisir n'importe qui. Tous les musiciens qui avaient auditionné pour lui jusque-là étaient d'excellents interprètes à la technique irréprochable. Sauf qu'ils n'avaient pas touché son cœur. Or, pour une fois, c'était son cœur qui devait guider sa décision, et non sa raison. Car pour le jubilé du roi d'Agon, il se devait de trouver quelqu'un d'exceptionnel. Son grand-père ne méritait pas moins. La mémoire de sa grand-mère non plus.

Accompagné du directeur musical de l'orchestre, d'une assistante et de son propre assistant qui lui servait d'interprête, Talos suivit un couloir étroit. Il avait l'impression de se trouver dans une version sombre, presque souterraine, du labyrinthe végétal dans le parc du palais d'Agon. Les violonistes attendaient alignés en coulisse, tandis que les autres musiciens de l'orchestre étaient assis dans la salle au cas où il souhaiterait les entendre également. Lui-même serait déjà installé au premier rang si des travaux n'avaient pas obligé son chauffeur à le déposer derrière le théâtre plutôt que devant. En avançant, il pensa aux mille autres choses qu'il avait dû laisser de côté depuis deux mois. Avocat d'affaires, il supervisait l'intégralité des ventes, fusions et rachats d'entreprises liés à l'empire industriel qu'il avait créé avec ses frères. Theseus, le cadet, avait repéré une start-up qui recherchait un investisseur. Si les prévisions étaient correctes, la mise de fonds quadruplerait en moins de deux mois. Cependant, Talos avait des doutes sur l'honnêteté des petits génies informatiques qui avaient fondé la société en question… Alors qu'il passait devant une porte fermée, ses pensées furent interrompues par des notes de violon. Il s'immobilisa, levant une main pour réclamer le silence et colla son oreille au battant. Oui, il avait bien entendu… Le seul morceau de musique classique dont il connaissait le titre.

La gorge nouée, il tourna la poignée avec précaution pour ne pas déranger l'artiste qui jouait et entrouvrit la porte. Quelques centimètres suffirent. La mélodie l'enveloppa, réveillant des souvenirs doux-amers. Il avait sept ans quand ses parents étaient morts. Pendant les jours qui avaient suivi leur décès, avant que ses frères ne reviennent d'Angleterre où ils étaient en pension — et où il les rejoindrait un an plus tard —, il était resté inconsolable. La reine Rhea Kalliakis, sa grand-mère adorée, avait apaisé son chagrin à sa manière. La seule qu'elle connaissait et la plus efficace. Chaque soir, elle venait dans sa chambre, s'asseyait sur son lit et jouait *La Méditation de Thaïs*, pièce pour violon solo extrait de l'opéra *Thaïs*, de Jules Massenet. Il n'avait plus pensé à ce morceau depuis plus de vingt-cinq ans. Aujourd'hui, le tempo était plus lent que lorsque sa grand-mère l'interprétait, mais la magie était la même. Déchirante et apaisante à la fois, la musique versait un baume sur les plaies de son âme.

Oui, ce violoniste avait cette qualité de jeu indéfinissable qu'il recherchait en vain depuis deux mois.

— C'est lui que je veux, déclara-t-il.

Son interprète traduisit aussitôt pour le directeur et son assistante. Cette dernière le considéra un instant comme pour s'assurer qu'il parlait sérieusement, puis son visage s'éclaira et elle ouvrit grand la porte d'un geste enthousiaste. Dans le coin de la pièce, le violon encore appuyé sur la clavicule, mais l'archet baissé, se tenait une jeune femme grande et mince, pétrifiée comme un lapin pris dans la lumière des phares d'une voiture.

Au souvenir de son regard, Amalie tressaillit. Jamais elle n'avait vu des yeux aussi perçants. Fixés sur elle et la clouant sur place… tels deux rayons laser. Lorsqu'elle sortit du théâtre et se retrouva sur le parking couvert de neige fondue, elle frissonna de nouveau. Resserrant les doigts sur la poignée de son étui à violon — il fallait vraiment qu'elle fasse réparer les sangles —, elle baissa son bonnet à rayures rouges et grises sur ses oreilles.

Une longue voiture noire aux vitres teintées traversa le parking et s'arrêta à sa hauteur. La portière arrière s'ouvrit et un géant en descendit. Un géant qui n'était autre que Talos Kalliakis, constata-t-elle, le premier instant de confusion passé. Ses yeux étincelants — étaient-ils marron ? — se posèrent sur elle pour la seconde fois en une heure. Tout aussi terrifiants et électrisants que la première. Peut-être même davantage… Lorsque la porte de la salle d'exercice s'était ouverte brusquement et qu'elle avait vu tous ces visages tournés vers elle, elle avait eu envie de rentrer sous terre. Elle ne s'était pas inscrite à l'audition, mais on lui avait demandé d'être présente au cas où l'orchestre serait appelé à jouer. Elle avait décidé de se tenir à l'écart dans cette salle. Présente mais cachée. Ces yeux… Ils étaient restés fixés sur elle pendant si longtemps qu'elle avait eu l'impression que les secondes avaient cessé de couler, la piégeant pour une éternité. Puis, sans un bonjour ni un au revoir, l'homme avait disparu. Elle n'avait pas eu le temps de prendre conscience de sa taille. Or, elle avait beau être grande pour une femme — un mètre soixante-douze —, Kalliakis la dominait de très haut. Et même son épais manteau ne parvenait pas à dissimuler sa silhouette athlétique. Ses épais cheveux de jais, un peu trop longs et légèrement ébouriffés, bouclaient sur le col de son pardessus. Une barbe naissante aussi noire et drue que ses cheveux recouvrait sa mâchoire carrée. Malgré l'élégance de sa tenue, jusqu'à ses chaussures certainement cousues main, le charme qui émanait de lui avait quelque chose de sauvage. La gorge d'Amalie s'assécha. Il semblait dangereux. Terriblement dangereux. Et la cicatrice qui divisait un de ses sourcils achevait de lui donner un côté voyou.

Talos Kalliakis franchit en quelques enjambées la distance qui les séparait et tendit la main sans l'ombre d'un sourire.

— Amalie Cartwright, je suis enchanté de vous rencontrer, déclara-t-il dans un anglais parfait.

Comment savait-il qu'elle était bilingue ? Et pourquoi était-il aussi grand ? Il mesurait au moins un mètre quatre-vingt-dix… Déglutissant avec difficulté, Amalie fit passer son étui à violon dans sa main gauche pour tendre la droite. Qui fut aussitôt engloutie par une grande main ferme et hâlée dont elle sentit la chaleur à travers la laine de ses gants.

— Monsieur Kalliakis, murmura-t-elle en se dégageant.

— J'aimerais que vous m'accordiez toute votre attention. Montez en voiture, s'il vous plaît.

« J'aimerais que vous m'accordiez toute votre attention » ? Si la voix riche et profonde de Kalliakis n'était pas aussi troublante, l'arrogance de ses propos l'aurait sans doute fait pouffer… Mais c'était un prince, se rappela-t-elle soudain. S'attendait-il à ce qu'elle fasse la révérence ?

Elle se racla la gorge et recula d'un pas.

— Excusez-moi, monsieur, mais je ne pense pas que nous ayons quoi que ce soit à nous dire.

— Je vous assure que si. Montez dans la voiture. Il fait trop froid pour discuter dehors.

— Si c'est au sujet du solo, j'ai expliqué à votre assistant que j'avais déjà un engagement pour le week-end du gala. Si le message ne vous a pas été transmis, j'en suis navrée.

L'assistant en question n'avait d'ailleurs pas masqué son effarement quand elle avait décliné sa proposition. Quant au directeur musical de l'orchestre et à son assistante, ils avaient dardé sur elle un regard suppliant sans oser toutefois intervenir.

— Le message m'a bien été transmis, *despinis*. C'est ce qui m'a poussé à revenir de l'aéroport pour vous parler, précisa Kalliakis sans masquer sa contrariété. Vous allez devoir annuler votre engagement. Je souhaite que vous jouiez au gala organisé pour le jubilé de mon grand-père.

— J'aimerais pouvoir le faire, mentit-elle sans ciller.

Depuis toujours, elle avait l'habitude de se colleter

avec de fortes personnalités. A commencer par sa mère, la plus forte de toutes...

— Mais c'est impossible. Je ne peux pas me dédire.

Kalliakis fronça les sourcils, avec l'air d'un homme qui n'avait jamais entendu prononcer le mot « non ».

— Vous avez bien compris qui est mon grand-père et ce que représente ce gala pour votre carrière ?

— Oui, votre grand-père est le roi d'Agon... et je suis consciente que c'est un grand honneur d'être sélectionnée pour jouer à son jubilé...

— Devant la majorité des chefs d'Etat de la planète, qui seront présents...

— Mais il y a beaucoup d'autres violonistes dans l'orchestre, poursuivit-elle comme s'il ne l'avait pas interrompue. Si vous les auditionnez, comme vous l'aviez prévu, vous verrez que la plupart ont beaucoup plus de talent que moi.

Que ce gala allait être un événement marquant, elle le savait, bien sûr. Ses collègues instrumentistes ne parlaient plus que de ça depuis des semaines. Tous les orchestres d'Europe avaient été informés que le prince Talos Kalliakis recherchait un violoniste soliste. La veille, la confirmation de sa venue pour une audition des violonistes de l'Orchestre national de Paris avait provoqué une ruée de toutes les musiciennes vers les instituts de beauté et les salons de coiffure de la capitale. Car les trois princes d'Agon étaient considérés comme les célibataires les plus convoités du moment. Et les plus séduisants. Pour sa part, sachant qu'elle n'auditionnerait pas, Amalie ne s'était pas jointe à la ruée. Et si elle avait su que Talos Kalliakis écoutait derrière la porte pendant qu'elle s'exerçait, elle aurait fait autant de fausses notes que possible. Il était impossible — tout à fait impossible — qu'elle joue en solo devant le monde entier. Inenvisageable. Le seul fait d'y penser lui donnait des sueurs froides.

Le vent était de plus en plus glacial. Elle recroquevilla ses orteils à l'intérieur de ses boots, qui prenaient l'eau. L'arrière de la voiture du prince semblait très confortable et il devait y faire bien chaud. Mais elle n'aurait pas l'occasion de le vérifier.

— Excusez-moi, monsieur, mais il faut que je rentre chez moi. Nous avons un concert ce soir et je dois être de retour ici dans quelques heures. Je vous souhaite bonne chance pour trouver votre soliste.

Les traits de Kalliakis s'adoucirent imperceptiblement, mais son regard resta dur. Elle ne s'était pas trompée. Ses yeux étaient marron, avec des reflets dorés.

— Nous en reparlerons lundi, *despinis*. D'ici là, je vous suggère de bien réfléchir à ce que vous perdez en refusant de jouer ce solo.

— Lundi, c'est notre jour de congé. Je serai là mardi si vous souhaitez me parler, mais nous n'aurons rien de plus à nous dire.

— Nous verrons. Oh… et lors de notre prochaine rencontre, je vous saurais gré de vous adresser à moi en me donnant mon titre. Votre Altesse.

Amalie ne put s'empêcher de sourire.

— Mais, *monsieur,* nous sommes en France. C'est une république. Et même à l'époque où c'était un royaume, « monsieur » était le titre que l'on donnait aux princes de la famille royale. Je m'adresse donc à vous de manière tout à fait correcte. Je vous rappelle cependant ce qui est arrivé à ceux qui se targuaient d'avoir du sang royal : on leur a coupé la tête.

Amalie s'assit à sa place, au deuxième rang à partir du fond, au milieu des autres seconds violons. A l'écart des projecteurs. Ce qui lui convenait parfaitement. Tandis qu'elle attendait que Sébastien Cassel, le chef d'orchestre invité, batte les deux premières mesures silencieuses précédant le début de l'exécution, elle fut parcourue d'un étrange frisson. Elle promena son regard sur la salle. Les prévisions de la direction se révélaient justes : les sièges étaient à moitié vides. Combien de temps cela pourrait-il encore durer ? Paris était une ville de culture, riche depuis des siècles de nombreux orchestres prisés par le public. Mais il était vrai que l'Orchestre national de Paris était le seul à être en résidence dans un endroit aussi miteux. Autrefois prestigieux, le Théâtre de la Musique avait perdu sa splendeur. Des années de négligence et de sous-investissement l'avaient conduit au bord de la faillite.

Alors qu'Amalie continuait d'observer la salle, un spectateur à la silhouette imposante, assis à l'orchestre, attira son attention. Elle plissa les yeux pour mieux le voir, mais son cœur battait déjà la chamade, ne lui laissant aucun doute. C'était le prince Talos. Elle déglutit avec difficulté. Il y avait chez cet homme quelque chose qui lui donnait envie de prendre ses jambes à son cou, comme si une centaine de projecteurs étaient braqués sur elle. La force qui émanait de lui, sa beauté à couper le souffle, la cicatrice qui lui fendait le sourcil, cette voix profonde qui l'avait troublée au plus profond d'elle-même...

Juliette, la musicienne assise à côté d'elle, lui donna un coup de coude. Sébastien les regardait, la baguette levée. Amalie reporta son attention sur la partition posée devant elle et mit son violon en place en priant pour que ses doigts veuillent bien fonctionner. D'ordinaire, se trouver à l'avant-dernier rang d'un orchestre de quatre-vingts musiciens lui donnait le sentiment d'être invisible. Une tête parmi d'autres, bien à l'abri de la lumière. Car elle ne supportait pas d'être sous les feux des projecteurs. Pire, ça la terrorisait. Depuis l'âge de douze ans, elle faisait tout pour l'éviter. Certes, elle n'avait pas vu distinctement le prince Talos. En fait, elle n'était même pas certaine que c'était lui, mais elle ne pouvait s'empêcher d'avoir l'impression que quelqu'un dans le public avait les yeux rivés sur elle.

Talos attendait la fin du concert. L'orchestre, très professionnel, jouait avec un tel panache que même le spectateur le plus inculte en musique serait en mesure d'apprécier. Mais il n'était pas là pour la musique.

Après la fin du concert, il avait rendez-vous avec le directeur de ce théâtre délabré. A l'origine, soulagé d'avoir enfin trouvé ce qu'il cherchait, il avait prévu de reprendre l'avion pour Agon afin de rendre visite à son grand-père. Mais l'insoumission d'Amalie Cartwright l'avait obligé à modifier ses projets. A la voir jouer, il était difficile de croire qu'elle s'était montrée aussi insolente. Son visage fin au nez droit parsemé de taches de rousseur donnait l'illusion d'une jeune femme délicate et fragile. Illusion renforcée par sa minceur extrême. Elle avait cette élégance caractéristique qui semblait innée chez de nombreuses Parisiennes. C'était déjà évident tout à l'heure, alors que sa chevelure cuivrée était cachée sous un bonnet de laine peu flatteur. Seulement, les apparences étaient trompeuses. Elle avait non seulement refusé de jouer le solo au jubilé de son grand-père — ce qui en soi était déjà une offense envers la dynastie des Kalliakis —, mais en ironisant sur la décapitation de la famille royale française, elle avait dépassé les bornes. Amalie Cartwright exécuterait ce solo. Il ne lui laisserait pas le choix.

Ce que Talos Kalliakis voulait, il l'obtenait. Toujours.

2

Lorsque le bruit de la sonnette retentit, Amalie enfouit sa tête sous son oreiller. Elle n'attendait ni visite ni livraison, et sa mère n'aurait jamais l'idée de venir à l'improviste si tôt le matin. Avant midi, c'était la nuit pour elle. Quant à son père, il était en tournée en Afrique du Sud. Quiconque voulait la voir devrait donc revenir plus tard. Le tintement reprit, accompagné cette fois de coups frappés à la porte. Jurant en anglais et en français, Amalie se leva, enfila un peignoir par-dessus son pyjama et descendit l'escalier pour aller ouvrir.

— Bonjour, *despinis*.

Amalie peinait à y croire. Le prince Talos se tenait devant elle.

— Qu'est-ce que… ?

— Je vous ai dit que nous discuterions aujourd'hui, lui rappela-t-il avec le plus grand calme en passant devant elle.

— Excusez-moi, mais vous ne pouvez pas entrer ! Je vous ai expliqué que c'était mon jour de congé. Je vous demande de vous en aller ! s'exclama-t-elle en le suivant dans la maison, qu'il parcourait comme s'il était chez lui.

Il pénétra dans la cuisine.

— Après que nous aurons discuté.

Il posa son attaché-case par terre, son manteau sur une chaise, et s'assit à la table.

— Que faites-vous ? Je ne vous ai pas invité à entrer ! Si vous voulez me parler, vous devrez attendre demain.

— Ça ne prendra que dix minutes.

Amalie s'exhorta au calme en se mordant la joue. Paniquer ne résoudrait pas le problème.

— Si vous ne partez pas immédiatement, j'appelle la police, déclara-t-elle d'une voix qu'elle espérait menaçante.

Son portable était sur sa table de chevet, mais il n'avait pas besoin de le savoir…

— Allez-y, je vous en prie. Le temps qu'ils arrivent, nous aurons terminé notre conversation.

L'estomac noué, elle recula jusqu'à se retrouver dos au mur. Que pourrait-elle prendre en guise d'arme ? Non seulement cet homme était un étranger, mais c'était le plus imposant qu'elle ait jamais rencontré. Et la cicatrice qui lui barrait le sourcil lui donnait décidément l'air encore plus dangereux. Si jamais il lui voulait le moindre mal, elle n'aurait pas plus de chances de s'en sortir qu'une gazelle contre un guépard.

— Vous n'avez aucune raison de vous inquiéter, ajouta-t-il comme s'il lisait dans ses pensées. Je souhaite vous parler, pas vous attaquer.

Le guépard aurait-il prévenu la gazelle qu'il avait l'intention de la dévorer ? Bien sûr que non. Il aurait prétendu qu'il ne l'envisageait pas un seul instant, et dès qu'elle serait assez près de lui… hop ! Amalie chercha le regard de Kalliakis. Bien que froid, il ne contenait aucune agressivité. Elle fut un peu rassurée. Cet homme ne la menaçait pas. Pas physiquement, en tout cas.

— D'accord. Dix minutes. Mais vous auriez dû prévenir de votre visite au lieu de faire irruption chez moi après m'avoir tirée du lit.

Soudain, elle prit conscience de la situation et sa gorge se noua. Kalliakis était rasé de près et habillé impeccablement, alors que, de son côté, elle portait un vieux pyjama en coton sous son peignoir et elle devait avoir une tête à faire peur. L'idéal pour se retrouver en position de faiblesse…

Il consulta sa montre.

— 10 heures. C'est une heure raisonnable pour rendre visite à quelqu'un le dimanche matin.

A son grand dam, Amalie sentit ses joues s'empourprer. Si elle avait très peu dormi, ce n'était peut-être pas son problème, mais c'était de sa faute… Lorsqu'elle s'était couchée, malgré tous ses efforts pour le chasser de son esprit, à chaque fois qu'elle fermait les yeux, l'image de son visage s'imposait à elle. Deux nuits à le contempler derrière ses paupières closes, à regarder ses traits arrogants et séduisants. Terriblement, diaboliquement séduisants.

— C'est mon jour de congé, monsieur. Ce que je choisis d'en faire ne concerne que moi. J'ai besoin d'un café, ajouta-t-elle.

— Je prends le mien noir, précisa-t-il comme si elle lui en avait proposé un.

Sans répondre, elle se dirigea vers la cafetière qu'elle avait préparée la veille et appuya sur le bouton.

— Avez-vous repensé au solo ? demanda-t-il tandis qu'elle sortait deux mugs d'un placard.

— Je vous ai dit que je n'étais pas libre ce jour-là, répliqua-t-elle en versant une cuillère de sucre dans sa tasse.

— Je redoutais cette réponse.

Quelque chose dans le ton de Kalliakis lui donna la chair de poule. L'estomac noué, elle concentra son attention sur la cafetière. L'eau commençait à couler goutte à goutte à travers le filtre, tandis que l'arôme du café se répandait dans la pièce.

— Je vais faire appel à votre sensibilité, déclara-t-il.

— Ah ?

— Ma grand-mère était musicienne.

— Rhea Kalliakis…

— Vous avez entendu parler d'elle ?

— Il n'y a pas un seul violoniste au monde qui ne la connaisse pas. Elle a écrit des œuvres sublimes.

Talos fut touché au plus profond de lui-même. Cette femme ne pouvait pas le savoir, mais ce simple commentaire ne faisait que le conforter dans son opinion. Elle était l'interprète idéale pour le solo. La *seule* interprète possible.

— Elle a achevé sa dernière composition deux jours avant sa mort.

Amalie se retourna pour faire face à Talos.

Comme il l'avait déjà remarqué, elle avait de splendides yeux en amande. Leur couleur lui rappelait la bague de saphir vert que portait sa mère et qui se trouvait désormais dans le coffre du palais d'Agon. Elle y était enfermée depuis vingt-six ans en attendant le jour où Helios choisirait une épouse, à qui elle reviendrait. Leur grand-père étant condamné, ce jour arriverait beaucoup plus tôt que Helios ne l'aurait souhaité : l'héritier du trône devait se marier au plus vite afin d'avoir à son tour un héritier.

La dernière fois qu'il avait vu cette bague, ses parents se disputaient et sa mère venait de repousser son père, se rappela Talos. Deux heures plus tard, ils étaient morts tous les deux. Chassant de son esprit le souvenir de cette nuit tragique, il se concentra sur le présent. Amalie Cartwright était la seule violoniste capable d'exprimer toute l'émotion de la dernière œuvre de Rhea Kalliakis, et par là même d'apporter du réconfort à un homme mourant. Un *roi* mourant.

— Est-ce cette composition que vous souhaitez faire jouer au jubilé de votre grand-père ?

— Oui. Depuis le décès de ma grand-mère il y a cinq

ans, nous avons gardé la partition en lieu sûr sans jamais autoriser personne à la lire. Aujourd'hui, mes frères et moi estimons que le moment est venu pour le monde de la découvrir. Quelle meilleure occasion que le jubilé de mon grand-père ? Et je tiens à ce que ce soit vous qui jouiez le solo.

Talos omit délibérément d'évoquer la maladie de son grand-père. Par décret du roi Astraeus lui-même, la gravité de son état ne serait révélée au public qu'après la célébration du jubilé. Amalie servit le café, s'assit en face de Talos et déclara d'un ton posé :

— Je trouve très touchant l'hommage que vous souhaitez rendre à votre grand-mère. Et c'est un grand honneur d'être choisie pour jouer ce morceau. Malheureusement, et croyez bien que j'en suis désolée, je ne peux pas accepter.

— Pourquoi ?

— Je vous l'ai dit. J'ai un autre engagement.

Talos darda sur elle un regard impérieux.

— Je double votre cachet. Vingt mille euros.

— Non.

— Cinquante mille. Et c'est mon dernier mot.

— Non.

Talos masqua son étonnement. Son regard était très impressionnant, il le savait. Il s'était souvent fixé lui-même dans le miroir pour tenter de saisir l'effet qu'il faisait aux autres, sans jamais y parvenir. Mais c'était un fait, ce regard suffisait à convaincre quiconque en était la cible de lui céder. Les seules personnes qui y restaient insensibles étaient ses grands-parents et ses frères. A chaque fois que sa grand-mère l'avait vu « prendre cet air », comme elle disait, elle lui avait tiré l'oreille. Mon Dieu, comme elle lui manquait… Tout le temps. Mais à part les membres de sa famille, il n'avait jamais rencontré quelqu'un capable d'y résister. Jusqu'à aujourd'hui. Amalie ne cillait pas. Talos poussa un profond soupir et secoua la tête en affichant un air très déçu.

Amalie but une gorgée de café en s'exhortant à rester impassible sous le regard pénétrant fixé sur elle. Toute sa vie, elle avait eu affaire à des personnalités fortes et à des ego démesurés. Cela lui avait appris à masquer ses émotions. Si l'ennemi — et en cet instant, Talos était pour elle un ennemi, elle le sentait — détectait la moindre faiblesse, il attaquait. Et ne jamais laisser l'avantage à son adversaire était vital. Sauf qu'elle n'avait jamais eu autant de mal à rester imperturbable. Jamais. En tout cas pas depuis le jour où, à douze ans, elle avait perdu le contrôle d'elle-même malgré tous ses efforts. La peur et l'humiliation qu'elle avait ressenties ce jour-là, elle les retrouvait aujourd'hui. Il y avait chez cet homme quelque chose qui déclenchait en elle un tourbillon de sentiments particulièrement perturbants... Soudain, Talos récupéra son attaché-case par terre et elle retint son souffle. Renonçait-il ? Etait-il sur le point de s'en aller ? A sa grande déception, il le posa sur la table et l'ouvrit.

— J'ai tenté de faire appel à votre sensibilité, puis j'ai essayé d'éveiller votre convoitise. Je vous ai laissé plusieurs chances d'accepter ma proposition...

Il prit une liasse de feuilles et la lui tendit.

— Voici l'acte de vente du Théâtre de la Musique. Sa lecture vous apprendra que j'en suis le nouveau propriétaire.

Amalie en resta sans voix, totalement abasourdie.

— Souhaitez-vous le parcourir ?

Elle secoua la tête, regardant tour à tour le document et le visage impassible de Talos Kalliakis. Son estomac se noua. Quelles seraient les conséquences pour elle et pour l'orchestre ?

— Comment est-ce possible ? murmura-t-elle.

— J'ai fait mon offre samedi soir. La vente a été signée il y a une heure.

— Mais... nous sommes en France. Le pays de la lenteur administrative...

— Argent et persuasion.

Talos reprit le dossier et le remit dans son attaché-case. Puis il se pencha en avant, approchant son visage à quelques centimètres du sien.

— Je suis un prince. J'ai de l'argent — beaucoup d'argent — et du pouvoir. Beaucoup de pouvoir. Vous feriez bien de vous en souvenir.

Sans la quitter des yeux, il se redressa et but une gorgée de café avant de poursuivre.

— Maintenant que l'affaire est conclue, je m'interroge sur ce que je vais faire du bâtiment et de l'orchestre en résidence. Voyez-vous, mon offre a tellement séduit l'ancien propriétaire qu'il n'a demandé aucune condition à la vente...

Il termina son café et posa son mug sur la table.

— Acceptez de jouer le solo, *despinis,* et j'investirai tellement d'argent dans ce théâtre que la salle sera pleine tous les soirs et que tout Paris ne parlera plus que de votre orchestre.

Il fit une pause.

— Refusez et je le transformerai en hôtel.

Plus besoin de s'interroger sur les conséquences de cette vente... Amalie sentit une vague de colère la parcourir.

— C'est du chantage ! protesta-t-elle d'une voix étranglée.

Il haussa les épaules.

— Appelez ça comme vous voudrez.

— J'appelle ça du chantage ! Et le chantage est puni par la loi.

— Dénoncez-moi. Mais avant de porter plainte, sachez que je bénéficie de l'immunité diplomatique.

— C'est ignoble !

— Oh ! si nécessaire, je peux me montrer plus ignoble encore. Voyez-vous, petit rossignol, j'ai le pouvoir de vous empêcher de jouer jusqu'à la fin de vos jours. J'ai le pouvoir de nuire à votre réputation et à celle de vos collègues au point qu'aucun orchestre — même amateur — ne voudra plus jamais entendre parler de vous.

— Allez-vous-en.

— Ne vous inquiétez pas, petit rossignol, je m'en vais.

Talos consulta sa montre.

— Je reviendrai dans six heures. Ça vous laisse le temps de réfléchir avant de me donner votre réponse.

Il menaçait de briser sa carrière et celles de ses collègues, et il voulait qu'elle réfléchisse avant de lui donner une réponse ? Submergée par une rage violente, elle bondit sur ses pieds et fit le tour de la table. Mais il avait beau être assis, il restait beaucoup plus imposant qu'elle. Poussée par la peur qui se mêlait à sa colère, elle le saisit par le bras comme si elle avait la moindre chance de l'obliger à se lever.

— Je vous ai dit de vous en aller ! hurla-t-elle en tirant de toutes ses forces. Je me moque de votre titre ridicule et de votre immunité diplomatique ! Sortez !

D'un geste vif, il lui saisit les deux poignets et les emprisonna dans une seule de ses mains.

— Il y a donc du feu qui brûle sous cette peau blanche, murmura-t-il. Je me posais la question…

— Lâchez-moi immédiatement ! protesta-t-elle en luttant contre la panique qui s'emparait d'elle.

Celle-ci redoubla lorsqu'il la fit pivoter sur elle-même pour l'asseoir sur ses genoux sans lui lâcher les poignets. Elle lui assena un coup de talon dans le tibia, mais une douleur aiguë vrilla son pied nu. Talos, en revanche, ne parut pas plus affecté que si elle lui avait donné une pichenette. Sa seule réaction fut de refermer son bras libre autour de sa taille pour la maintenir fermement contre lui.

— J'ai l'impression que ce coup de pied a été plus douloureux pour vous que pour moi, commenta-t-il en examinant ses mains. Vous avez de longs doigts très élégants… Maintenant, si je vous lâche, allez-vous vous comporter en personne civilisée ?

Elle tenta de se dégager, mais c'était sans espoir. Elle n'avait pas plus de chance d'y parvenir que si elle était prise dans un piège en acier. Sauf que le bras refermé sur sa taille n'était pas en acier. C'était le bras d'un homme et ce contact était si troublant qu'il en devenait terrifiant…

— Vous me faites peur.

— Je le sais et j'en suis désolé. Je vous lâcherai quand vous m'assurerez que vous avez recouvré votre sang-froid et ne tenterez plus de me frapper.

Curieusement, la voix profonde de Talos l'apaisa et elle cessa de se débattre. Alors qu'elle inspirait profondément, elle huma sans le vouloir un parfum masculin enivrant. Au même instant, elle prit conscience du souffle chaud de Talos dans ses cheveux. Tous ses sens étaient aiguisés, mais elle ne parvenait plus à respirer. Son cœur battait si fort qu'elle avait l'impression que son écho résonnait dans la pièce. Elle sentit Talos se raidir tout entier. Depuis ses cuisses puissantes sur lesquelles elle était assise, jusqu'au bras refermé autour de sa taille, en passant par la main qui emprisonnait ses poignets. En revanche, son souffle ne lui caressait plus les cheveux. Tout à coup, il lui lâcha les mains et la remit sur ses pieds. Les jambes tremblantes, Amalie se sauva à l'autre bout de la cuisine. Elle pouvait de nouveau respirer, mais avec peine. De son côté, Talos se leva nonchalamment, enfila son manteau, enroula son écharpe autour de son cou et referma son attaché-case.

— Dans six heures, *despinis*. Je respecterai votre décision. Mais sachez que si votre réponse reste négative, les conséquences seront immédiates.

Le portable d'Amalie vibra.

Elle décrocha fébrilement.

— Maman ?

— Chérie, j'ai des informations. Même si je n'ai pas réussi à joindre Pierre directement.

Sa mère semblait contrariée. Comme si Pierre Gaskin aurait dû être cramponné à son téléphone au cas très improbable où Colette Barthez, la mezzo-soprano la plus célèbre du monde, chercherait à le joindre.

— D'après sa charmante assistante, qui travaille visiblement le dimanche, il l'a appelée en fin de matinée pour lui annoncer qu'il prenait trois mois de congé.

Le cœur d'Amalie se serra.

— Il a donc bien vendu le théâtre..., constata-t-elle.

Deux semaines plus tôt, Pierre Gaskin — le propriétaire, ou plutôt, selon toute vraisemblance, *l'ancien* propriétaire du Théâtre de la Musique — se demandait encore comment il allait payer la facture du chauffage.

— Ça m'en a tout l'air, chérie. Mais dis-moi, pourquoi le prince Talos a-t-il acheté le Théâtre de la Musique ? Je ne savais pas que c'était un mécène.

— Aucune idée, maman.

Amalie se frotta le front. C'était au moins son dixième mensonge du week-end... Quel pétrin ! Elle n'avait pas expliqué la situation à sa mère. Subir ses commentaires en plus de tout le reste était au-dessus de ses forces. Elle lui avait juste demandé d'utiliser ses relations pour vérifier si le théâtre avait bien été vendu à Talos Kalliakis. A présent, elle avait la réponse, le prince n'avait pas bluffé. En réalité, elle n'avait jamais vraiment pensé que c'était le cas. Si elle avait demandé à sa mère de se renseigner, c'était surtout pour se donner l'illusion d'agir.

— J'ai bien connu son père, le prince Lelantos…

La voix de Colette Barthez se fit rêveuse. Ayant été la confidente de sa mère dès l'âge de douze ans, Amalie savait ce que signifiaient ces intonations nostalgiques.

— J'ai chanté pour lui autrefois. Il était tellement…

Sa mère s'interrompit, cherchant le mot juste.

— … masculin !

— Maman, il faut que je te laisse.

— Bien sûr, chérie. Si tu revois le prince Talos, transmets-lui mon bon souvenir.

— Je n'y manquerai pas.

Amalie éteignit son portable, le posa sur la table et enfouit son visage dans ses mains. Il ne restait plus qu'une chose à faire. Avouer la vérité à Talos Kalliakis.

3

Quand Talos sonna chez Amalie, la porte s'ouvrit aussitôt. Visiblement, elle l'attendait. Son visage était impassible, comme s'il ne s'était absolument rien passé un peu plus tôt. Comme si elle n'avait pas perdu son sang-froid... Sans qu'un seul mot soit échangé entre eux, il la suivit dans la cuisine. Un plateau de pâtisseries et deux assiettes étaient posés sur la table, tandis qu'une cafetière pleine exhalait un arôme de café fraîchement passé. Amalie portait un jean noir et un haut argent à col rond, et sa chevelure cuivrée était attachée en chignon bas sur sa nuque. Elle n'était pas maquillée, et la lumière vive faisait ressortir ses taches de rousseur. De toute évidence, elle s'était rangée à la raison. Ce qui était prévisible. C'était une musicienne professionnelle, il n'aurait jamais dû avoir besoin de recourir au chantage. Mais le temps pressait. Pour le gala. Pour son grand-père. Sa chimiothérapie l'affaiblissait énormément. Certains jours, il n'avait même pas la force de se lever. D'autres fois, quand il se sentait mieux et que son moral était en hausse, il savourait le plaisir de s'asseoir dans le parc du palais pour prendre le soleil. Samedi dernier, Talos avait prévu de rentrer à Agon après les auditions pour passer le dimanche avec son grand-père. Au lieu de quoi, il avait été obligé de rester en France pour négocier — en urgence — l'achat d'un théâtre parisien délabré, tout ça parce que la seule violoniste capable d'interpréter avec âme la dernière œuvre de sa grand-mère se montrait récalcitrante. Personne ne tenait tête à Talos Kalliakis. Personne. Alors, être confronté à la résistance de cette frêle créature le mettait hors de lui. Heureusement, elle avait changé d'avis. C'était tout ce qui comptait. Avec un sourire de satisfaction, Talos s'assit sur la chaise qu'il avait quittée six heures plus tôt.

A vrai dire, il n'avait pas envisagé un seul instant la défaite. Il aurait préféré ne pas être obligé de recourir au chantage, mais il ne restait plus qu'un mois avant le jubilé. Ce ne serait pas de trop pour les répétitions. Il fallait que l'orchestre et elle soient parfaitement au point le jour J. Le bras d'Amalie effleura celui de Talos alors qu'elle posait un mug devant lui. Il se surprit à contempler ses longs doigts fins comme il l'avait fait plus tôt, quand il avait dû retenir ses mains prisonnières. Il avait senti son trouble ce matin lorsqu'elle s'était figée sur ses genoux et avait cessé de respirer. A l'instant précis où lui-même avait eu le souffle coupé par une vague de désir… Il n'avait jamais rien éprouvé de tel. Et voilà que maintenant, en la voyant s'asseoir à la même place que ce matin, il était de nouveau envahi par un désir rampant… Le mois prochain s'annonçait prometteur…

— Monsieur, tout à l'heure vous avez fait appel à ma sensibilité, déclara Amalie.

— Sans succès.

— J'ai mes raisons, que je vais vous exposer en faisant appel à mon tour à votre sensibilité. Tout d'abord, je vous dois des excuses. Je vous ai menti. Je n'ai pas d'autre engagement le week-end du gala.

Elle se mordit la lèvre.

— En réalité, j'ai le trac et ça me paralyse. Littéralement.

Talos secoua la tête avec incrédulité.

— Vous ? Vous, la fille de Colette Barthez et de Julian Cartwright, vous êtes incapable de surmonter votre trac ?

— Vous savez qui je suis ?

Talos croisa les bras.

— Bien sûr. Je me suis renseigné.

Une étincelle de colère illumina les yeux verts posés sur lui. De toute évidence, Amalie Cartwright était loin d'être aussi calme qu'elle voulait le faire croire.

— Votre mère, française, est la mezzo-soprano la plus réputée au monde. Je reconnais que je n'avais jamais entendu parler de votre père avant aujourd'hui, mais c'est apparemment un grand violoniste anglais. J'ai également découvert qu'au début de sa carrière il a joué à Carnegie Hall avec ma grand-mère. Quant à vous, vous étiez une enfant prodige, mais lorsque vous avez eu douze ans vos parents ont décidé de vous éloigner de la scène pour ne pas nuire à votre scolarité. A vingt ans, vous êtes devenue violoniste professionnelle et avez rejoint l'Orchestre national de Paris en tant que second violon. Poste que vous occupez toujours cinq ans après.

Amalie haussa les épaules.

— Il suffit de lancer une recherche sur Internet pour obtenir toutes ces informations en trente secondes. Cependant, si mes parents m'ont éloignée de la scène, cela n'a rien à voir avec ma scolarité. C'est l'excuse que ma mère a donnée à la presse parce qu'elle était mortifiée que sa fille soit incapable de jouer en public.

— Si vous êtes « incapable de jouer en public », comment expliquez-vous que vous le fassiez au moins une fois par semaine ?

— Je suis second violon, placée à l'arrière d'un orchestre d'environ quatre-vingts musiciens. L'attention des gens n'est pas fixée sur moi, mais sur l'ensemble. Alors que, si je joue le solo au jubilé de votre grand-père, les regards seront braqués sur moi et je perdrai tous mes moyens. Ce sera aussi humiliant pour moi que pour ma mère et votre grand-père. Est-ce ce que vous souhaitez ? Que le monde entier voie votre musicienne paralysée par le trac, incapable de jouer la moindre note ?

La seule personne qui n'aurait pas honte d'elle, ce serait son père, songea Amalie. En réalité, l'éloigner de la scène n'avait pas été une initiative commune de ses parents : c'était son père qui avait pris la décision, contre la volonté de sa mère. Et il avait rassuré la fillette en lui promettant que l'on pouvait très bien jouer uniquement pour l'amour de la musique, seule dans sa chambre.

— Comment puis-je être certain que vous n'êtes pas en train de me mentir ? demanda Talos.

— Je…

— Vous venez de reconnaître que vous m'aviez menti quand vous avez déclaré ne pas être disponible le week-end du gala.

— Je ne pouvais pas faire autrement.

— On n'est jamais obligé de mentir. Si vous ne supportez pas que l'on vous regarde quand vous jouez, comment avez-vous réussi à intégrer l'orchestre ?

— C'était une audition à l'aveugle. Chaque candidat jouait derrière un rideau afin d'éviter tout parti pris. Et avant que vous ne me posiez la question, oui, bien sûr, je m'exerce et je répète devant mes collègues. Mais cela n'a rien à voir avec le fait d'être le point de mire sur scène.

Talos secoua lentement la tête.

— Je ne sais pas si vous dites la vérité ou si vous mentez encore.

— Je dis la vérité. Il faut que vous trouviez un autre soliste.

— Non. Le trac, ça peut se surmonter. Trouver quelqu'un d'autre capable de jouer la dernière œuvre de ma grand-mère avec le sentiment indispensable, c'est bien plus difficile.

Et ce n'était même pas une question de temps. Il le sentait, il pouvait passer le reste de sa vie à chercher quelqu'un dont le jeu le touche autant que celui d'Amalie sans jamais y parvenir. Il ne s'était de toute façon jamais contenté du second choix et il n'allait pas commencer aujourd'hui.

— Que savez-vous de mon île ?

— Pas grand-chose, répondit Amalie, visiblement désarçonnée par ce changement de sujet. Elle se trouve à proximité de la Crète, n'est-ce pas ?

— La Crète est notre plus proche voisin. Comme les Crétois, nous descendons des Minoens. Au cours des siècles, Agon a été attaquée par les Romains, les Ottomans et les Vénitiens — entre autres. Nous les avons tous repoussés. Seuls les Vénitiens ont réussi à s'emparer de l'île, et uniquement durant une brève période. Mon peuple, sous le commandement du guerrier Ares Patakis, dont je suis un descendant direct, s'est soulevé contre les occupants et les a chassés. Aucun autre pays ne nous a envahis depuis. Les Agonites ne tolèrent ni l'oppression ni la répression. Nous sommes prêts à nous battre jusqu'à notre dernier souffle pour notre liberté.

Talos but une gorgée de café.

— Mais vous vous demandez sans doute pourquoi je vous raconte tout ça.

— Je me pose la question, en effet.

— C'est pour vous donner une idée de l'héritage culturel et humain de ma famille et de mon peuple. Nous sommes des combattants. Aucun Agonite ne baisserait les bras face à l'adversité. Le trac, c'est un problème à combattre et à vaincre. Et avec mon aide, vous y parviendrez.

Amalie avala sa salive avec difficulté. Elle imaginait

très bien Talos Kalliakis en guerrier, une lance à la main. Il serait en première ligne dans toutes les batailles. Manque de chance, c'était elle qu'il avait choisie comme adversaire. Mais son trac ne se combattait pas. Il était inhérent à sa personnalité, ce qu'elle avait compris et accepté depuis longtemps.

— Je me suis arrangé avec le directeur musical et le chef d'orchestre pour que vous veniez à Agon dans quelques jours afin d'y demeurer jusqu'au gala. L'orchestre va commencer les répétitions immédiatement, puis il vous rejoindra une semaine avant la cérémonie, afin que vous puissiez répéter ensemble.

Amalie en oublia qu'elle s'était promis de rester aimable.

— Pardon ?

— Ça vous laissera un mois pour vous acclimater à Agon…

— Je n'ai pas besoin de temps pour m'acclimater, Agon n'est pas au milieu du désert.

— Ça vous permettra aussi de vous préparer parfaitement pour le solo, poursuivit Talos, ignorant son interruption. Sans distractions.

— Mais…

— Votre trac est un problème qui sera surmonté, la coupa-t-il avec l'assurance d'un homme qui n'avait jamais éprouvé ce sentiment. J'y veillerai personnellement.

Elle était censée répondre quelque chose, songea-t-elle lorsqu'il se tut. Mais elle n'avait qu'une envie, lui lancer un objet — de préférence lourd et massif — à la tête et le maudire de tenter de détruire la vie tranquille qu'elle s'était construite loin de la lumière.

— *Despinis* ?

Elle leva les yeux et croisa son regard pénétrant qui semblait fouiller dans ses pensées.

— Acceptez-vous de jouer le solo ? demanda-t-il

d'un ton dur. Ou bien dois-je me résoudre à briser une centaine de carrières, dont la vôtre ? Je n'hésiterai pas, soyez-en certaine.

Elle ferma les yeux et inspira profondément, luttant contre la panique. Elle le croyait sans peine. Ce n'était pas une menace en l'air. Il avait le pouvoir de détruire sa carrière. Elle ignorait comment il s'y prendrait, mais elle savait qu'il le pouvait.

Si elle ne le haïssait pas, elle se demanderait sans doute pourquoi il était prêt à recourir à des mesures aussi draconiennes pour obtenir son accord, mais vu les circonstances, elle se moquait éperdument de connaître ses raisons. Si elle ne cédait pas, il la priverait de la seule chose qu'elle savait faire. Mais comment accepter sa proposition alors que la dernière fois qu'elle avait joué en solo, c'était devant les amis artistes de ses parents, musiciens, acteurs, écrivains, chanteurs, et que cela s'était soldé par un échec aussi humiliant pour sa mère que pour elle ? Comment pourrait-elle monter sur scène devant des chefs d'Etat et des officiels du monde entier sans être paralysée comme elle l'avait été à l'époque ? A supposer qu'elle parvienne jusqu'à la scène… La seule tentative qu'elle avait faite après cet épisode désastreux l'avait conduite à l'hôpital. Et le souvenir le plus marquant qu'elle gardait de ce deuxième fiasco, c'était la colère noire de son père contre sa mère, à l'origine de l'idée. La gorge d'Amalie se noua. Ses parents s'étaient séparés quelques semaines plus tard et son père avait obtenu sa garde.

Cependant, elle avait de la chance : si elle se retrouvait sans travail, elle pourrait compter sur ses parents pour la soutenir financièrement. Elle ne souffrirait jamais de la faim. Elle ne perdrait jamais sa maison. Mais ses collègues ne pouvaient pas en dire autant. La plupart n'avaient pas de famille fortunée. Juliette, par exemple, enceinte de sept mois de son troisième enfant. Ou Louis qui, la semaine précédente, avait réservé un séjour ruineux en Australie pour lui et les siens. Et Gilles, qui râlait chaque fois que son crédit immobilier était prélevé sur son compte... Aucun de ces musiciens et employés administratifs de l'orchestre ne se doutait que leur travail et leur réputation étaient menacés. Amalie darda sur Talos un regard haineux.

— Oui, j'accepte. Mais les conséquences, c'est *vous* qui devrez les assumer.

Amalie regarda par le hublot et aperçut enfin sa destination, Agon. L'avion amorça sa descente et elle vit apparaître des plages de sable doré côtoyant des zones de verdure, parsemées de villages d'un blanc éclatant. Puis il atterrit, roula un instant sur la piste et s'immobilisa. Tenant fermement son violon, elle suivit le mouvement des autres passagers de la classe affaires et descendit la passerelle. Après le froid et la neige du mois de mars parisien, la douceur de l'air était un pur plaisir. De la classe économique sortaient des enfants surexcités et des parents épuisés, venus là pour profiter du soleil d'Agon, qui bénéficiait d'un printemps et d'un été plus précoces que la Crète, sa voisine directe. Jusque-là, Amalie n'avait pas eu conscience de se rendre sur une île très appréciée pour les vacances par les familles et les amateurs d'histoire, reconnut-elle. Dans son esprit, Agon était une prison, aussi sombre et menaçante que l'homme qui lui avait imposé ce voyage. Au cours de sa vie, elle s'était rendue dans une trentaine de pays, mais elle n'avait jamais vu un aéroport aussi accueillant que celui-ci. Les formalités d'entrée s'effectuèrent très rapidement et elle put récupérer ses valises encore plus vite. Dans le hall d'arrivée, elle repéra un homme avec une pancarte à son nom. Il lui prit son chariot à bagages et la guida jusqu'à la sortie, devant laquelle était garée une limousine noire. Tout se déroulait conformément au programme prévu. La veille, l'assistant de Talos lui avait envoyé par mail le détail de son itinéraire, depuis l'instant où une voiture devait venir la chercher devant chez elle jusqu'à l'heure prévue d'arrivée à la maison où elle séjournerait pendant un mois.

Au cours du trajet, elle put se faire une vision plus nette de l'île. A part l'image de la prison, elle n'avait pas d'idée préconçue à son sujet et ce qu'elle vit la rassura. Talos Kalliakis avait peut-être tout d'un démon envoyé par Hadès pour la tourmenter, mais son île était magnifique. Les traces de l'héritage grec d'Agon étaient partout, depuis l'architecture jusqu'à la langue des enseignes et des panneaux indicateurs, même si c'était aujourd'hui un royaume indépendant et souverain. Le plus frappant, c'était l'aspect pimpant de la ville qui défilait sous ses yeux, avec ses bâtiments blanchis à la chaux et ses rues impeccablement entretenues. Alors que la limousine longeait le port, Amalie tendit le cou pour mieux voir les yachts imposants qui y étaient amarrés. Très vite, le véhicule quitta la capitale et s'engagea sur une route sinueuse. Peu de temps après, elle aperçut le palais majestueux qui se dressait au sommet d'une colline, comme nombre de monuments sacrés de la Grèce antique. Mais ce n'était pas là qu'on la conduisait. Alors que le somptueux bâtiment disparaissait de sa vue, le chauffeur ralentit jusqu'à parvenir au pied d'une grille en fer forgé qui s'ouvrit devant eux. Il remonta une allée menant à une immense villa, qu'il contourna. Après avoir traversé le parc, puis un bosquet, il s'arrêta à la porte d'un pavillon blanc de taille plus modeste que la demeure principale, mais néanmoins très vaste. Un homme d'un certain âge, dont l'épaisse chevelure blanche flottait dans la brise, en émergea.

— Bonsoir, *despinis,* l'accueillit-il avec chaleur. Je suis Kostas.

Tout en lui expliquant qu'il s'occupait de la villa de Son Altesse le prince Talos, il lui fit visiter le pavillon, où elle logerait pendant son séjour à Agon. En plus des provisions déjà stockées dans la petite cuisine, des fruits frais, du pain et des produits laitiers seraient livrés tous les jours. Si elle souhaitait prendre ses repas à la villa, il lui suffisait de passer un coup de fil pour en informer le personnel. Elle pouvait également se faire livrer des repas au pavillon.

— La villa est équipée d'une salle de sport, d'une piscine et d'un spa, que vous pouvez utiliser à tout moment, précisa Kostas avant de s'en aller. Si vous désirez vous rendre quelque part, il y a plusieurs voitures disponibles, ou bien vous pouvez demander qu'un chauffeur vous y emmène.

Talos n'avait donc pas l'intention de la retenir prisonnière ? Bonne nouvelle…

Elle s'attendait plus ou moins à ce qu'il vienne la chercher à l'aéroport pour l'enfermer dans un cachot froid et humide, dont elle n'aurait pas le droit de sortir avant de savoir jouer à la perfection la composition de sa grand-mère. Et d'être débarrassée de tous ses démons intérieurs. A cette pensée, elle réprima un frisson. A quel éminent psychiatre Talos envisageait-il de faire appel pour la « soigner » ? Si elle n'avait pas été aussi terrifiée, elle aurait trouvé cela hautement comique. Qui que ce soit, ce grand spécialiste avait du pain sur la planche. D'ici quatre semaines et deux jours exactement, elle était censée monter sur scène pour le jubilé du roi d'Agon.

Autrement dit, elle avait trente jours pour apprendre une œuvre dont elle n'avait pas encore lu la partition et vaincre le trac qui la paralysait depuis son enfance.

4

Le lendemain matin, après une douche rapide, Amalie enfila son jean noir favori et un chemisier prune, puis prépara son petit déjeuner — elle avait été ravie de découvrir dans la cuisine une machine à café ultra-perfectionnée — et s'installa dans la véranda. Bien calée dans un fauteuil en rotin, elle savoura la caresse de la brise dans ses cheveux tout en dégustant un yaourt avec du miel et un café bien fort. Après ces dernières journées tumultueuses à Paris, ce moment de détente était un véritable délice. Si elle faisait le vide dans son esprit, elle pouvait presque oublier la raison de sa présence... faire comme si elle était en vacances.

Elle rentra dans la cuisine pour essayer une autre capsule — mokaccino. Lorsqu'elle revint dans la véranda, elle y trouva Talos, assis dans le fauteuil qu'elle venait de quitter, en train de manger des morceaux de melon.

— Bonjour, petit rossignol, la salua-t-il avec un large sourire.

Vêtu d'un pantalon de toile kaki, de boots noires et d'un T-shirt gris à manches longues et col en V, il n'était pas rasé et il avait les cheveux ébouriffés. Alors qu'elle se penchait pour poser son mug sur la table, elle sentit des effluves de son parfum boisé. De toute évidence, il sortait de la douche.

— C'est pour moi ? demanda-t-il en indiquant la tasse qu'elle tenait encore d'une main tremblante.

Elle haussa les épaules avec une nonchalance étudiée.

— Si ça ne vous dérange pas de partager mes microbes.

— Je suis sûr qu'une belle femme comme vous n'a pas de microbes.

Elle arqua un sourcil suspicieux en s'efforçant d'ignorer le frisson que la voix profonde de Talos faisait courir le long de son épine dorsale. Soulagée d'avoir un prétexte pour quitter la véranda, elle rentra dans la maison pour se préparer un autre café. Si son cœur battait aussi vite, c'était parce qu'elle avait été surprise de le voir, se dit-elle en mettant une nouvelle capsule dans la machine. La veille au soir, elle avait reçu un mail de son assistant l'informant que la partition lui serait apportée en milieu de matinée, mais il n'avait pas été fait mention du prince. En fait, quand elle avait compris qu'elle ne logerait pas au palais, elle avait caressé l'espoir de ne pas le voir avant le jubilé. Lorsqu'elle ressortit sur la véranda, il regardait son breuvage noir avec une moue dégoûtée.

— Qu'est-ce que c'est que ça ?

— Du mokaccino.

— C'est infect.

— Eh bien, ne le buvez pas.

— Je n'en ai pas l'intention.

Il posa le mug sur la table et indiqua celui qu'elle avait à la main.

— Et ça ?

— Mokaccino également. Pour remplacer celui que vous vous êtes approprié. Si vous voulez autre chose, la machine à café est dans la cuisine.

Le contrat qu'elle avait signé ne stipulait pas qu'elle devait lui faire son café. Ce maudit contrat... Prenant une profonde inspiration, elle s'exhorta au calme. Face à cet homme, sa meilleure arme était son sang-froid. Tandis qu'elle s'asseyait dans le fauteuil libre après l'avoir ostensiblement éloigné de lui, Talos s'empara d'une pomme sur le plateau de fruits posé sur la table. Il sortit ensuite un objet métallique de sa poche et appuya sur un bouton. Une lame de plus de dix centimètres jaillit avec un claquement sec qui la fit tressaillir.

— Mon couteau vous perturbe ?

— Pas du tout. Vous avez eu cette petite chose quand vous étiez scout ? demanda-t-elle d'un ton narquois.

Talos serra les dents. Pourquoi cette plaisanterie l'agaçait-elle à ce point ? Pourquoi cette femme l'agaçait-elle à ce point ?

— Cette « petite chose » ?

Il fit pivoter son fauteuil, plissa les yeux et lança le couteau, qui alla se planter dans le tronc d'un cerisier situé à plus de dix mètres. Il ne cacha pas sa satisfaction.

— Cette « petite chose » m'a été offerte par mon grand-père quand je suis devenu officier, à la fin de mes études à l'Académie royale militaire de Sandhurst.

— Très impressionnant. Mais je croyais que Sandhurst formait des gentlemen, ironisa-t-elle. Sinon, aviez-vous une raison précise de venir me voir, à part l'envie de massacrer un arbre sans défense ?

Il se leva.

— Je vous ai apporté la partition.

Il se dirigea à grands pas vers le cerisier et reprit son couteau. Ce dernier était un insigne honorifique, le symbole de l'entrée dans l'âge adulte, qui remplaçait le canif offert à chaque prince Kalliakis pour son dixième anniversaire. Dans le parc du palais, il y avait un pommier dont le tronc portait depuis deux décennies les cicatrices laissées par les trois frères s'exerçant au lancer de couteau.

De retour à la table, conscient du regard saphir qui

ne perdait aucun de ses gestes, Talos essuya sa lame sur son pantalon, puis entreprit de peler sa pomme. Qu'est-ce qui l'avait poussé à faire cette démonstration ? Voulait-il déstabiliser Amalie Cartwright ? Elle trouvait visiblement sa présence importune, ce qui pour lui était une première. Jamais il ne s'était senti indésirable auparavant. D'ordinaire, les gens recherchaient plutôt sa compagnie. Surtout les femmes... Pas elle. A part le bref instant où elle s'était enflammée dans sa cuisine à Paris, elle était toujours restée de marbre.

Il poussa vers Amalie le dossier contenant la partition et elle l'ouvrit avec précaution, visiblement émue.

— C'est ça ? demanda-t-elle dans un souffle.

— On dirait que vous n'osez pas la toucher.

— Je n'ai jamais eu entre les mains une œuvre composée par une reine.

Il la considéra avec étonnement.

— Vous traitez cette partition avec un respect que vous ne m'accordez pas, à moi qui suis prince du sang.

— Le respect, ça se mérite, monsieur. Et vous n'avez rien fait pour mériter le mien.

Pourquoi n'avait-elle pas peur de lui ? Au comble de la perplexité, il déclara :

— Les habitants de cette île respectent la famille royale. C'est aussi naturel pour eux que de respirer.

— Avez-vous utilisé la force pour leur imposer ce respect ? Ou avez-vous préféré le chantage ?

— Il y a cinq cents ans, se montrer insolent envers un membre de la famille royale était considéré comme un acte de trahison.

— Si cette loi était toujours en vigueur, je suis sûre que vous n'auriez plus un seul sujet.

— Elle a été adoptée par le sénat en reconnaissance

de l'efficacité avec laquelle nous protégions l'île de ses ennemis. Et ce sont mes ancêtres qui l'ont abolie.

— Je parie que vos sujets ont fait la fête toute la nuit, ce jour-là.

— Ne sous-estimez pas le peuple d'Agon, *despinis,* rétorqua-t-il avec irritation. Les Agonites ne sont pas et ne seront jamais des sujets. Cette île ne vit pas sous une dictature. Ses habitants soutiennent sans réserve la famille royale et célébreront le jubilé de mon grand-père avec autant d'enthousiasme que s'il était leur propre grand-père.

Devant sa réaction, Amalie comprit qu'elle avait dépassé les bornes.

— Je n'avais pas l'intention d'insulter votre famille, monsieur, s'excusa-t-elle.

Il inclina la tête en signe d'accord.

— Uniquement vous, reprit-elle.

— Pardon ?

— C'était uniquement vous que je voulais insulter.

— Si les cachots du palais n'étaient pas transformés en attraction touristique, je vous y aurais fait jeter.

— Ce sont des déclarations de ce genre qui me poussent à vous insulter. Vous exercez sur moi un chantage ignoble, vous menacez de détruire ma carrière et celle de mes amis… Alors oui, j'ai bien l'intention de saisir toutes les occasions de vous insulter.

— Quant à moi, ce sont des déclarations de ce genre qui me font m'interroger… Voyez-vous, petit rossignol, je me demande comment une femme qui prétend être paralysée par le trac dès qu'elle monte sur scène peut avoir l'aplomb de me manquer de respect à ce point. Je ne vous fais pas peur ?

Amalie hésita quelques instants.

— J'admets que vous êtes impressionnant.

— Ce n'est pas une réponse.

— La seule chose qui me fait peur, c'est la perspective de monter sur scène pour le jubilé de votre grand-père.

Mensonge… Mais pas question de reconnaître qu'il y avait chez lui quelque chose qui la terrifiait.

— Dans ce cas, je vous suggère de commencer à travailler le solo.

Talos se leva.

— Je viendrai vous chercher à 19 heures. Vous me donnerez vos premières impressions.

— Me chercher ?

— Pour vous emmener à votre première séance de gestion du trac.

Amalie se mordit la lèvre. Elle avait imaginé que Talos ferait venir une armée de spécialistes jusqu'à elle. C'était ce qu'avait fait sa mère à chacun de ses séjours chez elle après le divorce. Car il fallait à tout prix éviter que la fille de Colette Barthez soit photographiée à la porte d'un cabinet de psychiatre… La presse n'aurait pas pu publier les clichés ni la moindre ligne à ce sujet, sa mère ayant pris toutes les précautions juridiques nécessaires. Malgré tout, une fois l'information connue de quelques-uns, le risque de fuites ne pouvait pas être totalement exclu.

— Mettez une tenue sportive.

— Sportive ? répéta-t-elle, interdite.

— Je compte vous emmener à mon club de sport.

— Je ne comprends pas… Pourquoi irais-je dans votre club de sport pour voir un psy ?

— Je n'ai jamais parlé d'un psy, petit rossignol. Je vous ai dit que *je* vous aiderais à surmonter votre trac.

Atterrée, elle déglutit péniblement.

— Je ne pensais pas que c'était à prendre au pied de

la lettre. Vous n'envisagez pas sérieusement de jouer les psys vous-même ?

— Vous en avez déjà consulté ?

— Ma mère a fait appel à tous les genres de thérapeutes possibles en France et en Angleterre.

— Et ils ne vous ont été d'aucun secours. Vous avez beaucoup d'énergie. Il faut juste apprendre à l'utiliser à votre avantage. Je vous enseignerai à surmonter votre trac et à le gérer, vous verrez.

— Mais…

— 19 heures. Soyez prête.

Sur ces mots, Talos s'éloigna en direction de sa villa d'une démarche nonchalante. Trop nonchalante. Cette assurance insolente était insupportable ! Submergée par un mélange explosif de colère et d'angoisse, Amalie saisit un morceau de pomme resté sur la table et le lança contre Talos. Par le plus grand des hasards, elle visa juste et le toucha à la nuque. Il se retourna lentement, baissa les yeux sur le débris puis les fixa sur elle. Malgré la distance, leur éclat menaçant était nettement perceptible. Elle prit une profonde inspiration. « Je ne vous fais pas peur ? » « Peur » était un mot faible… Faisant appel à toute sa volonté pour surmonter sa terreur tandis qu'il revenait vers elle à grands pas, elle soutint son regard. Ce fut seulement quand il s'arrêta à quelques centimètres d'elle qu'elle y distingua une lueur amusée.

— Vous devriez être plus prudente, petit rossignol. Un autre homme pourrait prendre le lancer de pomme pour une technique de séduction.

Il y avait dans la voix profonde et veloutée une note malicieuse encore plus effrayante que tout le reste… Non, le plus effrayant, c'était le rythme effréné de son propre cœur, songea-t-elle. Il battait si fort que Talos ne pouvait pas ne pas l'entendre. Et ce n'était pas la peur qui l'affolait, mais un trouble insurmontable… Elle fut saisie d'une envie irrésistible de poser la main sur sa joue, mais avant qu'elle n'ait eu le temps d'esquisser un geste, il se pencha encore et lui murmura à l'oreille :

— Je pense que je vous fais peur. Mais pas de la même façon que je fais peur aux autres.

Sur ce commentaire énigmatique, il se redressa et repartit en direction de sa villa.

Si le T-shirt long et les leggings marine d'Amalie n'étaient pas conformes à la tenue sportive qu'il avait en tête, Talos n'en laissa rien paraître lorsqu'elle lui ouvrit la porte à 19 heures précises. En revanche, son regard s'arrêta sur ses chaussures en toile.

— Vous n'avez pas de baskets ?

— Non.

Il émit un grognement réprobateur.

— Je ne suis pas fan de sport.

— Il va falloir vous y mettre.

— Je trouve ça assommant.

— Je vais vous faire changer d'avis.

De son côté, Talos était vêtu d'un pantalon de jogging gris foncé et d'un T-shirt noir qui soulignaient les muscles de ses cuisses et de son torse. Quant à sa barbe naissante, elle avait encore poussé depuis la matinée. Il était la virilité incarnée. Et il avait sur sa féminité un effet dévastateur… Il l'entraîna vers sa voiture, une Maserati étincelante. Elle y monta en priant pour que le trajet soit très court.

— Comment avez-vous trouvé la composition ? demanda-t-il après avoir démarré.

— Belle.

C'était le seul mot qui lui venait à l'esprit. Elle avait travaillé le morceau pendant cinq heures, portée après portée, partie après partie. Elle était encore très loin de le maîtriser ou même d'en appréhender toutes les subtilités, mais elle était déjà subjuguée par la mélodie.

— Vous pensez que vous serez prête dans un mois ?

Impossible de ne pas saisir cette perche…

— Maîtriser une composition de cette complexité risque de me demander des mois de travail. Vous feriez beaucoup mieux d'engager un soliste plus expérimenté que moi.

Après un silence, Talos déclara d'un ton narquois :

— Je vous rappelle que vous avez signé un contrat, *despinis*.

— Et vous, vous m'aviez assuré que vous m'aideriez.

— C'est bien mon intention.

Talos s'arrêta devant un grand bâtiment crème et se tourna vers elle.

— Je n'accepterai aucune excuse. Vous apprendrez la composition, vous la jouerez au gala et vous le ferez avec le talent qu'elle mérite. Si vous ne remplissez pas ces obligations, j'appliquerai la sanction prévue dans le contrat.

Autrement dit, la transformation du théâtre en hôtel et la dissolution de l'orchestre… L'estomac d'Amalie se noua.

— Sachez que, de mon côté, je suis un homme de parole, poursuivit-il. J'ai dit que je vous aiderai à vaincre votre trac et je vais le faire. Nous commençons dès ce soir.

Il descendit de voiture et prit un sac de sport dans le coffre.

— Suivez-moi.

Elle obéit. Avait-elle le choix ? Un jeune homme au nez camus était assis derrière le comptoir de la réception. Dès qu'il vit Talos, il se leva avec un sourire radieux. Ils se saluèrent en frappant leurs poings l'un contre l'autre et en échangeant quelques mots en grec, puis Talos donna à l'homme une grande tape dans le dos et fit signe à Amalie de le suivre. Elle s'exécuta en notant la vénération qui se lisait sur le visage du réceptionniste. Ils entrèrent dans une immense salle. D'un côté, il y avait un ring, de l'autre d'épais tapis bleus disposés en carré et, tout autour, des sacs de frappe et des punching-balls.

— C'est une salle de boxe ? s'exclama-t-elle.

— Je boxe depuis mon enfance.

— Mais il n'est pas question que je boxe !

— Bien sûr que non. Vous risqueriez de vous casser les doigts.

Elle baissa les yeux sur ses mains. A vrai dire, elle n'avait pas du tout pensé à ça. Si elle avait protesté, c'était parce qu'elle avait toujours considéré la boxe comme le plus barbare des sports. Pas étonnant que ce soit le préféré de Talos. Il était la seule personne au monde qu'elle avait été tentée de frapper… Il indiqua les tapis bleus. Une grande blonde au corps musclé s'y trouvait, parlant à un groupe d'hommes et de femmes en tenue de sport.

— C'est Melina, une des monitrices. Je vous ai inscrite à son cours de kickboxing.

— En quoi suivre des cours de kickboxing est-il censé m'aider à surmonter mon trac ?

Sans un mot, il posa les mains sur ses épaules et la fit pivoter dos à lui. Des deux pouces, il pressa le point entre ses omoplates.

— Vous êtes complètement nouée.

— Evidemment, puisque je suis ici sous la contrainte.

Elle tenta de se dégager. En vain. Il était trop fort. Ses pouces remontèrent sur sa nuque. Avec une douceur surprenante.

— L'exercice va favoriser la détente des muscles et la sécrétion d'endorphines. Vous vous contenterez de donner des coups de pied et de poing dans le vide, mais vous verrez, c'est d'une efficacité redoutable.

Il la lâcha avec un rire chaud et profond qui la fit frissonner.

— Si ça peut vous aider, imaginez que c'est moi que vous frappez.

— Ça m'aidera beaucoup, en effet.

Il redevint sérieux.

— Votre agressivité a besoin d'un exutoire.

— Je ne suis pas agressive !

Du moins, elle ne l'avait jamais été avant de rencontrer cet homme… C'était comme s'il réveillait en elle une impétuosité inconnue qui ne se manifestait que lorsqu'elle était avec lui. Ou quand elle pensait à lui. Ou quand elle rêvait de lui…

Ce cours de kickboxing n'était peut-être pas une si mauvaise idée, finalement.

— Vous n'êtes peut-être pas agressive, mais cette tension vient bien de quelque part…

— Du fait d'être ici avec vous, marmonna-t-elle.

— Et une fois que vous aurez appris à l'évacuer, votre esprit sera plus serein.

— Et mon corps ? Je n'ai pas fait de sport depuis… toujours.

Talos l'examina de la tête aux pieds, la mettant au supplice. Elle attendit son verdict, mais il ne vint pas.

— Je vais vous présenter à Melina, déclara-t-il avant de se diriger vers le groupe de plus en plus nombreux qui entourait la monitrice.

Le visage de Melina s'éclaira à l'approche de Talos, puis ses yeux se plissèrent lorsqu'elle aperçut Amalie derrière lui. Après avoir fait les présentations, il s'éloigna en direction du ring, de l'autre côté de la salle, sur lequel un combat entre deux adolescents venait de débuter. Après avoir échangé quelques mots avec leur entraîneur, Simeon, il se rendit dans la pièce voisine. Il boxerait peut-être plus tard avec Simeon, mais il voulait d'abord s'échauffer. Il avait l'impression de ne pas avoir fait de sport depuis des mois, alors que sa dernière séance datait de la veille. Il n'était pas aussi concentré que d'habitude, constata-t-il au bout d'un moment. A travers la cloison vitrée séparant les deux salles, il pouvait voir le cours de kickboxing. Amalie s'était mise au dernier rang et ses mouvements étaient gauches.

Le tapis de course n'était pas son appareil favori, mais il resta dessus plus longtemps que d'ordinaire et en profita pour la regarder. L'échauffement se termina et le cours commença. Visiblement très concentrée, elle s'efforçait d'imiter les gens qui l'entouraient et prenait un peu d'assurance au fil de la séance. En tout cas, elle avait un excellent équilibre. Et pour quelqu'un qui ne faisait jamais de sport, elle avait un corps bien fait, dont la finesse était mise en valeur par ses leggings et son T-shirt long. Soudain, leurs regards se croisèrent. De toute évidence, elle avait senti le sien sur elle… et à en juger par sa mine renfrognée, ce n'était pas de son goût. Il n'avait jamais trouvé charmante une femme en colère. Mais avec Amalie, c'était un peu comme être foudroyé du regard par un chaton inoffensif… sauf que ses coups devenaient rageurs… et que ce crochet du droit particulièrement énergique, c'était sans doute à lui qu'elle le destinait en pensée.

Talos descendit du tapis de course, saisit sa serviette et s'épongea le front. Puis il prit une profonde inspiration. Pourquoi le fascinait-elle à ce point ? Il était temps de reporter son attention sur autre chose.

Il s'entraînait sur un sac de frappe quand le cours de kickboxing prit fin. Conscient qu'Amalie se dirigeait vers lui, il s'efforça de rester concentré sur son exercice. La jeune femme s'éclaircit la voix en arrivant à sa hauteur, mais il avait déjà senti sa présence. Il donna encore quelques coups avant de se tourner vers elle. Ses cheveux étaient humides de sueur et ses joues enflammées. Comment ne pas l'imaginer entre des draps froissés après l'amour ?

— Alors, comment ça s'est passé ?

L'esquisse d'un sourire éclaira le visage d'Amalie.

— A partir du moment où j'ai imaginé que mes coups de poing vous atteignaient à la mâchoire et mes coups de pied à l'estomac, c'est devenu super.

Il pouffa.

— Et comment vous sentez-vous maintenant ?

Elle réfléchit un instant avec une moue dubitative.

— Je me sens... bien.

— N'est-ce pas le moment où je suis censé rétorquer « Je vous l'avais bien dit » ?

Elle roula les yeux.

— Nous allons rester ici encore longtemps ? J'aurais bien besoin de prendre une douche. Et de manger quelque chose.

L'image d'Amalie nue sous un jet d'eau chaude assaillit l'esprit de Talos.

— Il y a des douches ici. Avec tous les produits dont vous pouvez avoir besoin.

— Mais après je serai obligée de remettre ces vêtements humides de sueur.

— Il y a également des tenues de sport en vente. Je vous avais prévenue que ce serait utile. Choisissez-en une et n'oubliez pas les chaussures.

— Je n'ai pas pris d'argent.

— Ce n'est pas un problème.

Il fit signe à une jeune fille et lui dit quelques mots en grec avant de se tourner de nouveau vers Amalie.

— Je vous présente Tessa. Elle va vous conduire à la boutique, puis vous montrera où sont les douches pour femmes. Je vous retrouverai au café situé à l'étage quand vous aurez terminé.

Dès qu'Amalie et Tessa s'éloignèrent, Talos se concentra de nouveau sur le sac de frappe en s'efforçant à ne pas imaginer Amalie nue sous la douche.

Serrant les dents, il décocha un crochet rageur sur le cuir rembourré. Il s'était mis dans une situation invivable. Amalie était très attirante. Si attirante qu'elle menaçait de se transformer en obsession. Dans d'autres circonstances, il n'hésiterait pas à la séduire. Rien que d'imaginer ses longues jambes nouées sur ses reins… Réprimant un juron, il frappa de toutes ses forces contre le sac. Et cette attirance était réciproque, c'était manifeste. Elle avait beau le détester, il la troublait profondément. Désir et haine… Un mélange explosif. Malheureusement, les circonstances lui imposaient de garder ses distances. Il devait faire en sorte qu'elle soit capable de surmonter son trac pour jouer le solo de sa grand-mère. De plus, quelque chose lui disait qu'Amalie n'était pas le genre de femme à avoir des relations amoureuses passagères. Tenter une aventure avec elle serait donc doublement hasardeux.

Il donna un dernier coup dans le sac, puis il s'assit sur le banc et déroula les bandes dont il se protégeait toujours les mains, même pour s'exercer comme ça. L'expérience lui avait appris que les os de la main étaient très fragiles. En cas de fracture, la douleur était négligeable, mais il fallait laisser la main au repos le temps que les os se ressoudent. Devoir s'abstenir de boxer à cause d'une blessure était aussi frustrant que de devoir réprimer son désir pour une femme qui le partageait.

5

Le café était plein et la clientèle, essentiellement masculine. Amalie avait trouvé une table dans le fond et feignait d'étudier le menu, consciente des regards curieux qu'elle attirait. Talos arriva quelques instants plus tard. Tandis qu'il traversait la salle pour la rejoindre, les gens l'arrêtaient pour lui serrer la main ou frapper leur poing contre le sien. Lui aussi s'était changé. Son sac de sport sur l'épaule, il portait un jean noir moulant et un T-shirt bleu marine qui mettaient en valeur sa silhouette athlétique. Comme n'importe quelle tenue, à vrai dire… Qu'il soit en costume ou en vêtements de sport, il était toujours aussi superbe et plein d'aisance.

— Je pensais que les sujets étaient censés s'agenouiller devant les membres de la famille royale, railla-t-elle quand il finit par arriver à sa table.

— Si vous avez envie de vous agenouiller devant moi, je ne m'en plaindrai pas, rétorqua-t-il avec un sourire narquois.

Elle le foudroya du regard mais, à son grand dam, ses joues s'enflammèrent tandis que des images très précises s'imposaient à son esprit.

— Reconnaissez que votre commentaire était provocant, plaida-t-il en s'asseyant en face d'elle et en croisant les bras. Que voulez-vous prendre ?

Fascinée par ses muscles saillants, elle déglutit péniblement. Depuis quand était-elle attirée par les machos hyper-virils ? Les quelques petits amis qu'elle avait eus étaient des hommes réservés, sensibles et mélomanes, en général pas particulièrement sportifs. Avec eux, elle avait passé des soirées entières à parler de musique et d'art sans penser au sexe. Alors pourquoi Talos, qui était cent fois plus viril et macho que Philippe, par exemple, la troublait-il autant ? Le seul fait de le regarder suffisait à la faire vibrer de la tête aux pieds, au point d'avoir une envie irrésistible de lui arracher ses vêtements… Chose qui ne lui était jamais arrivée avec aucun de ses petits amis.

— Je ne comprends pas le grec, déclara-t-elle en regardant le menu, s'efforçant de se ressaisir. Je ne peux pas choisir.

— Nous ne servons pas de cuisine grecque traditionnelle ici. Seulement des plats riches en protéines et en glucides lents, comme des pâtes ou des steaks.

— Il y a des burgers ?

Talos eut un large sourire.

— Qu'y a-t-il de si drôle ? s'enquit Amélie.

— Après une séance de sport, je prends toujours un burger.

— Avec du fromage ?

— Sans fromage, ça ne serait pas un vrai burger.

— Et des frites ?

— Sans frites, ça ne serait pas un repas complet.

— Un cheeseburger et des frites pour moi, s'il vous plaît.

— Et comme boisson ?

— Un Coca.

Le sourire de Talos s'élargit.

— Deux cheeseburgers et deux Coca, c'est parti.

Il se rendit au comptoir, tapa dans le poing de l'adolescent qui se trouvait derrière et passa la commande.

— Ça ne sera pas long, dit-il en revenant.

— Tant mieux. Je meurs de faim.

— Ça n'a rien de surprenant après toute l'énergie que vous avez dépensée.

— Et le fait que j'aie oublié de déjeuner avant n'arrange rien.

— Comment peut-on sauter un repas ? s'exclama Talos d'un air effaré.

Elle haussa les épaules.

— Ça m'arrive quand je suis absorbée par la musique.

— Pas étonnant que vous soyez aussi mince.

— Je me rattrape toujours, répliqua-t-elle, sur la défensive. Je ne mange peut-être pas à heures régulières, mais je mange.

Talos la considéra d'un air songeur, comme s'il s'apprêtait à faire un commentaire, mais il n'en eut pas le temps. Un autre jeune apporta leur commande.

— Ça, c'est du rapide ! s'exclama-t-elle en regardant son assiette avec gourmandise.

Jamais elle n'avait vu un burger et un tas de frites aussi énormes…

— Nous ne plaisantons pas sur l'organisation.

— Ce n'est pas la première fois que vous dites « nous ». Quel est votre lien avec ce club, exactement ?

— J'en suis le propriétaire.

— Mais… vous avez une salle de sport dans votre villa.

— Il y en a également une au palais, répondit-il avant de prendre son burger et de mordre dedans.

Elle secoua la tête.

— Alors pourquoi cet endroit ?

— C'est un club de boxe. S'entraîner seul n'est pas amusant.

— Vous avez acheté un club de boxe pour avoir de la compagnie ?

— C'est loin d'être l'unique raison.

— C'est vous qui le gérez ?

— Non, j'ai un directeur. Assez de questions. Mangez avant que ça ne soit froid.

— D'accord, mais promettez-moi une chose : ne dites jamais à ma mère ce que je suis sur le point de manger.

— Pourquoi ? Elle n'approuverait pas ?

Amalie avait déjà mordu dans une frite, sans doute la plus croustillante et la plus moelleuse qu'elle ait jamais goûtée. Elle l'avala et but une gorgée de Coca avant de répondre.

— Ma mère est une maniaque de la gastronomie à la française. Pour elle, toute nourriture anglaise ou américaine est synonyme de malnutrition.

— Et pourtant, elle a épousé un Anglais.

— C'est vrai.

Amalie baissa les yeux. Ses parents étaient séparés depuis plus de dix ans, mais elle ne s'était toujours pas débarrassée de son sentiment de culpabilité. Visiblement conscient de son malaise, Talos demanda :

— Leur divorce a-t-il été difficile ?

— Pas du tout. Il s'est très bien passé, au contraire.

— Mais il a été traumatisant pour vous ?

— Cela n'a pas été une expérience très agréable.

Elle mordit dans son burger et savoura cette première bouchée avec délectation.

— C'est succulent, dit-elle avec enthousiasme.

— Peut-être pas assez raffiné au goût de votre mère, mais de bonne qualité malgré tout.

— Je crois que c'est le meilleur burger que j'aie mangé de toute ma vie.

— Vous voulez dire que ce n'est pas votre premier ? s'exclama Talos en feignant la surprise. Votre mère serait très choquée.

— Je cache tous mes aliments interdits quand je sais qu'elle doit venir chez moi.

Il sourit et mordit à son tour dans son burger. La séance de kickboxing avait visiblement fait beaucoup de bien à Amalie, elle semblait presque détendue. Et c'était un plaisir de la voir dévorer son repas. Sa minceur lui avait laissé supposer qu'elle picorerait comme un moineau.

C'était la première fois qu'il mangeait là avec une femme. Son club de boxe était pour lui un lieu privilégié, où il ne lui était jamais venu à l'idée d'amener une de ses conquêtes, même si elle aimait le sport. C'était également pour cela qu'il gardait ses distances avec toutes ses employées. Non seulement la plupart étaient mineures, et donc interdites, mais de toute façon il préférait éviter que les problèmes qui surgissaient toujours chaque fois qu'il mettait fin à une relation viennent troubler l'atmosphère du club. Melina, la monitrice de kickboxing, avait ouvertement flirté avec lui lorsqu'elle avait commencé à travailler. Elle avait largement dépassé la vingtaine et elle était très séduisante, mais il avait découragé toutes ses tentatives jusqu'à ce qu'elle finisse par comprendre le message.

L'exercice physique avait tendance à aiguiser sa libido, mais il se contrôlait, faisant appel à la volonté de fer proverbiale des Kalliakis. A l'exception notable de son père... Toute sa vie, Lelantos s'était laissé dominer par sa libido et son tempérament explosif. A ce souvenir, Talos serra les dents. Malheureusement, des trois princes Kalliakis, il était celui qui ressemblait le plus à leur père... Sauf que, contrairement à ce dernier, il avait appris à brider ses pulsions et à maîtriser son impétuosité. La boxe l'y avait beaucoup aidé. Ce soir, cependant, sa libido semblait hors de contrôle. Il était taraudé par une envie plus impérieuse que jamais de la satisfaire dans les bras d'une femme. Et pas n'importe laquelle. Celle qui était assise en face de lui. *Theos,* le simple fait de regarder Amalie manger le rendait fou.

— Vous considérez-vous française ou anglaise ? demanda-t-il, résolu à se ressaisir.

Au lieu de s'imaginer en train de lui arracher ses vêtements, il fallait qu'il se concentre sur son objectif premier : la préparer à jouer au jubilé de son grand-père.

— Les deux. Pourquoi ?

— Vous parlez anglais avec un léger accent. D'où ma curiosité.

— Je suppose que le français est ma première langue. A la base, je suis bilingue, mais je n'ai jamais vécu à temps complet en Angleterre. Mon père a une maison là-bas, mais quand j'étais enfant nous y allions surtout pour les vacances.

— Etait-ce à cause de l'influence de votre mère ?

— Je suppose. C'est elle qui portait la culotte, confirma Amalie avec un léger sourire, presque triste.

— J'ai entendu dire que c'est quelqu'un… d'énergique.

Il avait entendu dire beaucoup de choses au sujet de Colette Barthez, pas toutes flatteuses. C'était étrange de penser que la femme qui se trouvait en face de lui — une femme qui faisait tout son possible pour rester dans l'ombre — était la fille de la plus grande diva de la planète. Il fallait croire qu'elle tenait plus de son père, qui était considéré comme un Britannique typique, à l'humour pince-sans-rire et au flegme à toute épreuve.

Amalie se mordit la lèvre. Il y avait dans la remarque de Talos un sous-entendu qui lui déplaisait. Elle était mieux placée que quiconque pour savoir avec quelle énergie sa mère était capable d'imposer sa volonté, mais cela ne l'empêchait pas de l'aimer et de mépriser les gens qui la dénigraient.

— On ne devient pas la plus grande mezzo-soprano du monde sans avoir une forte personnalité. Si c'était un homme, cela serait considéré comme une qualité.

Talos arqua un sourcil interrogateur. Amalie repoussa son assiette.

— L'année dernière, elle a affiché complet trois soirs de suite au Carnegie Hall et au Royal Albert Hall, mais tous les comptes rendus de ces concerts sans exception ont mentionné ses trois ex-maris, ses nombreux amants et ses prétendus caprices de diva.

— Ce doit être très blessant pour elle, commenta Talos d'un ton circonspect.

— Si cela provenait de la presse française, elle serait accablée. Mais en France, c'est une icône et elle n'a pas ce genre de problèmes. Pour ce qui est des médias étrangers, du moment qu'ils ne critiquent ni sa voix ni son jeu, elle s'en moque. En fait, elle a la peau plus dure qu'un rhinocéros.

Sauf en amour. Les histoires d'amour qui tournaient mal avaient le pouvoir de l'anéantir…

— Mais vous, ça vous blesse, déclara Talos avec perspicacité.

— Personne n'a envie de lire des commentaires grivois à propos de sa mère, marmonna-t-elle en mordant dans une frite pour éviter d'avoir à en dire davantage.

Sa famille et sa vie personnelle ne regardaient pas Talos, mais elle ne pouvait s'empêcher de prendre la défense de sa mère, qui était passionnée, drôle, aimante, excessive, égocentrique et absolument unique. Sa mère la rendait folle, mais elle l'adorait.

— C'est vrai, acquiesça Talos. Ma famille aussi vit sous les projecteurs. Il arrive qu'on s'y brûle.

— Si vous êtes conscient des dangers des projecteurs, pourquoi me poussez-vous dessous alors que je m'y suis déjà brûlée ?

— Parce que vous êtes née pour jouer dans la lumière. Ma tâche est de vous remettre sous les feux de la rampe sans qu'ils vous infligent de nouvelles blessures.

— Mais celles que j'ai déjà subies ne sont pas encore guéries.

Inutile de se raconter des histoires. Elle avait vu suffisamment de psys pendant son adolescence pour savoir qu'elle gardait de profondes cicatrices et que c'étaient celles-ci qui l'empêchaient d'affronter le regard du public.

— Alors je vais faire le nécessaire pour qu'elles le soient enfin.

Des images de Talos en train de lui lécher la peau s'imposèrent à l'esprit d'Amalie et une vive chaleur la submergea soudain. A son grand soulagement, un membre du club choisit cet instant pour venir discuter avec lui. La passion était quelque chose qu'elle avait toujours évité. Après le divorce de ses parents, pendant ses séjours chez sa mère, elle avait vu celle-ci enchaîner les liaisons et épouser successivement deux de ses amants dans l'espoir de retrouver la magie de son premier mariage. La voir dévastée après chaque échec avait été d'autant plus douloureux pour elle qu'elle se sentait responsable de son chagrin — et de celui de son père. Ce dernier n'avait jamais amené une autre femme chez eux, et il ne s'était pas remarié. Il avait beau le nier avec un sourire triste, les sentiments qu'il éprouvait pour sa mère étaient trop passionnés pour s'éteindre un jour. Sans cet incident après lequel leur enfant prodige était devenue incapable de jouer les chiens savants en public, ses parents seraient encore ensemble aujourd'hui, Amalie en était persuadée. Les fois où ils étaient obligés de se côtoyer, elle les voyait se tourner autour tout en s'évitant. Sa mère exhibant son dernier amant avec un entrain qui sonnait faux et son père assistant à ce spectacle avec un stoïcisme qui ne parvenait pas à masquer sa nostalgie. Voilà pourquoi elle fuyait la passion. Sa vie calme et sans risques lui apportait un sentiment de sécurité inestimable. Alors qu'avec Talos Kalliakis, elle se sentait plutôt en danger...

Avec un soupir exaspéré, Talos frappa à la porte du pavillon pour la deuxième fois. Au moment où il s'apprêtait à essayer la poignée, le battant s'ouvrit. Son violon à la main, Amalie affichait une mine contrite.

— Désolée, j'ai perdu la notion du temps, déclara-t-elle en s'écartant pour le laisser passer.

Il la suivit jusqu'au salon. Le petit piano à queue était couvert de partitions, et un vieux magnétophone était posé dessus. A côté, il y avait un pupitre à musique. Amalie semblait débordante d'énergie, comme montée sur ressorts. Depuis son arrivée à Agon, quatre jours plus tôt, il ne l'avait jamais vue comme ça.

— Ça ne vous ennuie pas si je manque la séance d'entraînement, ce soir ? demanda-t-elle, les yeux brillants. J'ai franchi une étape décisive dans la compréhension de la partition et je veux consolider dans mon esprit tout ce que j'ai acquis pour éviter que ça m'échappe.

— Vous faites des progrès ?

— Il y a eu un déclic aujourd'hui. J'ai enregistré l'accompagnement au piano et le fait d'avoir ce soutien quand je travaille le solo m'a éclairée sur l'ensemble de l'œuvre. Je suis vraiment très reconnaissante à votre grand-mère d'avoir écrit l'accompagnement piano, en plus de celui pour l'orchestre. C'est une aide très précieuse pour moi.

— Vous êtes prête à jouer le solo pour moi ?

Amalie ouvrit de grands yeux horrifiés.

— Absolument pas !

— Vous devrez bientôt le faire, pourtant.

Le compte à rebours avait commencé. Il ne restait plus que trois semaines et six jours avant le gala.

— Laissez-moi le temps de maîtriser complètement la composition.

— Vous avez jusqu'à vendredi.

Une étincelle de panique jaillit dans les yeux saphir d'Amalie.

— Je ne serai pas prête !

— Vendredi, vous n'aurez plus que trois semaines pour répéter. Je ne connais rien à la musique ; peu importe si vous commettez des erreurs à ce stade, je ne les remarquerai pas. Ce que je veux, c'est que vous preniez l'habitude de jouer de nouveau en solo devant quelqu'un. C'est aussi important que de travailler la partition elle-même.

Amalie sembla sur le point de se rebeller, puis ses traits se détendirent et elle hocha la tête.

— Ce soir, vous êtes dispensée de sport, mais demain vous retournez au club.

— On vous a déjà dit que vous étiez un tyran ?

— Personne n'a osé.

Elle roula les yeux.

— Je voudrais continuer à travailler. Vous pouvez partir.

— Personne n'a jamais osé non plus me mettre à la porte.

— Votre mémoire est défaillante. Je l'ai fait à Paris quand vous avez fait irruption chez moi sans prévenir.

— Ah, oui, c'est vrai. Vous avez essayé de m'expulser par la force.

A ce souvenir, Talos fut transpercé par une flèche de désir et il ne put s'empêcher de promener un long regard appréciateur sur le corps svelte d'Amalie, notant sa jupe patineuse noire, ses collants noirs très fins et son corsage émeraude à manches courtes dont le col ouvert laissait entrevoir la naissance de ses seins.

— Ça vous dirait de recommencer aujourd'hui ?

Elle recula d'un pas et serra son violon contre sa poitrine, comme pour se protéger.

— Imaginez la force que vous allez acquérir avec toutes ces séances de kickboxing, reprit-il d'une voix caressante.

A sa grande joie, elle s'empourpra.

— La prochaine fois que vous déciderez d'employer la force avec moi, vous aurez peut-être une chance de me dominer.

— Vous savez aussi bien que moi que je pourrais m'entraîner vingt-quatre heures sur vingt-quatre, sept jours sur sept, pendant dix ans sans acquérir la force nécessaire pour vous dominer.

— Si vous souhaitez vérifier cette théorie, il vous suffit de m'en faire part.

Avec un sourire gourmand, Talos plongea son regard dans celui d'Amalie. *Theos*, ces yeux saphir… Cette femme était la tentation incarnée.

— Qu'une belle femme essaie de me dominer, je ne suis pas contre. Bien au contraire. Quelque chose me dit que le résultat serait explosif.

En dehors du feu qui se répandait sur tout son visage, Amalie n'eut aucune réaction. L'espace d'un instant, Talos fut pris de doute. Avait-il tort de penser que son attirance pour elle était partagée ? Non, il avait raison, constata-t-il avec satisfaction en la voyant avaler sa salive avec difficulté, puis écarter une mèche de son front avec des doigts tremblants.

— Travaillez bien, lança-t-il en quittant la pièce.

Bravo, songea-t-il avec dérision en fermant la porte

du pavillon derrière lui. Taquiner la belle musicienne qui vivait là n'avait servi qu'à attiser leur désir mutuel.

Il allait être obligé de s'entraîner deux fois plus longtemps que d'habitude pour évacuer toute l'énergie qui faisait bouillonner son sang dans ses veines.

6

Amalie commit un sacrilège. Sous l'effet de la colère, elle jeta la partition par terre. Et fut aussitôt submergée de honte. Si l'immense joie qu'elle avait éprouvée toute la journée à s'absorber dans la musique s'était évanouie, le tort en revenait entièrement au petit-fils de la compositrice. *Concentre-toi, Amalie !* Mais comment se concentrer sur la partition alors qu'elle ne pensait qu'à une chose : arracher ses vêtements à Talos pour vérifier s'il était aussi splendide nu qu'habillé. Ce corps… de toute évidence dur comme l'acier, avec ces muscles de boxeur. Mais sa peau ? Serait-elle douce sous ses doigts ? *Concentre-toi !* Et sa virilité ? Serait-elle aussi impressionnante que le reste de son anatomie ? Serait-elle douce et dure sous ses…

— Stop ! s'écria-t-elle en crispant les poings.

Ce matin, elle s'était réveillée avec l'estomac noué à l'idée qu'il restait moins de quatre semaines avant le gala. Si d'ici là elle ne maîtrisait pas totalement le solo… même si par miracle Talos parvenait à la débarrasser de son trac, ce serait un fiasco. Et jamais elle ne se remettrait d'une nouvelle humiliation. Alors pas question de se laisser distraire. Tout ce qui comptait pour l'instant, c'était le solo. S'efforçant de maîtriser ses pensées, elle prit son violon et alluma le magnétophone. Bientôt, il n'y eut plus rien d'autre que la musique. Elle était tellement absorbée dans son jeu que, lorsque des coups à la porte résonnèrent dans le salon, elle dut faire un effort pour s'interrompre. Un regard à sa montre lui indiqua qu'elle travaillait depuis deux heures et demie. Elle ouvrit au moment où Talos levait la main pour recommencer à frapper.

— Vous ne connaissez pas le mot « patience » ? s'exclama-t-elle.

Avec un large sourire, il brandit un carton d'où s'échappait une odeur délicieuse.

— J'ai trop faim pour être patient, petit rossignol. Je nous ai apporté de quoi dîner.

« Nous » ? L'estomac d'Amalie se mit à gargouiller. Le contenu de ce carton sentait vraiment très bon... Et elle avait oublié de manger le repas que lui avait déposé un employé de la villa un peu plus tôt, se rappela-t-elle. Depuis leur première soirée au club, le déjeuner et le dîner lui étaient fournis au pavillon tous les jours sur ordre de Talos. Bien sûr, s'il avait pris cette initiative c'était uniquement par crainte qu'elle ne se nourrisse pas assez et fasse un malaise sur scène le jour du gala. Néanmoins, elle ne pouvait s'empêcher d'être sensible à cette attention. Le plateau du soir, auquel elle n'avait pas touché, était resté sur la table. Et de toute évidence, il l'avait remarqué tout à l'heure, quand il était venu la chercher, détail qui l'emplit d'une douce euphorie. Elle s'écarta pour le laisser entrer puis elle alla récupérer assiettes et couverts dans la cuisine. Que faire d'autre ? Lui demander de partir alors qu'il avait pris la peine de lui apporter à manger, uniquement parce qu'elle fantasmait sur lui ? Ce serait extrêmement grossier. Certes, il avait eu recours au chantage pour la forcer à venir ici, mais depuis son arrivée il se comportait correctement avec elle. Il était même aux petits soins. Contrairement à ce qu'elle avait craint, elle n'était pas prisonnière et tout le personnel était à sa disposition. Puis elle réfléchit. De toute façon, elle allait devoir voir Talos très souvent au cours des prochaines semaines, autant qu'elle s'y habitue et apprenne à surmonter le trouble qu'il provoquait en elle.

Il sortit une bouteille de retsina du carton.

— Des verres ?

Lorsqu'ils furent installés, il entreprit d'ouvrir toutes les barquettes étalées sur la table.

— Je suis étonnée qu'il y ait des restaurants proposant des plats à emporter ouverts le dimanche soir, déclara-t-elle.

Un des employés de la villa lui avait conseillé l'avant-veille de faire ses courses éventuelles le samedi, parce que tout était fermé sur l'île le dimanche.

— Il n'y en a pas. J'ai demandé aux cuisiniers du palais de nous préparer à dîner.

Oh ! bien sûr. C'était un prince. A Paris, elle en avait eu terriblement conscience, mais ici, dans l'atmosphère détendue qui régnait à Agon, elle avait tendance à l'oublier.

— Et ils ont des barquettes pour plats à emporter ?

— Les cuisines du palais font dix fois la taille de ce pavillon et on y prépare à manger pour les occasions les plus diverses.

— Vous n'êtes pas allé au club ? demanda-t-elle avec curiosité.

Depuis qu'il était venu la chercher un peu plus tôt, Talos s'était changé. Vêtu à présent d'un pantalon de toile noir et d'un polo bleu marine, il avait de toute évidence également pris une douche. Ce qui semblait indiquer qu'il avait fait du sport. Mais comment pouvait-il avoir eu le temps d'aller à la fois au palais et au club de boxe ?

— Comme vous n'assistiez pas au cours de kickboxing, je me suis entraîné à la salle de sport du palais. Ça m'a permis de voir mes frères et mon grand-père.

— Je croyais que vous vous rendiez tous les soirs à votre club ?

— Je fais du sport chaque jour, mais pas forcément là-bas. J'essaie d'y aller deux ou trois fois par semaine, quand je suis à Agon.

— Vous avez été obligé de changer vos habitudes pour moi ?

Il lui adressa un large sourire.

— Vous êtes mon projet prioritaire en ce moment. Pour réussir à vous faire monter sur scène le jour du gala, je suis prêt à tous les sacrifices.

C'était vrai. Elle était en effet son projet prioritaire. S'il avait des attentions pour elle, c'était uniquement pour améliorer ses chances d'atteindre son objectif, elle ferait bien de ne pas l'oublier... Amalie but une gorgée de retsina avec circonspection. D'habitude, elle trouvait ce genre de vin trop âpre, mais elle fut surprise de lui découvrir un goût agréablement velouté.

— Vous aimez ? demanda Talos.

Elle hocha la tête.

— Tant mieux. Il vient de l'île.

— C'est vous qui le faites ?

— Non. Nous louons la terre à un vigneron qui le produit sous la marque d'Agon.

La nourriture tenait ses promesses. Chaque plat était aussi délicieux que son arôme l'avait laissé supposer. Amalie mangea avec appétit du *kleftiko*, un ragoût d'agneau cuit à l'étouffée dont la viande était la plus tendre qu'elle ait jamais goûtée, accompagné de *yemista*, des tomates et poivrons farcis. Elle ne s'était pas rendu compte qu'elle était aussi affamée... Lorsque Talos eut fini sa part et raclé le fond des barquettes, il planta sa fourchette dans les quelques morceaux qui restaient dans l'assiette d'Amalie.

— Pour un prince, vos manières manquent singulièrement de majesté, commenta-t-elle d'un ton pince-sans-rire.

Il pouffa.

— Je laisse la majesté à mes frères.

— Comment pouvez-vous vous le permettre ?

— Ils sont respectivement l'héritier de la couronne et le suppléant. Helios montera sur le trône quand... le jour viendra.

L'hésitation de Talos fut imperceptible, mais elle n'échappa pas à Amalie, qui l'observait attentivement. En fait, elle ne parvenait pas à détacher ses yeux de lui. Plus elle le côtoyait, plus il la fascinait. Et ce n'était pas seulement à cause de son charme irrésistible. Sa personnalité piquait sa curiosité.

— Theseus a été élevé lui aussi comme un futur roi, au cas où il arriverait quelque chose à Helios, poursuivit-il.

Elle ne put s'empêcher de ciller et il ajouta aussitôt :

— Personne ne connaît l'avenir et il faut tout prévoir. Notre père était l'héritier du trône, mais le destin lui a joué un mauvais tour alors qu'il était à peine plus âgé que moi aujourd'hui.

L'accident de voiture. La tragédie qui avait frappé la famille Kalliakis un quart de siècle plus tôt, laissant les trois jeunes princes orphelins, se rappela Amalie. Elle avait toutes les peines du monde à imaginer Talos enfant. Pourtant, il avait été un petit garçon, et il avait vécu la chose la plus horrible qui pouvait arriver à un enfant, perdre ses deux parents en même temps. Elle résista à la tentation de poser la main sur la sienne pour lui exprimer sa compassion. Le regard mordoré dardé sur elle signifiait clairement : « Je ne veux pas de votre pitié. »

— Vos frères ont-ils bénéficié d'un certain favoritisme ? demanda-t-elle d'un ton neutre.

Talos se détendit aussitôt devant le changement de sujet.

— Pas du tout, répondit-il en souriant. C'est moi qui ai eu droit à un traitement privilégié. J'étais un heureux accident. N'étant pas appelé à régner, j'ai été élevé dans l'insouciance. La seule chose que l'on attendait de moi, c'était de protéger mes frères en cas de besoin. Ce qui se reflète d'ailleurs dans mon prénom : dans la mythologie grecque, Talos est un géant de bronze chargé de protéger la Crète contre les intrus.

Amalie fut parcourue d'un long frisson. Quelque chose lui disait qu'il prenait sa mission très au sérieux. Il devait être redoutable, et pas seulement à cause de son physique athlétique. Quiconque indisposait ceux qui l'aimaient devait s'en repentir amèrement…

— N'est-ce pas plutôt aux grands frères de veiller sur le plus jeune ?

Le sourire de Talos s'élargit.

— En principe, oui. Mais j'étais un nouveau-né tellement robuste que mes parents ont tout de suite su que mon rôle serait de protéger mes frères de quiconque leur voudrait du mal.

— Et vous avez eu souvent l'occasion de le faire ?

Il pouffa.

— Quand j'étais enfant, j'avais plutôt l'impression que ma mission était de les protéger l'un de l'autre. Ils n'arrêtaient pas de se battre. En fait, nous nous bagarrions sans arrêt, tous les trois.

— Et aujourd'hui, ça se passe comment, entre vous ?

— Nous continuons à nous bagarrer, mais verbalement. Nous nous entendons bien et nous travaillons ensemble. Nous nous protégeons mutuellement. Cela dit, ils sont assez grands l'un et l'autre pour prendre soin d'eux-mêmes.

Amalie eut un pincement au cœur. Elle aurait tellement aimé avoir un frère ou une sœur… Avoir quelqu'un avec qui s'amuser, au lieu de passer son enfance à suivre ses parents en tournée à travers le monde en compagnie d'un précepteur, seule enfant dans un univers d'adultes.

— Mais les princes ne sont-ils pas censés être escortés en permanence par des gardes royaux ? Et une armée de valets de pied ?

A Paris, les deux fois où il lui avait rendu visite chez elle, il était venu seul. Et au Théâtre de la Musique, il n'était accompagné que de son assistant.

— Il faudrait être très courageux pour s'attaquer à moi, vous ne croyez pas, petit rossignol ?

Elle sentit ses joues s'enflammer. Si seulement il pouvait arrêter de l'appeler « petit rossignol » ! Chaque fois, elle en avait des frissons. Mais il valait sans doute mieux éviter de le lui dire…

— Helios voyage toujours avec des gardes… Theseus, pas systématiquement.

Talos s'interrompit un instant avant de déclarer :

— Si vous avez envie de me voir me conduire avec plus de majesté, vous pouvez m'accompagner au bal qui sera donné au palais le week-end prochain.

— Un bal ? répéta Amalie avec stupéfaction.

— Oui, Helios organise une soirée privée pré-gala. Il y aura des gardes royaux et des valets de pied partout. Des princes et des princesses du monde entier. Et moi, petit rossignol, je serai paré de ma tenue la plus princière.

— Et vous voulez que je vienne avec vous ? s'étonna-t-elle.

— Ça me donnera l'occasion de vous prouver que je suis capable de me conduire comme un prince digne de ce nom.

— Si c'est une soirée officielle, comment se fait-il que vous n'ayez pas déjà quelqu'un pour vous accompagner ?

— Si j'y emmenais une autre femme, elle en conclurait que j'envisage de l'épouser.

— Dois-je comprendre que vous n'êtes pas séduit par l'idée du mariage ?

Pour toute réponse, Talos eut une moue dégoûtée.

— En tant que prince, n'êtes-vous pas censé vous marier et avoir des héritiers ?

— Helios se chargera d'engendrer tous les héritiers dont Agon a besoin. Theseus en fera autant au cas où. Ce qui me laisse libre de rester célibataire pour l'éternité.

— Le play-boy éternel ?

— Je n'aime pas ce terme. Il implique un certain mépris envers les femmes.

Amalie s'esclaffa.

— Ne me dites pas que vous êtes féministe !

— Ma grand-mère était la personne la plus résolue que j'aie jamais connue. Si je venais à manquer de respect envers une femme ou à la juger en fonction de son genre, je suis certain qu'elle me poursuivrait dans mes rêves pour me passer un savon.

— Ce devait être une femme exceptionnelle.

Talos hocha la tête. Sans l'amour, mais également l'autorité de sa grand-mère — en particulier quand il avait commencé à s'écarter du droit chemin à l'adolescence —, il ne serait même pas arrivé à la cheville de l'homme qu'il était aujourd'hui.

— Elle m'a été d'un immense soutien.

Il but une gorgée de retsina.

— Et je pense qu'elle m'approuverait de vous avoir choisie pour interpréter sa dernière œuvre.

— Qu'est-ce qui vous fait croire ça ?

— Vous avez autant de caractère qu'elle.

Amalie ouvrit de grands yeux.

— Je suis incapable de jouer en public. J'ai autant de caractère qu'un mollusque...

— Mais à part les membres de ma famille, vous êtes

la seule personne au monde qui ose me tenir tête, petit rossignol.

Comme elle le faisait en ce moment même, songea Talos.

Il comprenait enfin la démarche de Theseus, qui avait pris deux années sabbatiques à la fin de sa formation à Sandhurst. Déjà à l'époque, il avait compris l'envie de voyager de son frère. Ce qui l'avait laissé perplexe, en revanche, c'était sa décision de le faire sous un nom d'emprunt. Pour sa part, il était fier d'être un Kalliakis — fier de sa famille, de son peuple et de sa culture. Que Theseus insiste pour cacher son identité lui avait paru comme un affront à toute leur lignée. Theseus avait souvent parlé par la suite de la liberté qu'il avait éprouvée pendant toute cette période où il avait été traité comme un homme « normal », mais son enthousiasme était resté un mystère pour Talos. Jusqu'à ce jour. Depuis son enfance, Amalie était la première personne à se comporter avec lui sans tenir compte de son titre. Elle n'hésitait pas à le contredire lorsqu'elle n'était pas d'accord avec lui et elle ne le flattait jamais. Ce qui signifiait que, lorsqu'elle lui souriait — ce qui était assez rare, il fallait bien le reconnaître —, ça n'avait rien d'hypocrite. Lorsque les pupilles de ses splendides yeux verts se dilataient, trahissant son trouble, c'était l'homme qui l'attirait et non le prince. Quand il couchait avec une femme, il ne savait jamais vraiment si elle le désirait pour lui-même ou pour le prestige de son titre. Ça ne le perturbait pas — l'idée qu'il pouvait séduire n'importe quelle femme était pour lui un aphrodisiaque —, mais le doute était là, tapi au fond de lui. S'il couchait un jour avec Amalie, il aurait la certitude d'être désiré pour lui-même... *Theos*, comme il était tentant de se pencher au-dessus de la table pour goûter à ces lèvres pulpeuses ! Plus il passait de temps en sa compagnie, plus sa volonté était mise à rude épreuve...

Et pourtant, il fallait à tout prix résister. Il était censé la préparer psychologiquement à monter sur scène pour le jubilé de son grand-père, pas fantasmer sur son corps souple… Talos consulta sa montre et se leva brusquement.

— Il faut que je rentre. Je pars à New York demain matin, mais je serai de retour jeudi soir. Je vais demander à Kostas de vous emmener chez Natalia. Elle vous confectionnera une robe de bal.

— Je n'ai pas accepté de vous accompagner.

— Je suis un des princes de ce pays, petit rossignol. Si vous vous opposez à ma volonté, je vous ferai jeter au cachot.

— Vous m'avez dit que les geôles du palais n'étaient plus qu'une attraction touristique.

Il eut un clin d'œil malicieux.

— Il me suffira de deux minutes pour en récupérer les clés.

Le regard noir qu'elle lui lança le fit pouffer.

— Inutile de me raccompagner, je connais le chemin. *Kali nichta*, petit rossignol.

Il n'avait peut-être pas l'intention de céder à cette attirance mutuelle qui s'intensifiait de jour en jour, mais il n'allait tout de même pas se priver de passer une soirée agréable en sa compagnie.

7

Un coup frappé à la porte arracha Amalie à sa transe. Le violon coincé sous le menton, elle se figea et l'archet rebondit sur la corde mi. Une seule personne de sa connaissance annonçait sa présence de façon aussi autoritaire… les cinq jours de paix sans Talos étaient terminés. Il était rentré à Agon la veille au soir, sans se manifester pour autant. Ce qui n'avait pas empêché Amalie de passer toute sa séance au club de boxe à jeter des coups d'œil furtifs derrière elle dans l'attente de son arrivée…

— Bonjour, petit rossignol, la salua-t-il avec un sourire nonchalant dans le soleil de l'après-midi. Je vous ai manqué ?

— Autant qu'une migraine, répliqua-t-elle en levant les yeux au ciel.

Puis elle pivota sur elle-même pour retourner dans le salon, le laissant fermer la porte.

— Vous avez passé une bonne semaine ? demanda-t-il en la rejoignant.

— Très paisible, merci. Et la vôtre ?

— Incroyablement barbante.

— Ça vous apprendra à être avocat.

— C'est un gagne-pain.

Elle ne put s'empêcher de pouffer. Comme si Talos Kalliakis avait besoin de travailler pour vivre…

— Que doit-on faire pour avoir droit à un café, dans cette maison ? demanda-t-il.

— Aller dans la cuisine et faire marcher la machine.

— Je vous rappelle que je suis de sang royal. Je ne suis pas censé devoir préparer mon café moi-même.

— Je prendrai un mokaccino, merci.

Il s'éloigna en direction de la cuisine avec un soupir théâtral. Amalie profita de son absence pour tenter de se calmer. Pourquoi fallait-il que son cœur se mette à battre à cent à l'heure dès que Talos Kalliakis se trouvait sous le même toit qu'elle ? Lorsqu'il revint avec les cafés, elle s'était assise dans un fauteuil après avoir rangé son violon. Il posa les tasses sur la table et s'installa sur le canapé.

— Il paraît que vous êtes allée au club tous les jours.

— J'avais des ordres, vous vous souvenez ?

Il esquissa un sourire malicieux.

— Melina trouve dommage que vous ne puissiez pas disputer un match.

Nul doute que Melina se porterait volontaire pour l'affronter, songea-t-elle avec dérision. La monitrice n'était pas ouvertement hostile, mais elle la traitait malgré tout avec une certaine froideur.

— Le kickboxing me plaît, reconnut-elle.

Il régnait dans le club de Talos une atmosphère très différente de tout ce qu'elle avait connu jusque-là. Les gens avaient l'esprit d'équipe, et même si les narcissiques ne manquaient pas, ils étaient moins pesants que ceux qu'elle côtoyait dans le monde de la musique.

— Bien. Et comment vous en sortez-vous avec la partition ?

— Bien… je pense.

— Vous pensez ?

— Je n'ai aucun moyen de savoir si je la joue comme l'aurait souhaité votre grand-mère.

— Que voulez-vous dire ?

— Mon interprétation diffère peut-être de la sienne.

Talos haussa les épaules.

— Vous jouiez *La Méditation de Thaïs* sur un tempo plus lent qu'elle, mais avec la même émotion.

Amalie devint écarlate et une étincelle de fierté embarrassée jaillit dans son regard. Il se pencha en avant.

— A présent, c'est l'heure de jouer pour moi.

Elle perdit instantanément ses couleurs et se recroquevilla dans son fauteuil.

— Je vous avais dit que je viendrais vous entendre aujourd'hui.

— Je me suis enregistrée. Vous pouvez écouter la bande.

— Je vois ça d'ici, pour le gala : nous annoncerons notre soliste vedette et nous pousserons sur scène un magnétophone coiffé d'une perruque.

Elle laissa échapper un rire nerveux.

— C'est juste vous et moi, plaida-t-il d'une voix apaisante. Peu importe si vous commettez des erreurs. Tout ce qui compte, c'est que vous jouiez pour moi.

Plus que trois semaines et un jour avant le gala. Vu la terreur qui se lisait dans les yeux d'Amalie, il aurait besoin de chacune de ces journées. Il avait abattu autant de travail que possible à New York et s'était organisé pour réduire ses déplacements au strict nécessaire jusqu'au gala. Ses frères et lui négligeaient leurs affaires, mais comment faire autrement ? Ils voulaient tous les trois passer le maximum de temps avec leur grand-père, pour être là quand il était en forme et avait envie de les voir. Par chance, ils pouvaient se permettre de laisser une grande autonomie à leurs collaborateurs, tous extrêmement compétents. Il était toujours heureux de revenir à Agon, mais, pendant ce séjour à New York, il avait été en proie à une impatience bien plus vive qu'à l'ordinaire.

Il n'avait pas cessé de penser à *Amalie*, dans son petit pavillon. Et la veille au soir, la tentation de passer la voir dès son arrivée avait été si forte qu'il en avait été stupéfait. Il y avait résisté et s'était rendu au palais, où il avait dîné avec ses frères. Tous deux s'étaient montrés d'une humeur massacrante, mais ils avaient refusé de lui fournir la moindre explication et s'étaient levés de table dès la fin du repas. Sans s'attarder sur l'étrangeté de leur comportement, il était allé voir son grand-père, avec qui il avait joué aux échecs pendant deux heures. L'épuisement avait fini par rattraper le vieil homme, les obligeant à interrompre la partie. Ces accès de fatigue subits qui le terrassaient en quelques secondes étaient très impressionnants. Et de plus en plus fréquents. Par ailleurs, pendant les quatre jours de son séjour à New York, le roi d'Agon avait encore maigri ; il n'était plus que l'ombre de lui-même. Le temps pressait. La femme qui se trouvait devant lui avait le pouvoir d'adoucir ses derniers jours. Elle était la seule personne au monde capable de donner vie à la dernière œuvre de sa grand-mère avec toute l'âme que celle-ci méritait.

Amalie se leva et se dirigea vers le piano, sur lequel elle avait posé son violon. Cette démarche lui demanda un effort de volonté si flagrant que Talos eut un pincement au cœur. Elle décala ensuite le pupitre derrière le piano, comme pour utiliser celui-ci comme rempart, et plaça la partition dessus. Après avoir rectifié plusieurs fois la position de cette dernière, elle prit son violon et le coinça entre sa clavicule et son menton. Au moment de jouer la première note, elle suspendit son geste et regarda Talos.

— Je connais déjà le solo pratiquement par cœur. Je n'aurai pas besoin de la partition pour le gala.

C'était la première fois qu'il l'entendait exprimer son intention de jouer au gala... Avait-elle conscience de ce qu'elle venait de révéler ? Depuis son arrivée sur l'île neuf jours plus tôt, son état d'esprit avait déjà évolué. Talos leva les mains avec une moue signifiant qu'elle était libre de faire comme elle l'entendait.

— Là, je vais jouer sans l'accompagnement.

— Cessez de chercher à gagner du temps et allez-y.

Elle déglutit avec difficulté, hocha la tête et ferma les yeux. L'archet toucha une corde. Et rebondit dessus. Il l'observa attentivement. La main qui soutenait le violon était crispée et l'autre tremblait.

— Inspirez profondément, dit-il d'une voix apaisante.

Les paupières toujours closes, elle lui obéit, puis frotta la corde. L'archet rebondit derechef. Elle prit une nouvelle inspiration. Essaya de nouveau. Obtint le même résultat.

— A quoi pensez-vous, en ce moment précis ? demanda-t-il au bout de plusieurs autres tentatives infructueuses.

La détresse d'Amalie était si palpable qu'il en avait le cœur serré.

— Je me sens toute nue, répondit-elle d'une voix blanche en ouvrant les yeux. Avez-vous déjà rêvé que vous étiez quelque part, entouré de gens, et que soudain vous vous aperceviez que vous étiez entièrement nu ?

— Je sais que certaines personnes font ce genre de rêves, répliqua-t-il.

Mais pas lui. Non, ses rêves à lui — ses cauchemars — étaient beaucoup plus sombres. Ils lui faisaient revivre cette dernière soirée avant l'accident de ses parents, quand il s'était jeté sur son père et avait criblé son dos de coups de poing. Son père l'avait repoussé si violemment qu'il était tombé et s'était cogné contre le coin du lit. Dans ces cauchemars, il revivait ensuite le moment où sa mère l'avait pris dans ses bras pour le consoler, embrassant son front couvert de sang et essuyant ses larmes tout en pleurant elle-même. C'était la dernière fois qu'il les avait vus.

Avant leurs funérailles, durant l'hommage national, leurs corps étaient tellement abîmés que les cercueils avaient été fermés. Le pire moment de ses cauchemars, c'était celui où il entrait en cachette dans la chapelle familiale et soulevait le couvercle des bières pour contempler les ravages causés par l'accident. Quand il fermait les yeux, son imagination n'avait pas de limites…

— Essayez de vous représenter l'effet que ça fait, parce que c'est la seule image qui se rapproche de ce que je ressens en ce moment, déclara Amalie d'une voix sans timbre.

Pour la première fois, il la crut vraiment. Il comprit que sa peur était bien réelle. Il n'avait jamais vraiment mis sa parole en doute, mais il s'était toujours dit qu'il y avait une part d'exagération dans ce qu'elle décrivait. Eh bien, non. Elle n'avait pas exagéré.

— Vous vous sentez toute nue ? demanda-t-il d'un ton neutre.

Il était bien placé pour comprendre les excès de l'imagination et savoir que la peur de l'inconnu était bien pire que la réalité. Heureusement, il savait aussi comment l'aider à faire le premier pas pour surmonter cette peur.

— Oui, répondit-elle dans un souffle.

— Dans ce cas, il n'y a qu'une solution. Vous devez *être* nue.

— Pardon ?

La voix d'Amalie s'étrangla en voyant Talos enlever ses chaussures et ses chaussettes… Avant qu'elle ait le temps d'en croire ses yeux, il avait déboutonné sa chemise.

— Que faites-vous ?

Il se leva. L'estomac noué, elle recula et sentit le mur dans son dos. Elle ne pouvait même pas s'enfuir… Elle ne pouvait pas sortir de la pièce — et de la maison — sans passer devant lui.

— Le seul moyen pour vous de surmonter votre peur d'être nue, c'est de jouer nue.

Pétrifiée, elle fut incapable d'articuler un son. Il ôta sa chemise et la posa sur le dossier d'une chaise. Une fine toison noire recouvrait son torse musclé à la peau hâlée. Avec une aisance confondante, il déboucla sa ceinture et ouvrit sa braguette.

— S'il vous plaît, arrêtez, supplia-t-elle.

Il enleva son pantalon et son boxer d'un même mouvement, et les posa sur sa chemise. Puis il s'adossa au mur et reporta son attention sur elle.

— Je ne vais pas vous obliger à vous dévêtir, déclara-t-il, toujours sur le même ton calme. Mais si vous jouez nue pour moi maintenant, vous aurez vécu votre pire cauchemar. Et par la même occasion, vous aurez surmonté votre peur. Quant à moi, si je me suis déshabillé, c'est pour que nous soyons sur un pied d'égalité. Je vais rester là où je suis. Je vous donne ma parole que je ne m'approcherai pas de vous.

Il esquissa un sourire malicieux.

— Sauf si vous me le demandez, bien sûr.

Elle secoua la tête sans un mot. Ce n'était pas la peur qui la privait de sa voix, c'était la fascination. Elle se doutait que Talos était splendide sous ses vêtements, mais la réalité dépassait tout ce qu'elle avait pu imaginer. Pourquoi lui ? se demanda-t-elle avec désespoir. Pourquoi son corps choisissait-il cet homme pour se mettre à vibrer ? Pourquoi fallait-il qu'il vibre d'ailleurs ? Elle avait trop souvent vu sa mère dévastée par une rupture pour avoir envie de suivre son exemple. Depuis son adolescence, elle fuyait la passion et le désir qui en était indissociable. Le désir rendait dépendant, et donc vulnérable.

Le sourire de Talos s'effaça.

— Je me suis engagé à vous aider, mais vous devez y

mettre un peu du vôtre, petit rossignol. C'est vous qui devez faire le premier pas.

L'esprit en ébullition, elle inspira profondément. Elle ne s'était jamais déshabillée devant un homme. Ses quelques petits amis avaient tous respecté son besoin d'attendre. C'étaient des gens convenables, avec qui elle se sentait en sécurité... Etait-ce sa recherche permanente de sécurité qui l'avait empêchée de surmonter ses peurs ? Un de ses psys — le plus fin de tous — lui avait dit un jour qu'elle n'avait sans doute pas réellement envie d'être délivrée de son trac. Sur le moment, elle l'avait nié, mais à présent, avec le recul... Etait-il possible qu'il y ait du vrai dans cette théorie ? Elle menait une vie paisible, sans risques. Peut-être un peu ennuyeuse, mais elle s'était fait une place confortable qu'elle n'avait pas envie de quitter. Sauf qu'aujourd'hui elle n'avait pas le choix : si elle ne bougeait pas, elle perdrait cette place. Pour de bon. Elle se retrouverait sans travail et sans revenus. Elle pourrait dire adieu à son indépendance. Et elle entraînerait tous ses amis dans sa chute...

— Nous avons plus de points communs que vous ne le pensez, vous et moi, déclara Talos.

Sa voix était douce et profonde à la fois. Apaisante. Et il restait immobile contre le mur.

— Nous avons tous les deux choisi des quêtes solitaires. Moi la boxe, vous le violon. Personne ne peut donner des coups à ma place, personne ne peut jouer pour vous. Pensez au kickboxing, aux efforts nécessaires pour canaliser votre énergie et réussir vos mouvements. Eh bien, vous devez faire pareil pour maîtriser votre peur et la combattre. Nous sommes à Agon, l'île des guerriers. Nous nous battons et vous devez en faire autant. Battez-vous, petit rossignol. Lâchez prise et envolez-vous.

Elle ferma les yeux. Le moment était-il venu d'affronter

sa peur ? Si elle ne le faisait pas aujourd'hui, quand le ferait-elle ?

— Vous voulez bien vous tourner pendant que je me déshabille ?

— D'accord, mais quand vous jouerez, je vous regarderai. Je ne peux pas vous garantir que j'empêcherai mes pensées de vagabonder, mais je vous promets de ne pas les concrétiser par des actes. Si vous êtes capable de surmonter cette épreuve, plus rien ne vous résistera ensuite. Je vous en donne ma parole.

Malgré sa peur, elle le crut.

— Il n'y a que vous et moi. Personne d'autre. Si vous commettez des erreurs, ne vous interrompez pas. Continuez à jouer. Vous pouvez y arriver, Amalie.

Sans savoir si c'était à cause de la sincérité manifeste de Talos ou de son assurance — dire qu'il était nu ! —, Amalie sentit sa peur s'estomper légèrement.

— Tournez-vous, dit-elle d'une voix tremblante.

Il s'exécuta et elle ne put s'empêcher de le contempler. Il était aussi superbe de dos que de face… Avec des gestes gauches, elle ôta son corsage bleu et sa jupe. Mais au moment de dégrafer son soutien-gorge, elle fut assaillie par une nouvelle bouffée de panique.

— Je ne peux pas…

Talos jeta un coup d'œil par-dessus son épaule avant de se retourner. Croisant les bras, il la contempla un instant en silence d'un air étrange.

— Ça suffira. Vous pouvez rester comme ça. Maintenant, s'il vous plaît, jouez pour moi.

Pour la première fois, elle s'autorisa à baisser les yeux sur ce qu'elle avait soigneusement évité jusque-là. La vague de désir qui la submergea lui coupa le souffle. Pas de doute, Talos était *très* viril… Elle leva précipitamment la tête, mais elle croisa aussitôt le regard de Talos. La lueur qui y brillait décupla son trouble. Elle prit son violon sur le piano d'un geste vif et se mit en hâte de jouer. L'archet rebondit sur les cordes en raison de ce démarrage précipité, mais il les caressa bientôt comme il était censé le faire. C'était sans doute le pire couac de toute sa carrière, mais quelle importance ? Elle était en train de gagner son combat. Elle jouait devant quelqu'un. Pratiquement nue... Très vite, elle se laissa emporter par la musique, mais au lieu de fermer les yeux elle continua de soutenir le regard brûlant de Talos. Le son du violon et les ondes qui circulaient entre eux s'entremêlèrent peu à peu, chargeant l'atmosphère d'une électricité palpable. La dernière note fut suivie par un long silence. Aucun mot n'était échangé, mais leurs regards étaient éloquents.

— Vous m'avez donné la chair de poule, finit par dire Talos d'une voix rauque. Mais ce n'était pas l'œuvre de ma grand-mère.

Elle secoua la tête. Elle avait joué le troisième mouvement du deuxième concerto des *Quatre Saisons* de Vivaldi, *L'Eté*. Le mouvement qui évoquait un orage et reflétait le tourbillon de sensations dont elle était la proie.

— Je n'avais pas envie que vous l'entendiez pour la première fois alors que je ne la maîtrise pas encore suffisamment pour y mettre tout le sentiment qu'elle mérite.

— La première fois doit être spéciale, en effet.

Elle déglutit péniblement. De toute évidence, il ne parlait plus de la musique. Il restait immobile, mais son regard en disait long. Il lui avait promis de ne pas s'approcher d'elle. A moins qu'elle ne l'y invite... et Dieu, qu'elle en mourait d'envie... Non !

Ce cri silencieux résonna dans son esprit, rompant le charme. Sans un mot, elle remit son corsage. Talos inclina légèrement la tête, puis il se rhabilla.

— Vous avez joué merveilleusement, petit rossignol. Et maintenant, il faut que je m'en aille.

— Déjà ? s'exclama-t-elle sans réfléchir, poussée par l'instinct.

Il baissa les yeux sur sa braguette encore ouverte.

— A moins que vous n'ayez envie que je rompe ma promesse ?

Il attendit un instant une réponse qui ne vint pas.

— C'est bien ce que je pensais. Mais nous savons tous les deux que ce n'est qu'une question de temps.

Amalie fut parcourue d'un long frisson.

— Une voiture viendra vous chercher demain à 19 heures.

— 19 heures ?

— Le bal d'Helios, rappela-t-il en fermant le dernier bouton de sa braguette. Avez-vous reçu le carton d'invitation ?

Elle hocha la tête. Un employé du palais s'était déplacé pour lui remettre en personne une enveloppe en vergé cachetée à la cire.

— Ne le perdez pas. Vous devrez le présenter à votre arrivée. Je passerai le week-end au palais dans mon appartement et je vous enverrai donc une voiture.

— Très bien, répliqua-t-elle en masquant sa déception.

Ils ne se rendraient pas au palais ensemble comme elle s'y attendait ? Et alors ? Ce n'était pas une sortie en amoureux. Elle l'accompagnait juste à une soirée. Rien de plus.

— Votre robe vous plaît ? demanda-t-il.

Le lundi, un membre du personnel de Talos avait conduit Amalie chez une vieille dame du nom de Natalia, qui habitait une maison au bord de la mer. Natalia avait pris ses mesures, puis elle s'était installée à son bureau pour dessiner. Avant qu'Amalie n'ait le temps de finir le café qu'elle lui avait offert, elle avait déchiré la feuille de son carnet de croquis et la lui avait tendue en déclarant : « Voici votre robe. »

Amalie était repartie vingt minutes plus tard, au comble de l'excitation. Elle avait eu souvent l'occasion de se rendre à des réceptions dans la haute société, mais c'était la première fois qu'elle était invitée à un bal royal. Et qu'elle allait porter une robe de princesse...

— Natalia vient demain avec, pour m'aider à la mettre.

Agrafer le bustier sans assistance était en effet impossible.

— A demain, donc, petit rossignol.

Après son départ, Amalie se laissa tomber sur le tabouret du piano, les jambes tremblantes. Puis elle pressa sa joue contre le couvercle de bois laqué, espérant que sa fraîcheur apaiserait le bouillonnement qui la tourmentait.

Avec un peu de chance et beaucoup de patience, l'envie irrésistible de courir après Talos et de se jeter dans ses bras finirait par la quitter.

8

La limousine noire franchit un pont, puis passa sous une arche avant de s'immobiliser dans la cour du palais.

Le chauffeur ouvrit la portière d'Amalie et lui offrit son bras, qu'elle accepta avec gratitude. Elle n'avait jamais marché avec des talons d'une telle hauteur. Et elle ne s'était jamais sentie aussi élégante... Mais il était vrai qu'elle portait la robe la plus sublime du monde. Elle contempla le palais avec émerveillement. Il était si grand qu'il était impossible de l'embrasser d'un seul regard. Son architecture était un mélange de styles dont elle avait eu l'occasion de voir des exemples à travers l'Europe et l'Afrique du Nord, ce qui lui conférait une personnalité unique et majestueuse, au charme envoûtant. Une douzaine de marches arrondies menaient à un imposant portail de bois richement sculpté en forme d'arc, de chaque côté duquel se tenait un valet de pied en livrée pourpre et or, avec une écharpe jaune. Après avoir étudié son invitation, un troisième domestique l'escorta à l'intérieur du palais. Ils entrèrent d'abord dans une salle de réception — assez vaste pour contenir son pavillon, véranda et toiture comprises — puis ils traversèrent une autre pièce, où un homme arborant une écharpe rouge sur sa livrée donnait des instructions de dernière minute à un groupe de serveurs.

— Suis-je la première à arriver ? demanda-t-elle à son accompagnateur.

Malheureusement, il ne parlait pas plus français ou anglais qu'elle ne parlait grec. Il la conduisit dans une troisième pièce — plus étroite, mais beaucoup plus longue que la première — où d'autres serveurs chargés de plateaux de flûtes de champagne étaient alignés le long du mur, sous une galerie de portraits. A l'autre bout, trois hommes vêtus de noir étaient en grande conversation. Le cœur d'Amalie se mit à battre à grands coups tandis que son guide l'entraînait dans leur direction. Talos tourna la tête et l'admiration qu'elle lut dans son regard la combla. C'était le genre de regard que les hommes lançaient à sa mère, mais jamais à elle. Un regard grisant. Et elle devait admettre que grâce à Natalia, ainsi qu'à la coiffeuse et à l'esthéticienne avec qui elle était venue pour l'aider à se préparer, elle se sentait belle pour la première fois de sa vie. Elle avait l'impression d'être une vraie princesse. Quant à Talos… il était prince jusqu'au bout des ongles. Comme ses deux compagnons, aussi grands et bruns que lui, il portait un smoking avec un nœud papillon et une écharpe pourpres. Et pour la première fois depuis qu'elle l'avait rencontré, il était rasé de près. Cependant, le costume élégant et l'absence de barbe ne suffisaient pas à gommer son côté voyou. Ni sa virilité à couper le souffle… En tenue d'apparat ou en vêtements de sport, il était l'homme le plus sexy qu'elle eût jamais rencontré. Il la rejoignit en deux enjambées et l'embrassa sur les joues avant de lui chuchoter à l'oreille :

— Petit rossignol, vous êtes éblouissante.

Se redressant, il ajouta :

— Laissez-moi vous présenter à mes frères. Helios, Theseus, voici mon invitée, Amalie Cartwright.

Theseus inclina la tête en souriant.

— Enchanté de faire votre connaissance.

— Moi de même, murmura-t-elle d'une voix mal assurée.

Helios lui tendit la main avec un regard pénétrant.

— Il paraît que vous allez jouer la dernière œuvre de notre grand-mère au gala du jubilé ?

Les joues en feu, elle hocha la tête et lui serra la main. Puis, prenant subitement conscience qu'elle se trouvait devant l'héritier du trône, elle esquissa une révérence maladroite. Helios laissa échapper un petit rire, mais celui-ci n'avait rien de moqueur. Il posa les mains sur ses épaules et l'embrassa sur les joues.

— Vous êtes l'invitée de mon frère. Je vous en prie, oublions l'étiquette.

— Je suis surpris qu'elle se soit donné la peine d'essayer, commenta Talos d'une voix traînante en la prenant par la taille.

Mon Dieu, il la touchait !

— La dernière fois qu'Amalie et moi avons parlé d'étiquette, elle m'a rappelé que les Français avaient guillotiné leur roi, poursuivit-il.

Mortifiée, elle lui donna un coup de coude dans les côtes, ce qui eut pour effet de déclencher l'hilarité des trois princes. Leur rire était si contagieux qu'elle en oublia son stress et se joignit à eux. De près, les différences entre les trois frères étaient notables. Theseus, un peu plus petit et fluet que Talos, semblait d'un naturel nerveux, tandis que Helios, qui était aussi grand que Talos, affichait un air malicieux. C'était de toute évidence un bon vivant bien dans sa peau. Un courtisan vint trouver les trois princes et leur adressa quelques mots en grec.

— Nous devons nous mettre en place, expliqua Talos.

— Où dois-je aller ? demanda-t-elle.

— Avec moi, pour accueillir nos invités. Ce soir, vous restez avec moi.

La lueur qui brillait dans les yeux de Talos suggérait que cette phrase contenait une foule de sous-entendus. Lorsqu'il lui prit le bras, elle fut envahie par une douce chaleur.

— Où sont les compagnes de vos frères ? demanda-t-elle à voix basse.

— C'est tout l'objet de cette soirée, répliqua-t-il d'un air énigmatique.

Ils pénétrèrent dans la salle des banquets, une immense pièce aux murs tapissés de tentures pourpres, au centre de laquelle de longues tables en bois sombre disposées en fer à cheval étaient dressées pour le dîner. Les couverts en argent et les verres de cristal brillaient de mille feux sous la lumière d'imposants lustres à pampilles. Fascinée, Amalie oublia les mystérieuses invitées invisibles des frères de Talos.

— Combien de personnes sont conviées à cette soirée ?

— Cent quatre-vingts, répondit Talos avec un sourire amusé.

La salle des banquets ne manquait jamais de produire une vive impression sur les visiteurs. Et Amalie ne manquait jamais de produire une vive impression sur lui… Il avait suffi d'un regard pour qu'il n'ait plus qu'une seule idée en tête : l'entraîner dans un endroit tranquille à l'autre bout du palais et y passer toute la nuit avec elle. Malheureusement, il ne pouvait se dérober à ses obligations. Il devait rester dans la salle des banquets pour y accueillir les invités, que ses frères auraient salués à l'entrée du palais. Il s'empara de deux flûtes de champagne sur le plateau d'un serveur et en tendit une à Amalie.

— Buvez ça d'un trait, conseilla-t-il. Ça vous aidera à ne pas bâiller d'ennui pendant la prochaine demi-heure.

Elle le prit au mot et il ne put s'empêcher de pouffer.

— Vous êtes vraiment sublime, déclara-t-il avec chaleur. Natalia s'est surpassée.

Sans bretelles, la robe d'Amalie moulait son buste en suggérant plutôt qu'en dévoilant la naissance de ses seins, et soulignait la finesse de sa taille avant de s'évaser en plis fluides jusqu'aux chevilles. Elle se prolongeait à l'arrière par une courte traîne, et le superbe satin de soie noir incrusté de minuscules paillettes dorées ajoutait à sa splendeur. Les cheveux cuivrés d'Amalie étaient attachés en chignon souple sur sa nuque, tandis qu'un maquillage subtil mettait en valeur ses yeux saphir et ses lèvres pulpeuses. De grandes créoles en or et une écharpe de soie dorée complétaient sa tenue.

Elle étrécit les paupières.

— Vous avez l'habitude de faire habiller par Natalia toutes les femmes avec qui vous sortez ?

Il la considéra avec perplexité. Il y avait une pointe d'agressivité dans sa voix… Serait-ce de la jalousie ?

La jalousie était un sentiment dont il ne voulait pas entendre parler. Il se moquait éperdument des ex de ses maîtresses et si, de leur côté, elles se montraient possessives, il mettait aussitôt fin à la relation. La jalousie était dangereuse. Aussi dangereuse que l'amour lui-même. Elle faisait perdre la tête aux gens, et les conséquences pouvaient être catastrophiques. Et pourtant, cette note de jalousie dans la voix d'Amalie ne le contrariait pas. Bien au contraire… Que lui arrivait-il ? Mais mieux valait ne pas chercher à comprendre. D'autant plus qu'il ne pouvait s'empêcher d'imaginer ce qui se cachait sous sa robe. En fait, son esprit le torturait depuis hier. Depuis qu'Amalie avait joué devant lui à moitié nue… Lui qui s'attendait à des sous-vêtements confortables en coton, il avait été surpris par ses dessous de dentelle noire, qui offraient un contraste saisissant avec sa peau laiteuse. Malgré sa minceur, elle avait des courbes très féminines, et ses seins hauts et ronds étaient étonnamment pleins. Et que cachait sa culotte ? Cette question n'avait pas cessé de tourner en boucle dans son esprit. Suivait-elle la mode ou bien avait-elle conservé un triangle soyeux ? Son imagination l'avait soumis à une torture redoutable, rendue plus pénible encore par l'éclat révélateur des yeux saphir. Pour la première fois de sa vie, il avait failli manquer à sa parole. S'il l'avait prise dans ses bras, elle n'aurait pas protesté, il le savait. Mais ce n'était pas seulement à cause de sa promesse qu'il n'avait pas bougé. Ce qui l'avait retenu également, c'était sa gêne quand elle s'était retrouvée presque nue devant lui. Il avait compris qu'elle n'avait pas beaucoup d'expérience, voire peut-être aucune. Cette innocence flagrante avait fonctionné comme une sonnette d'alarme. Malheureusement, ça n'avait pas suffi à calmer la fièvre qui le dévorait… et aujourd'hui, toute la journée, alors qu'il aidait ses frères à préparer la soirée, son esprit avait été ailleurs. Dans le pavillon, avec elle.

— Natalia était la couturière officielle de ma grand-mère, déclara-t-il d'un ton neutre. Elle a confectionné sa robe de mariée et celle de ma mère. Aujourd'hui elle ne travaille pratiquement plus, mais elle a accepté de faire votre robe de bal pour me rendre service. Je n'ai jamais envoyé aucune autre femme chez elle.

Les joues d'Amalie devinrent écarlates et ses pupilles se dilatèrent. Aurait-elle le même regard quand elle serait emportée par la passion ?

L'arrivée des premiers invités arracha Talos à ses pensées. Deux valets de pied postés à l'entrée de la pièce distribuaient le programme de la soirée. Chaque opuscule, orné d'un ruban pourpre, contenait les noms des convives, le menu, la carte des vins, le plan de table, et la liste des morceaux qui seraient joués par l'Orchestre d'Agon. La place prépondérante accordée à ce dernier tout au long de la soirée avait pour but de compenser le fait qu'un orchestre français se produirait au gala du jubilé. Ses frères ayant déjà accueilli officiellement les invités à l'entrée du palais, le rôle de Talos consistait à les distraire jusqu'à ce que tout le monde soit arrivé. Lorsqu'il avait évoqué l'ennui qui les menaçait, Amalie et lui, ce n'était pas une plaisanterie : près de deux cents personnes allaient défiler dans la salle des banquets. De vagues connaissances pour la plupart, mais qui s'attendaient toutes à être reconnues et traitées avec les égards dus aux invités de marque. D'ordinaire, c'était Theseus qui jouait ce rôle, tandis que Talos se tenait à l'entrée du palais avec Helios. S'il y avait une chose que Talos ne supportait pas, c'était d'être obligé de faire la conversation avec des gens assommants et de feindre le plus grand intérêt pour leurs propos. Cependant, il voulait garder Amalie à son côté pour lui éviter de se retrouver perdue au milieu d'une foule d'inconnus. Or selon le protocole, seuls les membres de la famille royale pouvaient se charger de l'accueil officiel des invités à l'entrée du palais. Néanmoins, il découvrit à sa grande surprise qu'Amalie était naturellement douée pour bavarder de tout et de rien, manifestant un intérêt non feint pour les gens et distribuant des sourires chaleureux à tout le monde. Et si elle était consciente des regards appréciateurs qu'elle attirait, elle n'en laissa rien paraître. Lorsque le gong résonna, incitant les convives à gagner les tables, Talos consulta sa montre. Plus d'une demi-heure s'était écoulée depuis l'arrivée des premiers invités. Il n'avait pas vu le temps passer…

— Vous vous en êtes sortie comme une pro, la félicita-t-il à mi-voix alors qu'Amalie et lui gagnaient leurs places à la table d'honneur.

Elle lui lança un regard perplexe.

— Avec les invités, précisa-t-il. Beaucoup de gens se seraient sentis dépassés face à cent quatre-vingts personnes inconnues à qui faire la conversation.

— Mes parents recevaient beaucoup. Je crois que j'ai maîtrisé l'art du bavardage mondain avant de savoir marcher.

— Vous assistiez à leurs soirées ?

— J'en étais la vedette.

Avant qu'il ait le temps de demander des précisions, un autre coup de gong résonna. Le silence se fit tandis que Helios et Theseus pénétraient dans la salle. Ce fut seulement quand Helios, héritier du trône, fut assis que tout le monde en fit autant. Quelques instants plus tard, un groupe de serveurs remplit les verres de vin blanc, pendant qu'un autre apportait le hors-d'œuvre. Crabe et langouste préparés, accompagnés d'une timbale de crabe et crevettes.

— Votre grand-père n'assiste pas au dîner ? demanda Amalie avant de boire une gorgée de vin.

— Il est souffrant.

— Rien de grave, j'espère ?

— Juste un peu de fièvre.

— Cela doit vous causer du souci.

— Mon grand-père a quatre-vingt-sept ans et il est solide comme un roc.

Elle pouffa.

— Mon grand-père paternel a quatre-vingt-cinq ans et il est solide comme un roc, lui aussi. Ils nous enterreront tous !

Le cœur de Talos se serra. Comme il aurait aimé que ce soit vrai... Il n'arrivait pas à imaginer la vie sans son grand-père, un homme plutôt réservé et distant, mais qui avait toujours été là pour ses petits-fils. Pour la première fois, il eut envie de se confier. Il dut même faire appel à toute sa volonté pour ne pas dire à Amalie la vérité sur la maladie de son grand-père. Que lui arrivait-il ? Il ne se confiait jamais à personne. Même pas à ses frères... Il avait appris à contenir ses émotions dès l'âge de sept ans. La seule personne capable de le réconforter quand ses cauchemars devenaient trop insupportables était morte cinq ans plus tôt... A son grand soulagement, Talos fut arraché à ses pensées par un serveur qui lui reproposa du vin blanc. Si Amalie avait remarqué son changement d'humeur, elle n'en laissa rien paraître. Suivant des yeux le garçon, elle demanda :

— Ce jeune homme ne travaille-t-il pas à votre club ?

— La plupart des gamins employés au club sont ici ce soir, comme extra. Ça leur permet d'arrondir leur salaire et c'est une bonne expérience pour eux.

Il était très fier de les voir accomplir leur tâche avec une telle efficacité, reconnut Talos intérieurement. Quelques années plus tôt, il avait livré bataille contre le protocole et il avait gagné. « Ses » gamins étaient engagés au palais comme extra chaque fois que l'occasion se présentait.

— Vous n'employez que des adolescents ?

— C'est l'une des raisons qui m'ont poussé à créer mon propre club : je voulais embaucher des jeunes en rébellion pour leur donner une chance de se sentir valorisés. En plus de leur salaire, ils sont libres de s'entraîner gratuitement quand ils ne sont pas en service.

— Ces gamins ont le droit de boxer ?

— Ça vous choque ?

— Qu'un adulte choisisse de monter sur un ring pour se faire rouer de coups, c'est une chose, mais qu'un adolescent encore en pleine croissance prenne ce genre de risques…

— Beaucoup d'adolescents sont perturbés par la révolution hormonale qui caractérise cette période de la vie. Ils ont besoin de canaliser leur énergie.

— Je suis d'accord, mais…

— Agon est une île prospère, mais ça n'empêche pas nos jeunes d'avoir les mêmes problèmes que les autres. Le club offre un emploi et un exutoire à ceux qui sont en révolte contre la société et qui risquent de s'en exclure. Ceux qui, pour une raison ou pour une autre, ont du mal à maîtriser leur colère. La boxe leur apprend à contrôler cette rage et à la canaliser.

Talos n'avait-il pas déjà abordé ce sujet la veille, au pavillon ? Amalie s'efforça de se remémorer leur conversation. Le problème c'était qu'hier elle était elle-même très perturbée par ses hormones et par son trac, si bien qu'elle ne gardait qu'un souvenir très flou des propos qu'ils avaient échangés…

— Est-ce dans ce but que vous vous êtes mis à la boxe, vous-même ?

La mâchoire de Talos se crispa imperceptiblement.

— J'avais des problèmes avec ma colère, en effet. Je ne communiquais qu'avec mes poings.

— Après l'accident de vos parents ?

— Oui. Et à quatorze ans, j'ai dépassé les limites. En donnant un coup de poing à mon camarade de chambre, à la pension en Angleterre, je lui ai brisé la pommette. Si le professeur de sport n'était pas intervenu en ma faveur, j'aurais été exclu.

— Exclu ? Mais… vous êtes un prince !

— En effet, c'était une mesure très rare dans cette pension. Quel directeur a envie d'annoncer à un roi ou à un président que son fils est devenu indésirable ? Mais je n'en étais pas à mon coup d'essai. Je me battais depuis l'âge de huit ans. Cet incident a été la goutte d'eau qui a fait déborder le vase.

— Comment cet enseignant a-t-il réussi à vous éviter l'exclusion ?

— M. Sherman s'est engagé à s'occuper personnellement de moi et a demandé trois mois pour prouver qu'il était capable de m'apprendre à me maîtriser.

— Il y est parvenu grâce à la boxe ?

Après tout, ne sentait-elle pas déjà les bienfaits du kickboxing ? songea Amalie. Elle était même déterminée à trouver un club pour pouvoir poursuivre les cours une fois de retour à Paris.

— Dans cette école, il fallait avoir seize ans pour commencer la boxe, mais il a convaincu la direction — avec la bénédiction de mes grands-parents — de m'accorder une dérogation. En dehors de mes frères, j'étais le garçon le plus grand de l'école. Et il y avait beaucoup de puissance dans mes coups. M. Sherman m'a appris tout ce que nous enseignons aujourd'hui aux adolescents qui fréquentent le club. En commençant par comment canaliser et contrôler ma rage.

— Ça a marché ?

— Depuis, je n'ai plus jamais donné un coup de poing sous l'effet de la colère.

— C'est fantastique.

Une évidence s'imposa soudain à Amalie. Alors que Talos avait géré sa fureur à l'aide de ses poings, elle avait battu en retraite devant ses angoisses. Au lieu d'affronter ses démons et de les dompter, elle avait choisi de se terrer. Elle s'était construit une vie qui n'avait rien en commun avec ses rêves d'enfant. Elle avait tourné le dos à la petite fille qui voulait devenir une virtuose du violon, comme son père. Elle se revit à l'âge de cinq ans, quand elle avait regardé un enregistrement du concert pendant lequel ce dernier avait joué avec la grand-mère de Talos, au Carnegie Hall. Et à la fin, avec toute l'assurance d'une enfant, elle avait annoncé :

— Quand je serai grande, je jouerai là-bas avec toi, papa.

Ce rêve, elle l'avait laissé mourir.

9

— Avez-vous disputé de vrais combats de boxe ? demanda Amalie en s'efforçant de ne pas s'attarder sur ses regrets.

— J'ai gagné le championnat de l'école quatre ans de suite. Un record qui n'a jamais été battu.

Talos indiqua la cicatrice sur son sourcil.

— Voici ma blessure la plus grave.

— Vous aviez envie de devenir professionnel ?

— En tant que prince, le protocole me l'interdit. Mais j'ai remporté toutes les compétitions de boxe amateur, catégorie poids lourds, y compris le championnat du monde.

— Non ! Vraiment ?

— Il y a six ans.

— C'est incroyable !

— Ça a été le plus beau jour de ma vie. Recevoir la médaille au son de l'hymne national d'Agon… Oui, le plus beau jour de ma vie.

— Vous faites toujours de la compétition ?

— Je n'en ai plus jamais fait depuis. Puisque je ne pouvais pas jouer professionnellement, je voulais me retirer sur une grande victoire.

— Ça doit vous manquer.

Amalie réprima un frisson. Impossible pour elle de s'imaginer forcée d'arrêter la musique. Elle se souvenait avec précision du jour où elle avait reçu son premier violon, à l'âge de quatre ans. Ce n'était pas un cadeau qu'elle avait choisi, mais elle y avait pris goût très vite. Elle avait été ravie de jouer comme son papa, et l'enthousiasme de ses parents devant ses progrès rapides l'avait galvanisée. Mais ces derniers n'avaient pas résisté à la tentation d'exhiber leur enfant prodige. Et avant même sa dixième année, ces récitals privés étaient devenus pour elle un véritable cauchemar. Elle avait hérité du talent de ses parents, mais pas de leur goût du spectacle.

Talos haussa les épaules.

— Je m'entraîne régulièrement avec des partenaires. De toute façon, je savais qu'il était temps pour moi de me concentrer sur la société que nous venions de fonder, mes frères et moi. Theseus avait pris deux années sabbatiques pour voyager, si bien que Helios la gérait pratiquement tout seul, en plus de ses obligations d'héritier de la couronne. C'était injuste envers lui.

— Je ne comprends pas pourquoi vous vous investissez tellement dans votre société, alors que vous êtes déjà très riches.

Talos arqua les sourcils.

— A votre avis, à combien s'élèvent les frais liés à un palais de cette taille ? Frais de fonctionnement, d'entretien, de personnel ? Et il n'y a pas que ce palais. Il faut prendre en compte le reste de nos propriétés — ma villa, par exemple —, les frais de déplacement, de sécurité…

— Je vois…

— Ma famille a toujours eu de la fortune personnelle, mais une très grande partie de nos revenus provenait des impôts.

— Provenait ?

— Oui. Mes frères et moi, nous étions déterminés à rendre notre famille financièrement autonome, et depuis trois ans, c'est fait. Les habitants d'Agon ne déboursent plus un centime pour entretenir la couronne. Je ne fais peut-être plus de compétition, mais je ne manque pas de stimulation intellectuelle.

Amalie eut une moue contrite. Elle n'avait pas envisagé les choses sous cet angle. Talos Kalliakis pouvait peut-être se montrer peu scrupuleux quand il voulait obtenir quelque chose, mais c'était également un homme droit, honnête et plein de délicatesse. Et de toute évidence, il aimait son île et son peuple.

— Et la stimulation physique apportée par les championnats de boxe, vous avez trouvé quelque chose pour la remplacer ?

Une lueur malicieuse s'alluma dans les yeux mordorés de Talos et un sourire nonchalant étira ses lèvres.

— J'ai un passe-temps auquel je m'adonne régulièrement et que je trouve très stimulant physiquement…

Amalie fut envahie par une vive chaleur. Seigneur, quand il la regardait comme ça et faisait ce genre d'allusions, elle perdait tous ses moyens ! Elle en devenait incapable de lui répondre quoi que ce soit. Mais après tout, pourquoi devrait-elle feindre la désinvolture alors qu'il la faisait vibrer de désir ? Pourquoi continuerait-elle à s'interdire quelque chose qui pourrait peut-être l'aider à lever certains blocages ? Ne s'était-elle pas déjà suffisamment punie ? Cette pensée surgie de nulle part lui arracha un frisson. Cette question n'était pas absurde, loin de là. Sa peur était enfouie tout au fond d'elle, intimement liée au sentiment de culpabilité né du divorce de ses parents. N'était-il pas temps pour elle de l'affronter ? Rien ne l'obligeait à réprimer ses pulsions et à rester vierge jusqu'à la fin de ses jours parce qu'elle avait peur ou qu'elle se sentait coupable. Elle n'était pas comme sa mère. Si elle s'autorisait à goûter au plaisir que Talos pouvait lui donner, elle ne tomberait pas amoureuse de lui pour autant. Un homme capable de recourir au chantage ne représentait aucun danger pour son cœur.

Elle se racla la gorge et demanda à mi-voix :

— Pourriez-vous m'expliquer en quoi consiste exactement ce passe-temps ?

— Je peux faire beaucoup mieux que ça, murmura-t-il à son oreille.

Une chaleur liquide se répandit entre ses cuisses et cette sensation fut si délicieuse qu'elle faillit laisser échapper un petit gémissement. Il allait l'embrasser... Non, pire encore, c'était elle qui allait l'embrasser. Elle n'allait pas pouvoir se retenir... Le brouhaha autour d'elle la ramena soudain à la raison. Ils se trouvaient dans la salle des banquets, entourés de près de deux cents personnes, à quelques mètres de l'héritier du trône. Et elle bouillonnait de désir... Pendant le reste du dîner, elle s'appliqua à bavarder avec le gentleman assis à sa droite, un prince britannique. Mais tout son être était tendu vers Talos, en grande conversation avec la princesse espagnole à sa gauche. Leurs chaises s'étaient rapprochées l'une de l'autre comme par magie et, alors qu'ils attendaient les fruits après avoir dégusté des loukoumades, de délicieux beignets grecs traditionnels au miel et à la cannelle, Talos posa une main sur sa cuisse. Bouleversée par ce contact, Amalie se surprit à regretter que le tissu de sa robe ne soit pas plus fin. Il était somptueux, mais il l'empêchait de sentir la chaleur de la paume de Talos. Il fallait absolument qu'elle le touche. Elle en avait trop envie... S'efforçant de réprimer les battements effrénés de son cœur et de prendre un air désinvolte, elle glissa la main sous la table et la posa sur celle de Talos. Alors qu'elle entremêlait ses doigts aux siens, il les pressa imperceptiblement, et ce simple geste suffit à l'enflammer tout entière. Après les fruits vint le café. Le prince britannique parlait avec animation d'une des associations caritatives dont il était le parrain et elle faisait des efforts pour rester attentive et souriante. Mais elle n'avait plus qu'une idée en tête, se retrouver seule avec Talos. Si seulement tous les invités pouvaient disparaître comme par enchantement ! Elle n'avait pas bu beaucoup de vin — deux verres tout au plus —, mais elle avait l'impression d'être ivre. D'une minute à l'autre, elle allait perdre le contrôle d'elle-même… Comme si elle était mue par une volonté propre, sa main quitta celle de Talos pour effleurer sa cuisse. Il se raidit et ses doigts se crispèrent sur sa peau. Le prince britannique continuait à parler, visiblement inconscient de ce qui se passait. Elle posa la main sur la cuisse de Talos, savourant la dureté de ses muscles. Il était parfaitement immobile, comme changé en statue de pierre. Elle s'aperçut alors que son petit doigt était tout proche du pli de l'aine. Sans même être surprise par sa propre audace, elle bougea imperceptiblement la main pour effleurer sa virilité. La statue s'anima. Talos ôta la main de sa cuisse pour prendre son verre de digestif, qu'il vida d'un trait. Elle devina ses gestes plutôt qu'elle ne les vit, toujours concentrée, en apparence, sur les paroles de son interlocuteur. De nouveau sous la table, la main de Talos saisit la sienne et l'immobilisa.

— Tout va bien ? demanda le prince britannique. Vous semblez avoir trop chaud.

Elle déglutit péniblement.

— Je crois… je crois que j'ai besoin de prendre l'air.

Un bras puissant se glissa autour de sa taille et une voix rauque fit courir un frisson le long de son épine dorsale.

— Ne vous inquiétez pas, petit rossignol. Le dîner est bientôt terminé.

Talos réprima une moue de dérision. Il aurait bien

besoin de se rafraîchir les idées, lui aussi... Si la main d'Amalie s'était encore déplacée d'un millimètre, il aurait perdu le contrôle de lui-même. Jamais il n'avait été en proie à un désir aussi intense. Même hier dans le pavillon, pendant qu'elle jouait presque nue devant lui. Aujourd'hui, il ne sentait plus la moindre peur chez Amalie. Ce qui transformait la tentation en véritable torture. Mais bon, tant qu'il l'empêcherait de toucher sa virilité, il parviendrait à garder un semblant de sang-froid. A son grand soulagement, des musiciens firent leur entrée dans la salle et se mirent à jouer des airs traditionnels, signalant la fin du repas. Sans lui lâcher la main, il entraîna Amalie dans la pièce voisine, dont la vue lui fit afficher une expression éblouie qui le ravit. La salle de bal était de loin la pièce la plus majestueuse du palais. Sa hauteur sous plafond vertigineuse, son sol de marbre à carreaux noirs et blancs et son décor grandiose donnaient à tous ceux qui y pénétraient l'impression de remonter dans le temps. Dès l'arrivée des membres de la famille royale, l'orchestre commença à jouer. La plupart des invités, libres de choisir leur place, s'assirent autour des tables disposées le long des murs. Au fond de la salle, deux trônes richement décorés ajoutaient encore à la magnificence du lieu. Le cœur de Talos se serra. Ce soir, ils resteraient vides. Comment se sentait son grand-père en ce moment ? Quelques heures plus tôt, il l'avait trouvé en proie aux vomissements dus à la chimiothérapie. Si son état empirait au cours de la fête, ses frères et lui seraient aussitôt prévenus, bien sûr. Mais il ne voulait pas penser à ça... Il conduisit Amalie jusqu'à une table et leur servit du vin. Theseus les rejoignit et, fidèle à sa nature, il fit bientôt rire Amalie aux éclats en lui racontant des anecdotes de l'enfance des trois frères. Talos ressentit un étrange pincement au cœur. Elle n'avait jamais ri d'aussi bon cœur avec lui… Serait-il jaloux ? se demanda-t-il avec effarement.

C'était plus que dérangeant. Le désir, d'accord. Mais la jalousie… Voilà ce qui arrivait quand on côtoyait trop longtemps une belle femme sans la toucher. S'il avait couché avec Amalie dès le début, elle ne l'attirerait déjà plus. Il pourrait se concentrer sur la préparation du gala, sans gaspiller son énergie à se demander si sa peau était douce ou si elle criait au plus fort du plaisir. Contrairement à ce qu'il avait laissé entendre, il n'avait pas couché avec une femme depuis des mois. Depuis qu'il connaissait la gravité de l'état de son grand-père. Comme si sa libido s'était mise en sommeil. A présent, elle était réveillée… Peu importait qu'il ait décidé de ne pas profiter de la situation. Peu importait qu'il ait eu recours au chantage pour obliger Amalie à venir à Agon. L'intensité de leur désir mutuel avait fait voler en éclats tous ses scrupules. Ils avaient besoin d'une nuit pour apaiser ce feu qui les consumait l'un et l'autre. Juste une nuit. Au matin, leur désir serait assouvi. Et si ce n'était pas le cas, il leur resterait encore trois semaines pour s'en débarrasser complètement. Mais ils l'auraient au moins réduit à des proportions plus raisonnables. Ils seraient capables de se concentrer sur le gala.

L'orchestre entama une valse, première danse de la soirée. Talos vit Helios prendre une profonde inspiration et accrocher un sourire à ses lèvres avant de traverser la salle pour tapoter sur l'épaule d'une princesse de l'ancienne famille royale grecque. La jeune femme se leva d'un bond et ils gagnèrent la piste de danse pour ouvrir le bal.

— N'es-tu pas censé trouver une cavalière ? demanda Talos à son frère en grec.

Le sourire de Theseus s'estompa.

— Je vais d'abord boire un autre verre, dit-il en promenant son regard sur la salle.

Mais Talos darda sur lui son fameux « regard ». Il se leva en soupirant et quitta la table.

— Voulez-vous danser ? demanda Talos à Amalie.

Il détestait danser, mais comment résister à la tentation de tenir Amalie dans ses bras ?

— Je n'ai jamais valsé.

— C'est le cas de la plupart des invités. Je vous conduirai.

S'il savait toujours comment faire, songea-t-il avec dérision. Il n'avait pas pratiqué depuis le bal de l'Opéra à Vienne, auquel son grand-père l'avait forcé à assister quand il avait vingt et un ans. Si ses frères n'avaient pas eux aussi dû se soumettre à cette obligation au même âge, il aurait protesté vigoureusement. Il prit la main d'Amalie pour l'aider à se lever et la conduisit sur la piste. Là, il la lâcha, fit un pas en arrière et s'inclina.

— Vous devez faire la révérence.

Elle eut un sourire malicieux.

— Certainement, Votre Altesse.

Elle s'exécuta, puis il lui prit la main droite et posa l'autre dans son dos, sur la peau nue au-dessus de la robe. Elle était délicieuse... Quelques instants plus tard, ils tournoyaient. L'enchantement qui se lisait sur le visage d'Amalie le comblait. Tous les cours de danse ridicules qui leur avaient été infligés, à ses frères et à lui, dans leur adolescence avaient enfin leur utilité...

Amalie était aux anges. C'était la première fois de sa vie qu'elle valsait, mais elle s'en sortait très bien parce que Talos la guidait avec une tendresse et une grâce aussi inattendues que merveilleuses. La distance qui les séparait quand ils avaient commencé à danser s'était réduite au point qu'elle avait une conscience aiguë du contact de leurs deux corps.

— Vos frères semblent très sympathiques, déclara-t-elle, anxieuse de se distraire des sensations qui l'assaillaient de toutes parts.

— Ce sont de chics types, en effet.

— Tout à l'heure quand je vous ai demandé s'ils étaient accompagnés, vous m'avez répondu que c'était tout l'objet de la soirée. Que vouliez-vous dire ?

Il pouffa.

— Le moment est venu pour Helios de trouver une épouse appropriée.

— Appropriée ?

— De sang royal. C'est la tradition pour l'héritier du trône.

— Et pourquoi le moment est-il venu ?

Le roi, leur grand-père, était absent, songea-t-elle. Sa maladie serait-elle plus grave que ne l'avait laissé entendre Talos ?

Il haussa les épaules.

— Il veut avoir des enfants jeune pour pouvoir en profiter le plus longtemps possible.

— Et vous, devrez-vous également épouser une femme de sang royal ?

— Non.

— Si vous vous mariez, ce sera par amour ?

Il eut un sourire narquois.

— Si je me marie, ce sera parce que quelqu'un m'aura mis le couteau sous la gorge.

— Le mariage n'est qu'un bout de papier. Cela n'a pas grande importance.

Ce n'était pas du mariage, mais de l'amour qu'elle avait peur depuis toujours, songea Amalie. C'était la passion qui brisait le cœur des gens.

— Pour un membre de la famille royale Kalliakis, ça en a beaucoup, objecta-t-il. Le divorce est interdit.

« Pas de problème. Je ne veux pas vous épouser. Tout ce que je désire, c'est vous toucher. Partout. »

A cette pensée, un délicieux frisson parcourut Amalie. Avec Talos, elle ne risquait pas d'avoir le cœur brisé parce que ce qu'elle éprouvait pour lui était purement physique.

— Mais êtes-vous autorisé à avoir des aventures avant le mariage ? demanda-t-elle dans un murmure.

Des étincelles jaillirent dans les yeux mordorés de Talos.

— Si j'ai envie d'avoir une aventure, aucune loi ne m'en empêchera.

La musique s'arrêta et quelqu'un tapota l'épaule d'Amalie.

— M'accorderiez-vous la prochaine danse ? demanda le prince britannique.

— Non, gronda Talos sans le regarder.

— Tenter sa chance n'est pas un crime, commenta l'aristocrate avec un petit sourire contrit avant de s'éloigner.

— J'ai un appartement dans le palais, déclara Talos, les yeux toujours étincelants.

Electrisée, Amalie hocha la tête sans hésitation.

Il porta sa main à ses lèvres.

— Viens.

10

La tenant fermement par la main, Talos entraîna Amalie à travers la foule. Ils quittèrent la salle de bal par une petite porte et s'engagèrent dans un long corridor sur la gauche, puis un autre et encore un. Ils croisèrent une multitude de domestiques qui s'inclinèrent sur leur passage. Ce ne fut qu'en arrivant dans le cinquième couloir, faiblement éclairé, qu'ils se retrouvèrent seuls. Talos plaqua Amalie contre le mur si soudainement qu'elle en eut le souffle coupé. Ses mains se refermèrent sur ses joues et il s'empara de sa bouche dans un baiser vorace. Nouant les bras sur sa nuque, elle y répondit avec ardeur. Mais très vite, il l'interrompit et plongea son regard dans le sien tout en lui caressant les joues du bout des pouces.

— Je n'avais jamais été aussi près d'arracher sa robe à une femme en public, murmura-t-il d'une voix rauque.

Submergée par une chaleur intense, elle tourna la tête pour déposer un baiser au creux de sa paume. Il se redressa et fit glisser ses doigts le long de son cou.

— Nous sommes presque arrivés.

Ils coururent presque jusqu'à un escalier de marbre conduisant à un petit passage qui aboutissait à une porte équipée d'un boîtier. Il tapa le code et le battant s'ouvrit en même temps que la lumière s'allumait. Amalie entra dans un vaste salon aux murs égayés de grands tableaux aux couleurs vives. Elle n'eut pas le temps de s'attarder sur le décor. Talos enleva sa veste et la laissa tomber par terre. Son écharpe et son nœud papillon suivirent, puis il l'entraîna dans la chambre. Un immense lit en bois sculpté trônait au milieu de la pièce mais, ce qui attira son attention, ce fut son reflet dans le miroir accroché au mur, en face de la porte. Cette femme aux joues écarlates et au regard fiévreux, c'était elle ? Amalie, la femme qui avait choisi une vie calme, à l'abri de tout ce que cet homme représentait ? Cet homme qui la dévorait des yeux… Clouée sur place, elle regarda Talos avancer lentement derrière elle et refermer les mains sur ses épaules. Lorsqu'il déposa un baiser à la base de sa nuque, elle laissa échapper un gémissement. Les jambes tremblantes, elle retint son souffle tandis qu'il faisait glisser ses doigts le long de son épine dorsale, jusqu'à la bordure de sa robe. Tout en se penchant pour l'embrasser derrière l'oreille, il ouvrit l'unique agrafe. Puis il descendit lentement la fermeture Eclair et abaissa le corsage, dévoilant ses seins. Il lâcha ensuite le tissu et la robe tomba par terre, la laissant nue à l'exception de sa minuscule culotte noire et de ses chaussures dorées. Glissant un bras autour de sa taille, il la tint contre lui tout en plongeant ses yeux dans les siens dans le miroir, pendant qu'elle levait un pied après l'autre pour se dégager du tas de tissu. Après avoir écarté ce dernier d'un coup de pied, il dénoua son chignon.

— As-tu eu beaucoup d'amants, petit rossignol ? demanda-t-il en humant le parfum de ses cheveux.

Incapable d'émettre un son, elle se contenta de secouer la tête.

— En as-tu déjà eu ?

Elle secoua de nouveau la tête, mortifiée. Son manque d'expérience était-il donc évident à ce point ? Il la fit pivoter face à lui et effleura sa lèvre inférieure du bout du pouce.

— Et si tu me déshabillais, à présent ?

Elle commença à déboutonner sa chemise avec des mains tremblantes, puis elle prit peu à peu de l'assurance. Une fois tous les boutons défaits, elle l'ouvrit et pressa les lèvres à la base de son cou, humant son odeur avec délectation, tandis qu'il enfonçait les doigts dans ses cheveux. Elle effleura la toison soyeuse qui recouvrait son torse et fit glisser sa main vers la ceinture de son pantalon. Elle dégrafa celle-ci et hésita un instant, soudain paralysée par le trac. Elle n'avait jamais touché un homme. Elle mourait d'envie de caresser Talos, mais elle allait le décevoir par sa maladresse. Un homme comme lui avait forcément eu des tas de maîtresses, toutes plus expérimentées les unes que les autres... Talos sentit la peur d'Amalie. Comme il l'avait deviné, elle était novice en la matière. Pourquoi n'avait-elle jamais eu d'amant ? Peu importait. Ce qui comptait, c'était ce désir impérieux qui les avait conduits dans cette chambre et qu'elle voulait assouvir malgré son appréhension. Comme lui, elle ne cherchait pas une relation. Son commentaire au sujet du mariage en était la preuve. Cependant, son manque d'expérience l'obligeait à modérer son ardeur. Pas question de prendre le risque de lui faire mal. Il fallait avant tout l'aider à se détendre. Lentement, il la fit pivoter de nouveau face au miroir et glissa un bras autour de sa taille. Elle ferma les yeux et renversa la tête en arrière contre son épaule, le souffle court. D'une main, il enleva son pantalon, gardant délibérément son boxer. Puis il se pressa contre elle et vit ses lèvres s'entrouvrir sur un gémissement silencieux tandis qu'un long frisson la parcourait.

— Ouvre les yeux, murmura-t-il à son oreille.

Elle s'exécuta et son regard rencontra le sien dans le

miroir. Il baissa sa culotte, ravi de découvrir un triangle soyeux, et glissa la main entre ses cuisses. Le témoignage flagrant de son désir lui arracha un grognement étouffé. Il enfonça un doigt dans le cœur brûlant de sa féminité et lui prodigua des caresses expertes tout en refermant son autre main sur un sein, dont il pinça délicatement la pointe durcie entre le pouce et l'index. Le souffle court, les yeux clos et les lèvres entrouvertes, elle ondulait des hanches au rythme de ses caresses. Tout à coup, elle se raidit avant de s'affaisser contre lui, parcourue par des vagues de volupté. Etreint par une intense émotion, il resserra son bras autour d'elle, fasciné par son reflet dans le miroir. Quand sa jouissance reflua, il la prit dans ses bras et la souleva. Ses paupières s'ouvrirent et elle plongea dans le sien un regard ébloui qui acheva de le bouleverser. Lorsqu'elle posa la main sur sa joue, il crut que son cœur allait bondir hors de sa poitrine. Il l'allongea sur le lit, se débarrassa de sa chemise d'un mouvement d'épaules et la contempla un instant avant de la rejoindre. Elle était parfaite. Un corps fin et musclé, une peau douce, des seins hauts et ronds qui ne demandaient qu'à être dégustés… Il s'empara de sa bouche et elle lui répondit avec fougue, plongeant les doigts dans ses cheveux. Il approfondit son baiser tout en explorant son corps, galvanisé par ses gémissements étouffés. Puis il s'arracha à ses lèvres pour faire courir les siennes jusqu'à un sein et les refermer sur son bourgeon érigé, qu'il aspira goulûment. *Theos*. Pour la première fois depuis son adolescence, il n'était pas certain de pouvoir garder le contrôle de lui-même. Jamais il ne s'était senti aussi à l'étroit dans un boxer… Il quitta son sein pour capturer de nouveau sa bouche. Elle referma un instant les mains sur ses joues avant de les promener sur son torse puis sur son ventre. Elle s'enhardit à en glisser une dans son boxer. Au contact de sa virilité pleinement éveillée, elle cessa de répondre à son baiser et déglutit péniblement.

— Ça ne mord pas, plaisanta-t-il d'une voix douce en écartant une mèche de son front.

Avec un sourire timide, elle enfouit son visage dans son cou et reprit ses caresses, se contentant d'effleurer sa virilité du bout des doigts. Ce qui eut pour effet d'accroître encore son désir.

— Je ne suis pas sous contraceptif, murmura-t-elle contre sa peau.

— Je m'en doutais, répliqua-t-il en s'écartant d'elle pour prendre un paquet de préservatifs dans le tiroir de sa table de chevet.

Il l'embrassa avant de se lever pour enlever son boxer et enfiler une protection. Puis il l'embrassa encore, tout en effleurant la fleur de sa féminité. *Theos !* Elle était de nouveau ruisselante de désir... Au comble de l'excitation, il prit place entre ses cuisses. Elle crispa les doigts sur ses épaules, les paupières fermées.

— Regarde-moi, petit rossignol, dit-il en lui caressant la joue.

Elle ouvrit les yeux et plongea dans le sien un regard ébloui. S'emparant de sa bouche, il s'enfonça en elle petit à petit, avec une lenteur infinie. Quelle torture... la plus divine qu'il ait jamais subie. Visiblement réceptive à ses ardeurs, Amalie se cambra pour l'accueillir, tout en promenant les mains dans son dos. Sans cesser pour autant de refréner sa fougue, il se mit à aller et venir en elle. C'était une expérience toute nouvelle pour elle, mais pour lui également. A chaque coup de reins, il avait le sentiment étrange de découvrir un univers inconnu, enchanteur. Toutes ses réactions — ses caresses, ses baisers, ses gémissements — étaient si spontanées, si sincères... Soudain, elle se raidit, crispa les doigts sur ses épaules, puis renversa la tête en arrière en criant son nom d'une voix étranglée, tandis que le plaisir déferlait en elle. Il attendit un instant, fasciné par son visage transformé par l'extase, puis il reprit ses coups de reins, s'abandonnant enfin à la passion qui le consumait, jusqu'à l'explosion qui le fit basculer dans un gouffre sans fond.

Lorsqu'il recouvra ses esprits, son visage était enfoui dans les cheveux d'Amalie, dont les bras étaient refermés sur son dos. Dans le silence de la pièce, leurs cœurs battaient en rythme. En proie à une langueur inhabituelle, il songea confusément au préservatif et se força à se lever et à gagner la salle de bains pour s'en débarrasser. A son retour, Amalie était sous les couvertures, un sourire rêveur aux lèvres. Il ne s'était pas organisé pour la suite. En principe, il n'amenait pas de femmes au palais… Bon sang ! Non seulement il avait enfreint cette règle non écrite, mais il avait déserté le bal. Et il ne fallait pas se faire d'illusions, son absence ne passerait pas inaperçue. Mais après tout, quelle importance ? Son grand-père était couché et ses frères comprendraient. A eux aussi, il leur était arrivé de perdre la tête à cause d'une femme. Le bal avait été organisé pour Helios, et dans une moindre mesure pour Theseus. Pas pour lui. Il n'aurait jamais l'obligation de se marier. La responsabilité de perpétuer la dynastie des Kalliakis incombait à ses frères. A présent que son désir était assouvi, il était censé se rhabiller et demander à un chauffeur de ramener Amalie au pavillon. Sauf que…

Elle s'étira sous les couvertures avec un sourire rêveur.

— Ce serait possible de recommencer ?

Amalie resserra autour d'elle la chemise de Talos, ramassée par terre, et poussa un petit soupir d'aise. Elle venait de passer la nuit la plus fantastique de sa vie. Dire qu'elle s'était privée de ce plaisir pendant des années ! Pourquoi avait-elle été aussi effrayée par le sexe ? Elle s'était réveillée au lever du soleil, en proie à une euphorie qui l'avait empêchée de se rendormir. De la fenêtre devant laquelle elle était assise, la vue sur le labyrinthe végétal du parc du palais était splendide. Au loin se dressait le théâtre en plein air où serait donné le concert du jubilé, et plus loin encore, en tendant le cou, on pouvait apercevoir des tourelles. Ce qui semblait indiquer que l'appartement de Talos était situé dans la tour à l'extrême gauche du palais. Mais la vue la plus sublime, c'était celle qu'offrait Talos lui-même, allongé sur le côté, un bras étalé en travers du lit, comme s'il la cherchait dans son sommeil. A vrai dire, elle n'avait qu'une envie, se recoucher et se blottir contre lui. Mais il fallait le laisser dormir. Après leur nuit passionnée, il devait être épuisé. Elle eut un sourire attendri. Pour la première fois de sa vie, elle se sentait comblée. Comme si elle avait découvert un secret merveilleux… Il remua et ses paupières s'ouvrirent.

— Bonjour, dit-elle en posant le menton sur ses genoux.

Il roula sur le dos et s'étira avec un sourire nonchalant.

— *Kalimera,* petit rossignol. Tu as bien dormi ?

— Pas assez, répondit-elle avec un sourire mutin.

— Tu ferais mieux de te recoucher, alors.

— Tu crois ? demanda-t-elle en feignant l'incertitude.

Il écarta le drap, exhibant sa virilité fièrement dressée. Envahie par une vive chaleur, elle se leva et le rejoignit. Avant qu'elle ait le temps de s'allonger, il referma les mains sur sa taille et l'installa à califourchon sur lui.

— Pas de regrets ? demanda-t-il en plongeant son regard dans le sien.

Elle secoua la tête et laissa échapper un petit soupir quand il pinça délicatement un bourgeon tendu.

— Alors, prouve-le-moi, créature sexy.

Sexy ? Elle ? C'était une idée qui ne lui serait jamais venue à l'esprit auparavant. Et pourtant… Amalie abaissa lentement le bassin pour prendre la virilité de Talos au plus profond d'elle. Pourtant, elle ne s'était jamais sentie aussi sexy ni aussi vivante.

11

Etait-il réellement possible de devenir accro au sexe ? Parce qu'il fallait bien reconnaître qu'elle ne pensait plus qu'à ça… Assise à côté de Talos dans la Maserati, Amalie hocha la tête quand il lui montra les ruines d'un ancien monastère. Oui, elle ne pensait plus qu'à ça… Son désir pour Talos ne la quittait pas un seul instant. Un désir exaltant, merveilleusement réciproque. Une attirance purement physique. Qui n'avait donc rien d'effrayant. Il l'avait emmenée déjeuner à Resina, la capitale de l'île, et ils regagnaient le pavillon par la route pittoresque qui sinuait à flanc de montagne, slalomant entre des moutons et des chèvres. Le ciel était d'un bleu éclatant et la vue, spectaculaire, avec la Méditerranée au loin qui scintillait sous le soleil. Mais elle y prêtait à peine attention. Elle était trop impatiente d'arriver au pavillon, où ils auraient beaucoup mieux à faire que d'admirer le paysage… Au cours des deux semaines écoulées depuis le bal, ils avaient passé toutes les nuits ensemble. Le lendemain de la fête, ils avaient quitté le palais par la sortie privée de Talos, ce qui leur avait évité de croiser ses frères, au grand soulagement d'Amalie. Depuis, ils vivaient pour ainsi dire au pavillon. Le jour, pendant qu'elle étudiait la partition, il travaillait de son côté à la villa ou au palais. Le soir, il passait la prendre pour aller au club de boxe, puis ils rentraient au pavillon pour faire l'amour, souvent jusqu'à l'aube. Elle pouvait désormais jouer du violon pour lui avec aisance, mais elle ne se sentait pas encore prête à interpréter l'œuvre de sa grand-mère. Pour cela, elle voulait être parfaitement au point. L'orchestre devait arriver à Agon le lendemain matin, et leur première répétition aurait lieu l'après-midi. Ce serait l'occasion de vérifier si elle avait progressé dans la maîtrise de son trac.

— A quoi penses-tu ? s'enquit-il en lui jetant un coup d'œil.

— Au sexe, répliqua-t-elle avec un frisson impatient.

Il pouffa.

— T'arrive-t-il de penser à autre chose ?

Elle fit mine de réfléchir.

— Non.

— Je suis tenté de te demander des précisions, mais je préfère attendre que nous soyons arrivés. Comme ça, tu pourras me faire une démonstration.

— Je n'y manquerai pas.

— Puis-je te poser une question personnelle ?

— Laquelle ?

— Pourquoi as-tu attendu d'avoir vingt-cinq ans avant d'avoir une relation physique ?

Cela faisait quinze jours qu'elle s'étonnait qu'il ne le lui ait pas encore demandé…

— Je n'ai jamais pris la décision de rester vierge, mais je fuyais les relations passionnées. J'ai trop souvent vu ma mère anéantie de chagrin pour être tentée par ça. J'ignorais que la passion pouvait être purement sexuelle.

— Pour toi, ce qu'il y a entre nous est purement sexuel ? s'exclama Talos.

— Pas pour toi ? demanda-t-elle avec perplexité.

Après un bref silence, il se mit à rire.

— Tu as raison, c'est purement sexuel. Je suis juste

surpris de l'entendre dire par une femme, et encore plus étonné d'être convaincu que c'est sincère.

— Aucune femme ne t'a jamais dit ça ?

— C'est moi qui leur fais savoir dès le début que je ne cherche qu'une relation physique, et elles sont toujours d'accord. Mais il ne leur faut pas longtemps pour changer d'avis et se persuader qu'elles sont capables de m'apprivoiser.

— Je ne crois pas qu'il existe quelqu'un capable de t'apprivoiser, lâcha Amalie d'un ton désinvolte en s'efforçant d'ignorer le nœud qui se formait dans son estomac. Talos était connu pour ses nombreuses maîtresses et il n'y avait aucune raison pour que ça change. Dès qu'elle repartirait pour Paris dans un peu plus d'une semaine, elle serait remplacée. Et ça ne lui posait aucun problème.

— Tu es aussi apprivoisable qu'un loup.

Il éclata d'un rire sonore.

— J'aime ma vie. Je n'ai aucune envie d'être apprivoisé.

Elle lui lança un regard pénétrant. Pourquoi n'en était-elle pas convaincue ? Il était sincère, il n'y avait pas de doute là-dessus. Cependant, il y avait une part de lui-même qu'il gardait secrète. Une souffrance intérieure qu'elle apercevait par moments quand il se mettait à crier en grec dans son sommeil. Elle lui en avait parlé, mais il lui avait affirmé qu'il ne se souvenait pas de ses rêves. Elle ne l'avait pas cru, mais elle n'avait pas insisté. Après tout, vu la nature de leur relation, elle n'était pas en position d'exiger qu'il lui confie tous ses secrets.

— Et donc, tu n'as jamais eu aucune relation d'aucune sorte ? demanda-t-il.

— J'ai eu des petits amis. Un certain nombre.

— Et aucun n'a essayé de coucher avec toi ? Ils étaient tous gays ?

Elle laissa échapper un léger rire surpris.

— C'est possible ! Nos liens étaient plus intellectuels

que physiques. Nous échangions des baisers, mais c'était le genre d'hommes à préférer passer la soirée à discuter de l'influence des excentricités de Mozart sur sa musique plutôt qu'à tenter de me déshabiller.

— Je ne connais rien à la vie ni à l'œuvre de Mozart, mais dans le cas contraire je ne serais d'accord pour en discuter avec toi qu'à condition de pouvoir te déshabiller en même temps.

— Mais c'est justement le genre de relations que je fuyais.

— Ces hommes te plaisaient parce que tu te sentais en sécurité avec eux ?

— Je... oui, tu as raison. Après le divorce de mes parents, ma mère n'a pas cessé de tomber follement amoureuse, sans jamais pouvoir garder un seul de ses amants. J'ai eu beaucoup de chagrin de la voir accablée de souffrance à chaque fois.

— Pourquoi ne parvenait-elle pas à les garder ?

Amalie inspira profondément.

— Je ne sais pas. Je pense que c'est parce que mon père avait toujours été en adoration devant elle pendant leur mariage. Il l'avait traitée comme une reine pendant quinze ans et elle attendait la même chose des autres hommes. Ce qui les faisait fuir. Ils succombaient à sa beauté et à sa célébrité mais, dès qu'ils découvraient la femme assoiffée d'amour et d'attentions, ils prenaient leurs jambes à leur cou. Chaque fois, elle en était anéantie. Elle continuait à sourire et à chanter pour son public, mais dans le privé elle pleurait comme une enfant.

— Et tu en étais témoin ?

Elle hocha la tête.

— Je comprends que tu aies trouvé ça douloureux.

Talos déglutit péniblement. Il était bien placé pour

savoir à quel point il pouvait être traumatisant de voir sa mère souffrir. Surtout quand on était enfant.

— J'imagine que tu dois considérer ma mère comme une enfant gâtée, et elle l'est. Mais elle est également très drôle et très affectueuse. Et je l'adore, ajouta Amalie d'un ton de défi.

— Je comprends, dit-il en prenant la route qui marquait le début des terres des Kalliakis. Mais reconnais que c'est injuste de sa part de te faire porter le poids de ses problèmes sentimentaux.

— Elle est comme elle est, elle n'y peut rien. Et de toute façon, c'est tout ce que je mérite.

— Que veux-tu dire ?

Elle tourna la tête vers la vitre sans répondre.

— Amalie ?

Portant sa main à sa gorge, elle murmura d'une voix nouée.

— C'est ma faute si elle est malheureuse. Sans moi, mon père n'aurait jamais demandé le divorce.

Talos sentit son cœur se serrer.

— Je suis sûr que c'est faux.

Comment un enfant pouvait-il avoir de l'influence sur le mariage de ses parents ?

— Mais je suis surpris d'apprendre que c'est ton père qui l'a quittée. D'après ce que tu m'as dit, je croyais que c'était elle.

— Il la vénérait mais, pour me protéger de son ego, il a demandé le divorce quand j'avais douze ans.

— C'est-à-dire à l'époque où tu as cessé de jouer en public. Je suppose que les deux faits sont liés ?

— Oui, acquiesça-t-elle succinctement.

Il se gara devant le pavillon et lui caressa les cheveux. Il avait envie de la prendre dans ses bras, mais pas seulement pour sentir son corps contre le sien. Pour la réconforter.

Que lui arrivait-il ? Pourquoi ne pouvait-il s'empêcher d'avoir des élans d'affection pour cette femme ? Ça ne lui ressemblait pas du tout. Il ne mélangeait jamais sexe et affection. *Theos*, il fallait absolument qu'il se ressaisisse et qu'il se concentre sur son objectif. Le gala. Il ne restait plus qu'une semaine avant le gala… Comment les jours avaient-ils pu filer aussi vite ? Elle semblait tout près de lui confier son secret le plus enfoui. Le traumatisme de toute évidence à l'origine de son trac. Mais le temps pressait de plus en plus.

Une enveloppe crème était posée sur le paillasson. Amalie la ramassa et l'ouvrit en entrant dans le pavillon.

— Je suis invitée à dîner avec ton grand-père mercredi, annonça-t-elle en tendant le carton à Talos. Tu étais au courant ?

— Non.

Après avoir donné son accord pour que la dernière œuvre de sa défunte épouse soit jouée à l'occasion de son jubilé, le roi s'était reposé entièrement sur ses petits-fils pour l'organisation du gala. Il était beaucoup trop faible pour y participer. Cependant, il était prévisible qu'il souhaiterait rencontrer Amalie avant le jour J. Astraeus Kalliakis ne s'était jamais remis de la disparition de son grand amour et il était logique qu'il veuille faire connaissance avec la femme qui allait donner vie à sa dernière composition. Il aurait dû y penser et le prévenir qu'il assisterait lui aussi au dîner, songea Talos. Sa gorge se noua. C'était le moment de parler à Amalie de la maladie de son grand-père. Il fallait la préparer. Son sang se glaça, comme à chaque fois qu'il pensait à ce que lui réservaient les mois à venir. La mort de l'homme qui l'avait élevé depuis ses sept ans. Qui était venu le réveiller dans sa chambre, l'avait pris dans ses bras et lui avait dit que ses parents ne reviendraient pas. Qu'ils ne rentreraient plus jamais. Aujourd'hui, son grand-père allait bientôt mourir à son tour. Et il ne pouvait absolument rien y faire. Il ne pouvait pas davantage protéger son grand-père de la faucheuse qu'il n'avait pu protéger sa mère des coups et des infidélités de son père.

— Quelque chose ne va pas ? demanda Amalie en scrutant le visage de Talos. Tu es tout pâle.

Il déglutit péniblement. Comme il aimerait pouvoir se laisser aller contre elle et lui confier son chagrin ! Mais formuler à haute voix la vérité sur la maladie de son grand-père… *Theos,* il n'arrivait même pas à en parler avec ses frères ! Ils éludaient systématiquement le sujet, aucun d'eux n'osant l'aborder. Sans répondre à sa question, il effleura la joue d'Amalie, décidé à reprendre la conversation qu'ils avaient commencée dans la voiture. Mais elle noua les mains sur sa nuque avant de se hisser sur la pointe des pieds pour s'emparer de sa bouche.

Amalie s'étira avec volupté, puis se tourna sur le côté pour promener la main sur le torse de Talos. Il la saisit et déposa un baiser sur chacun de ses doigts. De son autre main, il dessinait des cercles au creux de ses reins. Elle leva légèrement la jambe pour se presser contre sa cuisse. Plus il lui donnait du plaisir, plus elle y prenait goût…

— Tu es insatiable, grogna-t-il.

— C'est ta faute, répondit-elle avec un sourire mutin en faisant glisser sa main sur son ventre.

— Mon petit rossignol, tu es la femme la plus désirable et la plus sensuelle du monde.

« Mon » petit rossignol ? Le cœur d'Amalie se gonfla

de joie. « Mon » petit rossignol... Soudain, un éclair de lucidité jaillit dans son esprit et elle crut que son cœur s'arrêtait. Une passion purement sexuelle ? Pas du tout.

Elle aimait Talos.

12

Abasourdie, Amalie s'écarta de Talos et s'assit en tailleur pour le contempler.

— Quelque chose ne va pas ? demanda-t-il. On dirait que tu as vu un fantôme.

Elle secoua la tête. Quand était-elle tombée amoureuse de lui ? Comment cela avait-il pu lui arriver ? Elle tenta de chasser cette pensée de son esprit.

— Le contrat infâme que tu m'as fait signer… le chantage… les menaces…

A sa grande satisfaction, Talos grimaça. Tant mieux s'il avait honte, cela prouvait qu'il avait une conscience. Et s'il avait une conscience, cela signifiait qu'il ressemblait plus à l'homme qu'elle avait appris à connaître au cours des dernières semaines qu'à l'ignoble individu qu'elle avait rencontré à Paris… Ce qui leur laissait une chance. Certes minuscule, mais une chance malgré tout.

— Ce n'est pas parce que je te considère comme l'homme le plus sexy du monde que j'ai oublié le chantage odieux auquel tu as eu recours pour me faire venir ici.

Mais lui avait-elle pardonné ? Talos ouvrit la bouche pour poser la question, puis la referma aussitôt. Et si elle répondait non ? Si elle disait qu'elle ne pourrait jamais lui pardonner ? Mais pourquoi avait-il tellement envie qu'elle lui pardonne ? Il n'avait jamais attendu cela de quiconque. Au souvenir du chantage qu'il avait exercé sur elle, il sentit son estomac se nouer. Faire pression sur quelqu'un si la situation l'exigeait ne lui avait jamais posé de problème. Mais comment avait-il pu menacer cette femme ? Alors qu'il ne supporterait pas que quelqu'un lui fasse le moindre mal… Une évidence s'imposa à lui. Il donnerait sa vie pour la protéger…

— Pourtant, malgré tout ça, je ne peux pas m'empêcher de penser que ce séjour ici est la meilleure chose qui me soit jamais arrivée, poursuivit-elle.

— Pourquoi ?

Talos eut l'impression que sa propre voix lui parvenait de très loin. Sous le choc de la révélation qu'il venait d'avoir, il avait le vertige et se sentait au bord du malaise.

— Parce que cela m'a donné le temps et l'espace nécessaires pour prendre du recul.

Amalie se mordit la lèvre inférieure.

— Un de mes psys m'a dit que, à son avis, je n'avais pas réellement envie d'être délivrée de mon trac. Il avait tort. Je…

Elle s'interrompit de nouveau, le regard vague.

— Ce n'est pas que je ne le voulais pas… mais je pensais que je ne le méritais pas.

Talos se frotta la mâchoire. Que pouvait-il dire ? Elle était sur le point de lui confier ses secrets les plus intimes et il n'avait qu'une envie. Lui crier de se taire. Il ne voulait pas les entendre, pour ne ressentir ni pitié ni compassion envers elle. Son sentiment de culpabilité lui suffisait largement. Il l'assumerait parce qu'il se devait de le faire, mais il s'arrêterait là.

— Tu devrais pouvoir comprendre ce qu'a été mon enfance, poursuivit-elle, inconsciente du tourbillon d'émotions dont il était la proie. Tu es exposé aux regards publics depuis toujours. Avant mon dixième anniversaire, j'avais déjà joué pour le président français, participé à un concert caritatif contre la pauvreté retransmis à la télévision dans le monde entier…

Tout cela, il l'avait appris quand il s'était renseigné sur elle après l'avoir entendue jouer pour la première fois au théâtre, se rappela-t-il. Et il avait trouvé d'autant plus incompréhensible qu'elle refuse sa proposition.

— J'étais une enfant prodige, j'étais célèbre et j'aimais ça. J'aimais jouer devant le public et j'aimais les applaudissements. Mais à dix ans, j'ai découvert des articles me concernant, que mes parents avaient conservés. J'ai pris conscience que les gens ne se contentaient pas d'apprécier ma musique. Ils la disséquaient. Ils *me* disséquaient. Et tout le plaisir que j'éprouvais sur scène s'est évaporé.

Elle claqua des doigts.

— Disparu. Moi qui n'avais jamais eu le trac, j'ai été soudain paralysée par lui. Et si je décevais le public ? Et si mon interprétation d'une œuvre était jugée inférieure à celle d'un autre violoniste ? Du jour au lendemain, le doute et la peur ont balayé la joie que la scène m'avait toujours apportée. J'ai fini par craquer lors de l'anniversaire de ma mère, quand j'avais douze ans.

Elle s'interrompit et prit le verre d'eau posé sur la table de nuit.

— Que s'est-il passé ? demanda-t-il, oubliant qu'il ne voulait pas entendre ses secrets.

— Elle avait organisé une soirée en Provence, dans notre maison de vacances. Cela faisait deux ans que je suppliais qu'on ne me fasse plus jouer en public, qu'on me laisse aller à l'école pour me faire des amis et mener une vie normale. Mais elle refusait. J'étais *spéciale*, vois-tu. Aux yeux de ma mère, j'étais faite pour jouer sur scène, pour être ovationnée comme elle-même l'était.

La voix d'Amalie devint à peine audible.

— J'aime ma mère, mais elle peut être très manipulatrice. Elle n'hésitait pas à me faire du chantage affectif pour me pousser à continuer. Elle avait fait construire une estrade dans le jardin. Je me souviens d'être montée dessus et d'avoir vu tous ces regards fixés sur moi. Il y avait une centaine d'invités, pour la plupart des gens célèbres. J'étais pétrifiée. Et...

Sa voix s'éteignit.

— Et ?

— J'ai fait pipi dans ma culotte. Devant tous ces gens. Mon Dieu, leurs mines horrifiées... J'ai cru mourir de honte.

La gorge nouée, Talos se remémora la vidéo qu'il avait trouvée sur Internet. Son dernier récital avant qu'elle disparaisse du feu des projecteurs. Seulement quelques mois sans doute avant la scène qu'elle venait de décrire. Une gamine, sans aucun des signes annonciateurs de la préadolescence, petite pour son âge. Une enfant.

Amalie soupira, puis elle se ressaisit visiblement et cala ses cheveux derrière ses oreilles.

— Ma mère était mortifiée, mais elle a décrété que ce n'était qu'un accident. Je devais jouer au Royal Albert Hall une semaine plus tard pour Noël, et elle a insisté pour que j'honore mon engagement. Mon père a tenté de la raisonner, mais elle n'a rien voulu entendre. Elle était tout simplement incapable d'admettre la réalité. Quelques minutes avant mon entrée en scène, j'ai fait une attaque de panique, et un machiniste a été obligé d'appeler une ambulance. Quand je suis sortie de l'hôpital, mon père est venu me chercher seul. Devant l'entêtement de ma mère, il avait décidé de la quitter et de m'emmener, pour ma sécurité.

Amalie expira lentement, puis elle émit un petit rire amer.

— Il l'aimait, mais il avait compris que rester avec elle

signifierait cautionner son comportement envers moi. Depuis, j'ai vu ma mère multiplier les échecs sentimentaux en sachant que, si j'avais été plus forte, ils seraient toujours ensemble…

— Non, coupa Talos, retrouvant enfin sa voix. Non, c'est elle la responsable. Pas toi. Tu étais une enfant.

Elle hocha la tête, visiblement soulagée.

— C'est ce que ce séjour à Agon m'a permis de comprendre en me donnant le recul nécessaire. Je vivais avec mon père, mais je passais des vacances et des week-ends avec ma mère. Je les voyais souffrir chacun de leur côté et je me disais que c'était de ma faute. J'avais le sentiment d'avoir détruit leurs vies.

— Et maintenant ? Tu as déjà beaucoup progressé. Tu as joué pour moi, ce qui était une étape importante à franchir. Ton orchestre arrive demain et nous allons voir où nous en sommes exactement, mais je suis confiant. Tu peux y arriver, mon petit rossignol. Mais il faut que tu aies envie de réussir pour toi-même, indépendamment des éventuelles conséquences.

— Ces conséquences existent toujours ?

— Je ne sais pas, répondit-il franchement.

Un sourire triste étira les lèvres d'Amalie.

— J'ai du mal à faire le lien entre l'homme dont je partage le lit et la brute qui a fait irruption chez moi à Londres.

— C'est un seul et même homme. J'ai été élevé comme ça et je n'éprouve aucun remords. Pour ma famille et mon pays, je suis prêt à tout. Y compris à porter des coups déloyaux si nécessaire.

— Ça, j'ai remarqué. Pourquoi ce gala est-il aussi crucial pour toi ? Je comprends qu'il soit important pour une nation de célébrer le cinquantième anniversaire de l'accession au trône de son roi, mais je ne peux pas m'empêcher de penser que, pour toi, il y a une autre raison, bien plus personnelle.

— Tu ne trouves pas que le jubilé est une raison suffisante ? Cinquante ans de règne, ce n'est pas commun. A Agon, la plupart des monarques abdiquent lors des quarante ans de leur héritier, ce qui leur permet de profiter de leur retraite. L'héritier de mon grand-père est mort avant d'atteindre cet âge, si bien qu'il n'a pas eu d'autre choix que de poursuivre son règne. Ce qu'il a fait avec fierté et dignité, pour son peuple. Helios aura quarante ans dans quatre ans.

Avant qu'elle ait le temps de poser une nouvelle question, Talos attira Amalie sur lui, puis la fit rouler sur le dos. Capturant sa bouche, il plongea dans un océan de sensualité qui lui fit oublier momentanément l'angoisse qui l'étreignait.

Talos s'était assoupi. Amalie effleura ses lèvres du bout d'un doigt, résistant à l'envie d'y poser les siennes. Il semblait apaisé. Elle lui avait tout dit. Elle lui avait confié cette honte qui la poursuivait depuis tant d'années sans qu'elle en ait pleinement conscience. En parler à Talos lui avait permis de la reconnaître et de s'en débarrasser. Elle se sentait régénérée. Il avait raison. Elle était une enfant.

Son cœur était en fête et c'était à lui qu'elle le devait. Dire qu'elle était tombée amoureuse de lui sans même s'en apercevoir… Mais après avoir découvert son côté humain, elle avait perdu toute chance de résister à son charme ensorcelant. Même son contrat odieux ne parvenait plus à l'indigner. Elle trouvait touchant que Talos soit prêt à tout pour protéger ce qui lui était cher… Comment ne pas se laisser aller à rêver qu'elle-même lui était chère ? Qu'il était prêt à tout pour la défendre ? Mais elle n'était pas comme sa mère, elle ne se faisait aucune illusion. Tout à l'heure, il avait été très clair : leur relation était purement sexuelle. Mais n'avait-elle pas dit exactement la même chose ? Et n'était-elle pas sincère sur le moment ? Stop. Pas question de s'autoriser la moindre lueur d'espoir. Tant qu'elle était à Agon, elle continuerait à savourer les moments partagés avec Talos. Quand l'heure viendrait de partir, elle le ferait la tête haute et elle reprendrait son ancienne vie. Amalie se mordit la lèvre. Avait-elle envie de renouer avec son quotidien calme et sans risques ? Un long frisson la parcourut à la pensée de ce que pourrait être son avenir. L'avenir dont elle rêvait autrefois… Pendant des années, elle avait vécu dans la terreur de l'amour et de la passion. Avec Talos, elle avait trouvé les deux et elle était toujours debout. Et non seulement elle était toujours debout, mais elle ne s'était jamais sentie aussi vivante. Il ne tenait qu'à elle de vivre son rêve. Il lui suffisait d'un peu de courage. Talos était un combattant. Chez lui, le courage était une seconde nature. En l'obligeant à se battre, il lui avait révélé la guerrière qui sommeillait en elle. A présent, il ne lui restait plus qu'à faire appel à cette force intérieure chaque fois qu'elle en aurait besoin.

Amalie se leva, ramassa le T-shirt noir de Talos par terre et l'enfila en descendant l'escalier. Dans le salon, elle ouvrit son étui à violon, tendit la mèche de l'archet et y appliqua de la colophane, puis elle accorda son instrument. Quand elle eut terminé, elle prit une profonde inspiration et remonta dans la chambre. Talos dormait toujours, mais il avait changé de position. Au moment où elle s'assit sur le lit, il ouvrit les paupières. Le cœur battant, elle lui sourit timidement, ferma les yeux, mit son violon en place et leva l'archer.

La première note, haute et claire, fit à Talos l'effet d'un coup de poing dans l'estomac. Amalie n'avait rien dit, mais il savait. C'était l'œuvre de sa grand-mère. Sa dernière composition, encore jamais jouée devant personne. Les coups de poing continuèrent à pleuvoir sur Talos, le ramenant à son enfance un quart de siècle plus tôt, quand son univers s'était effondré. Il attendait depuis longtemps qu'Amalie lui fasse entendre ce morceau et, à présent qu'elle le faisait, il n'avait qu'une envie, lui arracher le violon et le jeter par la fenêtre. Mais il était cloué sur place, incapable de bouger, incapable d'empêcher la musique de résonner dans la pièce, incapable d'endiguer le flot des souvenirs. Il était aussi impuissant qu'à sept ans, quand il ne pouvait empêcher son père de frapper sa mère. Bientôt, cependant, une émotion inconnue s'insinua en lui et l'envahit peu à peu, chassant ces souvenirs de son esprit pour permettre à la musique qui naissait des doigts délicats d'Amalie de s'épanouir en lui. S'il fermait les yeux, il voyait sa grand-mère. Amalie mettait tellement de sentiment dans son jeu... Elle ne rouvrit les paupières qu'après avoir laissé mourir la dernière note. Il y lut de l'appréhension, mais aussi une émotion si intense qu'il eut l'impression que son propre cœur allait exploser. Il passa une main devant son visage, puis inspira profondément.

— Après la disparition de mes parents, je faisais des cauchemars horribles, déclara-t-il d'une voix rauque. Ma grand-mère s'asseyait sur mon lit, comme tu l'es en ce moment, et elle jouait pour moi jusqu'à ce que je me rendorme.

Amalie resta silencieuse, les yeux brillants.

— Tu as donné vie à sa musique.

Elle serra son violon contre sa poitrine.

— C'est le plus beau morceau que j'aie jamais eu l'honneur d'interpréter. Je te promets de me battre comme une Agonite pour pouvoir le jouer au jubilé de ton grand-père.

Devant son air farouche, il sentit son cœur se serrer.

C'était avant tout à elle-même qu'elle faisait cette promesse, comprit-il. La bataille n'était pas encore gagnée, mais elle la livrerait avec tout son courage et toute son énergie. Il n'en doutait pas un seul instant. Cependant, une lueur dans son regard semblait indiquer qu'elle ne se battrait pas uniquement pour honorer son contrat et éviter des répercussions fâcheuses. Elle se battrait aussi pour lui.

Talos fut de nouveau pris de vertige.

13

Talos monta en voiture et démarra. Sa villa venait à peine de disparaître dans le rétroviseur quand il s'arrêta et coupa le contact. Il imagina le pavillon au loin, masqué par les arbres. Il imagina Amalie l'attendant sur le seuil. Il imagina son baiser fougueux. Depuis qu'elle avait joué pour lui dans la chambre, elle n'éprouvait plus aucun problème à travailler l'œuvre de sa grand-mère en sa présence. En revanche, lors de la première répétition avec son orchestre, arrivé deux jours plus tôt, son blocage s'était manifesté en force. Aujourd'hui, il était allé sur place pour se rendre compte par lui-même du problème. Cette fois, elle avait exécuté le morceau jusqu'au bout, mais uniquement parce qu'elle avait gardé les yeux fixés sur lui. Elle n'avait pas cessé de trembler et son jeu avait été raide et heurté. Rien à voir avec la virtuosité pleine de sentiment avec laquelle elle jouait quand ils étaient seuls. Son air terrorisé lui avait déchiré le cœur. C'en était trop tôt pour elle. Si elle avait disposé de quelques semaines supplémentaires, cela aurait sans doute été suffisant, mais le jubilé avait lieu dans quatre jours. Elle connaissait à fond sa partition, tout comme les musiciens de l'orchestre possédaient la leur, mais à quoi bon si elle était rongée par le trac ? Dire que c'était lui qui lui avait imposé ce cauchemar ! Comment avait-il pu être assez stupide pour s'imaginer qu'il suffirait de stimuler son instinct combatif pour vaincre un traumatisme vieux de plus de dix ans ? Demain, elle dînait avec son grand-père. Il s'était invité et le roi d'Agon avait eu un sourire entendu très perturbant. Le solo d'Amalie était le seul moment du gala qu'il attendait avec impatience. Il serait peut-être obligé de rater une grande partie des réjouissances, mais il lui avait confié la veille que, pour manquer le solo, il faudrait qu'il soit déjà dans son cercueil. Réprimant une nausée, Talos sortit son portable de sa poche et appela Amalie.

— Je ne vais pas pouvoir t'accompagner au club, ce soir. J'ai un empêchement.

— Ça va ? demanda-t-elle d'un ton inquiet.

Il ne voulait pas qu'elle se fasse du souci pour lui. Il ne le méritait pas. Tout ce qu'il méritait, c'était qu'elle le déteste pour lui avoir imposé ce cauchemar.

— J'ai du travail, c'est tout. J'essaierai de passer plus tard.

Il raccrocha et expira longuement.

Amalie franchit le rideau d'arbres qui entourait son pavillon et regarda la villa au loin. C'était une nuit sans lune, mais le bâtiment blanc brillait sous les étoiles. Il lui fallut dix minutes pour l'atteindre et quand elle frappa à la porte, son cœur battait à tout rompre. Elle n'était jamais entrée dans la maison de Talos. Il ne l'y avait jamais invitée, à vrai dire… C'était son refuge. Auquel elle n'avait pas accès. Toute la soirée, elle avait attendu qu'il la rappelle ou qu'il passe. Quelque chose clochait. Depuis deux jours. Un fossé s'était creusé entre eux. Il était inquiet pour le gala, elle le savait. Et de son côté, elle était terrifiée. Ils avaient cru tous les deux qu'elle était prête à jouer en public, mais ils s'étaient trompés. Son trac était en train de gagner la bataille. Pourquoi cette distance entre eux ? Parce qu'elle le décevait ? La domestique qui ouvrit la porte reconnut Amalie et l'accueillit avec un sourire chaleureux. Comme aucune des deux ne parlait la langue de l'autre, elle invita la jeune femme à la suivre d'un geste de la main. L'intérieur de la villa était aussi moderne que celui du palais était médiéval, mais des fresques et des sculptures évoquaient l'héritage minoen d'Agon. Après avoir descendu un escalier de marbre, la domestique indiqua une porte fermée, hocha brièvement la tête et fit demi-tour, laissant Amalie seule. Le cœur battant, elle frappa deux coups. Pas de réponse. Elle recommença un peu plus fort et colla l'oreille à la porte. Rien. Après une hésitation, elle entrebâilla le battant, puis l'ouvrit en découvrant, de l'autre côté, une salle de sport. Des haltères, un tapis de course et un rameur étaient alignés devant le mur-miroir qui faisait face à l'entrée. Dans ce miroir, elle perçut un mouvement et se tourna vers la gauche. Inconscient de sa présence, Talos bourrait un sac de frappe de coups de poing rageurs. Au lieu de l'appeler comme elle en avait à l'origine eu l'intention, elle resta clouée sur place, fascinée. Uniquement vêtu d'un short noir, il était pieds nus et ne portait pas de gants. Elle frissonna. Il risquait de s'abîmer sérieusement les doigts. Que lui prenait-il, lui qui insistait toujours sur l'importance des gants ? D'ailleurs, il souffrait. Ça se voyait. Sans doute après l'avoir aperçue dans le miroir, il s'interrompit brusquement et se retourna vers elle. A bout de souffle, il la regarda d'un air incrédule. Sans la quitter des yeux, il prit une serviette pour s'essuyer le visage et le torse, puis il la laissa tomber par terre et se dirigea vers elle. Sa bouche s'empara de la sienne avec avidité et il la plaqua contre le mur. Sans interrompre son baiser vorace, il glissa la main sous sa jupe et déchira sa culotte d'un coup sec. Enfin, il lui fit nouer les jambes autour de sa taille, baissa son short et s'enfonça en elle d'un coup de reins puissant avec un grognement qui exprimait autant de souffrance que de plaisir. Cramponnée à lui, elle huma son parfum boisé avec une seule idée en tête. Le libérer de sa douleur. Elle s'abandonna sans réserve à ses va-et-vient frénétiques et désespérés tout en couvrant son cou et son épaule de baisers fiévreux, et le plaisir ne tarda pas à monter du plus profond d'elle. Talos poussa un cri rauque et enfouit son visage dans ses cheveux, puis, d'un ultime coup de reins, il la fit basculer dans un gouffre sans fond. Le temps s'arrêta. Ce fut seulement quand il la reposa sur ses pieds et rabattit sa jupe qui s'était enroulée autour de sa taille qu'elle vit la marbrure rouge sur son épaule. C'était elle… C'était la marque de ses dents, comprit-elle. Talos suivit son regard et il eut un sourire de dérision.

— Ma première morsure d'amour…

Elle s'attendait à ce qu'il lui demande la raison de sa visite, mais il se contenta de prendre son visage à deux mains et de l'embrasser avec une ferveur teintée de détresse. Puis il la serra étroitement dans ses bras et murmura :

— Je suis désolé pour mon égoïsme impardonnable.

— Pas moi, répliqua-t-elle en levant la tête vers lui.

Il ferma les yeux et jura à mi-voix.

— Je n'ai pas mis de préservatif.

Elle tressaillit. Emportée par la passion, elle n'y avait pas pensé non plus…

— Ça devrait aller. En principe, j'ai mes règles demain.

— « Ça devrait aller » ? s'exclama-t-il d'un air effaré.

— Je ne suis pas experte dans ce domaine, mais je suis sûre que la date d'ovulation est dépassée depuis longtemps. Et j'ai des cycles très réguliers, précisa-t-elle en s'efforçant de le rassurer malgré le bébé brun emmailloté dans des feuilles de vigne dont l'image venait soudain de surgir dans son esprit. S'il y a un problème, je le saurai d'ici deux ou trois jours.

Une petite veine battait frénétiquement dans le cou de Talos.

— Surtout, préviens-moi dès que tu as du nouveau.

— Je te le promets.

Elle hésita un instant avant de demander :

— Que se passe-t-il, Talos ? Tu es devenu très distant.

— Il ne se passe rien. Le stress du gala, des problèmes à régler au bureau, le manque de sommeil... la routine.

— Je suis sûre que la répétition de demain se passera mieux, déclara-t-elle avec une assurance qu'elle était loin de ressentir. Aujourd'hui, j'ai réussi à jouer, c'est déjà un progrès.

Même s'il n'était sorti de son violon que des cris de chats échaudés...

Talos leva les yeux vers le plafond.

— Oui, tu vas y arriver.

Il mentait, comprit-elle. Il n'était pas seulement stressé. Il pensait qu'elle échouerait. La panique lui comprima la poitrine. Jusque-là, Talos n'avait jamais douté qu'elle serait prête pour le gala. C'était sa foi en elle qui avait fini par la persuader qu'elle était capable de surmonter son trac. Mais si son prince guerrier avait perdu la foi, qu'allait-elle devenir ?

— Je dois aller à Athènes à la première heure demain matin, reprit-il en se massant la nuque. Je viendrais te chercher à 19 heures pour le dîner avec mon grand-père.

Etait-il en train de la mettre dehors ? Elle déglutit péniblement.

— D'accord... Tu es certain qu'il n'est pas nécessaire de porter une tenue habillée ?

— Oui, mon grand-père a bien précisé que ce serait

un repas sans cérémonie. Il a envie de bavarder avec toi en toute simplicité dans une ambiance détendue.

— Très bien. Je me réjouis à l'avance. Est-ce que tu viens au pavillon avec moi ? ajouta-t-elle d'un ton neutre.

La réponse était évidente, mais elle n'aurait pas pu partir sans avoir posé la question...

— Je vais te raccompagner, mais je ne resterai pas. Je me lève tôt demain matin et, si je passe la nuit là-bas, je te réveillerai. Or, tu as autant besoin que moi d'une bonne nuit de sommeil.

C'était la voix de la raison. Ce qui ne l'empêchait pas de recevoir ces paroles comme un coup de poignard en plein cœur... Elle accrocha un sourire à ses lèvres et se hissa sur la pointe des pieds pour l'embrasser comme si de rien n'était. Comme s'il n'était pas en train de mettre fin à leur relation... Sauf que leur relation n'en était pas vraiment une, se rappela-t-elle fermement alors qu'ils marchaient en silence vers le pavillon. Il était clair depuis le début qu'elle ne durerait pas et elle l'avait accepté. Ce qu'elle n'avait pas prévu, c'était qu'il se lasserait d'elle avant la date de péremption. Et qu'il perdrait sa foi en elle.

Amalie s'efforça de masquer le choc provoqué par sa rencontre avec le roi Astraeus. Un valet de pied venait de les escorter, Talos et elle, jusqu'à la salle à manger privée du monarque, un peu moins vaste que la salle des banquets, mais tout aussi somptueuse. Sur les photos qu'elle avait vues, le souverain était un homme grand, vigoureux et très séduisant. Même sur celles prises à l'occasion de son quatre-vingtième anniversaire, alors que ses cheveux de jais avaient blanchi et s'étaient éclaircis, il respirait la vitalité.

— Excusez-moi de ne pas me lever pour vous saluer,

dit-il d'une voix faible. Si je tenais sur mes jambes, je vous ferais le baisemain.

Spontanément, quand elle prit la main tremblante qu'il lui tendait, elle déposa un baiser sur sa peau parcheminée au lieu de faire la révérence qu'elle avait répétée un peu plus tôt. Il lui adressa un sourire chaleureux, puis il fit signe à son infirmière de pousser son fauteuil jusqu'à la table. Amalie jeta un coup d'œil à Talos, mais il évita son regard, comme il avait évité toute conversation sérieuse pendant le trajet en voiture. Il n'avait même pas fait allusion au coup de téléphone qu'elle lui avait donné en début de matinée pour lui confirmer qu'elle n'était pas enceinte. C'était ridicule et complètement masochiste, mais elle avait eu un pincement au cœur en découvrant que ce n'était pas le cas. Jusque-là, elle n'avait encore jamais réfléchi à une éventuelle maternité, mais depuis la veille au soir l'idée avait pris racine dans son esprit. Après avoir récapitulé toutes ses raisons de redouter une grossesse, elle s'était surprise à imaginer l'avenir avec un enfant de Talos. A en rêver. Elle ignorait si elle serait une bonne mère, mais son instinct lui soufflait que Talos serait un père fantastique. Elle réprima un soupir. Etant donné qu'elle n'aurait jamais l'occasion de le vérifier, elle ferait bien d'arrêter de rêver pour se concentrer sur la réalité. Et sur tous les problèmes qui l'attendaient dans un avenir prochain.

— Voilà un souci de moins, avait commenté Talos ce matin quand elle l'avait appelé.

Et il lui avait paru plus distant que jamais. A présent, elle comprenait pourquoi. Il pensait à son grand-père. Pourquoi ne l'avait-il pas prévenue que ce dernier était malade ? Mourant, même… Cela se voyait à son teint hâve, à son regard vague et à sa maigreur extrême. Il avait dû perdre la moitié de son poids depuis son quatre-vingtième anniversaire.

— Vous devez vous demander pourquoi je voulais vous rencontrer, déclara le roi d'une voix rauque, une fois la soupe à la tomate et au basilic servie.

— Je suppose que vous aviez envie de voir la violoniste qui jouera la dernière œuvre de votre femme. Au moment où elle prononçait ces mots, Amalie sentit un grand froid l'envahir. La répétition d'aujourd'hui avait été encore plus désastreuse que la précédente. Au départ, tout s'était bien passé. Christophe, le chef d'orchestre pour le gala, avait trouvé un paravent derrière lequel elle avait pu se cacher pour jouer. Mais dès que le paravent avait été retiré, elle avait été obligée de respirer dans un sac en papier pour lutter contre la panique. Christophe, au bord de la dépression, avait décidé de faire venir à Agon un psy qui tenterait de la traiter par l'hypnose. Elle avait attendu Talos dans l'espoir qu'il passerait et lui redonnerait confiance d'un simple sourire, mais il était à Athènes.

— Parlez-moi de vous, *despinis*, demanda Astraeus.

— De ma carrière ?

— Non, de vous. Je veux savoir quelle musique vous écoutez, quels livres vous lisez, quels films vous regardez.

La conversation s'engagea très naturellement. C'était essentiellement Amalie qui parlait, le monarque se contentant de quelques commentaires succincts. Habituée depuis l'enfance à côtoyer des gens puissants et des célébrités, elle n'était pas trop impressionnée de dîner avec un roi. Ce dernier mangeait à peine. Quelques cuillères de soupe, quelques bouchées de poisson. Talos demeurait silencieux, suivant la conversation sans y participer, les yeux fixés sur son grand-père. Pas une seule fois, elle ne rencontra son regard. Au dessert — gâteaux à la pistache accompagnés de mousse au chocolat —, le souverain finit par poser à Amalie une question en relation avec la musique.

— Qu'avez-vous ressenti en découvrant et en apprenant la composition de ma femme ?

— C'est l'expérience la plus enrichissante de ma carrière, répondit-elle avec sincérité. Et savoir que je suis la première à la jouer en public... Puis-je vous poser une question ?

Le roi hocha la tête.

— L'a-t-elle jouée pour vous ?

— Non.

Le regard Astraeus se voila.

— Elle ne me parlait de ses œuvres et ne me les faisait écouter que lorsqu'elle en avait terminé la composition.

Ses épaules s'affaissèrent.

— Elle a attrapé une pneumonie peu avant d'avoir fini celle-ci. Elle a souffert pour arriver au bout, mais c'était une femme très déterminée. Elle est morte deux jours après l'avoir achevée.

— Je suis désolée.

— Elle me manque terriblement. Tout le temps.

Oubliant le protocole — qu'elle ne connaissait même pas —, Amalie se rapprocha d'Astraeus et posa la main sur la sienne. Elle lut la stupéfaction dans ses yeux, mais il ne tenta pas de se dégager et se pencha même vers elle.

— Cette œuvre que votre femme tenait à achever est un concerto d'amour, déclara-t-elle d'une voix douce. C'est un hommage qu'elle vous rend.

— Qu'est-ce qui vous fait dire ça ?

— C'est là, dans la musique. Je ne peux pas expliquer comment je le sais, mais je le sens. Elle a écrit cette partition avec amour. Pas un amour maternel, mais un amour romantique.

Les paupières du roi se fermèrent. Amalie jeta un coup d'œil à Talos. Il était raide sur sa chaise, la mâchoire crispée, avec dans les yeux une lueur qu'elle ne parvint pas à identifier. Astraeus rouvrit les paupières et la regarda longuement. Puis il se tourna vers le domestique qui se tenait à sa droite et lui adressa un bref signe de tête. Le valet quitta la pièce et revint presque aussitôt avec un étui à violon qu'il posa sur la table. D'un geste, Astraeus incita Amalie à l'ouvrir. Elle s'exécuta avec appréhension, certaine qu'il allait lui demander de jouer. Un délicieux parfum de bois et de résine s'échappa de l'étui et elle le huma avec gourmandise comme elle le faisait depuis son enfance quand son père ouvrait son étui. Elle tendit la main vers le violon, mais le roi l'interrompit. Il posa les doigts sur l'instrument et le caressa.

— Ce violon appartenait à Rhea. Il a été fait pour elle par Massimo Cinelli. C'était mon cadeau de mariage.

Massimo Cinelli était l'un des maîtres luthiers les plus importants du XXe siècle, réputé pour la qualité de son de ses instruments, qui selon certains pouvaient rivaliser avec ceux de Stradivarius. Quelques mois plus tôt, un de ses altos vendu aux enchères avait atteint un demi-million de livres, se souvint Amalie. Ce qui laissait imaginer ce que pouvait valoir un violon fabriqué spécialement pour une reine — en particulier une reine ayant laissé une œuvre aussi importante. Amalie eut un pincement au cœur. Sans doute était-ce avec ce violon que Rhea avait joué au Carnegie Hall avec son père.

— Je vous le lègue, déclara le roi.

— Que voulez-vous dire ?

Il parlait sûrement de le lui prêter pour le gala…

— Il est à vous, mon enfant.

— A moi ?

Astraeus eut un sourire triste.

— Il est enfermé dans son étui depuis cinq ans. Il a besoin que quelqu'un le fasse revivre. Prenez-le, mon enfant. Il est à vous.

Amalie ne savait pas quoi dire. Le souverain était sérieux, bien sûr, mais tout de même... Le roi d'Agon venait de lui offrir un des instruments les plus précieux de sa femme. C'était un cadeau inestimable.

— Merci, finit-elle par répliquer, incapable de trouver quelque chose de plus pertinent à dire.

— Non. Merci à *vous*, rétorqua Astraeus avec un sourire énigmatique.

Puis il fit signe à son infirmière et lui parla en grec. Elle saisit les poignées du fauteuil roulant.

— A présent, je vous souhaite une bonne nuit, déclara-t-il. C'était un plaisir de vous rencontrer, *despinis*.

— C'était un honneur, Votre Majesté.

Talos s'était levé, si bien qu'elle en fit autant. Mais le roi lui prit la main et l'obligea à se pencher pour pouvoir lui parler à l'oreille.

— Je suis heureux que mon petit-fils vous ait rencontrée. S'il vous plaît, veillez sur lui quand je ne serai plus là.

N'hésitant pas à faire une nouvelle entorse au protocole, elle embrassa sa joue glacée et murmura :

— Je vous promets d'essayer.

Quant à réussir... Talos ne lui en laisserait certainement jamais l'occasion.

14

Dans la limousine qui les ramenait, Talos demanda :

— Que t'a dit mon grand-père ?

— Je pense que, s'il me l'a soufflé à l'oreille, c'est parce qu'il ne voulait pas que tu l'entendes, répliqua-t-elle en s'efforçant de prendre un ton léger.

— Ne raconte pas de bêtises. Je suis son petit-fils. Nous n'avons pas de secrets.

— Tu gardes pourtant très bien les tiens.

— Tu fais exprès de parler par énigmes ?

— Pourquoi ne m'avais-tu pas dit qu'il est malade ?

Talos crispa la mâchoire, comme il l'avait fait pratiquement toute la soirée. Elle sentit son cœur se serrer. Si seulement elle parvenait à briser le mur qu'il avait dressé entre eux…

— La santé de mon grand-père n'est pas un sujet de conversation.

— Je comprends ça, bien sûr. Mais si tu m'avais dit la vérité sur son état dès le départ…

— Eh bien quoi ? coupa-t-il d'un ton vif. Tu aurais accepté de jouer pour lui sans que j'aie besoin de recourir au chantage ?

— Je l'ignore.

— Ça n'aurait rien changé, trancha-t-il avec brusquerie.

— Nous ne le saurons jamais. Mais ce que je comprends encore moins, c'est pourquoi tu ne m'en as pas parlé par la suite. Nous avons partagé le même lit pendant plus de quinze jours.

— Ce n'est pas parce que nous avons partagé le même lit que je te dois quoi que ce soit.

Elle déglutit péniblement. Jamais il n'avait été aussi froid avec elle. La limousine s'arrêta, le chauffeur en sortit et ouvrit la portière d'Amalie. Elle descendit sans qu'un mot de plus soit échangé. Pas un « bonne nuit ». Pas un baiser. Pas un regard. Elle eut la gorge nouée en entendant la voiture redémarrer et s'éloigner en direction de la villa de Talos. Avec la sensation très désagréable d'avoir les membres lestés de plomb, elle enleva ses chaussures et posa le violon de Rhea Kalliakis sur le piano. Si elle ne se sentait pas aussi abattue, elle serait déjà en train de l'accorder. Un Cinelli… Mais les paroles de Talos la poursuivaient. « Ce n'est pas parce que nous avons partagé le même lit que je te dois quoi que ce soit. » Oui, il avait dit ça… Il n'avait pratiquement pas prononcé un mot de la soirée, mais il avait dit ça. L'abattement d'Amalie s'estompa, remplacé par une colère noire. Comment osait-il lui parler comme si elle n'était qu'une aventure parmi d'autres ? Elle quitta le pavillon à grands pas et s'élança dans la nuit. Coupant à travers bois, elle vit au loin les lumières de la villa et celles de la limousine, qui en approchait. Les jambes soudain légères, elle courait à perdre haleine à travers champs. Lorsque l'éclairage de sécurité s'alluma, elle eut le sentiment d'avoir parcouru la distance qui séparait le pavillon de la villa en un temps record. A bout de souffle, elle tambourina à la porte et appuya sur la sonnette. Le battant s'ouvrit à la volée.

— Ce n'est pas parce que nous avons partagé le même lit que je m'imagine que tu me dois quelque chose… ou que je sais ce qui se passe dans ta tête ! lança-t-elle d'une voix hachée avant qu'il ait le temps d'ouvrir la bouche.

Mais nous avons partagé bien davantage qu'un lit. Moi, en tout cas, c'est ce que j'ai fait.

Talos darda sur elle un regard effaré.

— Tu es venue à pied du pavillon dans le noir ? Tu es folle ? C'est le milieu de la nuit, tu aurais pu tomber sur n'importe qui !

— Je l'ai déjà fait l'autre soir et ça n'a pas eu l'air de te préoccuper.

Soudain, elle fut rattrapée par la fatigue de la course. Les mains sur les genoux, elle se pencha en avant et tenta de reprendre son souffle.

— Amalie ?

Elle leva la tête. Le regard de Talos, fixé sur elle, était curieusement vide. Devant ce détachement, sa colère redoubla.

— Ne me traite pas comme si je n'étais qu'une aventure sans importance. Il y avait autre chose entre nous et tu le sais. Et tu me dois autre chose que cette indifférence.

— Je ne te dois rien du tout. Ce n'est pas parce que tu étais vierge que je dois te traiter…

— Ça n'a rien à voir avec ça ! s'exclama-t-elle, outrée. J'ai tout partagé avec toi. Je t'ai tout raconté de mon enfance et de ma vie. Tout ! Je n'attendais ni une demande en mariage ni une déclaration d'amour, mais juste un peu de respect !

— Il n'a jamais été dans mon intention de te manquer de respect.

— Alors c'était quoi, ton intention ? Dis-le-moi, bon sang ! Pourquoi tu t'es fermé comme une huître ? Je croyais que tu étais frustré parce que j'ai encore du mal à jouer avec l'orchestre, mais maintenant je commence à me demander si tu n'en as pas tout simplement assez de moi. C'est ça ? Es-tu trop lâche pour me dire franchement que tu ne veux plus de moi ?

Talos la saisit par le bras.

— Viens avec moi.

Ils traversèrent le salon, longèrent un couloir et entrèrent dans une pièce au décor masculin, qui avait tout d'un bureau. Talos claqua la porte et croisa les bras, le regard noir.

— Pour commencer, évite d'échafauder des hypothèses sur ce qui peut se passer dans mon esprit.

— Je suis bien obligée de le faire, puisque tu ne me dis rien !

— Que veux-tu que je te dise ? Tu veux que je m'excuse parce que mon grand-père est en train de mourir ?

— Non !

La gorge nouée, Amalie refoula des larmes horrifiées.

— Bien sûr que non. Je ne voulais pas…

Talos donna un coup de poing dans le mur.

— Je sais ce que tu voulais dire. Comme tu m'as fait des confidences, tu estimes que je dois en faire autant.

— Non ! Pas du tout !

Il assena un violent coup de pied dans le bureau.

— Tu veux que je te raconte mon enfance ? Tu veux savoir pourquoi je fais des cauchemars ? Et pourquoi j'étais aussi rebelle dans mon adolescence ? C'est ça ?

— Je…

— Tu veux que je te parle de la fois où j'ai vu mon père donner des coups de poing dans le ventre à ma mère ? Tu veux que je te dise que je lui ai sauté sur le dos pour tenter de la protéger et qu'il m'a fait voler dans la pièce avec une telle force que je me suis ouvert le crâne en me cognant contre leur lit ? Que je n'ai pas réussi à la protéger ce soir-là et que je n'ai jamais pu tenir ma promesse de toujours la protéger dans le futur parce que, deux heures plus tard, ils étaient morts tous les deux ?

Aujourd'hui, mon grand-père est en train de mourir

à son tour. Et je dois accepter de ne rien pouvoir faire pour l'en empêcher. Tu veux que je t'explique ce que je ressens ? Eh bien, j'ai l'impression que mon cœur et mon estomac sont réduits en lambeaux. Ça te va ?

Talos plongea son regard dans celui d'Amalie et il avança vers elle.

— Maintenant que tu connais tous mes noirs secrets et que je connais les tiens, y a-t-il autre chose que tu veuilles entendre, puisque nous passons des moments si merveilleux à échanger des confidences ?

Amalie déglutit péniblement. Elle devrait le haïr pour son mépris. Mais elle ne pouvait pas... La souffrance dans son regard l'en empêchait.

— Non ?

Il se pencha vers elle, approchant son visage tout près du sien.

— Dans ce cas, tu peux t'en aller.

Pivotant sur lui-même, il décrocha le téléphone posé sur le bureau et prononça quelques mots en grec.

— Talos..., commença-t-elle d'une voix hésitante quand il eut raccroché.

Que lui dire ? Elle n'en avait pas la moindre idée. Elle avait juste envie de le prendre dans ses bras et de le serrer très fort... Mais mieux valait éviter...

— Nous n'avons plus rien à nous dire, déclara-t-il, d'un ton plus calme encore plus effrayant. Nous avons passé de bons moments ensemble, mais c'est terminé.

Un coup frappé à la porte la fit tressaillir. Talos l'ouvrit et lui fit signe de sortir.

— Kostas va te raccompagner au pavillon. J'espère pour tout le monde que le spécialiste de l'hypnose que ton chef d'orchestre a appelé obtiendra des résultats, parce que moi, je ne peux plus rien pour toi.

Prenant un air aussi digne que possible, Amalie passa

devant lui et sortit dans le couloir pour rejoindre Kostas, qui avait déjà gagné l'entrée.

Talos rabattit les couvertures et se leva. Un grand verre de pur malt devrait l'aider à trouver le sommeil. Il regarda par la fenêtre. Trois heures du matin, la nuit était noire, mais au loin, à travers les arbres, il apercevait encore les lumières du pavillon. Amalie ne dormait pas. Il ferma les yeux. Elle devait être en train de jouer avec le violon de sa grand-mère, seul réconfort qui s'offrait à elle. Il imagina ses doigts courant sur les cordes, la pureté de sa musique… Comment avait-il pu la traiter de manière aussi abominable ? D'où était sortie toute cette fureur ? Il l'ignorait. Tout ce qu'il savait, c'était qu'Amalie lui était devenue trop proche. Lui qui depuis des années fuyait tout ce qui ressemblait de près ou de loin à un sentiment… *Theos,* s'était-il déjà senti aussi mal ? Il avait déjà souffert, bien sûr. La mort de ses parents, celle de sa grand-mère… Mais aujourd'hui, c'était autre chose. Il était rompu, physiquement et affectivement… Il ferma les yeux et imagina Amalie arrivant dans sa chambre et s'asseyant au pied de son lit pour jouer pour lui. Sa musique était si émouvante qu'elle parvenait à chasser tous ses démons. Il ne savait pas que son grand-père avait l'intention de lui donner le violon, mais il approuvait ce choix. C'était la personne la plus digne de cet instrument. A quoi bon le laisser dans une vitrine du musée du palais ? Amalie l'aimerait et en prendrait soin. Quand elle en jouerait, ce serait avec son cœur.

Toute la journée, il avait délibérément évité toutes les personnes liées à l'orchestre. Mais au palais, les rumeurs couraient plus vite que la marée. Et d'après elles, la violoniste soliste avait dû répéter derrière un paravent pour la troisième fois consécutive. Il l'imaginait, pâle et tremblante, les yeux agrandis par la terreur, le souffle haché. Qu'était-il en train de lui infliger ? Elle faisait preuve d'un courage incroyable, mais s'il l'obligeait à aller jusqu'au bout et à monter sur scène le jour du gala, elle risquait de ne jamais s'en remettre. Il ne pouvait pas lui faire ça. Il ne pouvait pas la laisser souffrir davantage.

Amalie frotta ses yeux ensommeillés et prit son couteau pour couper le melon en petits morceaux. Le geste lui fit se souvenir de Talos et du couteau qu'il avait en permanence sur lui. « Non, ne pense pas à lui. Pas aujourd'hui. » Elle aurait tout le temps de ruminer ses regrets une fois de retour à Paris. Pour l'instant, il fallait se concentrer sur cette journée et la traverser avec succès. Le melon était aussi parfumé que tous ceux qu'elle avait mangés depuis son arrivée sur l'île, mais son estomac avait une réaction de rejet. Même si elle parvenait à monter sur scène, son ventre vide risquait de lui jouer des tours… Elle entendit un bruit et gagna le hall. Une lettre avait été glissée sous la porte. Une grande enveloppe crème, sur laquelle était écrit son nom d'une plume énergique. Elle l'ouvrit, le cœur battant. Dans le coin supérieur gauche du papier à en-tête figuraient le nom complet de Talos, son titre et l'adresse du palais.

Chère mademoiselle Cartwright,

Je vous informe par la présente de l'annulation de notre contrat daté du 10 mars. Les sanctions prévues n'étant plus applicables, l'Orchestre national de Paris poursuivra son existence dans les conditions actuelles.

Sincèrement,

Talos Kalliakis

Incrédule, Amalie relut plusieurs fois les quelques lignes. Pourquoi ? Ça n'avait aucun sens… Elle consulta sa montre. 9 heures. Le gala commençait dans six heures. Elle devait monter sur scène pour jouer le solo dans onze heures. Le programme avait été communiqué aux médias, et en ce moment même les premiers chefs d'Etat atterrissaient sur l'île. Et pourtant, Talos lui rendait sa liberté… Elle se remémora leur dernière discussion, sa souffrance criante, puis son mépris cinglant quand il l'avait mise à la porte. En réalité, ce mépris, ce n'était pas elle qui en était l'objet, mais lui-même, comprit-elle tout à coup. Et ce n'était pas tout. Lors de la dernière répétition à laquelle il avait assisté, elle était parvenue à jouer sans le paravent. Elle avait vu de la fierté dans son regard. Mais pas seulement. Il y avait aussi une lueur indéfinissable qu'elle n'avait pas su identifier. A présent, elle comprenait ce que c'était. Elle avait réussi à jouer, mais elle était quand même rongée par le trac. Il l'avait remarqué, bien sûr. Et il avait souffert pour elle. Il avait été bouleversé par sa détresse. C'était sans doute pour ça également qu'il avait pris ses distances, ces derniers jours. Parce qu'elle le touchait de trop près… Il refusait les sentiments, mais il ne pouvait s'empêcher d'en ressentir. S'il la libérait de ce contrat, c'était pour l'épargner. Il préférait renoncer au concert plutôt que de lui infliger une épreuve douloureuse. C'était la seule explication possible.

Amalie prit son portable et appela le coordinateur du gala.

— Le programme a-t-il été modifié ? demanda-t-elle sans préambule.

— J'ai été prévenu il y a une heure que le dernier morceau du concert avait été modifié. En revanche, je ne connais pas encore la nature exacte du changement.

— Mais il est toujours prévu que l'orchestre joue ce morceau ?

— Oui.

— Merci.

Amalie raccrocha, puis elle appela Melina. La monitrice de kickboxing était devenue plus chaleureuse avec elle au fil du temps. Au point de lui donner son numéro de portable.

— Melina ? J'ai besoin de ton aide.

15

Le gala était une grande réussite. Il ne restait pas une seule place libre dans le théâtre en plein air. La journée avait commencé par l'annonce des fiançailles de Helios avec la princesse Catalina de Monte Cleure. Plusieurs spectacles avaient suivi — d'une chorale enfantine jusqu'à un cirque mondialement renommé — et tous avaient suscité l'enthousiasme du public. Mais Talos était trop tendu pour savourer ce succès. Ce matin, il avait appris à son grand-père qu'Amalie ne jouerait pas le solo. Il lui avait expliqué que l'orchestre avait répété avec un autre violoniste à Paris avant de venir à Agon et que ce musicien était prêt à la remplacer. Astraeus l'avait regardé droit dans les yeux et avait répliqué :

— Une doublure ne fera pas l'affaire. Tu sais aussi bien que moi que c'est Amalie qui doit jouer. Personne d'autre.

A présent, le Ballet royal d'Agon — avant-dernier spectacle de la journée — exécutait une version condensée de *Casse-Noisette*, accompagné par l'Orchestre royal d'Agon. Il ne voyait rien de ce qui se passait sur scène. Son esprit était tourné vers Amalie. Son grand-père, assis à sa gauche avec un plaid sur les genoux, semblait beaucoup apprécier la chorégraphie. Si Helios et sa fiancée en profitaient également, ils le cachaient bien. L'atmosphère semblait décidément glaciale entre eux. Quant à Theseus… il affichait un air absent, comme souvent ces derniers temps... Le ballet se termina et le rideau se referma, afin de permettre à l'Orchestre national de Paris de se mettre en place. Talos se moquait éperdument de ce qu'il allait jouer en remplacement. Il avait juste demandé d'éviter *La Méditation de Thaïs* de Massenet. Le présentateur, un célèbre comédien américain, monta sur scène pour distraire le public en attendant le début du concert. Après plusieurs plaisanteries qui déclenchèrent l'hilarité générale, il fit signe qu'on lui parlait dans l'oreillette, puis il leva la main pour réclamer le silence.

— Et maintenant, voici le dernier spectacle de la soirée, annonça-t-il d'un ton solennel. Pour clore une journée exceptionnelle, un événement exceptionnel. Mesdames et messieurs, présentée pour la première fois au public, la dernière œuvre de la reine Rhea Kalliakis, interprétée par l'Orchestre national de Paris et sa célèbre violoniste soliste, Amalie Cartwright.

Des applaudissements crépitèrent et le rideau s'ouvrit sur l'orchestre. Abasourdi, Talos crut d'abord que quelqu'un avait oublié de prévenir le présentateur du changement de programme. Il se leva, prêt à aller voir ce qui s'était passé. Puis il aperçut la silhouette qui se tenait sur le devant de la scène, côté jardin. Il resta pétrifié, le cœur serré, jusqu'à ce que son grand-père lui tire sur le bras pour l'inciter à se rasseoir. Amalie était divine. Elle portait une robe droite lie-de-vin s'arrêtant à mi-cuisses avec un décolleté rond et des manches courtes. Avec ses cheveux relevés en chignon, elle paraissait fragile, incroyablement fragile. Elle promena son regard sur le public et s'attarda sur la loge royale. Il faisait trop sombre pour qu'elle puisse le distinguer, songea Talos. Et pourtant, il aurait juré qu'elle le voyait... Le chef se tourna face à l'orchestre et le silence se fit. Les premières notes des cordes retentirent, puis le murmure des flûtes. Amalie coinça son violon sous son menton et leva son archet. Puis elle ferma les yeux.

Talos retint son souffle. A côté de lui, ses frères et son grand-père avaient également cessé de respirer. Le trac de la soliste vedette n'était pas resté secret longtemps au palais. Les paupières toujours closes, Amalie commença à jouer. Quand elle avait interprété le morceau pour lui, la beauté de la mélodie l'avait touché en plein cœur. Aujourd'hui, la présence de l'orchestre ajoutait une nouvelle dimension à l'œuvre, qui atteignait des sommets d'émotion. Il était fasciné par la souplesse des mouvements d'Amalie, qui jouait avec tout son corps, et par l'agilité de ses doigts. L'enfant prodige était de retour. Une virtuose d'une sensibilité rare… A l'approche du point culminant du morceau — celui qui lui déchirait le cœur —, les yeux d'Amalie s'ouvrirent et se posèrent sur la loge royale. Ses joues ruisselaient de larmes, constata-t-il, la gorge nouée. Astraeus tira sur sa manche. Talos déglutit péniblement. Le visage de son grand-père était lui aussi inondé de larmes.

— J'espère que mon guerrier de petit-fils n'a pas peur de l'amour d'une femme et qu'il est prêt à saisir sa chance de connaître le bonheur ? demanda Astraeus d'une voix étranglée.

L'évidence s'imposa enfin à Talos. Il était tombé amoureux d'Amalie. Il l'aimait. L'enveloppant d'un regard ébloui, il crut que son cœur allait exploser. *Theos,* elle était admirable… Elle garda son sang-froid jusqu'à la note finale.

Il y eut un tonnerre d'applaudissements. Tout le monde se leva d'un même élan, l'orchestre comme le public. S'essuyant les joues avec des mains tremblantes, Amalie salua la loge royale, puis l'assistance dans son ensemble. Le chef d'orchestre la rejoignit en applaudissant à tout rompre, posa les mains sur ses épaules et l'embrassa sur les deux joues avant de s'incliner devant elle. Visiblement confuse, elle émit un petit rire ravi. Talos n'avait qu'une envie. Courir la rejoindre et la prendre dans ses bras. Mais il fallait la laisser savourer pleinement ce moment de bonheur absolu.

La foule continuait d'applaudir en tapant des pieds et en criant « bis ! »

Amalie, comme les membres de l'orchestre et tous les autres artistes, fut invitée à rentrer dans le palais pour la réception. Elle prit la flûte de champagne qu'on lui tendait et la but avec gratitude. Elle avait réussi ! Ses parents lui avaient tous les deux envoyé des messages.

Celui de son père disait :

> Je suis très fier de toi, ma chérie. Notre vieux rêve de jouer ensemble à Carnegie Hall se réalisera peut-être un jour, tu ne crois pas ?

Celui de sa mère était beaucoup plus long et beaucoup plus bavard, mais tout aussi empreint de fierté. Prise d'une impulsion, elle leur avait répondu à tous les deux en leur suggérant de fêter l'événement ensemble. La vie était trop courte pour rester malheureux. Un coup de gong résonna et un valet de pied annonça l'arrivée de Sa Majesté le roi Astraeus et des princes Helios, Theseus et Talos. Le cœur d'Amalie se mit à battre la chamade lorsqu'un autre domestique s'approcha d'elle pour la conduire auprès de la famille royale. On l'avait prévenue qu'elle serait la première à qui le souverain et ses petits-fils s'adresseraient. Prenant une profonde inspiration, elle le suivit. Le visage du monarque, frêle silhouette dans son fauteuil roulant, s'éclaira d'un large sourire quand il la vit. Il lui saisit les mains avec une vigueur surprenante et une larme coula sur sa joue.

— Merci, *despinis*. Merci du fond du cœur.

— C'était un honneur, murmura-t-elle, les yeux brouillés par les larmes. Et un grand bonheur.

Cette fois, ce fut le roi qui fit une entorse au protocole. Il lui déposa un baiser sur la joue, puis fit signe à l'infirmière de l'emmener, laissant en plan la file de gens qui attendaient de le saluer. Theseus ignora sa main pour l'embrasser sur les deux joues. Ses yeux étaient d'un brun plus foncé que ceux de Talos et reflétaient une émotion qu'il n'avait pas besoin d'exprimer par des mots. Helios la serra dans ses bras avec effusion et lui murmura à l'oreille :

— Notre famille vous est infiniment reconnaissante pour l'hommage que vous avez rendu à la reine Rhea. Vous êtes chez vous sur notre île. Vous pouvez y rester aussi longtemps que vous le souhaitez.

Talos, mâchoire crispée, lui serra solennellement la main. La sienne était bandée.

— Tu t'es blessé...

— Rien de grave.

Les pupilles dilatées, il la regarda sans rien ajouter.

Que dire ? se demanda-t-elle. Elle savait qu'il tenait à elle, mais ça ne signifiait pas que la situation avait changé. Quels que soient ses sentiments envers elle, il restait un loup solitaire... Consciente que les autres artistes attendaient de le saluer, elle commença à s'éloigner, mais un bras puissant se referma sur sa taille.

— Où vas-tu ? demanda-t-il d'un ton bourru.

Elle sentit son cœur se gonfler de joie.

— Je laissais la place aux autres.

— Je ne veux voir personne d'autre que toi.

Il l'attira à l'écart de la queue, qui s'allongeait de minute en minute.

— Tu n'es pas censé rester avec tes frères ?

— Ils s'en sortiront très bien sans moi.

La prenant par la main, il l'entraîna hors de la salle de bal, jusqu'à son appartement. Dès qu'il eut refermé la porte, il déclara :

— Avant tout, je te dois des excuses pour t'avoir amenée ici sous la contrainte. Je n'aurais jamais dû te faire signer ce contrat ignominieux.

Elle sourit.

— Il y a longtemps que je t'ai pardonné.

— Je t'ai traitée de manière inqualifiable. J'ai refusé de prendre ta peur au sérieux parce que je suis un mufle arrogant qui ne pense qu'à lui.

— Arrogant, il y a du vrai... Mais pour le reste, je ne suis pas d'accord. Si tu m'avais soumise au chantage dans ton intérêt personnel, je ne te l'aurais jamais pardonné. Mais tu l'as fait pour ton grand-père. Parce que tu l'aimes.

Il déglutit péniblement.

— Je dois aussi te présenter des excuses pour la façon dont je t'ai parlé l'autre nuit. J'ai été odieux.

— Tu souffrais.

Elle franchit la distance qui les séparait et posa la main sur son bras.

— Et maintenant, comment te sens-tu ?

Il prit une profonde inspiration.

— Depuis toujours, j'ai envie de protéger les gens que... auxquels je tiens. J'aurais tant voulu être capable de protéger ma mère...

Talos fit une pause avant de poursuivre.

— Toi aussi, je veux te protéger. Je ne supporte pas l'idée que tu puisses souffrir.

— C'est pour ça que tu as annulé le contrat ?

— Oui. Je savais que tu étais capable de l'honorer. Mais je ne pouvais pas me résoudre à t'imposer la souffrance que ça impliquait. Ta détresse... elle m'est insupportable. Comment as-tu réussi à monter sur cette scène ?

— J'ai fait venir Melina au palais pour une séance d'entraînement. Avec toutes ces endorphines dans mon cerveau, j'ai imaginé que j'étais un guerrier agonite. Je me suis rappelé ta voix qui me disait de me battre.

— Mais pourquoi ? Tu étais libre de partir.

— Et c'est cette liberté qui m'a permis de choisir de rester. J'avais envie de me débarrasser de ma peur, de monter sur cette scène et de jouer cette œuvre sublime. Je voulais le faire pour ton grand-père, pour ta grand-mère, pour moi, mais aussi pour toi.

— Pour moi ?

— Je savais à quel point tu aimais ta grand-mère.

Le cœur de Talos se serra.

— Elle est morte sans jamais m'avoir entendu le lui dire. Après la disparition de mes parents, je me suis refermé sur moi-même. J'ai pris l'habitude de fuir les liens trop étroits. J'ai des amis. J'ai eu des maîtresses... mais je les maintenais toujours à distance. Et puis tu...

Il déglutit péniblement.

— Tu... je t'ai laissée franchir la distance. Tu es rentrée dans mon cœur.

— Dis-le, s'il te plaît. Même si tu ne me le dis qu'une seule fois, ça m'est égal. Une fois, ça me suffira. Mais dis-le.

— Je...

— Tu veux que le fasse la première ?

Amalie se serra contre Talos et posa la main sur sa joue.

— Je t'aime, Talos. Tu es entier, loyal et tu m'as appris à voler. Je t'aimerai jusqu'à mon dernier souffle.

Il expira lenteme nt.

— Dis-le, Talos.

— Je t'aime, Amalie. Je veux te protéger et te rendre heureuse jusqu'à mon dernier souffle.

Talos embrassa Amalie avec ferveur, puis il répéta :

— Je t'aime. Veux-tu m'épouser, Amalie ?

— Ce n'est qu'un bout de papier, mais je le signerai avec mon cœur. Parce qu'il t'appartient désormais. Je te le confie.

— Je le protégerai jusqu'à ma mort.

Épilogue

Lorsque Amalie sortit sur le balcon ensoleillé de l'hôtel new-yorkais, Talos tourna précipitamment la page du journal qu'il tenait dans les mains.

— Arrête de lire les critiques, protesta-t-elle en s'asseyant sur ses genoux pour l'embrasser dans le cou.

Même après deux ans de mariage, elle ne se lassait pas de se blottir contre lui et de humer son délicieux parfum boisé.

Il pouffa.

— Tu veux que je te raconte ce qu'on écrit sur toi ?

— Non.

C'était une plaisanterie récurrente entre eux. Talos épluchait les journaux à la recherche de tout ce qu'il pouvait trouver sur elle. De son côté, même si elle était profondément touchée qu'il soit aussi fier d'elle, elle préférait vivre dans l'ignorance des critiques. C'était beaucoup plus confortable.

Pendant les deux dernières années, Amalie avait eu l'impression d'être prise dans un tourbillon. Le simple fait d'y penser lui donnait le vertige. Après le jubilé, elle avait été inondée de propositions de concerts et de disques émanant du monde entier. Talos l'avait encouragée à poursuivre ses rêves et lui avait apporté un soutien sans faille. Ça n'avait pas toujours été facile, en particulier les concerts, pour lesquels elle se montrait très sélective. Mais son trac avait presque disparu. Presque.

Talos posa la main sur son ventre rond.

— Tu as réussi à dormir ?

— Un peu.

Elle l'embrassa de nouveau dans le cou.

— Junior a arrêté de jouer au foot dans mon ventre au moment où le soleil s'est levé.

Enceinte de sept mois de leur premier enfant, elle se sentait grosse comme une pastèque. Ce qui lui allait très bien, d'après Talos. De toute façon, elle était tellement heureuse de cette grossesse qu'elle pouvait aussi bien ressembler à un camion et s'en moquer éperdument.

— Et pour ce soir, tu te sens comment ?

— Mal ! Mais aussi très excitée, s'empressa-t-elle d'ajouter.

Sa grossesse l'empêchait de pratiquer le kickboxing, ce qui la privait d'une aide précieuse pour se préparer à monter sur scène. Or, ce soir, c'était le concert dont elle rêvait depuis toujours. Ce soir, son père et elle jouaient ensemble à Carnegie Hall.

— Du moment que tu es là, tout se passera bien, assura-t-elle.

Talos lui massa le bas du dos.

— « Bien », ce n'est pas assez. Je veux que ce soit inoubliable. Pour toi avant tout.

— Etant donné que c'est sans doute mon dernier concert avant longtemps, j'ai bien l'intention d'en savourer chaque instant.

La sonnerie de la porte retentit. Talos émit un grognement dépité.

— Je parie que c'est ta mère.

Les parents d'Amalie, qui s'étaient remariés en grande pompe six mois après l'union de leur fille avec Talos, étaient descendus dans le même hôtel. Sa mère profitait de ce séjour à New York pour traîner son époux partout à sa suite en faisant l'importante.

— Faisons comme si nous n'étions pas là, murmura Amalie.

— Elle a un sixième sens.

— On n'a qu'à faire semblant de dormir.

Avec un sourire coquin, elle déboutonna le short de Talos.

— Allez, mon prince, emmène-moi au lit.

Les yeux brillants, il l'embrassa dans le cou.

— Rien ne pourrait me faire plus plaisir.

En étouffant leurs rires, ils se rendirent dans la chambre de leur suite sur la pointe des pieds.

MICHELLE SMART

L’héritier secret des Kalliakis

Traduction française de
ÉLISABETH MARZIN

HARLEQUIN

Titre original :
THESEUS DISCOVERS HIS HEIR

Ce roman a déjà été publié en 2017

1

Dans sa petite cuisine américaine, Joanne Brookes étouffa un bâillement. Elle était tentée d'écarter tous ces documents pour faire un somme à même la table, mais il fallait absolument qu'elle avance dans sa lecture. Elle entendit du bruit et se retourna. Toby passa la tête par la porte du salon.

— Que fais-tu là, petit coquin ? demanda-t-elle en souriant.

— J'ai soif.

— Il me semble que tu as de l'eau dans ta chambre, non ?

Avec un sourire espiègle, Toby la rejoignit en trottinant dans son pyjama trop court. Il se hissa sur ses genoux et enfouit son visage dans son cou.

— Tu es obligée de partir, maman ?

Le serrant dans ses bras, elle déposa un baiser sur ses cheveux noirs.

— Oui. Je préférerais rester, mais ce n'est pas possible.

Inutile d'expliquer pourquoi elle devait partir pour l'île d'Agon le lendemain matin. A quatre ans, Toby était trop petit pour comprendre.

— C'est long, dix jours ?

— Au début, un peu, mais après ça passe très vite.

Elle ne pouvait pas lui mentir. Seulement essayer de lui présenter son absence comme supportable. Pour sa part, elle avait l'estomac tellement noué qu'elle n'avait rien pu avaler de toute la journée. Depuis sa naissance, Toby et elle n'avaient été séparés que deux nuits. En temps normal, elle n'aurait pas envisagé un seul instant de s'absenter et aurait refusé d'aller à Agon.

— Et puis, pense à tonton Jonathan ! Tu vas bien t'amuser avec lui.

— Et avec tata Cathy aussi ?

— Oui. Tata Cathy et Lucy.

Le frère de Joanne et sa femme vivaient dans la ville voisine avec leur petite fille d'un an. Toby les adorait et c'était réciproque. Mais elle avait beau savoir qu'il serait en sécurité et entouré d'affection, l'idée d'être séparée de lui aussi longtemps la rendait malade. Malheureusement, Giles, son patron, était aux abois. Fiona Samaras, l'éditrice qui travaillait sur la biographie du roi d'Agon pour le jubilé de ce dernier, avait eu une crise d'appendicite. Jo n'était que secrétaire d'édition, mais elle était la seule autre employée de la petite maison d'édition à parler grec. Elle ne le maîtrisait pas parfaitement, mais assez pour traduire la documentation en anglais. Si la biographie n'était pas terminée d'ici à une semaine, il ne resterait pas assez de temps pour la relecture, la correction des épreuves et l'impression. Cinq mille exemplaires en anglais devaient être livrés au palais d'Agon à temps pour le gala du jubilé. Cette manifestation qui aurait lieu exactement trois semaines plus tard, célébrerait les cinquante ans de règne du roi Astraeus. S'il y avait le moindre problème avec la biographie, la maison d'édition perdrait toute la clientèle acquise via le musée du palais d'Agon depuis des décennies, ce qui nuirait à sa réputation d'éditeur de biographies et d'ouvrages historiques, et pourrait même remettre en cause son existence. Jo aimait son travail et les gens qu'il l'amenait à côtoyer. Ce n'était peut-être pas la carrière dont elle avait rêvé, mais le soutien sans faille que lui avait apporté son employeur au fil des ans était un atout inestimable. Giles tenait tant à ce qu'elle accepte la mission qu'il lui avait promis une prime et quinze jours de congés payés supplémentaires. Comment refuser ?

Elle avait subi suffisamment d'épreuves pour savoir qu'elle survivrait à cette séparation. Et Toby aussi. Les cinq dernières années lui avaient appris à surmonter toutes les crises. Et l'argent serait le bienvenu. Elle aurait enfin les moyens d'emmener Toby en Grèce et d'entreprendre des recherches pour retrouver son père. Aurait-elle le temps de les commencer pendant son séjour à Agon ? Agon n'était pas à proprement parler une île grecque, mais elle était proche de la Crète et on y parlait grec — raison pour laquelle c'était à elle que son patron avait confié cette mission.

— Nous nous parlerons tous les jours par ordinateur, dit-elle à Toby comme elle l'avait déjà fait une dizaine de fois dans la journée.

— Et tu me rapporteras un cadeau ?

— Un *énorme* cadeau, promit-elle en le chatouillant tendrement.

Toby gloussa.

— Je peux voir où tu vas ?

— Bien sûr.

Elle le fit pivoter face à son ordinateur portable. N'ayant eu qu'une seule journée pour préparer son voyage tout en se familiarisant avec la biographie qu'elle devait terminer, elle n'avait pas encore eu le temps de se renseigner sur l'île où elle allait. Elle tapa « palais royal d'Agon » dans la barre de recherche et sélectionna des images.

— Tu vas *là ?* demanda Toby en posant un doigt sur l'écran.

— Oui.

— Tu auras une chambre pour toi ?

— J'aurai un appartement dans le palais.

Elle allait séjourner pendant dix jours dans un palais royal… Jusqu'à cet instant, elle n'en avait pas réellement pris conscience. Elle chercha une meilleure photo.

— Tu vas rencontrer le roi ?

L'excitation qu'elle perçut dans la voix de Toby la fit sourire. Si elle lui disait qu'ils avaient tous les deux des liens de parenté indirects — *très* indirects — avec la famille royale britannique, il sauterait sûrement au plafond…

— Je vais travailler pour le petit-fils du roi, qui est un prince, mais je rencontrerai peut-être aussi le roi lui-même. Tu veux que je cherche une photo de lui ?

Elle lança une recherche sur le roi d'Agon. Elle aurait dû renvoyer Toby au lit, mais comment s'y résoudre ? C'était si bon de l'avoir sur les genoux, blotti contre elle… Et ça ne se reproduirait plus pendant dix jours.

Des centaines, sinon des milliers de photos du roi s'affichèrent. C'était visiblement un homme très distingué. Sur certains clichés, il était en compagnie de son épouse, la reine Rhea, décédée cinq ans plus tôt. D'autres le montraient avec l'aîné de ses petits-fils, l'héritier du trône, Helios. Et, sur l'une d'elles il était avec ses trois petits-fils, dont Theseus, le prince avec qui elle travaillerait. Jo se figea. D'une main tremblante, elle agrandit la photo. C'était impossible…

— Eux aussi, c'est des rois ? demanda Toby.

Incapable de prononcer un mot, elle secoua la tête et cliqua sur une autre photo du roi avec ses trois petits-fils. Une photo de meilleure qualité et prise de plus près. Son cœur se mit à battre à grands coups. Avec frénésie, elle cliqua sur des dizaines de photos avant d'en trouver une sur laquelle Theseus était seul. Elle l'agrandit. Pas de doute, c'était lui. Pendant un long moment, elle resta figée, serrant son fils contre elle. Comment était-ce possible ?

Deux heures plus tard, elle était toujours devant son écran, à la recherche de tout ce qu'elle pouvait trouver sur le prince Theseus Kalliakis. Sans savoir comment, elle avait réussi à sortir de sa stupeur le temps de remettre Toby au lit et de l'embrasser. Pas étonnant qu'elle n'ait jamais réussi à retrouver la trace de Theo ! Elle s'était imaginé qu'à l'époque des réseaux sociaux ce serait un jeu d'enfant, mais elle avait rapidement déchanté. Ce qui ne l'avait pas empêché de persévérer. Elle n'avait jamais perdu l'espoir de le retrouver. Sauf qu'elle aurait pu chercher pendant des siècles sans résultat. L'homme qu'elle cherchait n'existait pas. Tout n'avait été qu'un vaste mensonge. Le père de Toby n'était pas Theo Patakis, ingénieur à Athènes. C'était Theseus Kalliakis, prince d'Agon…

Au moment où le prince Theseus Kalliakis sortait de son bureau pour entrer dans son appartement privé, son portable se mit à vibrer. Il le sortit de sa poche et répondit.

— Elle arrive, annonça sans préambule Dimitris, son assistant.

Theseus raccrocha, pénétra dans sa chambre et posa l'appareil sur son bureau. Il avait passé une partie de la journée à dormir pour récupérer après le bal qu'Helios, son frère aîné, avait donné la veille au soir. Ensuite, il s'était mis à jour dans son travail pour la société que ses frères et lui avaient créée. Bientôt, il accueillerait Mlle Brookes, puis il passerait un moment avec son grand-père pendant qu'elle s'installerait. L'infirmière du roi lui avait envoyé un message pour lui dire que ce dernier était en forme. Il ne voulait pas manquer une seule occasion de le voir tant qu'il était lucide. Après avoir changé son jean et son T-shirt pour le costume que lui avait préparé Nikos, son valet de chambre, Theseus se coiffa à la hâte et quitta son appartement. Il descendit un escalier, suivit un étroit couloir éclairé par de minuscules plafonniers, puis trois autres couloirs plus larges, traversa les cuisines du palais, et prit encore deux couloirs avant d'arriver à la salle de réception. Un murmure lui parvint à travers la porte fermée. Parfait. De toute évidence, la remplaçante de Fiona Samaras était arrivée.

La maladie de leur grand-père avait obligé les trois princes à avancer de trois mois le gala du jubilé. Ce qui signifiait que le délai fixé pour la préparation de la biographie du roi — dont Theseus s'était chargé — avait été réduit d'autant. Ses relations avec son grand-père n'avaient jamais été simples. Il reconnaissait d'ailleurs volontiers qu'il avait été le contraire d'un enfant docile. S'il avait toujours été friand des sports de plein air, essentiels dans l'éducation d'un prince d'Agon, il n'avait en revanche jamais caché son mépris pour toutes les contraintes liées à son titre, à commencer par le protocole. Sa décision de prendre deux années sabbatiques, à la fin de sa formation à l'académie royale militaire de Sandhurst, puis les conséquences de son absence avaient creusé davantage encore le fossé qui le séparait de son grand-père. Il espérait que la biographie contribuerait à les rapprocher avant que ce dernier succombe au cancer qui le rongeait. Theseus soupira. Cinq ans de conduite exemplaire ne compensaient pas trois décennies d'égarement. C'était sa dernière chance de prouver à son grand-père que le nom des Kalliakis représentait vraiment quelque chose pour lui. Mais pour ça il fallait que cette fichue biographie soit terminée. Le délai était déjà très serré, et il avait fallu que Fiona ait une crise d'appendicite... Sa remplaçante avait intérêt à se montrer à la hauteur. Giles lui avait certifié qu'elle avait toutes les compétences requises. Il avait bien été obligé de lui faire confiance. Il ouvrit la porte et pénétra dans la salle de réception.

— Vous n'avez pas mis beaucoup de temps à revenir de l'aéroport.

Dimitris, occupé à parler avec une jeune femme, se retourna.

— Il n'y avait pas beaucoup de circulation, Votre Altesse.

Theseus avança vers la jeune femme, main tendue.

— Enchanté de faire votre connaissance, mademoiselle Brookes, dit-il en anglais. Merci d'être venue aussi rapidement.

La jeune femme allait-elle se contenter de lui serrer la main, ou se sentirait-elle obligée de faire la révérence ? C'était le cas de beaucoup d'étrangers, même si l'étiquette ne l'exigeait pas en dehors des cérémonies officielles. Eh bien, non... Elle ne bougeait pas. Pourquoi le fixait-elle de ce regard étrange ?

— *Despinis ?*

Peut-être était-elle impressionnée de rencontrer un prince ? Ça arrivait... Dans le silence qui se prolongeait, il l'observa plus attentivement. Pressé d'en finir avec les présentations pour aborder le vif du sujet, il lui avait à peine jeté un coup d'œil. La couleur de ses cheveux était étrangement familière. Un roux flamboyant pareil à celui des feuilles d'automne qui crissaient sous ses pas à la pension, en Angleterre. Un roux qui semblait issu d'un tableau de maître de la Renaissance. Ses boucles épaisses tombaient plus bas que ses épaules, encadrant un visage délicat au teint lumineux, aux pommettes hautes et aux lèvres rouges et pulpeuses. Mais c'étaient surtout ses yeux qui étaient saisissants… Des yeux gris-bleu au regard pénétrant… Ces yeux, il les connaissait. Alors que toutes ces pensées se bousculaient dans l'esprit de Theseus, la jeune femme lui serra enfin la main en prononçant deux mots qui le firent tressaillir.

— Bonjour, *Theo.*

Il ne la reconnaissait pas ! Au cours des dernières vingt-quatre heures, Jo avait imaginé des dizaines de scénarios, mais pas une seule fois elle n'avait envisagé que Theseus pourrait ne pas la reconnaître. C'était pire que tout… Une lueur s'alluma soudain dans les yeux bruns de Theseus.

— Jo ?

Ses longs doigts se refermèrent sur les siens en même temps que sa voix profonde faisait courir un long frisson dans son dos. Les jambes tremblantes, elle acquiesça. Il avait la main si chaude… Pourtant elle devrait être glaciale. Aussi glaciale que son cœur. Et pourquoi cette subite envie d'éclater en sanglots ? Pas question de lui donner cette satisfaction ! Redressant les épaules, Jo dégagea sa main.

— Ça fait longtemps, lança-t-elle en s'efforçant d'esquisser un sourire.

Mais comment sourire quand votre unique amant, l'homme que vous recherchez depuis cinq ans, le père de votre fils, avait oublié votre visage ? Dimitris, l'homme qui était venu chercher Jo à l'aéroport et qui s'était présenté comme « l'assistant de Son Altesse », observait la scène avec un intérêt non dissimulé.

— Vous vous connaissez ?

— *Despinis* Brookes est une vieille connaissance,

répondit Theseus avec assurance. Nous nous sommes rencontrés quand j'étais en congé sabbatique.

Oh ! lorsqu'il était à Illya, il était donc en congé sabbatique ? Et elle était une « vieille connaissance » ? Jo inspira profondément. Pas question de montrer qu'elle était blessée. Surtout devant témoin.

— J'ai vu une photo de toi sur Internet hier soir en me documentant sur ton île, déclara-t-elle d'un ton qu'elle espérait léger. J'ai eu l'impression de te reconnaître.

— Tu as changé, affirma Theseus.

Elle avait un physique peu discret qui avait empoisonné son enfance et son adolescence. Ses cheveux roux et ses formes arrondies lui avaient valu de nombreuses brimades. La naissance de Toby avait été le déclic dont elle avait eu besoin pour perdre du poids et ne pas le reprendre. Elle n'aurait jamais la silhouette d'un top model, mais elle avait appris à accepter ses courbes féminines. Cependant, même si elle avait minci et coupé un peu ses cheveux, elle n'avait pas changé.

— Et toi, tu as coupé tes cheveux.

Cinq ans plus tôt, les cheveux de Theseus — noirs comme du jais — frôlaient ses épaules. Aujourd'hui ils étaient courts, avec une mèche qui lui tombait sur le front. A Illya, elle ne l'avait jamais vu qu'en short, le plus souvent torse et pieds nus. Aujourd'hui il portait un luxueux costume bleu sur mesure et des chaussures impeccablement cirées.

— Mais ça te va bien, ajouta-t-elle d'un ton poli.

Dommage que ce soit vrai… Theo — ou Theseus, ou Son Altesse — n'était pas le plus bel homme qu'elle eût jamais vu, mais il y avait quelque chose chez lui qui attirait le regard et le retenait. Son nez busqué, ses yeux marron presque noirs, sa bouche sensuelle au sourire facile et sa mâchoire carrée lui donnaient un charme irrésistible. Sa grande taille — il la dépassait d'au moins trente centimètres — et son physique d'athlète renforçaient encore son pouvoir de séduction. Dès l'instant où il était entré au Marin's Bar à Illya, avec un groupe de touristes scandinaves pendus à ses lèvres, elle avait senti son cœur s'affoler. Le coup de foudre. Toutes les sensations qu'à vingt et un ans elle n'avait encore jamais ressenties l'avaient submergée avec la violence d'un tsunami. Mais aujourd'hui elle avait cinq ans de plus, toute sa raison et un enfant à protéger. La passion insensée que lui inspirait Theo était morte. Du moins c'était ce qu'elle avait cru jusque-là car, dès qu'il avait franchi le seuil de cette salle, elle s'était sentie projetée cinq ans en arrière... et assaillie par le même trouble.

— J'ai changé depuis toutes ces années, acquiesça-t-il en jetant un coup d'œil à sa montre. Je suis conscient que tu as déjà eu une longue journée, mais le temps presse pour terminer la biographie. Je vais te conduire à ton appartement, pour que tu puisses te rafraîchir. Nous discuterons en chemin.

Sur ces mots, il pivota et s'éloigna en compagnie de Dimitris. Les yeux fixés sur son dos, Jo mit quelques secondes à se ressaisir. Le sang battait douloureusement à ses tempes. Pendant toutes ces années, elle s'était juré de retrouver le père de son fils et de lui annoncer qu'il était père. Sans jamais faire de prévisions sur ce qui se passerait ensuite. Elle estimait simplement que c'était la moindre des choses. Elle devait ça à Toby. Et à Theo. Sauf que Theo n'existait pas. Cet homme n'était pas le Theo Patakis dont elle était tombée amoureuse autrefois.

Non, Theseus n'était pas le père de son fils.

C'était un étranger qui avait son visage.

2

— Il arrive souvent que les visiteurs se perdent dans le palais. J'ai demandé qu'on te fournisse un plan. Tu le trouveras dans ton appartement, déclara Theseus tandis qu'ils montaient un étroit escalier.

— Un plan ? Vraiment ? fit-elle d'un ton poli en s'efforçant d'ignorer toutes les émotions qui l'assaillaient.

Il fallait rester courtoise, se dit-elle fermement. Même si elle n'en avait aucune envie…

Hochant la tête, Theseus prit un couloir éclairé par de petits plafonniers ronds.

— Le palais compte cinq cent soixante-treize chambres.

— Dans ce cas, il vaut mieux que j'aie un plan, en effet, commenta-t-elle pour dire quelque chose.

— Tu n'auras pas le temps d'explorer les lieux, mais nous ferons tout ce qui est en notre pouvoir pour que ton séjour soit le plus agréable possible.

— C'est très gentil à toi, répliqua-t-elle en essayant de ne pas s'étrangler.

— Tu es opérationnelle sur le projet ?

— J'en ai lu une grande partie dans l'avion.

Le délai pour rédiger la biographie était si bref que Fiona avait envoyé les chapitres au fur et à mesure de leur rédaction pour qu'ils puissent être relus dans la foulée.

— Fiona a terminé le plus gros de la biographie, mais

il reste encore vingt-cinq années de la vie de mon grand-père à traiter. Tu es sûre de pouvoir tenir le délai ?

— J'aurais refusé ce travail si je ne l'étais pas, répliqua Jo.

D'après la correctrice de Fiona, les trois dernières décennies de la vie du roi Astraeus avaient été relativement calmes par rapport aux périodes précédentes. Cependant, elle avait accepté cette mission avant de découvrir pour qui elle allait travailler… Tout en se tenant à la rampe d'un escalier qui donnait sur un nouveau dédale de couloirs, Jo se remémora le jour où elle avait visité le palais de Buckingham, quelques années plus tôt. Le palais royal d'Agon était aussi vaste que celui de Buckingham, mais beaucoup moins lumineux. Par endroits, l'atmosphère y était presque lugubre. Comme si ses murs étaient imprégnés de secrets et d'intrigues… Mais peut-être n'était-ce qu'une impression due à son désarroi ? Jamais elle n'avait été en proie à un tel mélange de souffrance et de colère…

— Je ne me souviens pas t'avoir entendue parler grec à Illya, déclara Theseus avec un regard curieux, presque soupçonneux.

— Tout le monde parlait anglais là-bas, répliqua-t-elle dans un grec parfait en regardant droit devant elle.

Pourvu que la pénombre masque sa confusion… Elle devait être écarlate.

— C'est vrai, reconnut-il en s'immobilisant devant une porte au bout d'un énième couloir.

Il tourna la poignée.

— Voici ton appartement. Pendant que tu t'installes, je vais rendre visite à mon grand-père. Une domestique va arriver pour t'aider à défaire tes bagages. Dans une heure Dimitris viendra te chercher, et nous pourrons discuter du projet.

Sans ajouter un mot, il s'éloigna dans le couloir. Elle resta clouée sur place à le regarder s'éloigner, à la fois furieuse et profondément meurtrie. C'était tout ? Elle réapparaissait dans sa vie, et il ne lui demandait même pas ce qu'elle était devenue ? Pas la moindre curiosité ? Aucune référence au passé, à part pour s'étonner de l'entendre parler grec… C'était pourtant lui qui était venu vers elle, à l'époque. C'était lui avait eu besoin de réconfort, cette nuit-là. Et aujourd'hui elle ne méritait même pas un simple « Comment vas-tu ? »

Mais il ne fallait pas oublier que tout leur passé n'était qu'un mensonge. Cet homme n'était *pas* Theo.

Une toux discrète lui rappela que Dimitris était toujours là. Il lui tendit un trousseau de clés, lui souhaita un agréable séjour, puis la laissa explorer seule son appartement.

Theseus expira lentement, saluant d'un signe de tête un domestique qui venait un sens inverse.

Joanne Brookes… Ou, selon le diminutif sous lequel il l'avait connue cinq ans plus tôt, Jo.

Une complication qu'il n'avait pas prévue. Une complication fâcheuse.

Son visage appartenait au passé, et il n'avait jamais imaginé le revoir un jour. Surtout au palais où, par une ironie du sort, elle allait passer dix jours à travailler en étroite collaboration avec lui.

Elle avait été là pour lui pendant la seconde des deux nuits les plus horribles de sa vie, alors qu'il avait été obligé d'attendre le matin pour quitter Illya et rejoindre sa grand-mère gravement malade.

Jo avait pris soin de lui. A bien des égards.

Quand il avait appris qu'elle avait vingt et un ans et venait de terminer ses études, il avait été très surpris. Elle paraissait beaucoup plus jeune. Aujourd'hui elle devait donc avoir vingt-six ans, et curieusement elle faisait plus que son âge... Pas d'apparence, mais dans son attitude.

Theseus fut soudain assailli de remords. Il avait pris son numéro et promis de l'appeler... Et quand ils avaient couché ensemble il avait eu la très nette impression qu'elle était vierge.

Impossible. Elle te l'aurait dit. Quelle jeune fille offrirait sa virginité à un parfait inconnu ?

Peu importait, se dit-il fermement. Illya et ses deux années sabbatiques appartenaient à une autre vie. Au passé.

Il était le prince Theseus Kalliakis, second dans l'ordre de succession au trône d'Agon. C'était cela, sa vie. Que la nouvelle biographe soit une ancienne conquête n'avait aucune importance.

Theo Patakis était mort, et tous ses souvenirs avec lui.

— C'est ici que je vais travailler ? s'exclama Jo.

Pourvu qu'elle se trompe ! Elle venait de passer une heure à se faire la leçon, à se rappeler que la colère ne menait à rien. A se répéter que quoi qu'il arrive pendant les dix jours à venir s'accrocher à sa colère ne servirait qu'à lui donner un ulcère. Et puis, Dimitris était venu la chercher pour la conduire au bureau de Theseus, situé juste de l'autre côté du couloir. Là, elle avait été de nouveau submergée par la colère. Le bureau dans lequel elle devait travailler communiquait avec celui de Theseus par une simple ouverture voûtée !

— C'est le bureau de Fiona, déclara-t-il en indiquant les deux grandes tables disposées en L contre deux murs. Personne n'y a touché depuis qu'elle a été hospitalisée.

— Il y a dans mon appartement une pièce qui fera un bureau tout à fait fonctionnel.

— Fiona l'utilisait au début, mais ça posait des problèmes. Les documents que j'ai rassemblés et mes propres notes ne fournissent que des données factuelles sur la vie de mon grand-père. Or je veux que cette biographie montre l'homme derrière le roi. Comme tu le sais, ce livre sera une surprise pour lui. Si tu as des questions, il faudra donc t'adresser à moi. Etant donné la brièveté du délai, il vaut mieux que je sois à proximité en cas de besoin.

— Comme tu voudras, répliqua-t-elle d'un ton crispé.

Il arqua un sourcil.

— Ton appartement te convient ?

— Il est parfait.

Sauf qu'il se trouve dans la même aile du palais que le tien… Comment allait-elle réussir à se concentrer si elle était obligée de travailler à quelques mètres de lui ? Le cœur serré, elle pensa à Toby. Il méritait mieux que d'être né d'un mensonge… Elle ne savait rien de cet homme, à part le fait qu'il était prince et adulé par ses sujets. Ses ancêtres étaient des guerriers. Ses frères et lui s'étaient forgé une réputation d'hommes d'affaires avisés et implacables. Il n'était pas conseillé de les contrarier.

Theseus était un homme puissant. Elle ne pouvait pas se permettre de lui parler de Toby avant d'avoir la certitude qu'il ne représentait pas une menace.

— S'il te manque quoi que ce soit, il suffit de le dire. Je veux que tu aies l'esprit libre afin de te concentrer pour terminer la biographie à temps.

— Je veillerai à ne pas l'oublier.

— Je compte sur toi. Je ne vis que pour ce projet depuis des mois. Il est hors de question qu'il n'aboutisse pas.

La menace était perceptible dans la voix de Theseus. A présent, elle croyait vraiment ce que Giles lui avait dit quand il l'avait suppliée d'accepter cette mission. Si elle échouait, Hamlin & Associates perdrait son plus gros client et sans doute sa réputation.

— J'ai dix jours pour la terminer. Je tiendrai le délai.

— Puisque nous sommes d'accord, je suggère que nous ne perdions pas une minute de plus.

Où était le charmeur qu'elle avait rencontré à Illya ? L'homme qui tournait la tête à toutes les femmes par sa seule présence ?

Depuis leur séparation, elle n'avait pas cessé de penser à cet homme, et depuis quatre ans elle vivait avec son sosie en miniature. Il était si présent dans sa vie qu'elle n'avait pas pu rencontrer quelqu'un d'autre. Elle avait longtemps caressé l'espoir secret que Theo — Theseus — l'appellerait un beau jour en s'excusant d'avoir égaré son numéro de téléphone. Mais après la naissance de Toby cet espoir s'était évanoui. Elle avait également cessé de rêver qu'elle lui apprenait l'existence de leur fils et qu'il voulait s'impliquer dans leur vie.

La maternité avait révélé chez elle un côté pragmatique qu'elle ne se connaissait pas. Elle n'avait pas renoncé à retrouver Theo, mais c'était uniquement pour Toby. Tout ce qu'elle souhaitait pour elle-même c'était trouver le courage de tourner la page. Elle avait accepté l'idée de n'avoir été pour lui qu'une aventure sans lendemain. Du moins le croyait-elle…

Parce que son attirance pour lui était intacte. Son corps réagissait avec la même intensité qu'à Illya. Et l'indifférence dont il faisait preuve à son égard la torturait. Il se moquait d'elle.

Jo fut soudain prise de nausée. Il fallait absolument qu'elle dise quelque chose. Elle ne pourrait pas passer dix jours à travailler à quelques mètres de lui sans avoir obtenu un minimum d'éclaircissements. Le cœur battant à tout rompre, elle se lança.

— Avant que nous nous mettions au travail, il y a une chose dont nous devons parler.

Le regard de Theseus resta indifférent, et elle déglutit péniblement.

— Je suis désolée mais, si tu veux que je puisse me concentrer, il faut que je sache pourquoi tu as fait croire à tout le monde à Illya que tu étais un ingénieur d'Athènes qui parcourait le monde suite à un héritage.

— Quelle importance ? C'était il y a cinq ans, rétorqua-t-il d'un ton narquois.

— Tu m'as menti, comme à tous les gens que tu as rencontrés à Illya.

Toi aussi tu lui as menti. Jo sentit ses joues s'enflammer. Oui. Et c'était son mensonge qui avait tout déclenché... Ce souvenir calma un peu sa colère et l'incita à prendre du recul.

Theseus la considéra un instant en silence avant de s'adosser au mur en croisant les bras.

— Laisse-moi t'expliquer un peu comment nous vivons à Agon. Les étrangers ont parfois du mal à le comprendre, mais les Agonites vénèrent ma famille, et ce depuis plus de huit siècles. Depuis que mon ancêtre, Ares Patakis, a pris la tête de la rébellion contre l'envahisseur vénitien.

— Patakis ? C'est de là que vient ton nom d'emprunt ?

Il hocha la tête.

— Ma famille est sur le trône depuis cette époque, avec le soutien inconditionnel du peuple. Grâce à nous, le pays a repoussé toutes les invasions suivantes. Et, pour prévenir toute velléité de despotisme, mes ancêtres ont instauré un sénat qui permet au peuple de faire entendre sa voix. Ce dernier compte cependant toujours sur la famille royale pour diriger la nation.

Les pensées de Theseus se tournèrent vers son père. L'homme qui serait devenu roi s'il n'avait pas trouvé la mort dans un accident de voiture en même temps que son épouse, la mère de Theseus. Lelantos Kalliakis était exactement le genre d'homme dont ses ancêtres craignaient qu'il dispose un jour du pouvoir absolu. Cependant, malgré son narcissisme et son libertinage, les Agonites l'avaient pleuré comme un membre de leur propre famille. Alors que ses fils avaient été surtout dévastés par la mort de leur mère.

— Nous vivons comme dans un bocal, reprit Theseus. Les gens admirent ma famille. Les enfants apprennent à lire dans des livres racontant les exploits de mes ancêtres. J'avais envie d'explorer le monde dans la peau d'une personne normale, curieux de voir comment les gens se comporteraient avec moi. Alors oui, je t'ai menti sur mon identité, comme j'ai menti à tout le monde. Et si je pouvais renouveler l'expérience je dirais de nouveau les mêmes mensonges, parce qu'ils m'ont donné une liberté que je n'avais jamais eue et que je n'aurai plus jamais.

Ce discours, il l'avait déjà tenu à plusieurs reprises. D'abord devant son grand-père, quand il avait annoncé son intention de voir le monde, puis à ses frères qui avaient considéré sa démarche comme un rejet du nom de la famille. Après des années de vie dissolue, partir en reniant son nom avait été son crime le plus odieux. Aujourd'hui encore, il se sentait obligé de se justifier.

— Si je t'ai blessée, je te présente mes excuses, ajouta-t-il devant le silence de Jo.

Il ne lui devait rien, mais il n'avait pas non plus envie que leur collaboration devienne une épreuve. Il n'avait pas le temps de chercher quelqu'un d'autre, et ils avaient déjà perdu trois jours.

S'il devait faire amende honorable pour qu'elle soit bien disposée à son égard, pas de problème. Et, pour être honnête, lui présenter des excuses lui permettait par la même occasion de soulager un peu sa conscience.

Jo ne sembla pas se radoucir pour autant.

— Je ne sais même pas comment t'appeler, déclara-t-elle d'un ton crispé. Theo ou Theseus ? Dois-je m'adresser à toi en disant Votre Altesse ou Monsieur ? Suis-je censée faire la révérence ?

Tout au fond de sa mémoire, il gardait le souvenir de son sourire timide et de ses joues qui devenaient aussi rouges que ses cheveux à chaque fois qu'il lui adressait la parole. Il était tentant de lui demander de l'appeler Theo. Ce nom appartenait aux deux meilleures années de sa vie… Non. Pas question de libérer tous ces souvenirs. Il avait eu une bonne raison de les enfouir au plus profond de sa mémoire, et ils pouvaient très bien y rester.

— Tu peux m'appeler Theseus. Et pas de révérence…

Voir les gens lui faire des courbettes le rendait malade. Depuis toujours on le traitait avec une vénération qu'il devait au seul fait d'être né.

Jo hocha la tête en se mordant la lèvre. Une lèvre pulpeuse. Une lèvre délicieuse qu'il avait embrassée autrefois… Chassant ce souvenir de son esprit, il ajouta :

— Je te demande de faire abstraction de tes griefs contre moi pour que nous puissions travailler ensemble efficacement. Tu vas y arriver ?

Après un long silence, elle inclina la tête, et ses longs cheveux flamboyants tombèrent devant son visage. Elle les cala derrière ses oreilles.

— Tu te souviens du soir où ces touristes américains sont arrivés au Marin's Bar ? demanda-t-elle d'un ton plus détendu. Tu étais avec les Scandinaves, à la grande table ronde…

Il haussa les épaules. De quel soir parlait-elle ? Il n'aurait pas su le dire. Il avait sympathisé avec un groupe de touristes scandinaves sur le ferry qui faisait la liaison entre Split et Illya, et il avait passé la plus grande partie de ses deux semaines sur l'île en leur compagnie. Le

Marin's Bar, situé à deux pas de la plage, était le seul endroit où aller, mais avec son excellente bière, sa bonne cuisine et son juke-box bien fourni en tubes, il offrait une atmosphère très agréable.

Jo et ses amies, dont il ne se souvenait pas d'avoir jamais su le nom, étaient présentes mais en arrière-plan, un peu comme un élément du décor.

— Ils nous harcelaient, rappela-t-elle.

— Ah…

Oui, à présent il se souvenait. Les Américains — des étudiants fraîchement diplômés qui voyageaient avant d'entrer dans la vie active — avaient abusé de l'alcool local et commencé à flirter avec Jo et ses amies. Avec une lourdeur et une agressivité inhabituelles. Indigné, il s'était chargé de les jeter dehors, puis il avait invité Jo et ses amies à se joindre à lui et au groupe de Scandinaves.

A présent, Jo souriait presque.

— Tu as volé à notre secours. Que tu aies menti sur ton identité n'y change rien. A cet instant-là tu as bien agi. J'essaierai de m'en souvenir à chaque fois que j'aurai envie de te poignarder. Qu'en dis-tu ?

Il laissa échapper un petit rire étranglé mais se reprit très vite.

— Je trouve que c'est un excellent début.

— Bien.

— Mais au cas où il t'arriverait d'avoir vraiment envie de me poignarder, je vais cacher tous les objets tranchants.

Un vrai sourire étira les lèvres de Jo et une lueur s'alluma dans ses yeux, mais si furtivement qu'il n'eut pas le temps de l'analyser.

— Marché conclu. Maintenant, si tu veux bien m'excuser, je crois qu'il est temps pour moi de retourner dans mon appartement pour continuer à lire le travail de Fiona.

— Seras-tu prête à commencer à écrire dans la matinée ?

— Il y a peu de chances. Je n'en suis qu'aux deux tiers des chapitres rédigés par Fiona, et il faut encore que je me familiarise avec la documentation. Mais ce que je peux te promettre, c'est que j'aurai terminé cette biographie dans les délais.

Alors que Jo se dirigeait vers la sortie, le regard de Theseus fut irrésistiblement attiré par ses fesses rondes, mises en valeur par sa jupe droite bleu marine. Quel genre de culotte se cachait dessous ?

Il s'empressa de chasser cette question de son esprit. Ses sous-vêtements ne le regardaient pas. Cependant, il était impossible de nier que la jeune fille empruntée qu'il avait connue autrefois avait laissé place à une femme sûre d'elle et très sexy. Ça faisait longtemps qu'il n'avait pas trouvé une femme sexy, et le Theseus qui faisait passer le plaisir avant le devoir n'était plus qu'un souvenir.

La prochaine femme avec laquelle il partagerait un lit serait son épouse.

3

Jo regarda le dessin que Toby brandissait fièrement. c'était un dessin d'eux deux et ils ressemblaient à une paire de fourmis colorées, dont l'une avait de longs cheveux violets parce qu'il n'y avait plus d'encre dans son feutre rouge.

— C'est fantastique, commenta-t-elle en essayant de ne pas rire, et très fière de cette tentative de portrait de famille.

— Tonton Jon a dit qu'il va le scader pour toi.

Elle se retint de nouveau de pouffer. Il avait voulu dire « scanner », bien sûr. Tôt ou tard, il faudrait qu'elle se décide à le reprendre quand il écorchait ou confondait les mots — comme lorsqu'il disait « alligator »pour « escalator » ou « Camille » pour « vanille ». Mais pour l'instant elle trouvait ça trop mignon. Elle commencerait à le corriger quand il fréquenterait l'école, dans cinq mois.

Elle redoutait de voir son bébé grandir. Ils n'étaient séparés que depuis vingt-quatre heures, et c'était déjà la deuxième fois qu'ils discutaient en ligne. Heureusement qu'il y avait la technologie. Comment faisaient les parents avant l'invention de la visioconférence ? Ses parents, eux, n'avaient pas eu ce problème. A l'âge de onze ans, elle était partie en voyage scolaire pendant une semaine et elle avait téléphoné chez elle au bout de trois jours.

— Il y a une urgence ? avait demandé sa mère.

— Non, je…

— Alors je n'ai pas le temps de discuter. C'est l'heure de nourrir les animaux.

Et la discussion s'était arrêtée là. Chez les Brookes, les animaux passaient en premier, Jonathan en deuxième, Jo et son père arrivant en dernier.

— Désolée, mon chou, mais il faut que j'aille travailler, dit Jo en mettant dans sa voix tout l'amour que sa mère lui avait refusé.

Toby fit la grimace.

— Déjà ?

— Nous reparlerons plus tard.

Theseus l'attendait d'un instant à l'autre.

— Après déjeuner ?

— Dis à tata Cathy que nous parlerons avant que tu ailles au lit, promit-elle.

Cathy écoutait sans aucun doute leur conversation et elle ferait en sorte que Toby soit prêt.

— Tu m'as déjà acheté un cadeau, maman ? demanda Toby, faisant visiblement tout son possible pour la retenir un peu plus longtemps.

— Je ne suis pas encore allée dans les magasins. Maintenant, envoie-moi un baiser et va te préparer ! Sinon tu vas être en retard à la maternelle.

Toby se pencha vers l'écran et l'embrassa. Submergée par l'émotion, elle pressa ses doigts contre ses lèvres puis toucha l'écran.

— Au revoir, mon amour.

Avant que Toby puisse répondre, la connexion fut coupée. Elle sourit tout en essuyant une larme et éteignit son ordinateur.

Après avoir pris une profonde inspiration, elle quitta son appartement, traversa le couloir et entra dans son bureau en bâillant.

— Tu t’es couchée tard ?

La voix de Theseus la fit tressaillir. Il se tenait dans l’ouverture voûtée entre leurs bureaux, vêtu d’un costume marine et d’une chemise blanche, sans cravate.

Elle n’aurait jamais imaginé Theo en costume. Et encore moins que ça lui irait aussi bien. A Illya, il vivait en short et torse nu. Mais cet homme n’était pas Theo, se rappela-t-elle. Il n’avait rien à voir avec lui. Contrairement à Theo, cet homme ne semblait pas savoir sourire et il n’était pas du tout chaleureux.

Le seul point commun entre les deux était cette virilité à couper le souffle, cette présence impressionnante qui l’avait attirée dès le premier regard.

— J’ai veillé pour finir de lire ce que Fiona avait écrit, répondit-elle.

— Etait-ce indispensable ?

— Je dois m’imprégner de son style pour éviter une rupture de ton entre nos deux parties.

— Et tu es prête à commencer la rédaction ?

— Pas encore. Je dois d’abord lire la documentation concernant la période que je dois traiter.

— Dans ce cas, je te laisse. Je reviendrai plus tard si tu as des questions à me poser.

Elle se força à sourire, mais une fois seule elle enfouit son visage entre ses bras sur le bureau et ferma les yeux. A peine cinq minutes en sa compagnie, et c’était comme si tout son corps était sens dessus dessous… Il allait falloir trouver un moyen de dominer ce trouble insensé. Inspirant profondément, elle concentra son attention sur les documents étalés sur son bureau.

Les chapitres écrits par Fiona étaient passionnants. Le roi Astraeus avait eu une vie fascinante, pleine de gloire et d’honneur. Alors que beaucoup d’hommes de son pays — parmi lesquels son frère — avaient fait la guerre au côté des Alliés, Astraeus, encore prince à l'époque, avait dirigé la défense de son île. Lorsqu'une escadre de navires de guerre s'était approchée, il avait organisé la riposte, et tous les bâtiments avaient été coulés avant d'avoir eu le temps d'accoster. Aucun autre navire ennemi n'avait tenté de conquérir Agon depuis. Ce fait d'armes était d'autant plus impressionnant qu'Astraeus avait appris la veille que son seul frère était mort au combat.

C'était l'héritage de son fils, songea Jo. Une famille royale dont les membres n'hésitaient pas à monter au front, prêts à risquer leur vie pour défendre leur pays et leur peuple. Une famille puissante à laquelle appartenait Theseus.

Le chapitre que Fiona avait achevé juste avant de tomber malade relatait la disparition du fils unique et de la belle-fille d'Astraeus dans un accident de voiture, vingt-six ans plus tôt. Les parents de Theseus, morts quand il avait neuf ans. Elle sentit son cœur se serrer. Perdre ses parents si jeune… Il avait dû beaucoup souffrir.

Mais ça remontait à très longtemps. Le Theseus petit garçon n'avait pas de rapport avec le Theseus adulte, et elle ne pouvait pas se permettre de baisser sa garde par compassion.

Theseus posa son portable. Le bruit de feuilles qu'on tournait lui parvenait du bureau voisin. Quand Fiona travaillait sur la biographie, il avait à peine conscience de sa présence. Excepté les fois où elle lui posait des questions, elle aurait tout aussi bien pu ne pas exister. Sa présence dans le bureau voisin ne l'avait jamais distrait de son travail. Entre ses fonctions de directeur financier de la société qu'il avait créée avec ses frères et la gestion des comptes du palais que son grand-père avait enfin accepté de lui confier un an plus tôt, il avait largement de quoi s'occuper l'esprit.

Enfant, il rêvait de devenir astronaute pour explorer de nouvelles planètes et de nouveaux systèmes solaires. Les astronautes devaient être bons en maths, et il avait travaillé ses leçons d'arithmétique avec un zèle qui avait stupéfié son précepteur. Il se souvenait encore d'une des rares fois où son père était venu dans sa chambre, quelques mois avant sa mort. Il avait jeté un coup d'œil aux cartes du ciel et aux photos de fusées affichées au mur et il lui avait dit de s'ôter cette idée stupide de l'esprit. Un prince Kalliakis ne pouvait pas devenir astronaute.

Aujourd'hui encore, à chaque fois qu'il contemplait le ciel étoilé, il était submergé par la nostalgie. Il aurait pu devenir astronaute. Il avait le talent et l'enthousiasme nécessaires. Mais c'était un rêve impossible.

Alors il utilisait son talent, sinon son enthousiasme, pour établir des rapports financiers. Au moins, quand il était plongé dans des comptes, il n'était pas obligé d'arborer un air poli et de faire la conversation. Il n'avait pas besoin de se rappeler qu'il était un ambassadeur pour sa famille et pour cette île.

Il faisait en sorte d'être toujours occupé. Quand il avait trop de temps libre, son esprit se mettait à vagabonder, à rêver, à jouer au jeu des « et si… ? » Aujourd'hui, cependant, il avait beau avoir du travail, la femme aux cheveux de feu qui se trouvait dans le bureau voisin ne cessait pas de s'imposer à ce dernier. Et pourtant elle se faisait à peine entendre. Elle était devenue si sexy… Il n'arrivait pas à s'en remettre. Même vêtue de simples leggings noirs et d'une tunique à manches longues qui faisait ressortir ses cheveux flamboyants, elle était incroyablement séduisante.

Il y avait longtemps qu'il n'avait pas éprouvé une attirance aussi forte pour une femme.

Cinq ans, pour être tout à fait exact.

Son retour à Agon après ses deux années sabbatiques avait été un tournant dans sa vie. Accablé de chagrin après la mort de sa grand-mère et tancé par son grand-père qui avait tenu à lui dire ses quatre vérités, il avait compris qu'il était temps d'arrêter de lutter. Il ne serait jamais libre. Le sommet de l'Aconcagua en Argentine, point culminant de la cordillère des Andes et plus haute montagne hors d'Asie, était l'endroit le plus proche des étoiles où il mettrait jamais les pieds.

Le moment était venu d'accepter son destin. Il avait décidé de refréner son goût pour l'aventure et de s'engager dans la vie du palais. A l'époque, son grand-père était déjà un vieil homme et Helios avait commencé à prendre le relais dans de nombreux domaines. Comment aurait-il pu le laisser assumer seul toutes les responsabilités sans le soulager d'une partie de son fardeau ? D'autant plus qu'il était déterminé à prouver à son grand-père que le nom des Kalliakis représentait quelque chose pour lui.

Depuis la fin de son congé sabbatique, il se consacrait donc entièrement à ses devoirs de prince. Sa libido s'était peu à peu assoupie, ce qui lui convenait parfaitement. Les femmes, autrefois si promptes à lui tourner la tête, ne lui faisaient presque plus aucun effet.

Mais aujourd'hui, pour la première fois depuis des années, il sentait son sang bouillonner dans ses veines. Quelle plaie ! Jo était peut-être la tentation incarnée, mais il n'y avait pas de place pour le désir dans sa vie. La prochaine fois qu'il coucherait avec une femme, ce serait celle qu'il aurait épousée, même s'il avait bien l'intention de retarder le plus possible ce moment.

Il se leva et se rendit dans son bureau.

— Comment ça se passe ?

Jo ne répondit pas. Il s'apprêtait à répéter sa question quand il s'aperçut qu'elle avait des écouteurs dans les oreilles. Puis elle dut sentir sa présence, parce qu'elle tourna la tête et les enleva.

— Je vais bientôt quitter le palais. As-tu des questions à me poser ?

— Pas encore. Pour l'instant je continue à étudier la documentation et je note tout ce qui me semble pertinent. Je pense qu'il vaut mieux que nous en discutions quand j'aurai terminé.

— Ça ne va pas empiéter sur le temps qui te reste pour la rédaction ?

— Ça la facilitera. Tout sera clair dans mon esprit, et je pourrai me lancer dans l'écriture sans être obligée de m'interrompre pour te poser des questions. Il en restera sans doute quelques-unes, mais beaucoup moins.

— Aujourd'hui je reçois une délégation d'hommes d'affaires français et j'ai un dîner à l'ambassade des Etats-Unis. Mais au cours des prochains jours je peux me libérer si tu as besoin de moi.

— Ce serait bien, merci, répliqua-t-elle en souriant.

Elle baissa les yeux sur son bureau, puis les releva.

— Puis-je te demander quelque chose ?

— Bien sûr.

Du moment que ça ne concernait pas Illya. Pas question d'évoquer cette période.

— Ton grand-père est malade, n'est-ce pas ?

— Comment le sais-tu ? demanda-t-il, désarçonné.

En dehors de la famille et de quelques domestiques, personne n'était censé savoir que son grand-père souffrait d'un cancer… ce qui signifiait que tout le palais était au courant. Cependant, aucun membre du personnel n'en parlerait à une étrangère. Travailler au palais royal d'Agon était un honneur. Divulguer des informations confidentielles serait considéré comme une trahison.

— Le délai a été réduit de trois mois alors qu'il était déjà plutôt court au départ, répliqua-t-elle d'un air contrit, comme pour s'excuser de son raisonnement.

Pourtant, il était juste.

Lors des premières discussions concernant l'organisation du jubilé, Theseus avait songé que son grand-père n'avait pas eu l'occasion de voir imprimé le récit de son règne. D'ordinaire, une biographie était écrite après l'abdication du souverain régnant en faveur de son héritier, puis une seconde était publiée à sa mort. Son grand-père n'ayant jamais abdiqué, cette première biographie n'avait jamais été rédigée. Il avait passé cinquante ans sur le trône, le règne le plus long depuis trois siècles.

Il tenait là le moyen de prouver à son grand-père qu'il était fier de son héritage, fier d'être un Kalliakis et, surtout, fier d'être son petit-fils, avait songé Theseus. Et plus il s'était plongé dans la vie de son grand-père, plus sa fierté avait grandi. Astraeus Kalliakis était un grand roi. Un homme d'honneur. Un homme sur qui il aurait dû prendre exemple au lieu de lui tourner le dos pendant toutes ces années.

Cette biographie serait son hommage personnel à son grand-père. Mais le destin s'en était mêlé. Alors que Fiona venait d'arriver à Agon pour commencer la rédaction, le diagnostic du cancérologue était tombé : les jours de son grand-père étaient comptés. Le gala du jubilé avait été avancé de trois mois, ce qui avait réduit d'autant le délai fixé pour la rédaction de la biographie.

Bientôt viendrait le jour où il devrait faire ses adieux à l'homme qui l'avait élevé depuis ses neuf ans.

Theos, il donnerait n'importe quoi pour un miracle !

Jo observait Theseus. Il s'était figé, comme si sa vitalité habituelle l'avait subitement déserté. Le voir ainsi était très perturbant.

Il hocha la tête.

— Tu as raison. Mon grand-père a un cancer.

— Je suis désolée.

— Il a quatre-vingt-sept ans, commenta-t-il d'un ton résigné.

Mais son regard était voilé.

— Ça ne rend pas les choses plus faciles.

Elle n'avait connu qu'un seul de ses grands-parent, son grand-père paternel. Elle ne le voyait pas souvent, mais elle se réjouissait toujours de ses visites. Quand papy Bill venait à la maison, sa mère faisait encore plus de gâteaux que d'habitude et son père s'extirpait de son bureau, où il passait ses journées à boire du mauvais whisky.

Sa mort l'avait attristée, mais ils n'avaient jamais été assez proches pour qu'elle en soit très affectée. Ce serait beaucoup plus dur pour Theseus. Le roi était comme un père pour lui. Cinq ans plus tôt, il avait été très abattu quand il avait appris que sa grand-mère était mourante. Et, quels que soient les regrets que Jo pouvait avoir concernant cette nuit-là, elle était heureuse d'avoir été là pour lui.

Vers qui se tournait-il pour trouver du réconfort dans ce palais plein de courtisans ? Qui le prenait dans ses bras et lui caressait les cheveux ? Qui essayait de le consoler de sa peine ? Parce que cette nuit-là, même si tout le reste était un mensonge, son chagrin était bien réel.

Et aujourd'hui, sous sa froideur apparente, il était de nouveau rongé par la souffrance. Elle en avait la conviction.

Il passa un doigt dans son col de chemise, comme si celui-ci l'étranglait.

— Le plus difficile à comprendre c'est pourquoi il

n'a rien dit plus tôt. Il sentait depuis plusieurs années que quelque chose n'allait pas, mais il a attendu que la souffrance devienne intolérable pour en parler. S'il l'avait fait plus tôt, il aurait peut-être été possible de le soigner, mais…

Il haussa les épaules et ferma les yeux.

— Il a trop tardé.

— Reçoit-il un traitement ?

— Contre l'avis du médecin, oui.

— Pourquoi celui-ci y est-il opposé ?

— Son âge et sa fragilité sont des facteurs défavorables, mais mon grand-père est un vieil homme têtu, et en tant que roi il n'a jamais eu à s'incliner devant un avis contraire au sien. Il veut vivre assez longtemps pour célébrer son jubilé et voir Helios marié. Il a demandé aux médecins d'agir en conséquence.

Le silence qui suivit cette déclaration installa une atmosphère étrangement intime. Il fut rompu par un coup frappé à la porte. Theseus soutint le regard de Jo quelques secondes de plus avant de répondre.

— Entrez.

Un courtisan ouvrit la porte et annonça que la délégation attendue était arrivée. Theseus s'excusa et disparut, laissant Jo seule avec ses pensées. Elle posa la tête sur son bureau, en s'efforçant de réprimer les battements effrénés de son cœur.

Le roi — l'arrière-grand-père de son fils — était mourant.

Parce que cette famille puissante était celle de Toby. Jamais encore elle n'en avait eu une conscience aussi aiguë. L'estomac noué, elle se prit la tête à deux mains. Toby commencerait l'école dans cinq mois, et son regard sur le monde deviendrait moins innocent. Il savait qu'il avait un papa qui vivait en Grèce, mais jusque-là il n'avait pas cherché à en apprendre davantage. Bientôt, la notion de père ne serait plus aussi abstraite. Voyant que les autres enfants connaissaient le leur, il commencerait à poser des questions.

Et Theseus ne méritait-il pas de savoir qu'il avait un fils et d'avoir le choix de faire partie ou non de sa vie ?

Mais, même si elle se sentait coupable vis-à-vis de lui, une chose était claire : son fils restait sa priorité absolue. Elle était prête à tout pour le protéger. Tant qu'elle n'aurait pas la certitude que révéler son existence à Theseus ne présentait aucun risque, elle maintiendrait ce dernier dans l'ignorance.

Dictaphone et bloc-notes en main, Jo se glissa dans le bureau de Theseus. Après avoir étudié la documentation pendant deux jours, elle était prête à lui poser des questions. Il était au téléphone. Son bureau — qui occupait deux murs comme le sien mais était deux fois plus grand — était couvert de piles de dossiers. Et ses trois ordinateurs étaient tous allumés.

Il hocha brièvement la tête et leva la main pour lui faire signe qu'il n'en avait pas pour longtemps. Alors qu'elle se dirigeait vers la fenêtre, elle sentit qu'il la suivait du regard. C'était toujours un grand plaisir d'admirer le parc du palais. Les jardins s'étendaient à perte de vue avec des pelouses verdoyantes, une profusion de fleurs aux couleurs vives, et le labyrinthe végétal qui se dressait au loin.

Elle se retourna et rencontra le regard de Theseus, qui l'étudiait tout en continuant de discuter au téléphone. Parcourue d'un long frisson, elle s'empressa de reporter son attention sur la vue. Elle n'avait aucune raison d'être troublée, et le fait qu'il la contemple ne signifiait rien du tout.

— En quoi puis-je t'aider ? demanda-t-il après avoir raccroché.

— Je suis prête à te poser mes questions.

— Je t'écoute.

— Il devrait y en avoir environ pour deux heures, prévint-elle.

— Je n'ai rien de prévu et je suis donc à ta disposition. Assieds-toi, je t'en prie.

Il indiqua un fauteuil et mit ses ordinateurs en veille.

— Avant tout, je tiens à te dire que je suis désolée pour tes parents.

L'accident de voiture qui leur avait coûté la vie avait changé le cours de l'histoire d'Agon. Ses répercussions occuperaient une place importante dans la partie qu'elle avait à rédiger, et même si elle aurait préféré éviter ce sujet douloureux avec Theseus elle ne pouvait pas s'en dispenser.

Le regard empreint d'une vive émotion, il écarta une mèche tombée sur son front.

— Tu vois, je ne t'ai pas menti sur tout.

Elle soutint son regard pendant un instant sans répondre, puis le baissa sur son bloc-notes.

Lorsqu'ils s'étaient assis dans son bungalow à Illya, il avait bu une gorgée de gin au goulot, puis il lui avait expliqué que c'était vers sa grand-mère qu'il s'était tourné après la mort de ses parents et que celle-ci occupait une place essentielle dans sa vie.

— Quand tu as quitté Illya, tu savais que c'était terminé pour Theo Patakis ?

— Oui.

— Es-tu heureux de ta vraie vie, ou bien étais-tu plus heureux en tant que Theo Patakis ?

Le regard de Theseus se durcit.

— Je ne pense pas que ces questions soient d'une quelconque pertinence pour la biographie de mon grand-père.

— Je sais.

— Je suis un prince d'Agon. J'ai des devoirs envers ma famille et mon île.

— Mais est-ce que cette vie te rend heureux ?

— Le bonheur n'est pas quantifiable, éluda-t-il en pressant une touche sur l'un des quatre téléphones fixes alignés sur son bureau. Je vais commander à boire.

Inutile d'insister... Jo tira une petite table située à côté de son fauteuil pour la placer entre eux, puis elle y posa son dictaphone.

— Ça t'ennuie si j'enregistre notre conversation au lieu de prendre des notes ? demanda-t-elle quand il eut commandé du café et un gâteau.

— Si c'est plus pratique pour toi, pas de problème.

Elle mit le dictaphone en marche et consulta ses notes.

— Si j'ai bien compris, il était prévu que ton grand-père abdique lors du quarantième anniversaire de ton père ?

— C'est exact. C'est une tradition pour les souverains d'Agon d'abdiquer quand l'héritier du trône atteint l'âge de quarante ans. A la mort de mes parents, Helios est devenu l'héritier du trône.

— Il avait dix ans, c'est bien cela ?

— Oui.

— L'abdication a donc dû être ajournée ?

— Mon père était fils unique, et le seul frère de mon grand-père est mort à la guerre. Personne n'était susceptible d'exercer la régence jusqu'à ce qu'Helios atteigne l'âge requis.

— Quels étaient les projets de ton grand-père pour sa retraite ?

Une ombre passa sur le visage de Theseus.

— Il devait s'effacer pour ma grand-mère.

— Elle était violoniste ?

— Oui. Quand ils se sont mariés, elle était déjà célèbre dans le monde entier. Le couronnement de mon grand-père a mis fin à sa carrière de soliste. Elle s'est donc consacrée principalement à la composition, qui était son premier amour.

— Elle devait reprendre les concerts ?

— Elle en donnait toujours, mais seulement un ou deux par an, lors d'événements soigneusement organisés. L'abdication de mon grand-père lui aurait permis de partir de nouveau en tournée dans le monde entier. Et de son côté il se réjouissait à l'idée de voyager avec elle.

— Il avait déjà beaucoup voyagé en tant que souverain.

— Oui, mais ce n'était pas la même chose. Il représentait notre nation.

Theseus eut un sourire amer.

— Quand un membre de la famille royale est en voyage officiel, il est accompagné d'une escorte et il a un programme bien précis. Il n'y a aucune place pour l'improvisation.

Comment imaginer le Theo insouciant et aventureux qu'elle avait connu cinq ans plus tôt, se soumettant à de telles contraintes ? L'image d'un lion en cage s'imposa à l'esprit de Jo.

— C'est pour ça que ton grand-père a accepté que tu prennes un congé sabbatique pour parcourir le monde ?

— Je ne lui ai pas demandé l'autorisation, répliqua sèchement Theseus.

Quand il avait décidé de partir, il en avait parlé à son grand-père par courtoisie. Il souhaitait avoir sa bénédiction, mais il était prêt à s'en passer. Après avoir terminé sa formation à l'académie royale militaire de Sandhurst, il avait décidé de rester quelques années dans l'armée, par goût. Mais, quand il avait atteint l'âge de vingt-huit ans, sa famille lui avait fait comprendre qu'il était temps de prendre sa place au palais.

Il avait eu l'impression qu'on lui passait un nœud coulant autour du cou. Un nœud qui se resserrait au fur et à mesure que l'échéance approchait.

Il était conscient qu'une fois de retour au palais tout espoir de liberté s'évanouirait pour toujours. Son rêve de devenir astronaute était enterré depuis longtemps, mais il était toujours taraudé par le besoin de liberté, l'envie de découvrir de nouveaux horizons et de contrôler son destin sans se préoccuper des conséquences éventuelles sur le palais.

Il avait pensé à ses parents, morts alors qu'ils étaient à peine plus âgés que lui, arrachés à la vie en une fraction de seconde. Aurait-il vécu cette journée de la même manière s'ils avaient su qu'elle était la dernière ?

Il avait pris la décision de partir avant que le protocole l'engloutisse et de vivre sa vie comme si chaque jour était le dernier.

Il était devenu Theo Patakis. L'homme qu'il aurait pu être si le destin ne l'avait pas fait naître prince.

4

Un étrange malaise s'empara de Theseus. A son grand soulagement, une domestique arriva avec le plateau du café, qu'elle posa sur la table basse où se trouvait le dictaphone.

Il surprit le coup d'œil que Jo lançait à la *karidopita*, un gâteau aux noix et aux épices, et lui tendit l'assiette.

— Prends une tranche.

— Non, merci, répondit-elle en servant le café.

Mais son regard s'attarda sur le gâteau.

— Tu es sûre ?

Elle eut une moue dépitée.

— Je grossis rien qu'en le regardant.

— Une tranche ne peut pas te faire de mal.

— Si j'en mange une tranche, je vais le finir. Et ensuite je vais courir à la cuisine et prendre le chef en otage jusqu'à ce qu'il m'en fasse un autre.

Elle avait parlé sur le ton de la plaisanterie, mais sa frustration était perceptible.

Il était sur le point d'insister quand il la revit telle qu'elle était à Illya. Elle avait toujours des courbes généreuses, mais il était indéniable qu'elle avait perdu beaucoup de poids. Et visiblement au prix d'une bataille permanente.

Il posa le gâteau sur son bureau pour l'écarter du champ de vision de Jo, puis il se cala dans son fauteuil, sa tasse de café dans les mains. Elle lui adressa un sourire reconnaissant qui fit naître en lui une émotion étrange.

— Nous discutions des projets de mon grand-père pour sa retraite, rappela-t-il.

Il était urgent de se concentrer sur la biographie au lieu de laisser ses pensées vagabonder sur elle… Avec un autre sourire reconnaissant, elle se pencha pour remettre le dictaphone en marche, un mouvement qui dévoila furtivement la naissance de ses seins.

Theseus fut transpercé par une flèche de désir. Des souvenirs qu'il s'était efforcé d'ignorer assaillirent son esprit. Elle avait la peau satinée. Des seins qui…

Non, pas question de penser à ça. Il n'était plus cet homme qui faisait passer son plaisir avant tout le reste. Il prit une profonde inspiration et entreprit de répondre aux questions de Jo tout en refrénant ses pensées.

Difficile quand la bouche qui posait les questions était aussi sensuelle…

A la fin de l'entretien, Jo était ankylosée. Trois heures dans la même position, d'après sa montre… Elle se leva et se dirigea vers la fenêtre pour se dégourdir les jambes. Discuter avec Theseus de la vie de son grand-père avait créé une atmosphère d'autant plus intime qu'il n'avait pas cessé de la fixer. Ses yeux bruns n'avaient pas quitté les siens, et elle n'avait pas réussi un seul instant à détourner son regard.

— Il y a un groupe d'enfants dans le parc, dit-elle pour tenter de dissiper la tension qui régnait dans la pièce.

— Ils doivent être là pour la visite, répliqua-t-il en la rejoignant. Hors saison, le musée du palais et le parc ne sont ouverts que le week-end, mais nous organisons des visites privées en milieu de semaine pour les écoles et d'autres groupes. Du 1er mai au 1er septembre, le parc, le musée et certaines parties du palais sont ouverts tous les jours. On ne peut pas faire un pas sans tomber sur des touristes.

— C'est dur d'être envahi chez soi par des étrangers ?

Il eut un sourire crispé.

— C'est un palais... pas une résidence privée.

— Si, c'est chez toi.

— Nos appartements privés sont fermés au public, mais regarde autour de toi... Où puis-je aller si je veux prendre le soleil tranquillement ? Dès que je sors de mon appartement, je suis escorté par des courtisans...

Il s'interrompit et marmonna quelque chose qui ressemblait à un juron. Elle voulut insister, mais aucun son ne sortit de sa gorge. Il était trop près d'elle. La chaleur de son corps, son parfum boisé dont elle se souvenait si bien... c'était trop troublant. Elle crispa les poings, luttant contre une envie irrésistible de se laisser aller contre lui.

Un 4x4 noir s'arrêta devant le palais et un homme qui ressemblait à Theseus en descendit, suivi par une femme très mince avec des cheveux de jais et d'énormes lunettes de soleil.

— C'est Helios ? demanda-t-elle, soulagée par cette distraction.

— Oui. Et avec lui, c'est la princesse Catalina de la principauté de Monte Cleure.

Theseus posa les mains sur le rebord de la fenêtre.

— Entre nous, il annoncera leurs fiançailles au cours du gala du jubilé.

— C'est rapide. Ne se sont-ils pas rencontrés samedi dernier au bal ?

— Nos familles sont amies depuis des décennies. Le frère de Catalina était en pension avec nous.

— Ils ne semblent pas amoureux.

Elle n'était pas experte en langage corporel, mais leur façon de marcher côte à côte — devant les enfants qui s'étaient immobilisés pour les regarder, bouche bée — lui rappelait ses parents, qui se tenaient comme si le simple fait de se frôler risquait de déclencher une maladie grave. Alors que cette pensée lui traversait l'esprit, le bras de Theseus frôla le sien et elle fut électrisée.

— Les héritiers du trône se marient par devoir, pas par amour, déclara-t-il d'un ton dur.

Elle lui jeta un coup d'œil perplexe. Il regardait par la fenêtre, la mâchoire crispée.

— Nous sommes au XXIe siècle !

— Et le protocole a évolué. Helios est le premier héritier du trône libre de choisir lui-même sa future épouse.

— Il peut choisir n'importe qui ?

— N'importe qui de sang royal.

— Liberté conditionnelle ? C'est triste.

— C'est comme ça. Le changement prend du temps.

— J'espère au moins qu'ils s'apprécient et se respectent.

Le mariage de ses parents aurait-il été moins désastreux si sa mère avait témoigné un minimum de respect à son père ? se demanda-t-elle. Son père se serait-il adonné à la boisson si sa mère n'avait pas été aussi méprisante envers lui ?

— Mon frère n'épouserait jamais quelqu'un qu'il ne respecte pas.

— Quand doivent-ils se marier ?

— Dès que possible. Avec un peu de chance avant…

Theseus n'avait pas besoin de finir sa phrase. Elle avait compris ce qu'il voulait dire. Avant que son grand-père meure.

— Il faut en général six bons mois pour organiser un mariage princier. Helios veut que les préparatifs de celui-ci ne durent pas plus de deux mois.

— C'est très peu.

Theseus haussa les épaules.

— Notre personnel est extrêmement efficace. Il y arrivera.

— Es-tu censé te marier, toi aussi ?

— Le suppléant de l'héritier du trône doit engendrer des descendants, répliqua-t-il d'un ton méprisant. Une fois Helios marié, il faudra que je trouve une épouse appropriée.

— Qu'entends-tu par « appropriée » ? s'enquit-elle d'un ton qu'elle espérait neutre.

C'était comme s'il venait de lui plonger un poignard dans le cœur… Mais, si la perspective de son mariage la déchirait, c'était uniquement parce que cela supposait que Toby aurait une belle-mère et des demi-frères et sœurs, se dit-elle aussitôt. Et, si elle avait posé cette question, c'était uniquement pour se donner une contenance. La réponse était évidente. Theseus était un prince. Il avait donc besoin d'une princesse.

— Quelqu'un qui comprendra que le but de cette union sera de faire des enfants.

— Tu ne cherches pas l'amour ?

Il lui lança un regard noir.

— Absolument pas. Seuls les imbéciles se marient par amour.

— C'est un point de vue très cynique.

— Tu trouves ? Eh bien, ma mère aimait mon père et elle n'a eu droit en retour qu'à des infidélités répétées. Mes grands-parents s'aimaient, mais quand ma grand-mère est morte mon grand-père a vieilli de dix ans du jour au lendemain. Ce n'est pas le cancer qui est en train de le tuer, c'est son cœur brisé. L'amour est source de souffrance, et je ne veux pas de ça. Je veux une épouse qui comprenne ce qu'implique la vie au palais et pour qui je puisse éprouver du respect. Rien de plus.

Jo déglutit péniblement. Elle gardait le souvenir d'un homme si chaleureux… Comment avait-il pu devenir aussi froid ? Où était passé l'homme qu'elle avait connu autrefois ? Elle avait envie de protester, de lui dire que l'amour était plus important que tout le reste. Mais, au fond, qu'en savait-elle ? La seule personne qui l'avait jamais vraiment aimée était son fils. Or il n'avait pas le choix, tout comme elle n'avait pas d'autre choix que d'aimer sa mère, pourtant distante et froide. D'après son expérience, l'amour filial était aussi naturel que le fait de respirer. Contrairement à l'amour parental.

Et si le mépris qu'éprouvait Theseus à l'égard de l'amour s'étendait à ses futurs enfants ? Il était si cynique… Elle n'avait pas le courage de le lui demander.

— Est-ce que les enfants d'Helios iront en pension comme toi et tes frères ?

Cette question la poursuivait depuis qu'elle avait découvert que tous les princes avaient été pensionnaires. Si elle parlait de Toby à Theseus et s'il le reconnaissait, voudrait-il l'envoyer en pension lui aussi ?

Et s'il demandait un test ADN ? Elle réprima un frisson. Si seulement elle pouvait lire l'avenir !

— Bien sûr. C'est la tradition familiale.

— C'est une tradition d'être envoyé à l'étranger à l'âge de huit ans ?

— Oui.

— C'est très jeune.

Toby avait encore du mal à mettre ses chaussettes tout seul. S'imaginer loin de lui pendant des mois… Non, impossible. Les dix jours de séparation imposés par ce séjour à Agon étaient déjà très difficiles à supporter.

— Je suis d'accord. Trop jeune.

Elle réprima un soupir de soulagement.

— Tu as trouvé ça dur de quitter ta maison et ta famille ?

— Tu ne peux pas imaginer à quel point.

Jamais elle n'avait entendu Theseus parler d'un ton aussi dur…

— Ça t'a aidé de retrouver Helios là-bas ?

— Au contraire. On me comparait tout le temps à lui. Or je voulais être jugé indépendamment de lui.

— Avez-vous toujours été rivaux ?

Il darda sur elle un regard pénétrant.

— Pourquoi cette question ?

De toute évidence, elle s'aventurait sur un terrain glissant.

— C'est une conclusion à laquelle je suis arrivée en voyant une coupure de presse sur l'anniversaire de mariage de tes grands-parents. Tu lui donnais un coup de poing dans la mâchoire.

A sa grande stupéfaction, Theseus éclata de rire. La métamorphose lui coupa le souffle. C'était la première fois qu'elle l'entendait rire depuis son arrivée au palais. Et c'était exaltant.

D'un geste nonchalant, il tendit la main et posa un doigt sur ses lèvres. Son cœur, qui battait déjà à tout rompre, s'affola de plus belle.

— Tu es très perspicace. Oui, nous étions rivaux. Le destin d'Helios était de devenir roi. Le mien était d'être le prince modèle, vivant dans son ombre. Je me suis rebellé, car je voulais être dans la lumière.

Le doigt de Theseus quitta les lèvres de Jo pour glisser sur sa joue, traçant sur sa peau un sillon de feu. S'il s'approchait encore, il entendrait battre son cœur…

Il s'approcha.

— Mon enfance a été un combat pour l'attention et la liberté.

Elle était subjuguée. Electrisée par son parfum, par la chaleur de son corps, par la virilité à couper le souffle qui émanait de lui. Il allait l'embrasser…

Elle s'éclaircit la voix.

— C'est pour ça que tu es le prince modèle aujourd'hui ? Tu compenses ta période de rébellion ?

A en juger par les coupures de presse, au cours des dernières années il avait eu une conduite exemplaire.

Il se raidit. La lueur rêveuse qui s'était allumée dans son regard disparut. Il retira sa main de son visage et recula d'un pas. Inspirant profondément, Jo s'efforça de réprimer les frissons qui la parcouraient tout entière et de se ressaisir.

Il avait failli l'embrasser.

Et elle lui aurait rendu son baiser… Elle avait tellement envie de sentir ses lèvres sur les siennes, comme autrefois !

— Et maintenant, si tu n'as pas d'autres questions au sujet de mon grand-père, j'ai du travail…

— J'ai terminé, répliqua-t-elle, soulagée, en se dirigeant vers son bureau.

Une fois seule, elle posa les doigts sur la marque invisible qu'il avait laissée sur ses lèvres.

Debout dans l'ouverture voûtée entre leurs deux bureaux, Theseus regardait Joanne comme souvent depuis son arrivée sur l'île. Assise devant son ordinateur, ses écouteurs dans les oreilles, elle n'avait pas conscience de sa présence. Contrairement à ce qu'il craignait, Hamlin & Associates n'avait pas envoyé une novice pour remplacer Fiona. N'hésitant jamais à demander de l'aide quand elle avait un problème de traduction, elle avait terminé quatre chapitres en trois jours et les avait soumis à son approbation avant de les envoyer au bureau d'Oxford pour la relecture. A ce rythme, elle respecterait largement le délai.

Non seulement elle était rapide, mais les chapitres qu'elle avait écrits étaient d'une qualité impressionnante. Nul doute que les lecteurs ne remarqueraient pas le changement de biographe. Mais le plus saisissant c'était la façon dont son grand-père prenait vie dans ces pages. Il avait apprécié les chapitres rédigés par Fiona et les avait lus un peu comme une leçon d'histoire. Mais dans ceux de Jo, qui avait repris le récit à partir de l'époque où il était enfant, il avait eu l'impression de voir sa vie à travers les yeux de son grand-père. Des événements qu'il avait vécus prenaient soudain une autre importance.

L'évocation du quarantième anniversaire de mariage de ses grands-parents était particulièrement colorée. Il avait retrouvé le goût des plats qui avaient été servis, entendu la musique de l'orchestre d'Agon, vu les couples danser dans la salle de bal… Et, même si elle avait judicieusement omis l'épisode, il s'était revu à quatorze ans donner à Helios devant tous les invités un coup de poing qui lui avait cassé le nez.

Il avait revu le sang de son frère couler sur son écharpe pourpre, l'air horrifié de sa grand-mère et la colère de son grand-père. Il avait senti le goût de son propre sang quand Helios — qui, comme tout bon Agonite, n'esquivait jamais un combat — lui avait rendu son coup.

Il était furieux parce qu'il avait été obligé, comme ses frères, de porter un ridicule costume de pingouin. Parce qu'il était censé bavarder poliment avec de vieilles personnes assommantes. Et parce que la fille d'un président, qui lui plaisait, n'avait d'yeux que pour son frère aîné.

Tout le monde n'avait d'yeux que pour Helios.

Helios avait des contraintes plus nombreuses et plus pénibles que les siennes, mais il les avait toujours acceptées sans broncher. Comme si aller à un rendez-vous accompagné de trois armoires à glace armées n'était pas du tout gênant...

Ils avaient toujours été en rivalité.

C'était Talos, le benjamin alors âgé de douze ans, qui les avait séparés. A ce souvenir, Theseus ne put s'empêcher de sourire. Après cet incident il avait été puni pendant des mois, avec interdiction de sortir du palais tout l'été, même pour prendre l'air dans le parc. Son sourire s'éteignit. Il avait gâché l'anniversaire de mariage de ses grands-parents. Il leur avait fait honte devant tous leurs invités.

Et ce n'était pas la seule fois. Lors des défilés militaires, des cérémonies officielles — de tous les événements auxquels il avait assisté avec ses frères —, il avait affiché une indifférence confinant au mépris. Il n'avait jamais pris la peine de cacher qu'il aurait préféré être ailleurs. N'importe où mais ailleurs.

Bien que Jo ait passé sous silence son coup de poing à Helios, la lecture des chapitres rédigés par ses soins avait réveillé le souvenir de tous les affronts qu'il avait infligés à ses grands-parents et qu'il s'efforçait d'expier aujourd'hui. Et la vie qu'elle insufflait à ses grands-parents dans ces pages donnait d'autant plus d'intensité à ces souvenirs.

Non, il n'avait plus aucun doute sur ses capacités. Et il aimait travailler avec elle. Il appréciait leurs conversations et les pointes d'humour partagé. Ce qui l'enchantait par-dessus tout c'était de la voir rougir quand elle surprenait son regard sur elle. Il avait l'impression que son sang pétillait dans ses veines et il retrouvait des sensations oubliées depuis longtemps.

Quand elle travaillait, son air concentré et l'agilité de ses doigts sur les touches du clavier offraient un spectacle fascinant. Parfois elle sentait sa présence, se retournait, et s'empourprait...

Elle le rendait fou. Son envie de la toucher était si forte que la réprimer était devenu un combat de tous les instants. Il avait été très près de l'embrasser. Si près… C'était très dangereux.

Il était sur le point de regagner son propre bureau quand une sonnerie annonça l'arrivée d'un message sur le téléphone de Jo. Sans enlever les écouteurs de ses oreilles, elle le prit et consulta l'écran d'un air distrait. A la vue de l'expéditeur, elle se redressa sur son siège, lut le message, puis effleura l'écran du bout des doigts avant d'y déposer un baiser.

Theseus tressaillit.

Il était persuadé qu'elle n'avait pas d'amant. Quand une femme était amoureuse, ça se voyait. Ce n'était pas le cas de Jo. Mais cette façon d'embrasser l'écran de son portable… Il avait eu l'impression qu'on lui enfonçait des épingles dans tout le corps. Il gardait le souvenir de ses lèvres sous les siennes, de la douceur de sa bouche, de l'ardeur mêlée d'innocence de ses baisers…

— Qui était-ce ? demanda-t-il en avançant dans le bureau.

Mais bien sûr elle ne l'entendit pas. Le temps qu'il lui tape sur l'épaule, la faisant sursauter, l'écran de son portable s'était mis en veille.

— Qui était-ce ? répéta-t-il quand elle eut enlevé les écouteurs de ses oreilles avec des mains tremblantes.

Elle s'empourpra et se mordit la lèvre, les yeux écarquillés… par la peur ?

Pour quelle raison aurait elle peur ?

Elle déglutit avec peine avant de répondre.

— C'est personnel.

— Personnel ?

— Personnel, répéta-t-elle d'une voix plus ferme. Tu as besoin de quelque chose ?

— Oui.

Il croisa les bras et ajouta sans réfléchir :

— Ce soir je t'emmène dîner.

La peur qu'il avait cru voir dans ses yeux fit place à la stupéfaction.

— Pourquoi ?

— Tu as besoin de faire une pause. Tu n'as rien vu de mon île.

— Je suis ici pour travailler. Pas pour faire du tourisme.

— Tu vas finir par t'épuiser si tu ne t'arrêtes pas.

Lui aussi il avait besoin d'une pause, loin du palais et des courtisans, au moins pour quelques heures.

Il ne savait presque rien de cette femme, qui avait été un rayon de lumière autrefois, pendant une longue nuit sinistre. Une sortie leur ferait le plus grand bien à tous les deux.

Elle plissa le front.

— Je croyais que tout était fermé le dimanche à Agon.

Il la fixa en s'efforçant d'imiter le fameux regard impérieux utilisé par Talos pour imposer sa volonté aux autres.

— Je me charge de choisir l'endroit. Tu as besoin de sortir de ce bureau. Et pas de discussion, sinon je te fais jeter au cachot.

Elle ouvrit de grands yeux avant d'éclater de rire. Il faillit pouffer, mais il se retint.

— 19 heures, précisa-t-il d'un ton qui n'admettait pas de réplique.

— Je n'ai rien à me mettre.

Croyait-elle vraiment que cet argument était valable ?

Il se pencha vers elle et plongea les yeux dans ses yeux gris-bleu.

— Habille-toi simplement. Et si le choix de ta tenue te pose un problème je te suggère de ne rien mettre du tout.

Elle rougit encore, jusqu'à la racine des cheveux. Il se

redressa en réprimant un sourire. Il y avait longtemps qu'il ne s'était pas senti d'humeur aussi joyeuse… Avant de regagner son bureau, il lança :

— Si tu es toujours en train de travailler à 17 heures, Nikos viendra te faire sortir d'ici. Et ton bureau sera verrouillé jusqu'à demain matin. A tout à l'heure

Une fois dans son appartement, Theseus referma la porte derrière lui. A quoi jouait-il ? L'inviter à sortir c'était une chose. Mais lui suggérer de venir nue ? C'était typiquement le genre de commentaire qu'aurait fait Theo. Et ça ne pouvait lui attirer que des ennuis.

Depuis cinq ans, sa libido était en sommeil. Il lui était souvent arrivé de côtoyer des jolies femmes, mais aucune ne l'avait tenté. Aucune ne lui avait donné l'impression que son sang pétillait dans ses veines. Aucune ne l'avait incité à lancer impulsivement une invitation. Ou plutôt un ordre…

Mais ce n'était pas un rendez-vous galant. Il était juste question de s'éloigner un peu du palais le temps d'une soirée.

Curieusement, il ne gardait pas d'images du corps de Jo nu en mémoire. Le souvenir de la nuit qu'ils avaient passée ensemble restait flou.

Et quelque chose lui disait que c'était beaucoup mieux ainsi.

5

Un coup frappé à la porte annonça l'arrivée de Theseus. Le cœur battant à tout rompre, Jo inspira profondément et ouvrit la porte.

Il avait changé son costume pour un jean noir moulant, une chemise gris pâle au col ouvert et un blouson de cuir marron qui mettait en valeur sa carrure athlétique. Si on ajoutait à tout cela son beau visage au teint mat et ses épais cheveux noirs… il était très sexy. Dangereusement sexy. Si elle avait une once de bon sens, elle lui fermerait la porte au nez en prétextant une migraine.

Il ressemblait… à Theo.

Il franchit le seuil de l'appartement et la regarda longuement. Cette lueur dans ses yeux… Elle ne l'avait vue qu'une seule fois. Cinq ans plus tôt.

Dès qu'elle l'avait aperçu, elle l'avait trouvé superbe. Mais elle ne s'était fait aucune illusion. Il était aussi inaccessible que les stars de cinéma qu'elle aimait tant. Déjà à l'époque il était entouré par une cohorte d'admirateurs, hommes et femmes, qui buvaient ses paroles et riaient à toutes ses plaisanteries. Les hommes comme lui ne remarquaient pas les filles comme elle. Jamais elle n'aurait pu imaginer qu'il volerait à son secours. Ce geste chevaleresque avait transformé son attirance pour lui en un sentiment plus profond.

Cependant, elle n'avait pas eu la naïveté de penser que

son attachement pour lui pourrait être partagé. La vie n'était pas faite ainsi. Les Grecs superbes taillés comme des apollons ne tombaient pas amoureux de jeunes Anglaises rondelettes et timides. Il pourrait éventuellement se lier d'amitié avec elle, mais la désirer ? Impossible.

Et puis il était arrivé au bungalow qu'elle partageait avec ses amies, une bouteille de gin à la main, les cheveux en bataille et l'air hagard.

Cette lueur dans ses yeux quand il l'avait embrassée pour la première fois... Elle la retrouvait aujourd'hui. Comment ne pas se remémorer pour la millième fois l'unique nuit qu'ils avaient passée ensemble ?

Elle n'aurait pas pu prévoir qu'elle perdrait sa virginité avec un homme ivre et mélancolique, et pourtant elle ne regrettait rien. Et pas seulement parce que Toby était né de cette aventure.

Cette nuit-là, Theseus avait eu besoin d'elle. Réellement. Sur ce point, il n'y avait pas eu de mensonge. Allongé sur le lit, la tête contre sa poitrine, il s'était confié à elle en buvant du gin à la bouteille, pendant qu'elle passait les doigts dans ses cheveux. Il lui avait parlé de ses frères et de leur esprit de compétition, des canifs que leur grand-père leur avait offerts à chacun pour leurs dix ans, des concours de lancer de couteau contre des troncs d'arbres dans le parc, des gages infligés au perdant.

Et tout à coup — sans qu'elle sache comment ni pourquoi — l'atmosphère avait changé. Il s'était tu, il avait plongé son regard dans le sien, et la lueur qu'elle y avait vue l'avait envoûtée.

Ça n'avait peut-être pas été un feu d'artifice, mais ça ne lui avait pas manqué. L'espace d'une nuit, ils avaient appartenu l'un à l'autre. Non seulement il avait eu besoin d'elle, mais il l'avait aimée et désirée, ce qui avait rempli son cœur d'espoir et de tendresse. Et tout cela n'aurait été qu'un mensonge ? Non. Cette idée était insupportable !

Elle avait passé une heure sous la douche, vibrant d'impatience, et une évidence s'était imposée à elle : il fallait lui parler de Toby. Elle ne pouvait pas lui cacher son existence plus longtemps. Theseus était arrogant, souvent cassant, mais également généreux et attentionné. C'était un homme puissant, mais il ne semblait pas enclin à abuser de son pouvoir. Il n'était pas Theo, mais une ou deux fois elle avait cru reconnaître en lui l'homme dont elle était tombée amoureuse à Illya.

Elle attendrait que la biographie soit terminée. Celle-ci comptait plus que tout pour lui. Il avait beau afficher un profond dédain pour l'amour, il aimait son grand-père. Comme il avait aimé sa grand-mère.

Plus que quelques jours. Une fois son travail terminé, elle pourrait bouleverser sa vie en lui révélant la vérité. Elle se sentait tellement coupable ! Chaque instant passé en sa compagnie était assombri par le remords qui l'accablait à l'idée qu'elle lui cachait une chose aussi essentielle. Quand il l'avait surprise au moment où elle regardait un nouveau dessin de Toby que Jonathan lui avait envoyé par mail, elle avait cru que son cœur allait bondir hors de sa poitrine.

Et à présent il battait tout aussi fort, mais pour une autre raison. Theseus la dévorait des yeux. Comme si sa robe mi-longue vert menthe à manches évasées et ses sandales plates constituaient la tenue la plus sexy qu'il avait jamais vue. Plongeant la main dans ses cheveux, il les rassembla sur sa nuque tout en fermant la porte derrière lui d'un coup de pied. Lorsque la bouche de Theseus se posa sur la sienne, elle eut le souffle coupé par la violence de l'incendie qui éclata en elle. Son esprit se vida. Plus rien n'existait que la langue de Theseus qui se glissait lentement entre ses lèvres et les sensations inouïes qui explosaient dans tout son corps. Eperdue, elle noua les bras sur sa nuque tandis qu'il approfondissait son baiser en lui caressant la joue de sa main libre. Une main qui glissa bientôt jusqu'à sa taille pour plaquer son bassin contre le sien.

Puis, presque aussitôt, il s'arracha à sa bouche et s'écarta d'elle.

— Excuse-moi. Je ne voulais pas…

— Moi non plus.

Elle détourna les yeux pour tenter de masquer son remords.

— Tu me rends fou, avoua-t-il d'une voix âpre qui la fit tressaillir.

Elle leva de nouveau les yeux vers lui. Son regard brûlant ne laissait aucun doute sur le désir qu'elle lui inspirait. La situation était extrêmement périlleuse. Comment s'en sortir ? S'il la touchait de nouveau, elle ne trouverait pas la force de résister à cette passion mutuelle… Or il le fallait absolument. Comment avait-elle pu répondre à son baiser alors qu'elle lui cachait un secret aussi important ? Même s'il connaissait l'existence de Toby, il serait ridicule de croire que quelque chose était possible entre eux. Dans quelques mois il se mettrait à la recherche d'une épouse. Une épouse de sang royal, une femme qui ne lui ressemblait en rien.

Il soutint son regard encore quelques secondes, puis il rouvrit la porte.

— Je suggère que nous y allions. Parce que si tu continues à me regarder comme ça je ne réponds plus de rien.

Jo hésita, déchirée entre le désir et la raison. Ce fut la raison qui l'emporta. Déglutissant péniblement, elle passa devant lui, et ils quittèrent l'appartement. Elle sentait encore ses lèvres sur les siennes… Quand il lui avait fait l'amour à Illya, il était ivre. Cette fois, il était sobre. Et il la désirait quand même... Ça n'aurait rien dû changer. Et pourtant ça changeait tout.

Ce trajet avait été un véritable enfer, songea Theseus quand Nikos arrêta la limousine.

Que lui avait-il pris de l'embrasser ? C'était son regard qui lui avait fait perdre la tête. Ses yeux agrandis par le désir. *Theos,* comment regarder ces yeux et ne pas avoir envie de s'y noyer ? Rester pendant vingt minutes à côté d'elle sur la banquette arrière avait été une véritable torture. Ils n'avaient pas échangé un seul mot.

Il avait toutes les raisons de ne pas la toucher. Mais il en avait tellement envie qu'il n'en trouvait pas une seule.

Jo attend de toi beaucoup plus que tu ne pourras jamais lui donner.

Il déglutit avec peine, rongé par la culpabilité. A Illya, il lui avait fait une promesse qu'il n'avait pas tenue. Or Jo n'était pas le genre de femme à avoir des aventures sans lendemain. Il le savait, mais il s'était laissé submerger par le désir et par les émotions qui le torturaient cette nuit-là.

Il ne recommencerait pas. Pas question de profiter d'une femme qui espérait autre chose d'un amant qu'une seule nuit de plaisir. Il ne pourrait jamais rien lui offrir de plus. Surtout avec un mariage en perspective. Il maîtriserait son désir pour elle. Quoi qu'il arrive.

Le Club Giroud était l'un des secrets les mieux gardés d'Agon, ouvert vingt-quatre heures sur vingt-quatre et situé dans un bâtiment de pierre dont la piètre apparence était trompeuse. Personne ne pouvait deviner en passant devant qu'on pouvait y croiser à toute heure des gens comptant parmi les plus riches du monde.

Ils furent accueillis par le concierge, qui les guettait. Ils traversèrent une immense salle à manger, suivis du regard par les dîneurs, des hommes et des femmes d'une élégance et d'une beauté insolentes. Ils passèrent devant l'escalier majestueux qui conduisait au club lui-même et sortirent sur la terrasse.

— Je ne suis pas assez habillée, murmura Jo dès que le concierge les eut laissés seuls. Toutes ces femmes ressemblent à des mannequins prêts à défiler sur un podium.

— Tu es belle, répliqua sobrement Theseus en la dévorant des yeux.

Elle était si délicieuse quand elle rougissait... Et il n'y avait rien de mal à la regarder. Rien du tout.

— Et n'oublie pas que je suis un des princes de l'île. Je pourrais être vêtu d'un sac-poubelle et mon invitée également, je serais quand même reçu avec les égards dus à mon rang. Ma présence ajoute au prestige de l'établissement. C'est un club privé réservé aux gens scandaleusement riches, dont les yachts mouillent dans notre port.

— Tu aimes cet endroit ? demanda Jo avec une moue sceptique, comme si elle devinait son mépris pour ces gens dont toute la vie tournait autour de l'argent.

— Si je t'emmenais n'importe où ailleurs, nous serions en photo dans toute la presse dès demain matin.

Il eut un haussement d'épaules désinvolte.

— Je peux toujours t'emmener au club de boxe de Talos, si tu préfères. Mais d'ici tu découvriras mon île.

— Vraiment ?

— Cette terrasse offre la plus belle vue sur toute l'île.

Il lui avait laissé la meilleure place, d'où on pouvait contempler la montagne au loin, au pied de laquelle s'éparpillaient des villages blancs, le palais niché parmi les arbres au sommet d'une colline, et la Méditerranée qui miroitait sous les derniers rayons du soleil. Dans quelques heures, la lune serait assez haut dans le ciel pour illuminer toute l'île. C'était un spectacle qu'il voulait lui faire admirer.

Mais jusque-là elle n'avait pas prêté la moindre attention à la vue. Et il fallait reconnaître qu'il en retirait une immense satisfaction, car depuis qu'ils étaient assis elle n'avait d'yeux que pour lui.

— Tu vois cette montagne, au loin ?

Elle hocha la tête.

— Quand nous étions adolescents, mes frères et moi, nous faisions la course jusqu'au sommet.

— Vous aviez le droit ?

— Bien sûr. Dans l'enceinte du palais nous devions nous conduire comme les princes que nous étions, mais en dehors nous étions censés nous dépenser.

— Et qui gagnait ?

— En principe Talos. Helios et moi nous cherchions tellement à nous battre l'un l'autre que nous oubliions toujours quel athlète Talos était lui-même. Quand nous arrivions au sommet, il était déjà là.

A ce souvenir, Theseus ne put s'empêcher de sourire.

Jo contempla la vue et indiqua le palais d'un signe de tête.

— C'est le labyrinthe qui est illuminé ?

— Oui. Il doit y avoir une visite de groupe. Des spots dissimulés dans les haies éclairent le parcours.

Elle eut un soupir émerveillé.

— Ça doit être une expérience fabuleuse. Ce labyrinthe est immense. Bien plus grand que celui du palais de Hampton Court, où je me suis perdue pendant un voyage scolaire quand j'avais douze ans.

A ce souvenir, le visage de Jo s'illumina. Et l'évocation du palais anglais rafraîchit la mémoire de Theseus.

— N'as-tu pas des liens de parenté avec la famille royale d'Angleterre ?

Les yeux gris-bleu s'écarquillèrent.

— Comment peux-tu te souvenir de ça ?

— J'ai une excellente mémoire.

Et à vrai dire le souvenir de ses dernières journées à Illya était de moins en moins flou.

Après avoir chassé les Américains, il était revenu au Marin's Bar le lendemain soir avec les Scandinaves et il avait convié Jo et ses amies à se joindre à eux. Au cours de la conversation, chacun avait été invité à raconter une anecdote originale le concernant. Jo avait révélé qu'elle avait des liens de parenté indirects avec la famille royale britannique.

C'était la première fois qu'il l'avait vue rire. Très timide, elle avait tendance à se tenir sur la réserve. Son visage s'était illuminé comme à l'instant, et il avait pris conscience de sa beauté. La métamorphose était telle qu'elle avait éveillé son intérêt. Il avait passé le reste de la soirée à bavarder avec elle, fasciné par cette jeune femme effacée, qui une fois lancée devenait bavarde et pleine d'esprit. Leur échange lui avait fait l'effet d'un bain délassant dans une eau délicieusement pure et fraîche.

Il avait lu le déchirement sur son visage quand ses amies avaient annoncé qu'elles voulaient rentrer. Et il avait ressenti une immense frustration quand elle s'était levée en lui souhaitant une bonne nuit.

Le lendemain il avait tenté de la convaincre de faire du surf au nord de l'île avec tout le groupe. Contrairement à ses amies, qui avaient sauté sur l'occasion, elle avait refusé. Elle avait accepté de les accompagner, mais elle était restée sur la plage malgré tous ses efforts pour l'inciter à se baigner. Peu de temps après, il était parti quelques jours avec ses amis scandinaves faire de l'escalade dans une île voisine inhabitée.

A leur retour, le premier message qu'il avait entendu après avoir rechargé son portable c'était celui d'Helios lui demandant de rentrer à Agon. Leur grand-mère était tombée gravement malade et ses jours étaient comptés.

Pour la deuxième fois de sa vie, il s'était senti perdu. La première fois étant la nuit où son grand-père était venu en Angleterre, à la pension où il séjournait avec Helios, pour leur annoncer que leurs parents s'étaient tués en voiture. Cette nuit-là il avait été dévasté, mais son frère et son grand-père l'avaient soutenu. A Illya il était seul, loin de sa famille. Seul sur une île de l'Adriatique accessible uniquement par le ferry quotidien.

Il avait bu une demi-bouteille de gin dans son bungalow, attendant que tout le monde soit couché pour sortir en titubant dans l'intention de s'asseoir sur la plage. Il y avait de la lumière dans le bungalow de Jo. Mais, au fait, comment savait-il lequel c'était ? Il ne s'en souvenait pas.

— D'après ma mère, sa famille descendait de la reine Victoria via plusieurs mariages, dit-elle en riant comme cinq ans plus tôt. Je dois être environ la six cent trente-neuvième dans l'ordre de succession au trône.

— Vu ta position élevée, tu as dû grandir dans un palais, plaisanta-t-il à son tour.

— J'ai grandi dans un vieux manoir de l'Oxfordshire tellement plein de courants d'air qu'il aurait fait moins froid dans un igloo.

— C'est un peu comme un palais, alors, commenta-t-il avec un sourire malicieux.

— Ton palais est merveilleux, et très bien chauffé. Dans la maison de mes parents, la chaudière est tellement ancienne que ma mère prétend qu'elle est d'origine. Cela dit, les écuries et le chenil ont toujours été bien chauffés.

— Tu avais beaucoup d'animaux de compagnie ?

Elle fit la grimace.

— Non, c'est ma mère qui a transformé les anciennes dépendances en refuge pour animaux. Elle recueille tout ce qu'elle trouve. Chats, chiens, hérissons, chevaux, et même des ânes. Elle garde ceux qu'elle ne parvient pas à faire adopter.

— Combien d'animaux a-t-elle ?

— Environ une cinquantaine. Et quand il n'y a plus de place elle les prend dans la maison.

— Ça devait être magique pour toi quand tu étais enfant.

Jo haussa les épaules, mais l'arrivée du serveur l'empêcha de répondre.

— Ta mère gère donc un refuge pour animaux. Et ton père, que fait-il ? demanda Theseus une fois que le serveur fut reparti après avoir pris la commande.

— Il boit.

Il se figea, la main sur son verre.

— Il est alcoolique, précisa-t-elle.

— Je suis désolé. Est-il violent ?

Au Marin's Bar, les Américains qui avaient importuné Jo et ses amies étaient ivres et particulièrement grossiers. Sous l'effet de l'alcool, certaines personnes devenaient cruelles.

— Non, il est très calme au contraire. Il reste toute la journée dans son bureau à siroter son whisky.

— Comment réagit ta mère ?

— Elle l'ignore.

— Vraiment ?

— Elle le méprise. Elle le trouve faible et stupide. Peut-être qu'elle n'a pas tort. Il était agent de change, mais il a perdu son travail à cause de l'alcool quand j'étais bébé.

— De quoi vivent-ils ? J'imagine qu'un refuge pour animaux ne rapporte pas beaucoup d'argent.

— Ma mère a une petite réserve d'argent et elle reçoit quelques dons pour le refuge. Elle fait aussi beaucoup de gâteaux que nos riches voisins sont prêts à payer cher parce qu'ils sont délicieux.

Quand elle évoquait ces gâteaux, Jo avait le même regard gourmand que devant la *karidopita*, constata Theseus.

— Ça a l'air d'être une femme redoutable.

Alors que sa propre mère était tout le contraire.

— On peut dire ça. Elle ne mâche pas ses mots, et la plupart des gens ont peur d'elle. Ce qui ne la dérange pas du tout, bien au contraire.

Jo soupira.

— Mais il faut reconnaître qu'elle adore les animaux. Seules les créatures qui ne marchent pas à quatre pattes ne l'intéressent pas.

Le serveur revint avec le vin et les servit.

— Tu vis toujours chez tes parents ? demanda Theseus après avoir bu une gorgée.

— Je vis à Oxford même, aujourd'hui. C'est plus facile pour faire la navette.

— Mais, au fait, tu avais l'intention de déménager à Londres, non ? se rappela-t-il soudain.

— Ça alors ! Ta mémoire est en effervescence, ce soir !

Il sourit tout en la considérant avec perplexité. Avait-il vraiment vu un éclair de peur dans ses yeux ou bien l'avait-il imaginé ?

— Alors, pourquoi ne t'es-tu pas installée à Londres, finalement ?

En tout cas sa main tremblait, constata-t-il tandis qu'elle prenait son verre. Elle ressemblait à un chat échaudé…

— La vie, éluda-t-elle en regardant la montagne au loin. Mais parle-moi plutôt de la société que tu as créée avec tes frères. Vous investissez dans des start-up ?

Pourquoi était-elle sur ses gardes, tout à coup ? Mais il était vrai que ça ne le regardait pas... Jo était son employée. Ce n'était pas parce qu'ils avaient fait l'amour une fois cinq ans plus tôt qu'il avait le droit de tout savoir de sa vie. Et pourtant... Plus il la côtoyait, plus il avait envie de connaître tous ses secrets. Avait-elle un amant ? Son instinct lui disait que non. Elle n'était pas du genre à embrasser un homme si elle n'était pas libre. Mais elle lui cachait quelque chose... Theseus but une autre gorgée de vin tout en se rappelant à l'ordre. Il n'était pas là pour chercher à découvrir ses secrets. Ni pour la séduire.

Il lui parla de la société puis orienta la conversation sur des sujets moins personnels. Le temps qu'ils mangent leurs hors-d'œuvre et partagent un généreux plateau de *slouvakia* de porc et de poulet, accompagnés de légumes grillés, de pita et de *tzatziki*, elle était parfaitement détendue. Si bien que lorsqu'elle refusa de prendre un dessert il préféra s'abstenir de lui poser la question qui s'imposa à son esprit. Pourquoi risquer de gâcher sa bonne humeur en lui demandant si son rejet des sucreries était lié aux gâteaux de sa mère ?

Au fil du repas il s'était détendu, lui aussi. Il avait senti le poids qui ne le quittait jamais s'alléger peu à peu jusqu'à se faire oublier. Il ne restait plus qu'eux deux. Un homme et une femme qui ne pouvaient s'empêcher de se dévorer des yeux. Jo était splendide avec son épaisse chevelure rousse qui ruisselait sur ses épaules. Il serait si facile de tendre la main et d'écarter la mèche qui était tombée sur son décolleté, de promener les doigts sur sa peau satinée...

— Qu'y a-t-il ?

A en juger par la façon dont elle saisissait son verre et le tenait devant elle comme un bouclier, elle avait dû voir une lueur révélatrice dans son regard… Un nouveau souvenir assaillit Theseus. Il était allongé sur le lit de Jo, la tête appuyée contre ces seins somptueux… Elle était en train de lire quand il avait frappé à la porte de son bungalow, tandis que ses amies dormaient profondément. Il avait bu une gorgée de gin à la bouteille et déclaré en haussant les épaules :

— Je crois que j'ai besoin d'une oreille amie.

Elle l'avait regardé, puis elle lui avait adressé le sourire le plus affectueux et le plus compatissant auquel il avait jamais eu droit.

— Viens, avait-elle dit en posant son livre.

Elle l'avait raccompagné à son bungalow. Le seul endroit où s'asseoir étant le lit, elle s'y était installée, adossée à la tête. Il s'était allongé, appuyé contre elle, et elle l'avait écouté parler en passant les doigts dans ses cheveux. Quand l'atmosphère avait-elle changé ? Il ne saurait pas le dire. Il était ivre, mais à un certain moment il avait pris conscience des battements effrénés de son cœur. Il s'était tu et avait tourné la tête pour la regarder. Il s'était alors rendu compte que pendant tout le temps où il s'était apitoyé sur son sort il avait utilisé ses seins comme oreiller. Des seins que rien ne séparait de sa tête en dehors d'un fin T-shirt de coton, car elle ne portait pas de soutien-gorge.

Elle lui avait souri, et il avait eu subitement envie de se perdre dans ses fantastiques yeux gris-bleu. Une vague de désir l'avait submergé. Le désir le plus ardent qu'il avait jamais ressenti. Il lui avait enlevé son T-shirt et s'était débarrassé de son short avant de lui faire l'amour avec passion. Il s'était endormi tout de suite après et ne s'était réveillé que lorsqu'elle lui avait pressé l'épaule en lui disant que le ferry approchait de l'île.

— Cette nuit-là à Illya, j'étais le premier ?

— Le premier ?

— Ton premier amant.

Ecarlate, elle hocha la tête.

— Je suis surprise que tu t'en souviennes.

Elle se leva si brusquement qu'elle se cogna dans la table et renversa un peu d'eau de son verre.

— J'ai besoin de me rafraîchir.

Il lui saisit le poignet et demanda avec inquiétude :

— Ça va ?

Elle hocha la tête et libéra son poignet.

— Je n'en ai pas pour longtemps.

Il la suivit des yeux, au comble de la perplexité. Pourquoi cet air effaré ?

A peine eut-elle disparu que son portable se mit à vibrer sur la table.

6

Dieu merci, les toilettes pour dames étaient vides !

Le visage en feu, les mains moites et l'estomac noué, Jo se regarda dans le miroir. Il fallait lui dire. Ce soir. Plus question d'attendre que la biographie soit terminée. Elle ne pouvait pas lui cacher la vérité plus longtemps. Chacun de ses regards, chacune de ses paroles la subjuguaient. Troublée par sa présence, par le souvenir de son baiser, elle n'avait pas apprécié une seule bouchée du repas et ne se rappelait même pas ce qu'elle avait mangé.

Inspirant profondément, elle se recoiffa du bout des doigts et lissa sa robe. Après le café, Nikos les raccompagnerait au palais. Là, dès qu'ils seraient seuls, elle révélerait son secret à Theseus. Elle sortit des toilettes et traversa la salle du restaurant en s'efforçant d'ignorer les regards braqués sur elle. La fine fleur de la société ne cachait pas sa curiosité devant cette inconnue qui dînait en compagnie d'un des plus beaux partis d'Agon. Evitant le regard de Theseus, elle s'assit et prit sa tasse de café, que le serveur avait apportée en son absence. Avant qu'elle ait le temps de prétexter une migraine et de demander s'ils pouvaient rentrer au palais, Theseus annonça :

— Jonathan a appelé.

Elle faillit lâcher sa tasse. Dans sa hâte de s'échapper, elle avait oublié son portable... Theseus le lui tendit, impassible.

— Tu as répondu ?

— Oui. Je me suis dit que c'était peut-être important.

Il y avait de la curiosité dans le regard de Theseus. Et autre chose... Quelque chose de beaucoup plus inquiétant.

— Qu'a-t-il dit ? bredouilla-t-elle d'une voix étranglée.

— Juste qu'il appelait pour bavarder et que son scanner était en panne, si bien qu'il te donnerait les dessins de Toby à ton retour.

En l'entendant prononcer le nom de leur fils, elle sentit le sang se retirer de son visage. Elle n'avait pas dit à Jonathan et Cathy qu'elle avait retrouvé le père de Toby... Mais, à lui, il fallait lui parler, maintenant !

— Qui est-ce ?

— Mon frère.

— Et Toby ? C'est ton neveu ?

Jamais elle n'avait eu autant de mal à respirer... Des larmes brouillèrent la vue de Jo et ruisselèrent sur ses joues sans qu'elle ait le temps de les sentir monter.

— Toby est mon fils.

— Tu as un fils ? s'exclama Theseus, abasourdi.

Elle hocha la tête et essuya ses larmes — qui furent aussitôt remplacées par d'autres.

— Quel âge a-t-il ? s'enquit-il en se passant la main dans les cheveux.

— Quatre ans.

La main de Theseus s'immobilisa. Il fixa longuement Jo, les yeux plissés, puis prit son verre et le vida d'un trait avant de déclarer d'une voix glaciale :

— Debout ! On s'en va.

Il était père... Ces trois mots tournaient en boucle dans l'esprit de Theseus. Il avait bien senti qu'elle lui cachait quelque chose, mais la vérité n'avait rien à voir avec ce qu'il avait imaginé ! Jo avait un enfant… Et c'était lui le père. *Theos.* Il avait un fils de quatre ans. L'air terrifié de Jo avait confirmé ce qu'un rapide calcul lui avait fait soupçonner. Comment avait-elle pu lui cacher l'existence de son fils ? Elle était assise à l'arrière de la limousine lui à l'avant à côté de Nikos, qui gardait judicieusement le silence depuis qu'ils étaient sortis du Club Giroud.

Il avait toutes les peines du monde à garder son sang-froid. Jamais il n'avait été en proie à un tel tourbillon d'émotions. A peine la limousine arrêtée devant le palais, il descendit et ouvrit la portière arrière.

— Descend et suis-moi.

Sans vérifier si elle s'exécutait, il gagna son appartement à grands pas, ouvrit la porte et s'effaça. Lorsqu'elle passa devant lui, il fut assailli par des effluves du parfum qui l'avait rendu fou toute la semaine. Furieux, il claqua la porte derrière lui et lui fit face.

— J'allais te le dire, murmura-t-elle avant qu'il ait le temps de prononcer un mot.

Debout au milieu du salon, les bras croisés, elle était blanche comme un linge.

— Je te le jure !

— Mais quand avais-tu prévu de le faire ? Pour les dix ans de mon fils ? Sur mon lit de mort ?

— Une fois que la biographie aurait été achevée.

— Tu aurais dû m'en parler dès que tu as atterri à Agon. Et depuis tu as eu une semaine pour me dire la vérité. Une semaine entière pendant laquelle tu n'as pas arrêté de me mentir. Tu me dégoûtes !

Elle tressaillit, mais redressa aussitôt les épaules.

— Je ne suis pas la seule à avoir menti. Pendant cinq ans j'ai cherché un ingénieur du nom de Theo. Pas le prince Theseus. Je croyais que c'était Theo, le père de

Toby. Quand j'ai découvert qui tu étais, j'ai d'abord pensé à le protéger.

Il suffoqua d'indignation.

— Le protéger de moi ? De son père ?

— Oui ! Regarde-toi ! Tu appartiens à une famille puissante, réputée pour sa rigueur. Je ne te connaissais pas. Je ne te connais toujours pas, d'ailleurs. Quand je suis arrivée ici, j'ai trouvé un étranger dans la peau de Theo. Je devais m'assurer que je pouvais te révéler l'existence de Toby sans lui faire courir de risque. Pour être honnête, je ne suis toujours pas entièrement rassurée, mais ma décision était prise. J'étais sur le point de te parler.

— C'est facile de dire ça maintenant !

— Je te le jure !

— Arrête de jurer. Pour l'instant, je...

Theseus s'interrompit. Un détail venait de lui revenir en mémoire. Un détail essentiel... Comment ne s'en était-il pas souvenu plus tôt ?

— Tu m'avais affirmé que tu prenais la pilule.

Elle baissa les yeux.

— J'ai menti. Je suis vraiment désolée.

— Qu'est-ce qui t'a pris ?

— Je... Je suis désolée. Je ne pensais pas aux conséquences.

Pour la énième fois, il s'exhorta au calme. Il se moquait de ses excuses. Il ne voulait pas les entendre. Une seule chose comptait, désormais.

— Où est mon fils ?

— Chez mon frère.

— Où ?

— A Oxford.

— Où ça, à Oxford ?

— A...

Elle s'interrompit brusquement et releva la tête.

— Pourquoi ?

— Nikos va aller le chercher.

Elle secoua la tête.

— Il n'a pas de passeport.

— Ce n'est pas un problème. L'adresse ?

— Tu ne peux pas faire apparaître un passeport d'un coup de baguette magique. Il y a des formalités à accomplir. Ça ne s'obtient pas en quelques heures.

— Moi, je peux.

— Toby est un ressortissant britannique, et je suis la seule à pouvoir accomplir les formalités. Parce que mon nom est le seul qui figure sur son acte de naissance.

Theseus regarda Jo avec effarement.

— Oui, ton fils porte *mon* nom, déclara-t-elle d'un ton amer. Son père m'avait promis de m'appeler, mais il a sans doute jeté mon numéro avant même que le ferry ait quitté le port d'Illya. Tu peux me reprocher d'avoir menti au sujet de la pilule, mais si de ton côté tu avais tenu parole je t'aurais prévenu dès que j'ai appris ma grossesse. Si tu ne m'avais pas caché ta véritable identité, nous n'en serions pas là aujourd'hui.

Il crispa la mâchoire. Il avait des torts, certes. Mais voulait-elle vraiment lui faire croire qu'elle l'aurait prévenu ? Il n'avait plus aucune confiance en elle !

— Crois-moi, j'ai les moyens d'obtenir ce que je veux. D'ici à demain matin, mon fils portera mon nom et il aura un passeport agonite !

— Tu ne peux pas le faire venir ici comme ça. Il ne te connaît pas…

— Justement. Il est grand temps que ça change. Pour la dernière fois, donne-moi l'adresse.

— Non.

Jo prit une profonde inspiration. Pas question de céder. D'accord, elle se sentait terriblement coupable. D'accord,

Theseus avait toutes les raisons d'être furieux. Mais sa priorité absolue était Toby. Elle refusait de le mettre dans une situation angoissante.

— Je veux voir mon fils, et tu vas m'y aider.

Le ton dangereusement posé de Theseus lui noua l'estomac, mais elle refusa de se laisser impressionner.

— Toby n'est pas un jouet. Il a besoin de se sentir en sécurité, et ça passe avant ton désir de le voir. Je ne laisserai pas un parfait étranger l'arracher à son environnement familier. C'est un petit garçon.

— Un petit garçon qui est mon fils. Sa place est ici, à Agon.

— Pour l'instant, sa place est en Angleterre. Pour lui tu es un étranger. Il a besoin de temps pour te connaître avant que nous puissions envisager de le faire venir ici.

Jo secoua la tête, incrédule. Elle s'était préparée à de la colère, à du rejet, ou au mieux à de vagues promesses de futurs contacts… mais pas à ça.

— J'ai un fils de quatre ans que je n'ai jamais vu. Il va venir ici.

Elle aurait presque préféré qu'il hurle ou qu'il casse quelque chose. N'importe quoi plutôt que ce ton posé lourd de menaces…

— C'est moi qui exerce l'autorité parentale. Je n'ai pas l'intention de t'empêcher de voir Toby, bien au contraire. Pour son bien je veux que tu fasses partie de sa vie, mais je ne te laisserai pas précipiter les choses.

— Tu sembles avoir oublié que nous sommes ici dans mon pays. J'ai les moyens de le faire venir et je compte bien les utiliser, ajouta Theseus en se dirigeant vers la porte.

Elle fut assaillie par une bouffée de panique. Où allait-il ?

— Tu le verras, bientôt, je te le promets ! Je comprends que tu aies reçu un choc. Tu as besoin de temps pour assimiler cette…

— Epargne-moi la psychologie de comptoir, coupa-t-il d'une voix glaciale. Tu ne seras pas autorisée à quitter Agon tant que mon fils ne sera pas venu ici.

— De quoi parles-tu ?

— Je vais donner l'ordre de ne pas te laisser sortir du palais sans mon autorisation, répliqua-t-il en dardant sur elle un regard étincelant. Même si tu parvenais à t'échapper, sache que tu serais dans l'impossibilité de quitter l'île. Tu serais arrêtée à l'instant même où tu mettrais les pieds à l'aéroport ou au port.

— Tu ne peux pas faire ça, protesta-t-elle d'une voix blanche.

Mais l'étau qui lui enserrait la poitrine lui rappelait qu'il en avait au contraire le pouvoir.

— Tu connais l'histoire d'Agon aussi bien que moi. Ma famille ne gouverne peut-être plus seule, mais elle a encore du pouvoir. Beaucoup de pouvoir. Un simple coup de téléphone suffit.

— S'il te plaît, Theseus, réfléchis. Je te promets que tu verras ton fils. Mais pas dans ces conditions…

Il tourna la poignée de la porte.

— Tu t'imagines que je vais te croire alors que tu n'as pas cessé de me mentir ? Je veux que mon fils vienne ici, chez lui, et je ne compte pas du tout sur toi pour l'y amener. Si je dois te garder prisonnière jusqu'à ce que tu cèdes, je n'hésiterai pas.

Une heure plus tard, la porte de l'appartement se rouvrit, et Theseus entra, une liasse de papiers à la main. Après avoir menacé Jo de la retenir prisonnière, il avait disparu. Elle était restée prostrée sur le canapé, grelottant et suffoquant tour à tour.

— Remplis ça et signe à l'emplacement de la croix,

intima-t-il sans préambule en posant les papiers sur le bureau.

— Qu'est-ce que c'est ?

— Une attestation de filiation me désignant comme le père naturel de Toby. Quand tu l'auras remplie, tu signeras cette feuille pour son passeport. Nikos va aller en Angleterre où il a rendez-vous avec l'ambassadeur d'Agon. Ils iront chercher Toby, prendront des photos et feront établir son passeport. Ensuite, Nikos l'amènera ici. Demande à ton frère de faire en sorte qu'il soit prêt pour midi.

— Sois raisonnable. Toby va être terrifié si deux étrangers l'obligent à les suivre.

— Pas s'il est préparé. Tu l'appelleras demain matin et tu lui expliqueras que deux messieurs très gentils vont venir le chercher pour qu'il puisse venir te rejoindre. Présente-lui ça comme une grande aventure.

— Si tu as tellement envie que Toby vienne ici, pourquoi ne vas-tu pas le chercher toi-même ? s'exclama-t-elle avec amertume.

— Parce que mon absence serait remarquée. Pour l'instant, je ne peux pas me permettre de révéler son existence à quiconque.

— Tu vas le faire venir ici pour le cacher ?

— Seulement jusqu'à ce que le gala du jubilé soit terminé. Ça me laisse une quinzaine de jours pour m'organiser et préparer ma famille — en particulier mon grand-père — au choc que va leur causer la nouvelle.

— Que comptes-tu faire ? Enfermer Toby dans les cachots ? C'est ton portrait craché. Si quelqu'un l'aperçoit, il comprendra au premier coup d'œil que c'est un Kalliakis.

Le cœur de Theseus fit un bond dans sa poitrine. Il était si furieux qu'il ne s'était pas encore interrogé sur la tête que pouvait avoir son fils. Ni sur sa personnalité.

Theos, est-ce qu'un garçon de quatre ans avait déjà une personnalité ?

— Je possède une villa dans la banlieue de Resina, répliqua-t-il. Toby y restera jusqu'à ce que le jubilé soit terminé.

— Et moi ? s'écria-t-elle, affolée. Tu ne peux pas le séparer de moi ! Ce serait trop cruel.

— Tu me crois vraiment aussi indigne que toi ? Tu seras conduite là-bas demain matin pour l'y attendre.

Pas une seule seconde il n'avait envisagé de séparer son fils de sa mère. Même avant que Dimitris lui précise quelles seraient les conséquences exactes de la venue de l'enfant à Agon… pour lui mais aussi pour Jo. Des images de son départ d'Illya lui revinrent en mémoire. Debout à l'arrière du ferry, il l'avait vue assise sur la plage, les jambes repliées contre la poitrine, qui regardait le ferry s'éloigner. Pourquoi lui avait-il demandé son numéro de téléphone avant de monter à bord, alors qu'il savait pertinemment qu'il ne l'appellerait pas ? Jamais auparavant il n'avait fait une promesse qu'il n'avait pas l'intention de tenir.

— Je reviens chercher les papiers dans vingt minutes, prévint-il.

Il avait laissé Dimitris dans la bibliothèque du palais, où il vérifiait certains points de droit constitutionnel, et il avait besoin de connaître le résultat de ses recherches. Par ailleurs, il ne tenait pas particulièrement à rester sous le regard accusateur de Jo. Si elle n'était pas satisfaite de sa situation telle qu'elle était pour l'instant, le choc allait être très rude quand il lui annoncerait ce qui l'attendait…

7

Jo avait renoncé à tenter de trouver le sommeil. Elle avait fini de remplir les formulaires trois heures plus tôt, les avait laissés sur le bureau de Theseus et avait regagné son appartement, verrouillant la porte derrière elle. Elle avait besoin d'être seule. Elle se rendit dans la cuisine, se servit un verre d'eau et prit dans son sac des comprimés contre la migraine. Au moment où elle les avalait, elle entendit des coups discrets frappés à la porte, puis le bruit de la poignée qui tournait. A son grand dam, de nouvelles larmes lui brouillèrent la vue. Ça ne pouvait être que Theseus. Elle n'avait pas envie de le voir. Pas maintenant. Elle était tellement furieuse et malheureuse qu'elle serait capable de le gifler. L'état de choc dans lequel elle était restée un long moment avait laissé place à la colère. Comment pouvait-il être aussi cruel ? Quels que soient ses torts — et elle était consciente qu'ils étaient grands —, il n'avait pas le droit de se comporter comme il le faisait. Pendant des années elle l'avait recherché, pendant des années elle avait élevé leur fils seule. Et aujourd'hui il se permettait de prendre la situation en main ! Il imposait sa volonté sans se préoccuper des répercussions sur l'état émotionnel de Toby ! Et elle n'y pouvait rien. Remplir ces papiers lui avait fendu le cœur. Mais quel choix avait-elle ? Theseus ne plaisantait pas quand il l'avait menacée de la garder prisonnière jusqu'à ce que Toby vienne à Agon. Que lui réservait l'avenir ? Elle n'en avait aucune idée. Il était trop puissant pour elle. Comment s'opposer à lui ?

Jamais elle n'avait eu aussi mal à la tête. Et jamais elle n'avait eu les yeux aussi gonflés… Même quand elle avait pleuré vingt-quatre heures d'affilée parce qu'elle redoutait la réaction de sa mère à l'annonce de sa grossesse. En fait, celle-ci n'avait eu qu'un seul commentaire. « Je te croyais moins stupide que ça. » Elle aurait dû se douter que sa mère ne se mettrait pas en colère. Pour cela, il aurait fallu qu'elle se soucie de son sort. Or depuis toute petite elle avait eu le temps de constater que sa mère se moquait éperdument d'elle. Harriet Brookes avait accompli son devoir. Elle l'avait nourrie, logée, blanchie. Son instinct maternel s'était limité à ça. Même quand elle avait été hospitalisée un mois pendant sa grossesse, sa mère n'était venue la voir qu'une seule fois. Le jour de sa sortie, pour la ramener à la maison familiale. Son père s'était montré plus affectueux, mais uniquement dans ses instants de lucidité — très rares vu qu'il commençait à boire dès le matin. Son pauvre père… Cet homme faible, sans volonté, qui s'était rendu compte trop tard que la jolie jeune fille qu'il avait été obligé d'épouser après l'avoir mise enceinte avait beaucoup trop de caractère pour lui. Jo soupira. Elle n'avait jamais compris pourquoi ils restaient ensemble. Et encore moins par quel miracle ils avaient eu un deuxième enfant, elle en l'occurrence…

Au lieu de ressasser ce genre de souvenirs, elle ferait mieux d'essayer de trouver le sommeil, se dit-elle. Elle était sur le point de se mettre au lit quand elle entendit un déclic. Retenant son souffle, elle tourna la tête vers la porte voisine de celle du dressing. Elle n'avait jamais réussi à l'ouvrir et s'était demandé ce qu'il y avait derrière. Et voilà qu'elle était en train de s'ouvrir… Terrifiée, elle resta clouée sur place en voyant Theseus apparaître dans l'embrasure. Visiblement perturbé, il avait la mine défaite.

— Tu m'as fait une peur bleue ! protesta-t-elle, le cœur battant à tout rompre. D'où viens-tu ?

— Tu n'as pas répondu quand j'ai frappé à la porte. Alors je suis venu par le passage secret qui relie ton appartement au mien.

Il ferma la porte, s'y adossa et croisa les bras.

— Il faut que nous parlions.

— Il est 4 heures du matin !

Et elle ne portait qu'un vieux T-shirt qui lui arrivait au ras des fesses... heureusement couvertes par sa culotte.

— Et tu dors aussi bien que moi, ironisa-t-il en promenant un regard furtif sur elle. Nikos est dans l'avion pour l'Angleterre, où un hélicoptère l'attend pour le conduire à Oxford en compagnie de l'ambassadeur.

Jo se mordit la lèvre en s'efforçant d'ignorer la bouffée d'angoisse qui l'envahissait. Nikos et l'ambassadeur arriveraient à Oxford vers midi, comme l'avait prévu Theseus...

— Je pense qu'il vaut mieux que je l'attende à l'aéroport, déclara-t-elle en se préparant à une discussion âpre.

A sa grande surprise, Theseus hocha la tête.

— Je vais donner les consignes nécessaires.

— Et nous irons directement à la villa ?

— Oui.

Elle prit une profonde inspiration. Theseus s'était calmé un peu, mais de toute évidence il suffirait de presque rien pour raviver sa colère. Il fallait donc faire preuve de diplomatie...

— Je sais que tu as l'intention de présenter Toby à ta famille après le gala, mais j'ai besoin de savoir exactement combien de temps tu veux que nous restions à Agon, afin que je puisse m'arranger avec mon employeur.

Theseus resta silencieux. Devant son air impénétrable, elle fut assaillie par une nouvelle bouffée d'angoisse.

— Combien de temps veux-tu que nous restions à Agon ? répéta-t-elle, s'exhortant au calme.

Il se frotta la nuque.

— Dimitris et moi nous avons vérifié certains articles de la Constitution agonite...

— Quel rapport avec la durée de notre séjour ?

— Un rapport de cause à effet.

L'angoisse la submergea. Après un silence qui la mit au supplice, Theseus ajouta :

— Vous resterez à Agon indéfiniment.

— Que veux-tu dire ?

— Il n'y a qu'une solution pour que Toby devienne mon héritier. Que nous nous mariions.

— Tu plaisantes...

— J'aimerais bien. Mais selon la Constitution seuls les enfants légitimes des membres de la famille royale sont reconnus comme héritiers.

— Je ne comprends pas...

— C'est un article qui date de deux siècles, à l'époque où l'aîné des enfants illégitimes du roi Helios II s'est dressé contre l'héritier du trône dans le but de s'emparer du pouvoir. Pour éviter que ce genre de situation se reproduise, la Constitution a été révisée par ajout de cet article.

— Mais Toby est né hors mariage... Il sera donc de toute façon considéré comme illégitime.

— Notre mariage lui conférera la légitimité. Il n'est précisé nulle part dans la Constitution que le mariage doit obligatoirement précéder la naissance.

Jo porta ses mains à sa gorge.

— Nous ne pouvons pas nous marier. C'est... ridicule.

— Tu crois que j'en ai envie ? s'exclama Theseus d'un ton amer. C'est la seule solution pour que Toby devienne mon fils légitime et bénéficie de la protection du nom des Kalliakis.

— Il n'a pas besoin de protection ! Nous vivons en Angleterre, pas dans une zone de guerre.

— Dès l'annonce officielle de son existence, il deviendra une cible pour d'éventuels kidnappeurs dans le monde entier. Mais l'essentiel n'est pas là. Toby est mon fils et il mérite d'être reconnu comme tel et d'hériter de ma fortune personnelle.

— Que ferais-tu si tu étais déjà marié ? Parce que dans ce cas je suppose que tu ne pourrais pas m'épouser ? A moins que la bigamie soit légale à Agon ?

— Je ne suis pas marié. Ces suppositions n'ont donc aucun intérêt. La situation est très simple. Nous allons nous marier dès que possible. Si tu refuses, tu seras expulsée — seule — d'Agon et privée du droit d'y revenir. Pour toujours.

— Tu ne ferais pas ça…

Il se décolla de la porte, le regard froid.

— A ton avis ? Si tu refuses de m'épouser, Toby grandira à Agon sans toi. En sachant que, s'il n'est pas reconnu comme un membre de sa propre famille et s'il n'a pas le droit d'hériter de son père, c'est à cause de l'égoïsme de sa mère.

La pièce se mit à tournoyer autour de Jo.

— Tu serais vraiment capable de nous séparer et de le monter contre moi ?

Theseus haussa les épaules et la rejoignit. Il s'immobilisa juste devant elle, à côté du lit.

— Je n'aurais pas besoin de lui dire quoi que ce soit. Il lui suffirait de tirer ses conclusions tout seul. Alors, ai-je ton accord ?

Elle recula d'un pas et dut faire appel à toute sa volonté pour résister à l'envie de le gifler. Elle n'était *pas* égoïste.

Ce que Theseus exigeait d'elle était inacceptable. Tout à coup, une pensée lui traversa l'esprit.

— Tu ne peux pas m'épouser ! Tu dois épouser une princesse. Rappelle-toi. C'est toi-même qui me l'as dit.

— Non. Je dois juste épouser une femme qui a du sang royal. Ce qui est ton cas.

— Mais il est tellement dilué que ce n'est même plus du sang ! Ma famille ne possède ni titres ni terres. Et elle ne comprend pas le moindre vicomte !

— Aucune importance. C'est Helios qui doit épouser une princesse, pas moi. Pour la dernière fois, ai-je ton accord ?

Au bord du malaise, elle inspira profondément. Il n'y avait pas d'issue. Aucune échappatoire. Theseus avait pensé à tout. Il avait réponse à tout. Mais elle ne rendrait pas les armes.

— Puisque je n'ai visiblement pas le choix, je vais t'épouser. Mais, dès la fin de la période minimum sans aucun doute exigée par les lois draconiennes en vigueur dans ta stupide île, nous divorcerons !

Il secoua la tête.

— Le divorce est interdit aux membres de la famille royale.

Elle sentit son sang se glacer dans ses veines.

— C'est impossible…

— La Constitution…

Elle ne le laissa pas finir sa phrase. Envahie par un mélange de panique et de fureur, elle se jeta sur lui et cribla son torse de coups de poing.

— Ta Constitution peut aller au diable et toi avec ! Je ne sacrifierai pas ma vie pour toi !

Dans sa rage, elle fit basculer Theseus en arrière et tomba avec lui sur le lit. Avant qu'elle ait le temps de comprendre ce qui lui arrivait, elle se retrouva coincée sous lui, les bras immobilisés par ses mains de fer.

— Ce n'est pas pour moi que tu sacrifies ta vie, mais pour Toby, gronda-t-il tout près de son visage.

Sa colère, aussi noire que la sienne, était palpable. Elle se débattit en lui donnant des coups de pied.

— Toby est l'enfant le plus heureux du monde ! J'ai tout sacrifié pour l'élever dans un environnement serein et plein d'amour. Et toi tu veux gâcher notre vie, uniquement pour pouvoir faire valoir tes droits sur lui ?

— C'est un prince d'Agon. Il a le droit de bénéficier de tous les privilèges que confère ce titre.

Theseus immobilisa les jambes de Jo sous une de ses cuisses. *Theos,* la jeune fille timide qu'il avait rencontrée à Illya, avait plus de ressort qu'il ne l'aurait cru. Et, même s'il était furieux contre elle, son corps réagissait beaucoup plus intensément qu'il ne le voudrait au contact du sien.

— Si tous les princes d'Agon sont comme toi, je préfère qu'il reste roturier, rétorqua-t-elle d'un ton vif.

Ses joues étaient rouges, et ses yeux gris-bleu jetaient des étincelles.

— Tu peux m'insulter tant que tu veux, ça ne changera rien. Fais-toi une raison, *agapi mou.* Toi et moi nous allons nous marier.

Après tous ses mensonges, elle aurait dû le révulser. Or c'était loin d'être le cas… Il réprima un soupir. Il venait de passer une semaine à refouler son attirance pour cette femme et à ignorer les fantasmes qui le taraudaient. Alors la voir allongée sous lui, avec ses yeux étincelants et ses cheveux répandus sur l'oreiller autour de son visage, telle une auréole flamboyante… Soudain, l'éclat des yeux gris-bleu changea de nature. Ce n'était plus de l'aversion qui s'y reflétait, constata-t-il. De toute évidence, elle était aussi troublée que lui. Bon sang, comme il avait envie d'elle ! Ils allaient se marier. Rien ne les empêchait d'assouvir leur désir mutuel. Il n'y avait plus aucune raison de résister à la tentation…

Il se pencha vers Jo en même temps qu'elle levait son visage vers lui. Leurs bouches se mêlèrent dans un baiser fougueux, presque agressif, et il oublia tout, à part le feu qui le consumait depuis l'instant où elle était arrivée au palais. Il n'eut pas conscience de lui lâcher les poignets, mais un soupir de volupté lui échappa quand il sentit ses doigts s'enfoncer dans ses cheveux. Elle le rendait fou… Quelles que soient les tromperies qui avaient existé entre eux, cette passion n'avait rien de factice. Se redressant à califourchon au-dessus d'elle, il enleva sa chemise sans prendre le temps de la déboutonner. Aussitôt, elle posa les mains sur son torse, attisant le feu qui le dévorait. A Illya aussi, il s'était embrasé en quelques secondes, submergé par le désir le plus irrésistible que lui eût jamais inspiré une femme. Mais ce n'était rien comparé à ce qu'il éprouvait en cet instant… L'éclat des yeux de Jo, sa respiration hachée, les caresses fiévreuses dont elle couvrait son torse ne laissaient aucun doute : elle brûlait d'un désir aussi ardent que le sien. Sans un mot, elle se redressa juste assez pour qu'il puisse la débarrasser de son T-shirt, comme il l'avait fait cinq ans plus tôt. Ses boucles cuivrées ruisselèrent sur ses épaules et sur ses seins, encore plus somptueux que dans son souvenir.

Les yeux plongés dans les siens, elle se rallongea. Il la rejoignit et s'empara de sa bouche dans un nouveau baiser auquel elle répondit avec fougue. Puis, appuyé sur un coude, il la contempla avec émerveillement. Il promena les doigts sur une cuisse laiteuse, sur son ventre, puis sur ses seins délicieusement ronds et pleins. Il prit un bourgeon frémissant entre ses lèvres, le léchant et le mordillant tour à tour, tout en caressant l'autre du bout des doigts. Les gémissements de Jo mirent le comble à son excitation, et il s'arracha à ses seins pour enlever son pantalon et son caleçon. Il ne restait plus entre eux que la culotte en coton blanc de Jo. Elle ne portait pas des dessous chics en soie et dentelle, mais ça ne l'empêchait pas d'être la femme la plus sexy qu'il avait jamais vue…

— As-tu eu beaucoup d'amants ?

Cette question quitta ses lèvres avant qu'il ait le temps de la retenir. Un éclair de colère jaillit dans les yeux gris-bleu.

— Tu n'as pas le droit de me le demander !

— Bien sûr que si, puisque tu vas devenir ma femme.

Imaginer le regard, les mains d'un autre homme sur elle…

— Et moi j'ai le droit de ne pas répondre.

Il sentit sa main glisser sur son ventre puis se refermer autour de sa virilité pleinement éveillée. Il ferma les yeux, savourant ses caresses, puis il s'empara de nouveau de sa bouche dans un baiser avide. Quels que soient les hommes qu'elle avait connus ces cinq dernières années, il allait les effacer de son esprit, lui faire comprendre que désormais elle était à lui et à lui seul. Jusqu'à la fin de sa vie. Explorant son corps du bout des doigts et des lèvres, il découvrit une tache de naissance en forme de fraise sur sa hanche lorsqu'il la débarrassa de sa culotte. Puis un petit grain de beauté en haut d'une cuisse… Tout ça était pour lui. Pour lui seul. Elle soupirait, gémissait, ondulait des hanches, tout en couvrant son dos de caresses. Quand il se pencha entre ses cuisses et effleura sa fleur ruisselante de désir du bout de la langue, elle laissa échapper un cri étranglé qui l'électrisa.

Elle était au bord du gouffre, mais il ne voulait pas qu'elle y bascule tout de suite. Il voulait lire le plaisir dans ses yeux quand il plongerait en elle. Maintenant. Il traça un sillon de baisers jusqu'à ses seins, sur lesquels il ne put s'empêcher de s'attarder encore quelques instants. Puis il prit place entre ses cuisses et captura sa bouche avant d'entrer en elle et s'enfoncer au plus profond de sa chaleur moite avec un grognement étranglé. Impossible de prendre son temps. Pas cette fois. Il était incapable de refréner sa passion. Surtout quand Jo y répondait avec une telle impétuosité…

Elle enfonça les ongles dans son dos — douleur divine ! — et ses gémissements se firent plus aigus. Bientôt, tous deux furent emportés par un raz-de-marée qui les laissa épuisés et ivres de plaisir.

8

Jo se réveilla en sursaut. L'aube filtrait à travers les lourds rideaux. Elle perçut la respiration de Theseus endormi. A Illya, elle s'était réveillée avec le même souffle dans les oreilles, le même corps musclé contre le sien, le même bras autour de sa taille. Comme s'il voulait la garder avec lui pour toujours. Mais ce n'était qu'une illusion. Quelques heures plus tard, il avait quitté l'île et l'avait oubliée aussitôt… Soudain, le souvenir de la soirée de la veille lui revint. Theseus avait découvert l'existence de Toby. Il lui avait imposé le mariage. Ils avaient fait l'amour passionnément. Oh ! mon Dieu, comment avait-elle pu ? Qu'avait-elle fait de son amour-propre ? Sa seule consolation c'était que Theseus avait été emporté par la même folie qu'elle.

En se remémorant l'ardeur avec laquelle elle avait répondu à ses caresses et ses baisers, elle sentit ses joues s'enflammer. Une larme roula sur sa joue et tomba sur son oreiller. Elle cligna furieusement les paupières pour retenir les suivantes. En vain. Si seulement elle pouvait remonter le temps d'une semaine et parler de Toby à Theseus dès leur premier tête-à-tête dans son bureau… Il exigerait qu'elle l'épouse, sans aucun doute, mais au moins il n'y aurait pas ce ressentiment entre eux. L'amour avec lui n'aurait pas ressemblé à la guerre. Elle n'avait jamais imaginé que le sexe pouvait être aussi agressif… et tendre à la fois, avec des moments de bonheur parfait. Oui, ça avait été fabuleux malgré tout. Mais comment passer sa vie avec un homme qui la méprisait ? La passion était éphémère. Une fois le désir disparu, la haine prendrait toute la place. Ses parents avaient connu la passion mais, dix ans plus tard, leur mariage était un tel désastre qu'elle ne s'expliquait pas sa propre naissance. Grandir entre un père abruti par l'alcool et une mère plus affectueuse avec ses hérissons qu'avec son mari et sa fille lui avait d'abord paru normal. Mais, quand elle avait commencé à avoir des amies et à être invitée chez elles, elle avait pris conscience de sa triste condition. Elle s'était alors juré que plus tard sa propre famille ne ressemblerait jamais à celle de ses parents. Depuis, son pire cauchemar avait toujours été de se retrouver piégée dans un mariage sans amour comme le leur. Elle étouffa un sanglot. Tous ses rêves étaient anéantis, désormais, et son cauchemar était devenu réalité. Elle ne trouverait jamais l'amour. Theseus ne l'aimerait jamais. Tout ce qui l'intéressait, c'était leur fils…

En larmes, elle se dégagea avec précaution du bras de Theseus, se leva, chercha son T-shirt à tâtons, l'enfila et gagna la salle de bains. Elle s'aspergea le visage d'eau froide en faisant appel à tout son courage. Elle ne pouvait pas se permettre de s'effondrer. Si elle avait survécu à la maternité solitaire, elle pouvait survivre à tout. Lorsqu'elle retourna dans la chambre, son regard fut irrésistiblement attiré par Theseus. Une mèche de cheveux noirs était tombée devant ses yeux, et dans la lumière de l'aube toute trace de colère avait disparu de ses traits. Elle sentit son cœur se serrer. Il semblait si paisible… La haine était un sentiment qui lui était étranger. Malgré sa froideur à son égard, elle n'avait jamais haï sa mère. De même qu'elle n'avait jamais haï son père pour sa faiblesse, ni son frère, pourtant préféré par leur mère. Elle n'avait aucune envie de détester Theseus. Il était le père de son fils, et elle ne voulait pas renier l'amour qu'elle avait autrefois éprouvé pour lui.

Alors qu'elle se recouchait avec précaution, elle constata que la respiration de Theseus n'était plus audible. Après de longues minutes de silence, certaine qu'il était aussi réveillé qu'elle, elle déclara :

— Je vais te raconter l'histoire d'une jeune fille qui était toujours vierge quand elle a terminé ses études…

Elle sentit son regard sur elle, mais elle continua de fixer le plafond.

— Cette jeune fille avait passé toute son enfance à subir les moqueries de ses camarades de classe, pour l'essentiel en raison de la taille de son postérieur. Elle pensait qu'à l'université ce serait différent, mais elle se trompait. Elle s'est fait quelques amis fidèles, mais socialement elle n'a jamais été acceptée. Si elle est restée vierge, c'est parce que les seuls hommes qui avaient essayé de coucher avec elle l'avaient fait dans le cadre d'un pari.

Elle sentit que Theseus tressaillait, mais elle garda les yeux fixés au plafond.

— Sa voie était toute tracée. Elle allait enfin quitter la maison familiale où elle ne s'était jamais sentie aimée pour habiter à Londres en colocation avec ses amies. Elle avait même un emploi en vue. Et avant de commencer sa nouvelle vie elle est partie en voyage à l'étranger. Là, elle a rencontré un homme. Un ingénieur grec.

Elle eut de nouveau un petit rire de dérision.

— Un soir, des hommes sont arrivés dans le bar qu'elle fréquentait et ils se sont mis à la harceler. Le Grec est intervenu et… Mais tu connais la suite.

Déglutissant péniblement, elle se tourna enfin sur le

côté pour le regarder. Dans le clair-obscur son expression était indéchiffrable.

— Tu m'as traitée comme personne ne l'avait fait auparavant. Tu as été chevaleresque avec moi. Tu te souviens, quand tu es venu frapper à la porte de mon bungalow ? Tu étais complètement désemparé.

Une lueur furtive s'alluma dans les yeux de Theseus. Son visage n'était qu'à quelques centimètres du sien, et elle sentait la chaleur de son souffle.

— C'était la première fois de ma vie que j'étais amoureuse, murmura-t-elle. Je te vénérais. Et ce soir-là tu as eu besoin de moi. Tu m'as donné le sentiment que j'étais indispensable. Quand tu m'as embrassée… j'étais comme dans un rêve. Tu me désirais. C'était le plus beau jour de ma vie. Alors j'ai menti au sujet de la pilule sans penser un seul instant aux conséquences.

« Parce que je ne voulais pas que ce rêve se termine, je me suis montrée irresponsable. Je mérite ton mépris. Je m'en veux terriblement de t'avoir menti. Je garderai ce poids sur la conscience jusqu'à la fin de mes jours. Mais, même si tu ne crois jamais rien d'autre, s'il te plaît crois-moi quand je te dis que j'avais prévu de te parler de notre fils et que je regrette amèrement que tu aies découvert son existence de cette manière. »

Après un long silence, Theseus se redressa sur un coude et darda sur elle un regard pénétrant. Le cœur battant, elle retint son souffle quand il se détourna, rabattit les couvertures et s'assit au bord du lit.

— Cette nuit-là, à Illya, je me suis très mal conduit avec toi.

— Non…

— Je savais que tu éprouvais des sentiments pour moi et j'en ai profité.

Il se tourna vers elle, le regard dur et la mâchoire crispée.

— Mais ces sentiments que tu avais pour moi… ne les laisse surtout pas renaître. Tu sais ce que je cherche dans le mariage, et il n'y aura pas de place pour l'amour dans le nôtre. Il faut que tu te mettes ça dans la tête. Maintenant.

Il passa la main sur son visage, puis ramassa son caleçon et l'enfila.

— Si tu as des idées romantiques… oublie-les. J'essaierai d'être un bon mari, mais je ne t'aimerai jamais. Protège ton cœur. Parce que si tu ne le fais pas ce ne sera pas seulement toi qui souffriras. Notre fils aussi sera malheureux.

Elle le regardait, le cœur serré. Ce cœur qu'il lui conseillait de protéger… et qui était en train de se morceler.

— Le mariage de mes parents était un désastre, poursuivit-il. S'ils n'étaient pas morts aussi jeunes, ils auraient sans doute fini par s'entre-tuer. Ma mère aimait trop mon père pour le partager. De son côté, il s'aimait trop lui-même pour se refuser quoi que ce soit. Y compris d'autres femmes.

« Il battait ma mère quand elle se plaignait de ses infidélités, mais elle continuait de l'aimer. C'était le genre de mariage que je ne souhaite à personne. Je refuse que mon fils soit comme moi le témoin de scènes horribles. Je refuse qu'il soit utilisé comme un pion dans un jeu pervers entre deux adultes. »

Il gagna la porte du passage secret conduisant à son appartement et se tourna vers elle une dernière fois.

— Tu vas devenir une princesse, *agapi mou*. Ça devrait rendre plus supportables les contraintes auxquelles tu seras soumise.

— Parce que être un prince a rendu plus supportables celles que tu subis toi-même ? rétorqua-t-elle d'une voix mal assurée.

Plissant les yeux, il inclina lentement la tête.

— J'ai appris à m'y faire, et tu apprendras toi aussi. Lutter contre son destin ne sert à rien. Accepte ta nouvelle vie. C'est la seule solution.

Conscient qu'il ne se rendormirait pas, Theseus prit une longue douche dans l'espoir que l'eau chaude dissipe un peu la mélancolie qui l'envahissait depuis sa discussion avec Jo. Pourvu qu'elle ait pris ses avertissements au sérieux… C'était une romantique, comme sa mère. Il l'avait vu dans son regard quand il lui avait conseillé de ne pas tomber amoureuse. Il l'avait fait avec la cruauté d'un enfant arrachant les ailes d'une mouche. Sauf qu'il n'avait éprouvé aucune satisfaction à détruire ses rêves. Oui, elle lui avait menti, mais ses explications avaient réveillé d'autres souvenirs, dont il n'était pas fier. Quand il était allé la trouver dans son bungalow, cinq ans plus tôt, il *savait* qu'elle éprouvait des sentiments pour lui. Et il en avait profité parce qu'il était incapable d'affronter seul son chagrin. Il s'était tourné instinctivement vers la seule personne sur l'île capable de lui apporter un peu de réconfort. Certes. Mais il lui en voulait de ne pas lui avoir parlé de son fils plus tôt. Ils avaient travaillé ensemble une semaine entière, et pendant tout ce temps elle lui avait caché la vérité. C'était quelque chose qu'il aurait beaucoup de mal à lui pardonner. Cependant, il essaierait. Ils ne pourraient passer le reste de leur vie ensemble que si leur mariage était fondé sur le respect mutuel. Pour cela, il devait trouver le moyen de se débarrasser de sa colère. Même si le sexe et les quelques heures de sommeil qui avaient suivi l'avaient déjà considérablement atténuée, elle n'avait pas disparu.

Il laissa échapper un petit rire amer. En moins de douze heures, sa vie avait changé. Il avait appris qu'il était père. Et bientôt — très bientôt — il serait marié, ce qu'il avait espéré pouvoir éviter un peu plus longtemps... au moins jusqu'après le mariage d'Helios avec la princesse Catalina. Après des années passées à redouter secrètement le moment où il devrait se résoudre à fonder une famille, il venait de découvrir qu'il en avait déjà une. Il y aurait de quoi rire s'il n'avait pas perdu son sens de l'humour au cours des dernières vingt-quatre heures...

Une fois séché, il mit de l'eau de toilette et aperçut son reflet dans le miroir. Il avait la tête d'un homme qui n'avait dormi que deux heures... Ce qui n'était déjà pas si mal. Il était surprenant qu'il ait réussi à fermer l'œil avec tous les problèmes qui mettaient son esprit en ébullition. Le plus épineux étant l'obligation de garder le secret sur son fils pendant encore deux semaines. Il pouvait compter sur des employés aussi efficaces que dignes de confiance, mais, à moins de retenir Jo et Toby enfermés dans la villa, il était impossible d'éliminer complètement le risque que quelqu'un les voie et en tire des conclusions embarrassantes. Mieux valait ne pas songer à la manière dont réagirait son grand-père... Ce serait une nouvelle déception à ajouter à la longue liste de celles qu'il lui avait déjà causées. Theseus ferma les yeux, le cœur serré au souvenir de l'accueil de son grand-père à son retour d'Agon. Seul avec sa grand-mère, il avait levé la tête vers lui, les yeux noyés de larmes.

— Tu arrives trop tard.

Trop tard ? La gorge nouée, il s'était approché du lit. A la vue du visage sans vie de sa grand-mère, il avait reculé d'un pas chancelant. Son grand-père s'était levé et lui avait fait face. Il avait vieilli de dix ans depuis leur dernière rencontre.

— Comment as-tu pu lui faire ça ? Elle t'a réclamé, souvent, mais tu as déçu son attente, une fois de plus.

Et au moment où elle avait le plus besoin de toi. Tu me fais honte…

Cinq ans s'étaient écoulés depuis, mais ces paroles résonnaient toujours dans son esprit avec la même force. Et tant mieux. Il avait besoin de se rappeler le dégoût de lui-même qui l'avait submergé. C'était ce souvenir qui le maintenait sur les rails quand il étouffait dans le palais et que la tentation de céder à l'appel de la liberté devenait trop forte…

Un coup discret frappé à la porte de communication entre son appartement et celui de Jo l'arracha à ses sombres réflexions. Il alla ouvrir. Son ordinateur portable serré contre sa poitrine, Jo lui adressa un regard circonspect. Un jean noir et un pull bleu pâle mettaient en valeur ses courbes généreuses, et ses cheveux étaient humides.

— J'ai pensé que tu aimerais être là quand j'appellerais Toby, dit-elle, immobile sur le seuil.

Il sentit son cœur s'affoler dans sa poitrine.

— J'ai eu mon frère et je lui ai expliqué la situation. Ils attendent que je me connecte pour préparer Toby.

Il fut assailli par une bouffée de panique. Il n'avait aucune expérience des enfants. Comment était-il censé parler à son fils ? Il ne connaissait pas le langage des garçons de quatre ans…

— Je pense qu'il vaut mieux que tu restes hors champ et que tu me laisses parler, ajouta-t-elle en promenant son regard sur sa chambre.

Hochant la tête, il la conduisit dans le salon.

— Comment ton frère a-t-il pris la nouvelle ?

— Ça lui a fait un choc. Je pense que personne dans ma famille ne s'attendait à ce que je te retrouve. Je dois te prévenir qu'il n'est pas exclu qu'un jour il te flanque un bon coup de poing pour avoir menti sur ton identité.

— Il a tendance à vouloir te protéger ?

— Il a commencé quand j'ai eu Toby.

Il y avait donc au moins un membre de sa famille qui se comportait correctement avec elle, songea-t-il. Dans son monde à lui, se tenir les coudes au sein d'une même famille allait de soi. Ce qui rendait d'autant plus impardonnables sa désertion, puis son absence lors des derniers instants de sa grand-mère.

— Et quand vous étiez plus jeunes ? demanda-t-il en s'efforçant de détourner ses pensées de son propre passé.

— J'étais la petite sœur casse-pieds, qui avait dix ans de moins que lui. Il ne s'intéressait pas du tout à moi.

— Vous avez dix ans de différence ? s'exclama-t-il avec surprise.

Ses frères et lui étaient nés à très peu d'années d'intervalle. Ce qui avait créé de la rivalité entre eux mais également une grande complicité. Les bagarres étaient fréquentes, mais ça ne les avait jamais empêchés d'être d'excellents camarades de jeu.

— J'étais un accident, commenta-t-elle d'un ton neutre.

— Talos était un heureux accident, lui aussi. Mes parents ont eu un héritier et son suppléant, puis deux ans après il est arrivé.

— Je ne pense pas que ma mère m'ait jamais considérée comme un heureux accident.

— Tu ne dis pas ça sérieusement, j'espère ?

En même temps que cette question lui échappait, Theseus se remémora ce qu'elle lui avait dit du mariage de ses parents et de la froideur de sa mère. Si, de toute évidence, elle parlait sérieusement…

— Ma mère ne voulait pas d'autres enfants. Et surtout pas une fille. Elle a trois sœurs. Toutes les trois très féminines, ce qu'elle n'apprécie guère. Elle n'a pas de temps à perdre en « minauderies » comme elle dit. Je ne pense pas qu'elle se considère comme une femme.

— Comment se comporte-t-elle avec toi ?

— Elle a un caractère difficile et notre relation n'est pas simple. Elle m'aurait peut-être traitée différemment si j'avais été un garçon. Qui sait ? Mais c'est de l'histoire ancienne. Concentrons-nous plutôt sur Toby.

Pour se changer les idées, Jo promena son regard autour d'elle. Hier soir elle était trop déstabilisée par la fureur de Theseus pour prêter attention au décor, pourtant plein de charme. L'immense salon était spectaculaire, avec sa hauteur sous plafond impressionnante, ses grandes fenêtres en arc et son parquet de chêne foncé. Mais ce qui attirait avant tout le regard c'étaient les céramiques, les sculptures et les tableaux qui égayaient la pièce. Sans doute rapportés de ses voyages, ils évoquaient pour la plupart l'Amérique du Sud. Un jour il lui avait raconté qu'il avait escaladé les plus hauts sommets de la cordillère des Andes, ce qui l'avait beaucoup impressionnée. Elle posa son ordinateur portable sur le bureau, là où, quelques heures plus tôt, elle avait été obligée de signer les documents établissant que Theseus était le père de Toby. Curieusement, malgré son mépris cinglant, il n'avait à aucun moment mis en doute sa paternité. Il l'avait crue sur parole sans même demander qu'elle lui montre une photo de Toby.

S'efforçant de surmonter sa mélancolie, elle ouvrit son ordinateur et l'alluma.

— Tu sais ce que tu vas dire ?

Theseus se plaça derrière elle. Hochant la tête, elle testa le fonctionnement de la webcam puis déclara :

— Il faut que tu te décales un peu sur la gauche pour rester hors champ.

Le cœur battant, Theseus déglutit péniblement. La connexion fut établie presque aussitôt. L'écran devint bleu, puis un petit visage apparut.

— Je suis en train de prendre mon petit déjeuner !

— Bonjour à toi aussi ! répondit Jo en riant.

Le petit garçon pouffa en écartant d'une main potelée une mèche de cheveux noirs tombée devant ses yeux.

Theseus était cloué sur place. Fasciné par le petit garçon tout joyeux dans son pyjama à l'effigie d'un personnage de dessin animé, il avait l'impression de regarder l'une de ses propres photos d'enfant.

9

— Je t'ai fait un autre dessin ! s'exclama le petit garçon. Je vais le chercher !

Toby... Son fils... Il disparut de l'écran puis réapparut quelques secondes plus tard en agitant une feuille de papier.

— Arrête de bouger pour que je puisse le voir, demanda Jo en riant.

Toby pressa la feuille contre l'écran.

— Il est incroyable, ce dinosaure, commenta-t-elle.

Le dessin disparut laissant place à Toby.

— Mais non, maman ! protesta-t-il d'un air indigné. C'est pas un nosaure, c'est un navion.

Theseus porta vivement la main à sa bouche, réprimant de justesse un éclat de rire.

— Ça tombe bien que tu aies dessiné un avion, dit Jo. Parce que tu vas justement monter dans un avion.

— Ouah ! C'est vrai ? Quand ça ?

— Aujourd'hui ! Deux messieurs très gentils vont venir te chercher et tu vas monter dans un avion avec eux pour venir voir maman à Agon.

— Maintenant ? Tout de suite ?

— A l'heure du déjeuner.

Toby fronça les sourcils, et Theseus faillit de nouveau éclater de rire. Talos faisait exactement la même tête quand il était contrarié.

— Tata Cathy fait des boulettes de viande pour le déjeuner, expliqua Toby d'un air catastrophé.

— Je suis sûre qu'ils te laisseront les manger avant de partir.

Toby retrouva aussitôt sa bonne humeur.

— Je peux emporter mes voitures ?

— Bien sûr.

— Et je pourrai voir le roi ?

Pour la première fois, la voix de Jo trembla légèrement.

— Tu vas d'abord faire le voyage, et ensuite on verra si tu peux rencontrer le roi.

— Et ton prince, je pourrai le voir ?

Elle crispa les poings.

— Oui, mon chéri, tu pourras voir le prince.

— Tu m'as acheté un cadeau ?

— Ça suffit, les questions ! Finis ton petit déjeuner et va aider tata Cathy à faire ta valise.

Le petit visage malicieux se rapprocha, sa bouche déposa un baiser sonore sur l'écran, puis la connexion fut coupée.

— Lui as-tu acheté un cadeau ? s'enquit Theseus.

Jo secoua la tête, les yeux fixés sur l'écran.

— J'avais prévu de lui acheter quelque chose à la boutique du musée, une fois la biographie terminée.

Elle se prit la tête à deux mains.

— Mon Dieu, comment allons-nous faire pour la biographie ?

Il secoua la tête. Avec tout ce qui s'était passé, il avait complètement oublié la biographie. *Theos,* pour l'instant une seule chose occupait son esprit tout entier. Ce petit visage si semblable au sien…

Jo se leva en chancelant.

— Il faut que je me remette au travail.

A en juger par sa pâleur, faire bonne figure devant son fils lui avait coûté un immense effort.

— Maintenant ?

— Oui. Il faut que je m'occupe.

Elle crispa de nouveau les poings.

— Nous allons bouleverser sa vie, l'arracher à son univers familier...

— Non, coupa-t-il. Il ne faut pas voir les choses comme ça. Nous allons lui offrir une nouvelle vie, une vie meilleure.

— C'est ce que j'essaie de me dire. J'essaie de ne pas être égoïste et de ne pas penser au prix à payer. J'essaie de ne pas penser que je renonce à toute chance de bonheur pour que tu puisses récupérer ton héritier alors qu'il est très heureux comme il est !

— Il sera heureux ici, affirma-t-il avec force.

Il y veillerait. Mais elle, serait-elle heureuse ?

— Nous ferons tous les deux en sorte qu'il soit heureux, ajouta-t-il d'une voix plus douce.

Elle inspira profondément, puis desserra les poings et hocha la tête d'un air absent. Il scruta son visage. Etait-elle en état de travailler ?

— Tu es certaine de pouvoir te remettre au travail ?

— Oui. Ton grand-père est l'arrière-grand-père de notre fils. C'est un homme remarquable qui mérite que son histoire soit racontée. Je vais le faire pour lui. Mais tu devras t'occuper de Toby.

— Je n'ai aucune expérience avec les enfants.

Elle eut un rire sans joie.

— C'est toi qui as insisté pour précipiter les choses et jouer ton rôle de père sans attendre.

— J'ai des employés très compétents à la villa.

Le regard de Jo se durcit. C'était un regard qu'il

commençait déjà à connaître. Celui de la lionne prête à défendre son petit.

— Il n'est pas question que tu mettes sa vie sens dessus dessous pour le confier à tes employés. Etre père, ça ne se limite pas à épouser la mère, donner un titre à l'enfant et le coucher sur son testament. Loin de là.

S'exhortant au calme, il répliqua d'un ton posé :

— Je sais exactement ce qu'implique le fait d'être père. Cependant, je ne peux pas laisser mon travail et mes obligations de côté sans m'être organisé à l'avance.

— Puisque tu veux que Toby vive ici avec toi, il faut construire ta relation avec lui. C'est un enfant très sociable, et dès qu'il saura que tu es son père il ne te quittera plus d'une semelle. Je le sais.

C'était ça qui l'effrayait... Theseus déglutit péniblement. Quand il était petit, son rêve le plus cher était que son père s'intéresse à lui. Mais toute l'attention de ce dernier était concentrée sur son fils aîné. Helios, l'héritier de la Couronne. Son deuxième fils, le suppléant, ne méritait pas qu'il lui accorde un peu de son temps... Ce favoritisme criant avait été d'autant plus difficile à supporter qu'il n'avait qu'un an de différence avec Helios. Sa mère avait bien tenté de compenser cette frustration en lui prodiguant des trésors d'amour, mais cela n'avait pas suffi. Il désirait plus que tout le respect et l'amour de son père.

Et si Toby ne le trouvait pas à la hauteur ? Et s'il était aussi décevant comme père qu'il l'avait été comme fils et petit-fils ? Il avait besoin de temps. Pour l'instant, la priorité était de faire venir l'enfant à Agon. Ensuite...

— Je prendrai les dispositions nécessaires après avoir discuté avec Helios. Il y a tant de détails à régler, *agapi mou*. A Agon, le mariage d'un prince est une affaire d'Etat. Mais il faut des mois pour organiser ce genre de mariage, et je ne suis pas prêt à attendre. Je vais faire part de nos projets à Helios. Je veux glisser une alliance à ton doigt dès que possible.

— Je croyais que tu voulais que le gala soit passé pour en parler ?

L'amertume était nettement perceptible dans le ton de Jo. Theseus réprima un soupir. Il était conscient de la bousculer, mais plus vite ils se marieraient mieux ça vaudrait pour tout le monde. En particulier pour Toby.

— A mon grand-père. Mais pas à Helios. Son personnel travaillera en collaboration avec le mien pour que les préparatifs prennent le moins de temps possible.

— Helios va-t-il vouloir me rencontrer ?

— Bien sûr.

— Et Talos ? Tu vas le lui dire aussi ?

— Si j'arrive à le voir plus d'une minute. En ce moment il travaille en étroite collaboration avec la violoniste qui jouera le solo pendant le concert du gala. Et d'après la rumeur — sans doute fondée, comme la plupart de celles qui circulent au palais — cette étroite collaboration dépasse le cadre des répétitions du concert…

Jo laissa échapper un petit rire surpris qui réchauffa le cœur de Theseus. Son rire était un spectacle tellement plus agréable que ses larmes… Il était peut-être encore loin du pardon, mais il ne lui souhaitait pas pour autant de souffrir.

Le soleil s'était couché quand le chauffeur s'arrêta devant la villa de Theseus située en bordure de mer. Toby s'était endormi dans la voiture, blotti dans les bras de Jo. D'après Nikos, il n'avait pas cessé de parler pendant tout le trajet. Pas étonnant qu'il soit épuisé… Mais, à part la fatigue due au voyage et à l'excitation, il était descendu de l'avion aussi enjoué qu'à l'accoutumée et ravi de retrouver sa maman.

Le majordome, un homme qu'on imaginait plus facilement faisant du surf à Hawaï que dirigeant la domesticité d'un prince, les attendait sur le seuil. Nikos avait pris la valise de Toby, tandis que Jo insistait pour porter son fils. Elle n'avait pas vu Theseus depuis ce matin et ignorait où il se trouvait. Il n'avait pas daigné venir accueillir son fils ? Elle n'arrivait toujours pas à le croire ! S'exhortant au calme, elle suivit le majordome dans la villa. Celle-ci n'était pas aussi grandiose que le palais — quelle demeure pourrait l'être ? —, mais elle avait du cachet. Les pièces, vastes et lumineuses, regorgeaient d'objets d'art et d'artisanat du même style que ceux qui décoraient son appartement. Beaucoup de statuettes et de toiles aux couleurs vives, qui avaient un charme magique et créaient une atmosphère chaleureuse. A peine arrivée, elle se sentait déjà bien dans cette maison. C'était le genre d'endroit dans lequel elle avait souvent imaginé Theo. Un long frisson parcourut Jo. Theseus avait beau dire que Theo n'existait pas, cette maison prouvait le contraire. Sa chambre et celle de Toby se faisaient face, au deuxième étage. Celle de Toby était vaste et lumineuse, comme les autres pièces, avec un lit double. En la voyant, il écarquilla les yeux.

— C'est ma chambre ?

— Tant que nous serons ici, oui.

Elle l'assit sur le lit et chercha un pyjama dans sa valise.

— Combien de temps on va rester, maman ?

Que répondre ? Il venait tout juste d'atterrir. Devait-elle lui expliquer dès maintenant qu'ils étaient là pour toujours et qu'il ne retrouverait pas la vie qu'il connaissait et qu'il aimait ? Un coup discret frappé à la porte permit à Jo d'éluder cette question. Une jeune femme d'une vingtaine d'années apparut sur le seuil, les yeux brillants. Elle se présenta comme Elektra, sa femme de chambre.

— Ma femme de chambre ? répéta Jo, perplexe.

— Oui, *despinis*. Je suis très heureuse de faire votre connaissance et celle de votre fils.

Elektra entra dans la chambre et ouvrit de grands yeux en voyant Toby.

— Il…

— Je dois le mettre au lit, coupa précipitamment Jo pour empêcher la jeune femme de faire le moindre commentaire sur la ressemblance entre Toby et Theseus. Si ça ne vous dérange pas d'attendre dix minutes, vous pourrez ensuite m'expliquer tout ce que je dois savoir.

Consciente qu'elle avait failli commettre un impair, Elektra eut un regard entendu.

— Je vais défaire vos valises. Ravie d'avoir fait ta connaissance, Toby.

Une fois seule avec son fils, Jo lui fit faire sa toilette et lui mit son pyjama. Il s'endormait déjà quand elle l'embrassa après l'avoir bordé. Elle quitta sa chambre sur la pointe des pieds et traversa le couloir. En découvrant sa chambre au décor sobre et raffiné, dans des teintes pastel, elle poussa un petit soupir d'aise. Cette pièce très féminine était visiblement destinée à son seul usage. Elle lui offrirait un refuge bienvenu. Le lit à baldaquin garni d'oreillers moelleux était une véritable invitation au repos et à la sérénité. Soudain, son cœur se serra, et elle ferma les paupières pour faire barrage à un flot de larmes. Ne devrait-elle pas être heureuse ? Son fils ne manquerait plus jamais de rien. Elle ne connaîtrait plus de fins de mois difficiles, elle n'aurait plus honte d'envoyer Toby à la maternelle avec des pantalons trop courts. En tant que fils de Theseus, il bénéficierait de ce qui se faisait de mieux dans tous les domaines, de l'habillement à l'éducation. Et de toute évidence elle aurait les mêmes privilèges. Elle n'aurait plus jamais besoin de se battre. Elle aurait dû être aux anges. Alors pourquoi avait-elle la mort dans l'âme ?

La villa était silencieuse lorsque Nikos déposa Theseus devant l'entrée. Il monta l'escalier avec l'impression d'avoir des jambes de plomb et s'arrêta devant la porte entrouverte de son fils. Une veilleuse en forme de train posée sur la table de chevet baignait la pièce d'une lueur douce et chaude. Dans le lit immense, il ne distingua qu'une forme minuscule. Il s'en approcha à pas de loup. Seuls d'épais cheveux noirs étaient visibles. Il contempla longtemps les draps qui se soulevaient et s'abaissaient imperceptiblement au rythme de la respiration de son fils endormi. Il attendit qu'une joie triomphante le submerge. Son fils était là, en train de dormir chez lui, en sécurité. Mais, parmi toutes les émotions qui tourbillonnaient en lui, rien qui ressemblât à du triomphe. Il se pencha pour embrasser Toby, puis se ravisa. S'il le réveillait il lui ferait peur. Pour son fils, il était un étranger… De l'autre côté du couloir, la porte de la chambre de Jo était entrouverte elle aussi. Un parfum léger et fruité s'en échappait. Il entra dans la pièce et passa la tête dans la salle de bains attenante. Jo était allongée dans la baignoire, les cheveux relevés au sommet de la tête, les yeux fermés.

Surprise, Jo tressaillit et se redressa d'un bond en faisant gicler de l'eau tout autour d'elle. Croisant les bras pour masquer sa poitrine, elle le foudroya du regard.

— Excuse-moi, je ne voulais pas te faire peur, dit-il, d'humeur soudain plus joyeuse.

Deux minutes plus tôt il tombait de sommeil, et tout

à coup la seule vue de ce corps splendide le galvanisait. Pourtant, il ne voyait pas grand-chose en réalité. Il y avait tellement de mousse dans la baignoire qu'il la soupçonnait d'y avoir versé la moitié du flacon de bain moussant…

— Tu n'as jamais appris à frapper avant d'entrer ?

— La porte était ouverte.

Elle se rallongea, les bras toujours croisés.

— J'ai laissé ouvert au cas où Toby se réveillerait.

Il s'assit sur le rebord de la baignoire.

— Il a l'habitude de se réveiller ?

— Non, mais il a été mis dans l'avion à la hâte pour être conduit dans un endroit inconnu. Il y a de quoi être perturbé, rétorqua-t-elle avec un regard accusateur.

— Il dort profondément maintenant.

Fasciné, Theseus ne pouvait s'empêcher de dévorer Jo des yeux. Elle était magnifique. Depuis son épaisse chevelure flamboyante jusqu'à ses jambes galbées, en passant par son ventre légèrement arrondi… et ses seins somptueux, bien sûr.

Sous son regard ébloui, les joues de Jo se colorèrent.

— As-tu parlé à Helios ? demanda-t-elle.

— Oui.

— Comment a-t-il réagi ?

— Il a été très surpris.

Doux euphémisme. Theseus réprima une moue de dérision. En réalité, Helios était tombé des nues. Mais, une fois remis de sa stupeur, il l'avait assuré de son soutien. Il avait même cru discerner du soulagement dans la réaction de son frère. Ce qu'il ne parvenait pas du tout à s'expliquer…

— Et il pense lui aussi qu'il vaut mieux attendre que le gala soit passé pour annoncer la nouvelle à notre grand-père.

Theseus se pencha en avant et effleura la pommette de Jo du bout du pouce.

— La date a été fixée au deuxième week-end après le gala. Nous nous marions dans quatre semaines.

10

Jo déglutit péniblement.

— Quatre semaines ? Si tôt ?

— Oui, *agapi mou*. Helios pense comme moi que le plus tôt sera le mieux.

— Mais il a son propre mariage à organiser. N'est-ce pas prioritaire ?

Le pouce de Theseus glissa vers l'oreille de Jo, faisant courir de longs frissons dans tout son corps.

— Son mariage est une affaire d'Etat. Sa préparation prendra des mois. Le nôtre sera plus intime. Solennel, comme il se doit, mais sans aucune comparaison avec celui d'Helios.

Prise de vertige, Jo ferma les yeux. Quatre semaines ? Qui pouvait organiser un mariage princier en quatre semaines ? Un nouveau frisson la parcourut, et elle rouvrit les yeux. Les doigts de Theseus descendaient lentement vers sa poitrine. Il effleura la naissance de ses seins, puis il lui saisit les poignets et lui fit décroiser les bras avec douceur en murmurant :

— Tu es belle. Ne te cache pas de moi.

Elle tenta en vain d'ignorer les nouveaux frissons qui la parcouraient.

— Tu vas devenir ma femme, poursuivit-il en traçant des cercles autour d'un bourgeon hérissé. Et tu portes peut-être déjà une nouvelle vie…

La veille, ils n'avaient pas utilisé de protection. Il posa la main sur son ventre avant de la faire glisser vers le triangle de sa féminité.

— Pense aux bons moments que nous pourrons passer ensemble à fabriquer un deuxième héritier du trône.

— Tu devrais avoir honte de… Oohhh…

Elle renversa la tête en arrière, transpercée par une flèche de plaisir. Les doigts de Theseus venaient de se glisser entre ses cuisses. Elle aurait dû lui dire d'arrêter, protester… Mais c'était si bon ! L'anxiété qui l'étreignait se dissipait déjà… Il accentua ses caresses puis, tout en refermant sa main libre sur sa nuque, il s'empara de sa bouche dans un baiser qui acheva de l'enflammer.

— Tu es incroyablement sensible, susurra-t-il en quittant sa bouche pour tracer un sillon de baisers jusqu'à un sein.

Il referma les lèvres sur la pointe durcie, l'aspirant et la léchant sans interrompre ses caresses de plus en plus appuyées. C'était comme s'il connaissait son corps mieux qu'elle-même… Le plaisir explosa en elle, lui arrachant un cri aigu. Il l'embrassa de nouveau, accompagnant les ondes qui la parcouraient de nouvelles caresses qui les prolongèrent encore et encore. Jusqu'à ce qu'elle s'apaise, haletante, comblée.

Il déposa un baiser sur ses lèvres.

— Debout, maintenant.

Sans plus se soucier de sa nudité, elle s'exécuta. Il la prit dans ses bras, la serrant étroitement contre lui, puis captura de nouveau sa bouche avec fougue avant de l'écarter de lui pour l'envelopper d'un regard brûlant.

Il surprit alors son regard sur sa chemise blanche trempée qui collait à son torse, laissant apparaître la toison noire qui le recouvrait.

— Tu veux m'enlever ma chemise ?

Sans répondre, elle la déboutonna et la fit glisser sur

ses épaules, tandis qu'il se débarrassait à la hâte de son pantalon.

— Tu es tellement sexy…, murmura-t-il d'une voix rauque en la serrant contre lui.

S'emparant de nouveau de sa bouche, il fit courir ses mains sur son dos et les referma sur ses fesses. Sans cesser de l'embrasser, il la fit reculer jusqu'au canapé situé dans le coin de la salle de bains.

— Tu me rends fou, *agapi mou.*

Leurs bouches se mêlèrent dans un nouveau baiser incendiaire, accompagné de caresses fébriles. Puis, d'un coup de reins puissant, il s'enfonça en elle. Elle ferma les yeux, savourant le plaisir inouï de le sentir au plus profond d'elle. Lorsqu'elle les rouvrit, il scrutait son visage comme s'il cherchait à explorer les recoins de son esprit. Leurs lèvres s'effleurèrent dans un baiser aussi léger qu'un papillon, puis il commença à bouger en elle. Refermant les mains sur ses épaules, elle creusa les reins pour mieux lui répondre. Le rythme de leur danse lascive s'accéléra peu à peu. Lèvres toujours unies, souffles mêlés, ils furent emportés dans une spirale de feu tourbillonnante et, bientôt, jouirent dans un même cri. Alors que des spasmes les parcouraient encore tous les deux, il referma les bras sur elle et la serra étroitement contre lui en lui caressant les cheveux. Le visage enfoui dans son cou, elle sentait l'écho des battements de son cœur se répercuter en elle. Avait-elle déjà approché la félicité d'aussi près ? Lorsqu'il se redressa, elle sentit sa gorge se nouer. Comment pouvait-il lui faire un tel effet ?

— Tu as froid, dit-il d'une voix rauque.

Il prit un drap de bain sur le porte-serviettes chauffé et l'en enveloppa avec des gestes doux. Elle sentit son cœur se serrer. Ce geste touchant pourrait passer pour une marque d'amour, mais il ne fallait pas oublier sa mise en garde : il ne l'aimerait jamais…

— J'ai sommeil, chuchota-t-elle, soudain incapable de le regarder.

— Moi aussi. Mais avant il faut que je prenne une douche. Je te rejoins dans quelques minutes.

— Tu ne peux pas dormir ici ! s'exclama-t-elle.

Mais il était chez lui, se rappela-t-elle aussitôt.

Il la considéra d'un air perplexe.

— Si Toby se réveille et te voit dans mon lit, il va se demander ce qui se passe, expliqua-t-elle.

— Il n'a pas l'habitude de te voir avec des hommes ?

Il y avait dans la voix de Theseus une note étrange qu'elle ne parvint pas à identifier.

— Non. Jamais.

— Nous allons passer le reste de notre vie ensemble. Il faudra qu'il s'habitue à nous voir dormir ensemble.

— Tu veux dire que nous partagerons le même lit ?

— C'est le seul bon côté du mariage, ironisa-t-il en enfilant son pantalon. Nous aurons chacun notre chambre, mais je n'ai pas l'intention de dormir entre des draps froids alors que nous pouvons nous tenir chaud.

— C'est trop tôt. Toby va avoir besoin de temps.

« Et moi aussi », faillit-elle ajouter. Nuit après nuit dans ses bras… Qu'allait devenir son cœur ?

Theseus remit sa chemise.

— Je te laisserai dormir seule pendant quelques nuits, pour que Toby ne soit pas perturbé le matin. Mais ensuite nous dormirons ensemble. Et pour éviter tout malentendu : notre mariage ne sera pas un mariage d'amour, mais ce sera quand même un *vrai* mariage.

Elle releva le menton.

— D'accord. Mais je te préviens, je ronfle.

Il rit.

Theseus dormit longtemps et profondément. Pourtant, à son réveil il ne se sentit pas reposé mais oppressé. L'estomac noué, il hésita. Et s'il se faisait servir le petit déjeuner dans sa chambre ? Non. Il n'avait jamais eu peur de quoi que ce soit. Pourquoi serait-il terrifié par un petit garçon de quatre ans ? Il descendit au rez-de-chaussée et se dirigea vers la salle à manger. Déglutissant péniblement, il entra dans la pièce et trouva Jo et Toby assis à table. Le silence se fit. Les yeux de Toby s'écarquillèrent et sa cuillère s'immobilisa au-dessus de son bol de céréales. Jo rapprocha sa chaise de la sienne.

— Toby, voici Theseus.

— Tu es le prince ? s'écria le petit garçon.

Theseus hocha la tête. Bon sang, la boule qui lui obstruait la gorge était toujours là… Une des domestiques arriva pour prendre sa commande. Il en profita pour se ressaisir et s'asseoir à table. Il cherchait quelque chose à dire quand Toby, qui continuait de le regarder bouche bée, lança :

— Tu as une couronne ?

— Non. Mais mon grand-père en a une.

— C'est le roi ?

— Oui.

Toby plissa le front.

— Est-ce qu'il a un tapis volant ?

Theseus ne put s'empêcher de rire et se détendit un peu.

— Non, mais je suis sûr qu'il aimerait en avoir un.

— Et toi, tu en as un ?

— Non, mais j'ai des voitures de sport dans lesquelles je pourrai t'emmener faire un tour, si tu veux.

Toby eut une moue que Theseus reconnut. C'était celle que faisait Jo quand elle n'était pas impressionnée…

— Mais, si un jour j'ai un tapis volant, tu seras le premier que j'inviterai à monter dessus.

— Oui !

A partir de cet instant, le petit garçon n'arrêta plus de questionner Theseus sur la vie de prince. Il voulut savoir s'il y avait toujours des « méchants » enfermés dans les cachots. Et s'il y avait des dinosaures au palais. Le soulagement de Theseus était immense. C'était beaucoup plus facile que prévu… Il se détendit complètement et savoura le moment pour ce qu'il était : le premier des nombreux repas qu'il partagerait avec son fils tout au long de sa vie.

— Est-ce que ta mère t'a expliqué qui j'étais ? demanda-t-il à la fin du petit déjeuner quand Toby fit enfin une pause pour reprendre son souffle.

Jo arqua de nouveau les sourcils et se redressa ostensiblement sur son siège.

— Tu es un prince ! répondit Toby.

— Et toi, tu aimerais être un prince ?

Toby considéra la question en tripotant les boutons de son pyjama.

— Est-ce que je serais obligé d'embrasser des filles ?

Theseus jeta un coup d'œil à Jo.

— Pas si tu n'en as pas envie.

— Est-ce que j'aurais un tapis volant ?

— Non, mais tu pourrais avoir des chevaux, et quand tu serais assez grand, des voitures de sport comme les miennes.

— J'aimerais bien être un prince, déclara Toby sur le ton de la confidence. Mais quand je serai grand je veux laver les vitres sur une échelle.

Theseus eut toutes les peines du monde à se retenir de rire.

— L'un n'empêche pas l'autre. Vois-tu, Toby, tu es un prince.

— Maman dit que je suis un petit coquin.

— Ma maman disait la même chose à mon frère Talos. Quand il était petit, c'était un petit coquin… comme toi.

— Je ne suis pas petit ! protesta Toby avec indignation en levant le bras et en le pliant pour montrer ses muscles inexistants. Je suis un grand garçon. En septembre, je vais à la grande école.

Jo semblait beaucoup s'amuser et luttait visiblement contre le fou rire. Elle finit par venir au secours de Theseus.

— Tu te souviens que maman t'a dit que tu avais un papa grec qui était perdu ?

Toby hocha la tête.

— Eh bien, maman l'a retrouvé. Theseus est ton papa.

Le regard de Toby devint extrêmement soupçonneux.

— Mon papa s'appelle Theo… pas Theseus.

— Theo est son surnom, expliqua Jo d'une voix douce en lançant à Theseus un regard qui l'accabla de remords.

Elle n'avait pas menti. Elle avait vraiment parlé de lui à leur fils…

— Son vrai nom c'est Theseus, ajouta-t-elle.

Toby considéra Theseus d'un air perplexe.

— Tu es mon papa ?

— Oui. Et, puisque je suis un prince, ça signifie que toi aussi tu en es un.

Toute trace de suspicion s'effaça du visage de Toby, laissant place à un sourire rayonnant.

— Et maman est une princesse ?

— Si on veut, dit Jo. Que dirais-tu de passer la journée avec Theseus ? Il t'expliquera tout ce que tu veux savoir sur la vie des princes. Demande-lui tout ce que tu veux, il *adore* répondre aux questions. Et tu pourras aussi visiter cette belle maison avec lui.

Toby hocha vigoureusement la tête, les yeux de nouveau écarquillés, tandis que Theseus restait bouche bée. Jo venait de le piéger… Il ne pouvait pas la contredire, sous peine de décevoir leur fils dès leur première rencontre.

Après avoir embrassé Toby sur la joue, Jo se tourna vers lui.

— Il mange de tout, alors ne l'écoute pas s'il te dit qu'il n'aime pas les carottes. Amusez-vous bien !

Sur ces mots, elle quitta la salle à manger, laissant Theseus avec son sosie en miniature.

Jo tourna la tête vers Theseus, qui venait d'entrer dans la pièce qui lui servait de bureau. Il ferma la porte derrière lui et croisa les bras.

— Qu'y a-t-il ? s'enquit-elle en prenant un air innocent.

— Tu es machiavélique.

— C'était pour la bonne cause. Tu as passé une bonne journée ?

— Ça a été quelque chose ! répondit Theseus en souriant. J'ai laissé Toby dans la cuisine avec Elektra, le chef et le personnel de cuisine. Ils lui mangent tous déjà dans la main. Ils sont en train de lui faire des crêpes.

— Il adore ça.

— Il a pris soin d'en informer tout le monde.

— Tu dois être épuisé.

Il hocha la tête.

— Il ne s'arrête jamais ?

— De parler ? Ou d'avoir envie de faire des choses ?

— Les deux.

— Non. Il est infatigable. Mais il dort très bien. C'est sûrement ce qui lui permet de recharger ses batteries.

— Et qu'est-ce qu'il mange !

— Ne m'en parle pas. Le nourrir coûte une fortune. Et sinon vous vous êtes bien entendus ?

— Je crois qu'il a passé une bonne journée.

— Désolée de t'avoir un peu forcé la main.

— Tu as bien fait. Je reconnais que j'étais un peu nerveux. Mon expérience des enfants se limite à ma propre enfance, qui n'avait rien de normal.

— Je veux bien le croire.

Comment avoir une enfance normale quand on perd ses parents à neuf ans et qu'on est considéré comme un demi-dieu dans son pays ?

— Je sais que devenir père sans avoir eu le temps de s'y préparer va être compliqué, mais c'est ce que tu as voulu. La seule solution c'est de faire du mieux que tu peux.

— C'est ce que tu fais ? lança-t-il avec une expression étrange.

— Je ne fais que ça depuis le jour où j'ai appris que j'étais enceinte. Je ferai aussi en sorte que notre mariage ne soit pas un échec, mais uniquement pour le bien de Toby. Pas à cause du chantage que tu as exercé sur moi.

Theseus tressaillit, puis hocha la tête.

— Je ne peux pas te demander plus.

— Mais avant tout il faut que je termine cette biographie. Pour l'instant, je ne peux pas penser à autre chose.

En réalité, elle pouvait. Mais elle n'en avait pas envie… C'était son sens pratique qui avait guidé Jo dans son rôle de mère. C'était également lui qui l'avait poussée à quitter la maison de ses parents quand Toby avait trois mois. Un jour où il faisait particulièrement froid et humide dans le manoir, elle avait allumé le chauffage. Sa mère l'avait aussitôt éteint, ignorant ses protestations.

— Si le bébé a froid, mets-lui une autre couverture, avait-elle déclaré sèchement.

En un instant, Jo avait décidé de s'en aller et pris les dispositions nécessaires. Elle avait emprunté de l'argent à son frère et loué un minuscule appartement. Sans tergiverser. Quoi que leur réserve l'avenir, ce serait mieux pour

Toby que de vivre avec ses parents. C'était ainsi qu'elle avait raisonné, déterminée à éviter qu'en grandissant son fils se heurte à l'indifférence de sa grand-mère, ou s'imagine qu'il était parfaitement normal de boire une bouteille de whisky par jour comme son grand-père. Jo réprima un soupir. Aujourd'hui, penser à l'avenir était aussi préoccupant pour elle qu'à l'époque où elle était partie de chez ses parents. Terminer la biographie l'aidait à tromper son angoisse.

— Tu as bien avancé dans ton travail ? s'enquit Theseus.

— J'ai presque terminé. Je t'ai envoyé il y a une heure par mail les derniers chapitres que j'ai rédigés.

— Je les lirai après dîner. Nous mangeons à 18 heures. Ça te va ?

— C'est tôt pour toi, non ?

— Mais pas pour Toby. Une demi-heure après le déjeuner, il a commencé à dire qu'il mourait de faim… D'ici là, je vais travailler moi aussi. A tout à l'heure, au dîner.

Le dîner fut très détendu. Toby engloutit avec enthousiasme les spaghettis à la bolognaise que le chef avait préparés spécialement pour lui, en le prévenant qu'à partir du lendemain il devrait se mettre à la cuisine agonite.

— Est-ce que les nuggets de poulet existent ici ? avait-il demandé le plus sérieusement du monde.

La première journée de son fils sur l'île s'était beaucoup mieux déroulée qu'il n'aurait pu l'espérer, songea Theseus. Ils avaient passé de très bons moments ensemble, et Toby avait même insisté pour s'asseoir à côté de lui à table. Il en avait d'ailleurs éprouvé une immense fierté…

— Demain matin, je dois aller au palais. J'ai pensé que je pourrais emprunter le chien de mon frère et l'amener ici. Nous pourrions nous promener sur la plage avec lui, suggéra Theseus à Toby à la fin du dîner.

— Je peux aller au palais avec toi ?

Le visage et le T-shirt du petit garçon étaient barbouillés de sauce tomate.

— Pas encore. Il y a trop de monde là-bas en ce moment. Je t'y emmènerai dans une semaine ou deux.

Toby réfléchit un instant, puis il jeta à sa mère un regard affolé.

— Je vais toujours à la fête d'Ellie, samedi ?

Ce fut au tour de Jo d'avoir l'air affolé.

— Je suis désolée, mais non, nous ne pourrons pas y aller.

— Mais tata Cathy m'a acheté un costume d'Homme-fourmi !

— Je sais... Mais nous ferons quelque chose de spécial samedi pour compenser.

— Non ! Je veux aller à la fête d'Ellie ! Tu m'as promis !

A la grande consternation de Theseus, de grosses larmes coulèrent sur les joues de Toby. Il posa la main sur son épaule dans un geste de réconfort, mais le petit garçon sauta de sa chaise pour aller se jeter dans les bras de Jo. Elle le prit sur ses genoux.

— Je veux rentrer à la maison ! s'écria-t-il en sanglotant.

— Je sais... je sais, répéta-t-elle en lui caressant les cheveux.

Elle regarda Theseus. Au lieu du reproche auquel il s'attendait, ses yeux ne reflétaient qu'une vive anxiété. Elle embrassa les cheveux de Toby et le laissa pleurer sans rien dire de plus. Ce fut seulement quand il cessa de sangloter qu'elle suggéra :

— Et si on demandait de la glace au chef ?

Toby hocha la tête, mais il resta blotti contre elle.

Theseus se remémora la période qui avait suivi son

retour au palais, après son congé sabbatique. Nuit après nuit, dans son lit, il s'était surpris à penser à la femme qu'il avait rencontrée à Illya. Jo. Il aurait tout donné — sa fortune, son titre, tout ce qu'il possédait — pour se retrouver de nouveau dans ses bras et sentir sa main lui caresser les cheveux pour le réconforter… Comme elle le faisait avec leur fils en ce moment. L'image de Jo assise sur la plage, regardant le ferry s'éloigner, l'avait hanté pendant longtemps, puis il l'avait effacée de son esprit.

— Je m'en occupe, dit-il en se levant.

Jo l'ignorait, mais il n'était pas obligé d'aller à la cuisine. Une sonnette lui permettait d'appeler s'il désirait quelque chose. Cependant, il fallait qu'il quitte cette pièce au plus vite. Il ne voulait pas voir le regard reconnaissant que Jo lui lançait. Il ne méritait pas sa gratitude. Si Toby était malheureux, c'était sa faute.

Dès qu'il eut franchi la porte, Theseus laissa échapper un profond soupir. Jamais il n'avait été aussi bouleversé…

11

Jo cliqua sur « envoyer », puis renversa la tête en arrière. Elle avait terminé la biographie ! Theseus lui avait donné le feu vert pour les chapitres qu'elle avait rédigés plus tôt dans la journée, et elle les avait transmis à son éditeur, à Oxford. Il ne restait plus que les deux derniers, qu'elle venait d'envoyer à Theseus pour qu'il les relise. Ce n'était pas seulement la vie du roi que ce travail lui avait permis de découvrir, mais aussi celle des autres membres de la famille. Dont Theseus, bien sûr. A son arrivée à Agon, elle était trop furieuse contre lui pour comprendre pourquoi il lui avait caché sa véritable identité. A présent, elle comprenait. Dès sa naissance, chacune de ses journées avait été planifiée — au palais, à la pension, puis à l'armée. Il n'avait jamais pu mener sa vie comme il l'entendait. Qui pourrait lui reprocher d'avoir rêvé de liberté ? Aujourd'hui, il assumait son rôle avec un sens du devoir exemplaire. Mais à quel prix ? A Illya, il était heureux. Ici, en revanche, rien n'était moins sûr. Jo s'étira et tendit l'oreille. Toby ronflait légèrement dans la chambre voisine. Elle craignait qu'il ait du mal à trouver le sommeil, mais il s'était endormi dès qu'il avait posé la tête sur l'oreiller. Theseus avait été bouleversé par le gros chagrin de leur fils. Elle aurait voulu en parler avec lui, mais il s'était éclipsé dès le dessert terminé. Depuis, à part son mail d'approbation des chapitres qu'il avait relus, il ne s'était pas manifesté. Elle avait baigné Toby, puis l'avait couché seule. Theseus n'était même pas venu lui souhaiter une bonne nuit. Avait-il soudain pris conscience que le rôle de parent pouvait être délicat ? Avait-il décidé qu'il valait mieux garder ses distances pour éviter les complications ? Subitement, des larmes inondèrent le visage de Jo. Que lui arrivait-il ? Pourquoi pleurait-elle ?

Lorsque Theseus arriva à la villa le lendemain matin, le sourire éclatant que lui adressa Toby, assis à la table du jardin avec Jo, lui mit un peu de baume au cœur. Toby sauta même de sa chaise pour courir vers lui. En fait, c'était surtout le labrador d'Helios qui l'intéressait, comprit très vite Theseus. Peu importait. C'était réconfortant de le voir sourire après l'avoir vu tant pleurer.

— Comment s'appelle-t-il ? demanda Toby en se jetant au cou du chien.

— Benedict.

Heureusement, Benedict était le chien le plus doux du monde. Nullement contrarié par l'exubérance du petit garçon, il lui donna un grand coup de langue sur la joue.

— C'est un nom stupide pour un chien !

— Je ne manquerai pas de le dire à mon frère, répliqua Theseus, pince-sans-rire.

Mieux valait éviter de rappeler à Toby que le frère en question était son oncle, décida-t-il. Il n'avait pas la moindre idée de ce qui risquait de déclencher une nouvelle crise de larmes — ce qu'il voulait éviter à tout prix.

— On peut l'emmener se promener sur la plage ?

— Bien sûr. Laisse-moi cinq minutes pour me changer et on y va.

Penchée sur un puzzle, Jo restait silencieuse.

— Tu viens avec nous ? demanda Theseus, certain qu'elle n'avait pas perdu un mot de sa conversation avec Toby.

— Avec plaisir.

— J'arrive dans cinq minutes.

Il se rendit dans sa chambre et changea son pantalon et sa chemise pour un short en toile et un T-shirt blanc. Lorsqu'il redescendit, Toby tira sur la main de Jo, visiblement impatient.

— Allez, on y va !

Ils quittèrent le jardin et prirent le sentier rocailleux qui descendait jusqu'à la plage privée. Dès que ses pieds touchèrent le sable, Toby lâcha la main de Jo, enleva ses chaussures et partit en courant derrière Benedict.

— Il va mieux, apparemment, commenta Theseus.

— Oui. Tu sais, il ne faut pas culpabiliser pour hier soir. Il était fatigué.

— Il était aussi très malheureux.

— La fatigue affecte toujours son humeur. N'oublie pas qu'il est dans un endroit qu'il ne connaît pas, avec des gens qu'il ne connaît pas, dont un homme qui dit être son père…

— Je *suis* son père.

— Jusque-là il avait seulement une mère. Dans sa tête, son père appartenait au monde des contes. Mais ça va aller. Les enfants s'adaptent plus facilement au changement que les adultes. Sois patient. Il finira par accepter sa nouvelle vie.

Theseus réprima une moue sceptique. « Ça va aller. » Etait-ce tout ce qu'il souhaitait pour son fils ? L'enfance était la période de l'innocence et de la magie. Il ne fallait surtout pas gâcher ça. Il voulait que son fils ait une enfance heureuse, contrairement à lui. L'agacement permanent que son père manifestait à son égard l'avait miné dès son plus jeune âge. Sa mère avait tout fait pour apaiser sa frustration, et il l'avait adorée en retour. Si bien qu'à sa mort il avait eu l'impression que tout son univers se disloquait. Il avait également pleuré son père, qu'il aimait malgré son ressentiment, cependant, c'était la perte de sa mère qui l'avait le plus affecté. Sa disparition l'avait anéanti. Mieux valait ne pas imaginer ce qu'il serait devenu sans ses grands-parents... En lisant les derniers chapitres de la biographie, à son réveil, il avait pris conscience de tous les sacrifices consentis par ses grands-parents pour ses frères et lui. Non seulement son grand-père était resté sur le trône plus longtemps qu'il ne l'aurait souhaité, mais ses grands-parents n'avaient jamais cessé d'entourer leurs petits-enfants de soins et d'affection. En toute logique, Helios étant l'héritier de la Couronne, Astraeus s'était davantage occupé de lui. Cependant, contrairement à ce qu'il avait vécu avec son père, il ne s'était jamais senti exclu. Son grand-père était souvent distant — après tout, c'était le roi — et toujours très strict avec ses petits-enfants, mais il n'avait jamais douté de son amour. Quant à sa grand-mère, une femme d'une grande bonté, elle avait toujours été disponible pour lui. Le cœur de Theseus se serra douloureusement. *Theos,* elle lui manquait presque autant que sa mère... La mort de leur fils avait obligé ses grands-parents à renoncer à leurs rêves, mais ils avaient assumé leur devoir avec un dévouement et une générosité sans bornes. Comme il avait été égoïste en comparaison ! La lecture de la biographie avait ravivé ses remords et ses regrets. Il était trop tard pour dire à sa grand-mère combien il l'aimait et pour la remercier de tout ce qu'elle avait fait pour lui...

Toby revenait en courant, un énorme bâton à la main. Theseus le regarda avec fascination. On était tellement libre quand on était enfant... Avait-il vraiment envie de priver son fils de cette liberté ? Et Jo, pouvait-il lui infliger une vie qu'elle n'avait pas choisie ?

— J'ai trouvé un bâton, annonça Toby en s'arrêtant devant lui et en lui tendant sa découverte comme une offrande.

— Lance-le à Benedict.

— D'accord, mais comment saura-t-il qu'il doit le rapporter ?

— Il le saura, répondit Theseus en souriant. Si tu veux tu peux lui crier *ferto* quand tu lances le bâton. Ça veut dire « va chercher » en grec.

— *Ferto !* répéta Toby.

Puis il repartit à toutes jambes en lançant par-dessus son épaule :

— *Efcharisto !*

Ebahi, Theseus se tourna vers Jo.

— J'ai bien entendu ? Il vient de me dire « merci » en grec ?

— Oui, je lui ai appris quelques mots.

Theseus resta interdit. Il avait si vite pris l'habitude de parler avec Jo dans leurs deux langues respectives qu'il n'avait pas eu le temps de s'étonner qu'elle parle grec. C'était pourtant rare chez les étrangers. La façon désastreuse dont les Anglais parlaient le grec faisait l'objet de plaisanteries récurrentes de la part des Grecs, des Crétois et des Agonites.

A Illya, Jo ne parlait pas du tout grec, se rappela-t-il soudain. Et si aujourd'hui elle en avait une bonne maîtrise elle ne le possédait pas parfaitement. Elle le lisait bien, mais les mots peu fréquents lui posaient des problèmes.

— Quand as-tu appris le grec ?

— Quand j'ai commencé à te rechercher. J'ai acheté une méthode audio et j'ai demandé à Fiona de me donner des cours en complément.

— Tu as atteint ton niveau actuel en cinq ans ?

— Quatre. Et maintenant je commence à l'apprendre à Toby.

— Pourquoi ?

Elle avait dû passer des heures et des heures à étudier. Quelle volonté…

— Je te l'ai dit. Je voulais te retrouver. J'ai même ouvert un compte d'épargne pour financer un futur voyage à Athènes avec Toby.

— Comment comptais-tu t'y prendre pour me retrouver ? Athènes est une grande ville.

Jo haussa les épaules.

— Je savais que j'avais peu de chances de réussir, mais il fallait que j'essaie pour Toby.

— Et que pensais-tu qu'il arriverait si tu me retrouvais ?

— Je préférais ne pas y penser. Les conséquences étaient trop effrayantes.

— Mais tu voulais quand même essayer ?

Elle eut un pâle sourire.

— Il le fallait. Si je ne t'avais pas retrouvé, j'aurais au moins pu donner à Toby un aperçu de ta culture. Ou du moins ce que je croyais être ta culture.

— Ne va pas plus loin ! cria-t-elle à Toby, qui barbotait au bord de l'eau.

Avant de le rejoindre, elle ajouta à l'adresse de Theseus :

— Il ne sait pas nager.

Il la suivit des yeux, puis les observa tous les deux. Leur relation était vraiment fusionnelle. Ça avait dû être très dur pour elle de laisser Toby pour venir à Agon. Apparemment, elle avait accepté la mission parce qu'on lui avait offert une prime importante, qui lui aurait permis d'emmener Toby en Grèce comme elle le souhaitait… Au début, quand elle jurait qu'elle avait prévu de lui parler de Toby, il était persuadé qu'elle mentait. Aujourd'hui, il ne doutait plus de sa parole.

Se laissant guider par les cris joyeux, Jo se dirigea vers la piscine, le sourire aux lèvres. Le soleil brillait dans un ciel d'un bleu éclatant. Toby l'aperçut le premier et lui fit de grands signes depuis les bras de Theseus. Quand elle enleva son sarong, révélant le deux-pièces qu'elle avait acheté la veille lors d'une séance de shopping avec Elektra, elle perçut son regard appréciateur.

— Très sexy, murmura-t-il lorsqu'elle descendit lentement les marches de la piscine pour entrer dans l'eau.

— Chut, répliqua-t-elle à voix basse en s'immobilisant lorsqu'elle eut de l'eau à mi-cuisses.

— Il ne nous entend pas.

Toby s'était en effet éloigné en barbotant avec ses brassards, pour jouer avec les pistolets à eau, les matelas gonflables et les ballons que Theseus lui avait achetés.

— C'est la première fois que je te vois en deux-pièces, ajouta Theseus.

— Je me trouvais trop ronde pour en porter, reconnut-elle avec une moue contrite. Toutes les filles à Illya avaient des silhouettes de rêve.

Elle n'était pas encore parfaitement à l'aise en maillot de bain, mais les compliments de Theseus, qui nuit après nuit s'extasiait devant ses courbes féminines, chassaient peu à peu ses complexes. Il l'enveloppa d'un regard admiratif.

— Ne doute jamais de toi, *agapi mou*. A Illya, ces femmes ne t'arrivaient pas à la cheville. Tu es très belle…

Les jours suivants, Theseus fut accaparé par les préparatifs du gala. Il ne manquait jamais de prendre le petit déjeuner avec sa nouvelle famille et passait un peu de temps avec Jo et Toby à d'autres moments de la journée, mais cela ne lui suffisait pas. Heureusement, les choses changeraient après le gala. Il pourrait enfin les présenter à son grand-père et au reste du monde. Jo et Toby s'installeraient alors au palais.

La vie à la villa prenait des allures de vacances pour eux. Et, pour lui aussi, c'était un véritable dépaysement, une parenthèse enchantée. La veille, au clair de lune, Jo et lui étaient descendus dans la crique, où ils avaient fait l'amour. Ensuite, blottis dans les bras l'un de l'autre, ils avaient contemplé les étoiles dans un silence paisible. Pour la première fois de sa vie, il avait regardé le ciel sans penser avec nostalgie à son désir frustré de devenir astronaute. Le seul désir qu'il avait ressenti avait pour objet la femme qui se trouvait dans ses bras. Il l'avait embrassée, et la passion les avait de nouveau emportés. Mais comment allait-elle supporter la vie au palais ? Certes, elle y avait déjà séjourné, mais brièvement, en tant qu'employée, dans le cadre d'une mission précise. Pas pour une durée indéterminée, en tant que membre de la famille royale. Une fois qu'ils seraient mariés, dans quelques semaines, elle commencerait à assumer ses nouvelles responsabilités…

Theseus se remémora sa réaction le matin même au petit déjeuner. Alors que Toby était parti à la cuisine pour réclamer des crêpes au chef, il avait donné à Jo les CV des employés qu'il lui recommandait, afin qu'elle puisse les convoquer pour un entretien après le gala.

Elle l'avait regardé avec une mine interloquée.

— Tes employés personnels, avait-il expliqué. Tu vas avoir besoin d'aide pour organiser ton emploi du temps et pour faire des recherches documentaires sur les ambassadeurs ou les hommes d'affaires que nous recevrons.

Il te faudra également quelqu'un pour s'occuper de ta garde-robe. Ma mère et ma grand-mère avaient toutes les deux une couturière personnelle. Et bien sûr tu auras besoin d'une assistante pour gérer tout ce monde...

A la fin de ces explications, elle semblait au bord du malaise...

Il était tard quand Theseus arriva à la villa. Quelques membres du personnel étaient encore debout, mais Jo et Toby s'étaient couchés. Toby dormait profondément, bras et jambes écartés. Il s'approcha en silence du lit et remonta les couvertures sur son fils avant de déposer un baiser sur son front. Puis, l'estomac noué, il se rendit dans la chambre de Jo et ferma la porte derrière lui. Elle lisait.

— Je pensais te trouver endormie.

— Moi aussi je pensais que je dormirais déjà.

Il s'assit au bord du lit et glissa les doigts dans ses cheveux.

— Les préparatifs du gala avancent ? demanda-t-elle.

— Tout marche comme sur des roulettes. A part les répétitions de la violoniste engagée par Talos pour jouer la dernière composition de notre grand-mère...

— Quel est le problème ?

— Il se trouve qu'elle souffre d'un trac pathologique.

— Ah... C'est pour ça que Talos passe autant de temps avec elle ? demanda Jo d'un ton malicieux.

— Il dit qu'il *l'aide*.

Ils rirent tous les deux et roulèrent enlacés sur le lit.

Les jours se succédèrent dans un tourbillon de soleil et de bains entre la plage et la piscine, puis tout à coup ce fut la veille du gala. Où avait filé le temps ? se demanda

Jo avec stupéfaction. Theseus, qui avait passé toute la journée au palais, rentra si tard qu'elle était en train de s'assoupir quand il entra dans la chambre.

— Tout est prêt ? s'enquit-elle

— Oui. A l'heure où nous parlons, les livres sont en route.

Un problème avec l'imprimeur l'avait retenu au palais encore plus longtemps que d'habitude. Toute la semaine il était rentré tard, et chaque soir elle s'était surprise à consulter sa montre en permanence, impatiente qu'il arrive.

— Tu as dormi ? lança-t-il en déboutonnant sa chemise.

— Un peu.

Elle s'assit dans le lit.

— Je crois que mon esprit est trop encombré pour que je puisse déconnecter complètement.

— Nerveuse ?

— Terrifiée.

Demain, elle rencontrerait le roi. Une fois le gala terminé, il serait informé de l'existence de Toby. Leur vie changerait irrémédiablement.

— Il ne faut pas, dit Theseus d'une voix apaisante.

Elle soupira. C'était facile pour lui de dire ça...

— J'ai eu Giles au téléphone, ajouta-t-il.

— Comment va-t-il ?

— Il a beaucoup de travail, répondit Theseus. Il m'a demandé de te transmettre ses félicitations pour la biographie. Tu ne m'avais pas dit que tu avais décroché un poste chez lui en travaillant bénévolement.

— J'étais aux abois. Je n'avais pas obtenu le poste que j'avais en vue à Londres.

— Pourquoi ?

— Je souffrais d'une forme extrême et rare de nausées matinales. Je vomissais tout le temps et je ne tenais pas debout. Impossible donc de déménager à Londres. J'ai d'ailleurs été hospitalisée pendant un mois. Quand je suis sortie, à la fin du quatrième mois de grossesse, le poste avait été donné à quelqu'un d'autre. Il y a quand même eu un côté positif, précisa-t-elle avec un sourire de dérision. J'ai perdu beaucoup de poids sans que Toby en soit affecté.

— Et ce poste que tu avais trouvé à Londres, c'était quoi ?

— Je devais travailler comme responsable de collection chez un éditeur spécialisé dans la littérature jeunesse. J'avais très envie de travailler dans cet univers.

Le cœur de Theseus se serra. Au lieu de ça, elle s'était retrouvée à travailler sur des ouvrages historiques et des catalogues de musées…

— Bref, Quand je suis sortie de l'hôpital, je suis allée voir tous les éditeurs que j'ai pu trouver à Oxford et je leur ai proposé une mission non rémunérée jusqu'à la naissance de mon bébé. En contrepartie, si je faisais mes preuves ils devaient penser à moi le jour où un poste serait disponible. Giles a accepté.

« On dit que la fortune sourit aux audacieux, et c'est vrai, poursuivit-elle. Une semaine après avoir loué mon propre appartement, j'ai reçu un coup de téléphone de Giles qui me proposait un poste de rédactrice. Ça tombait vraiment bien.

— Et tu es satisfaite de ce poste ?

— Oh ! oui. Très. Mes collègues sont fantastiques. J'ai fini par beaucoup apprécier le travail.

Bien sûr, songea Theseus. Elle aurait pu s'apitoyer sur son sort et ressasser ses regrets, mais au lieu de ça elle avait saisi avec enthousiasme l'occasion qui se présentait. De même qu'elle arborerait un sourire vaillant le jour où elle deviendrait membre à part entière de la famille royale…

12

— Je suis présentable ? demanda Jo dès que Theseus entra dans la pièce.

L'éclat de son regard lui donna la réponse à sa question. Quand il la prit dans ses bras pour l'embrasser, elle détourna la tête en protestant.

— Tu vas abîmer mon rouge à lèvres !

— Je m'en moque.

— Eh bien pas moi ! J'ai passé deux heures à me préparer.

— Et tu es éblouissante.

La sincérité criante de ce compliment la fit rougir de plaisir, et elle ne résista pas à la tentation de se jeter encore un coup d'œil dans le miroir. Lors d'une nouvelle séance de shopping en compagnie d'Elektra, elle avait trouvé une robe en crêpe ivoire avec un décolleté en V. Elle avait choisi de la porter avec une ceinture large en cuir havane et une paire d'escarpins à talons aiguilles en cuir tressé blanc. Quinze jours plus tôt, elle n'aurait jamais envisagé de mettre une tenue qui souligne à ce point ses courbes généreuses, mais la fascination que ces dernières exerçaient sur Theseus lui avait donné de l'assurance. C'était la première fois de sa vie qu'elle osait un décolleté aussi plongeant ! Elektra lui avait fait un élégant chignon torsadé, puis elle l'avait maquillée.

Ses yeux n'avaient jamais paru aussi bleus et ses lèvres aussi… sensuelles.

Aujourd'hui, en tant qu'invitée de Theseus, elle allait rencontrer le roi et de nombreux dignitaires à l'occasion du déjeuner qui aurait lieu avant le gala. Plusieurs cartons de biographies étaient arrivés à la première heure de la matinée, et une dizaine d'employés du palais étaient en train de les préparer pour les distribuer aux cinq mille participants au gala. Cependant, Theseus voulait remettre lui-même au roi Astraeus l'exemplaire qui lui était destiné. Il n'y avait fait aucune allusion, mais elle savait qu'il appréhendait la réaction de son grand-père. Pour ne pas ajouter à sa nervosité, elle s'efforçait de maîtriser sa propre terreur à la perspective de rencontrer tous ces gens importants avec qui elle devrait se montrer spirituelle et enjouée… Après le déjeuner, ils se rendraient au théâtre en plein air situé dans le parc du palais. Theseus assisterait au gala depuis la loge royale, en compagnie de sa famille. De son côté, elle serait rejointe sur les gradins par Toby et Elektra.

Lorsque Jo l'embrassa avant de partir, Toby s'exclama :

— Maman, tu ressembles à une princesse !

Ravie de ce nouveau compliment, aussi sincère que ceux de Theseus, elle monta avec ce dernier dans la limousine qui les conduisit au palais. A peine quinze jours s'étaient écoulés depuis qu'elle l'avait quitté pour la villa, mais elle avait l'impression que cela faisait beaucoup plus longtemps. Le soleil déjà haut dans le ciel se réverbérait sur les toits bigarrés et les façades abondamment ornées des différents bâtiments, mettant en relief l'architecture hétéroclite qui conférait à ce lieu un charme unique. Le chauffeur arrêta la limousine devant l'entrée privée de Theseus. Quelques instants plus tard ils étaient dans son bureau. Dimitris tendit à Theseus un livre relié portant en couverture la photo du roi. La biographie...

— Le roi vous attend, Votre Altesse.

— Un courtisan va te conduire à la salle de réception où les invités doivent se retrouver avant le déjeuner. Attends-moi là-bas, dit Theseus à Jo avant de quitter le bureau.

Il trouva son grand-père dans son fauteuil roulant devant la fenêtre, en costume de cérémonie, avec une écharpe pourpre. Seule son infirmière l'accompagnait. Prenant une profonde inspiration, Theseus franchit le seuil de la pièce. Il avait préparé un discours. Pour exprimer ses remords pour sa conduite passée et sa volonté d'honorer son grand-père. Mais les mots restaient coincés dans sa gorge. Il tendit le livre à Astraeus. Visiblement intrigué, celui-ci le prit, le posa sur ses genoux et l'ouvrit d'une main tremblante. Après plusieurs minutes pendant lesquelles seule sa respiration sifflante troubla le silence, il leva un regard humide vers Theseus.

— C'est toi qui as conçu cette biographie ?

Theseus hocha la tête.

— C'est magnifique... Quand as-tu fait ça ? Je n'étais pas du tout au courant.

— Je voulais te faire la surprise.

— Pour une fois, un secret a été bien gardé dans ce palais.

— Les menaces de représailles ont fait leur effet, plaisanta Theseus.

Le rire d'Astraeus se transforma en toux. Quand celle-ci se fut calmée, il déclara avec émotion :

— C'est merveilleux d'avoir fait ça pour moi. Je te remercie de tout mon cœur, Theseus.

— J'ai voulu t'offrir un témoignage de ma reconnaissance et de mon estime. Il m'est arrivé d'avoir une conduite irrévérencieuse et d'être un sujet de honte pour toi, mais sache que suis très fier d'être ton petit-fils.

Le vieux roi secoua la tête.

— Theseus, tu n'étais pas un mauvais garçon. Rhea disait que tu étais une âme en peine. Elle t'adorait.

— Je sais. Je ne me pardonnerai jamais de ne pas avoir été là quand…

La voix de Theseus se brisa. Astraeus lui saisit le poignet et le fit s'accroupir pour le regarder dans les yeux.

— C'est du passé. Ce livre que tu as conçu pour moi…

Une larme roula sur la joue du roi, qui se ressaisit avant d'ajouter :

— Ta grand-mère serait très fière de toi. Pour ce présent inestimable et pour la façon dont tu as pris ta vie en main. Tu fais honneur au nom des Kalliakis, et je suis fier de t'avoir pour petit-fils.

La gorge nouée, Theseus ferma les yeux et se pencha en avant pour déposer un baiser sur la joue de son grand-père. Mais il n'eut pas le temps de savourer le moment, car ses frères entraient dans la pièce.

— Serait-ce une réunion de famille à laquelle nous n'avons pas été invités ? plaisanta Helios.

Talos prit la biographie des mains de leur grand-père, et ils la feuilletèrent tous les quatre ensemble avec nostalgie jusqu'à ce que l'assistante du roi vienne leur annoncer que le moment était venu de rejoindre leurs invités.

Une armée de serveurs s'affairait dans la salle de réception, proposant aux invités des coupes de champagne ou des jus de fruits. Sur une table, à gauche de la porte, était posée une pile de biographies.

— Je peux ? demanda Jo.

— Bien sûr.

Un valet de pied lui tendit un exemplaire. Elle étudia la couverture, puis le feuilleta en humant l'odeur du papier. Au bas de la couverture on pouvait lire « Fiona Samaras & Joanne Brookes ». Envahie d'une immense fierté, elle effleura son nom du bout des doigts, puis elle ouvrit le livre et tourna les premières pages. Ce livre, elle avait contribué à l'écrire. La seule ombre au tableau était l'absence de Fiona. Au fil de leurs quatre années de collaboration au sein de la maison d'édition, et des cours de grec que Fiona lui avait donnés, elles étaient devenues amies. Quel dommage qu'elles ne puissent pas célébrer ensemble l'aboutissement de leur travail !

Jo étudia les photos du mariage des parents du roi, qui avait été célébré un siècle plus tôt. Dire qu'elle allait bientôt faire partie de cette famille hors du commun… Récemment encore, la perspective de devenir une Kalliakis la terrorisait. Aujourd'hui elle était très fière, et déterminée à assumer pleinement son rôle. Elle s'était attachée à cette île et à ses habitants. Quant à l'homme auquel elle allait s'unir…

Soudain, une image s'imposa à l'esprit de Jo. Hier elle avait regardé Theseus apprendre à nager à Toby dans la piscine. Il était revenu du palais spécialement pour ça. Elle entendait encore leurs rires… Toutes ses craintes au sujet de Toby s'étaient envolées. Toby aimait son père. Et Theseus aimait son fils. C'était flagrant. Un mouvement à l'entrée de la salle arracha Jo à ses pensées. Un vieil homme amaigri en fauteuil roulant venait de faire son entrée. Malgré son manque de vigueur évident, il respirait l'autorité. Theseus se tenait à ses côtés, Helios et un autre homme qui devait être Talos les accompagnaient. Les quatre hommes étaient majestueux, mais elle n'avait d'yeux que pour Theseus. Une évidence s'imposa soudain à elle : elle était éperdument amoureuse de lui. Depuis le jour où il avait volé à son secours au Marin's Bar. Par la suite, elle avait réussi à se convaincre qu'elle avait tourné la page, mais c'était un leurre. Ses sentiments pour lui étaient beaucoup trop profonds…

Il la rejoignit et lui prit la main.

— Mon grand-père veut te rencontrer avant que nous passions à table.

Il avait un ton enjoué et ses yeux brillaient d'un éclat inhabituel, nota-t-elle confusément, encore sous le choc de l'aveu qu'elle venait enfin de se faire.

— Dois-je faire la révérence ?

— Etant donné que c'est un déjeuner officiel, oui. Mais uniquement à mon grand-père.

Quelques secondes plus tard, Theseus faisait les présentations avec une fierté manifeste. Très impressionnée, Jo s'inclina devant le roi en priant pour que ses jambes ne se dérobent pas sous elle. Le vieil homme lui prit la main et la serra longuement entre les siennes.

— Ma biographie… C'est un cadeau inestimable qui me touche beaucoup.

— Ce fut un honneur pour moi de participer à son élaboration. Mais Fiona en a rédigé la plus grande partie.

— Mon petit-fils m'a dit que vous avez pris la relève du jour au lendemain et que vous avez dû travailler jour et nuit pour la terminer à temps ?

— Oh ! c'est lui qui a fourni l'essentiel du travail. Même si Fiona et moi avons consacré beaucoup de temps à la rédaction, ce n'est rien en comparaison de celui qu'il a fallu à Theseus pour rassembler et organiser la documentation.

Le roi leva vers son petit-fils un regard ému.

— Oui, j'ai beaucoup de chance. J'ai trois petits-fils fantastiques. Mon île est entre de bonnes mains.

Theseus était tellement bouleversé qu'il avait toutes

peines du monde à respirer. Jo minimisait le rôle qu'elle avait joué pour vanter ses mérites devant son grand-père !

Un valet de pied annonça que le déjeuner était servi. Au même instant, Astraeus saisit le poignet de Theseus et lui fit signe de se pencher vers lui.

— Je suppose que cette jeune femme est la mère de ton fils ?

Theseus resta bouche bée. Son grand-père sourit.

— Tu t'imaginais que tu pouvais me cacher ça ? Une biographie c'est possible, mais un enfant… J'ai peut-être un pied dans la tombe, mais je suis encore le roi !

— J'avais prévu de te le dire…

— Après le gala, je sais, coupa Astraeus avec un sourire malicieux. Comment va le petit garçon ?

— Il s'adapte bien.

— Je suis très impatient de le voir.

— C'est réciproque.

— Amène-le-moi après le déjeuner.

— Il va être ravi ! Mais il faut que je te prévienne. Il croit que tu as un tapis volant.

Astraeus pouffa.

— Il paraît qu'il te ressemble ?

— Tes espions sont décidément d'une efficacité redoutable, commenta Theseus d'un ton pince-sans-rire.

— C'est bien pour ça que ce sont mes espions ! Mais si tu veux tu pourras les garder après ma mort.

Theseus s'efforça de masquer sa consternation. Comment son grand-père pouvait-il parler de sa mort prochaine avec une telle sérénité ?

— Tu comptes épouser Jo dans quelques semaines, c'est bien ça ? demanda Astraeus.

— Oui.

— Es-tu certain qu'elle a envie de t'épouser ?

— Elle sait que c'est la meilleure solution pour notre fils.

— N'élude pas la question, Theseus. A-t-elle envie de t'épouser, oui ou non ?

Aucun son ne sortit de la gorge de Theseus.

— Dois-je interpréter ton silence comme une réponse négative ?

— Quel autre choix avons-nous ? La loi interdit à Toby de devenir membre de notre famille et d'hériter de ma fortune si nous ne nous marions pas.

Astraeus balaya cette objection d'un geste de la main.

— Tu crois être le premier Kalliakis à avoir un enfant hors mariage ? Ta fortune n'appartient qu'à toi. Si tu veux la lui léguer, il y a des solutions.

— Tu me suggères de ne pas épouser sa mère ? lâcha Theseus avec perplexité.

— Je te suggère de bien réfléchir avant de contracter un mariage dont vous ne pourrez vous libérer ni l'un ni l'autre. Mais quoi que tu décides sache que tu auras mon soutien. Maintenant, allons rejoindre nos invités…

Theseus se leva péniblement du canapé dans son appartement du palais. A en juger par les rayons qui filtraient à travers les volets, le soleil s'était levé bien avant lui… Il avait prévu de retourner à la villa après la réception, mais Talos avait disparu — sans doute en compagnie de la fabuleuse violoniste qui avait arraché des larmes à tout le public — et son grand-père s'était couché tôt. Si bien qu'Helios et lui avaient été obligés d'assumer le rôle d'hôtes. Après le départ des derniers invités, la princesse Catalina, désormais fiancée officielle d'Helios, avait repris l'avion pour la principauté de Monte Cleure en compagnie de son père, et Helios avait marmonné qu'il avait besoin de boire « quelque chose de fort ». Armés d'une bouteille de gin et de deux verres, ils s'étaient réfugiés dans l'appartement d'Helios et avaient bu jusqu'au petit matin. Theseus soupira. Lequel des deux en avait-il eu le plus besoin ? Pour sa part en tout cas, cela ne lui était pas arrivé depuis des années. Ils auraient dû avoir le cœur à faire la fête. Lui-même parce qu'il avait enfin atteint l'objectif qu'il visait depuis qu'il avait renoncé à être Theo, cinq ans plus tôt. Et Helios parce qu'il venait de se fiancer. Ils avaient donc tous les deux d'excellentes raisons de se réjouir. Au lieu de ça, ils avaient bu pour noyer leur chagrin…

Il n'avait pas cessé de penser à Jo. Qui avait vanté ses mérites avec chaleur devant son grand-père. Qui aimait son fils aussi farouchement que leur mère les avait aimés Helios, Talos et lui. Comme leur mère, Jo était pure et généreuse. Elle méritait d'être heureuse. Elle méritait mieux que lui. Quand il avait décidé de reprendre sa place au palais et d'assumer son rôle de prince, il avait renoncé à ses rêves. Ce choix, il l'assumerait jusqu'au bout. Mais avait-il le droit de l'imposer à Jo ? Elle avait déjà fait tant de sacrifices… Au nom de quoi la contraindrait-il à une vie dont elle n'avait pas envie ? Pendant tout le déjeuner, elle avait été très pâle. Et, quand Toby avait été présenté à son grand-père, elle s'était mise en retrait, se contentant de les regarder tour à tour, son grand-père, Toby et lui-même. Toby n'avait pas été impressionné le moins du monde. Il avait bavardé avec le roi comme s'il le connaissait depuis toujours. Mais cette anxiété sur le visage de Jo… Le cœur de Theseus se serra douloureusement. Non, il ne pouvait pas lui infliger ça.

13

En arrivant à la villa, Theseus trouva Jo et Toby dans la piscine.

— Papa ! Regarde ! Je nage avec maman !

Theseus se figea. « Papa » ? Son fils l'avait appelé papa… Le mot qu'il espérait… Jusque-là il se contentait qu'il l'appelle Theseus, bien sûr. Comment aurait-il pu demander à son fils d'employer pour l'appeler un terme affectueux qu'il n'avait pas mérité ? Il n'avait pas été présent à la naissance de Toby, ni pendant les quatre années qui avaient suivi. Tout ça parce qu'il n'avait pas su voir assez tôt ce que son cœur avait compris dès le premier instant : Joanne Brookes était une femme exceptionnelle. Et c'était pour cette raison qu'il devait lui rendre sa liberté…

Theseus s'avança jusqu'au bord de la piscine et sourit à son fils. *Je t'aime, Toby Kalliakis. Je ne t'abandonnerai jamais. Je serai toujours là pour toi. Toujours.*

— Le chef est en train de préparer des cookies, dit-il à voix haute. Si tu vas le voir maintenant, tu pourras en manger.

— Je peux, maman ? fit le petit garçon en se tortillant dans les bras de Jo.

Les yeux fixés sur Theseus, Jo hocha la tête et déposa son fils sur le bord de la piscine, où Elektra l'enveloppa dans une serviette avant de l'emmener dans la villa.

Le cœur de Jo battait à grands coups. A en juger par la

mine de Theseus, il s'était passé quelque chose de grave. Pourvu que ce ne soit pas son grand-père… Elle sortit de l'eau, ramassa sa serviette et s'en enveloppa avant de le suivre jusqu'à la table où les attendaient une carafe de jus de fruits et des verres.

— Tu as fait vos bagages ? s'enquit-il en fuyant son regard.

— Oui. Qu'y a-t-il ? Un problème avec l'appartement ? Nous pouvons très bien rester ici plus longtemps. Pour être honnête, Toby et moi nous nous plaisons beaucoup ici et…

— Il n'y aura pas d'appartement. Jo, vous rentrez chez vous.

— De quoi parles-tu ?

— Notre mariage est annulé. Toby et toi repartez en Angleterre.

— De quoi parles-tu ? répéta-t-elle, abasourdie.

Il leva vers elle un regard vide.

— J'ai eu tort d'insister pour qu'on se marie. Tu as fait un enfant avec Theo l'ingénieur, pas Theseus le prince. Te demander aujourd'hui de renoncer à ta vie après tous les sacrifices que tu as déjà faits… Je ne peux pas. Tu mérites de mener la vie dont tu as envie et pas celle qu'on t'impose.

— Qu'est-ce que tu racontes ? insista-t-elle d'une voix blanche. Je ne comprends pas. Ai-je commis une erreur ?

— Non.

Theseus eut un petit rire sans joie.

— Au contraire. Tu as été parfaite. C'est moi qui n'ai commis que des erreurs. Aujourd'hui je les répare.

— Mais… et Toby ?

— C'est de toi que Toby a besoin. Je vais le reconnaître, bien sûr, et il pourra venir ici quand il voudra. De mon côté, j'irai en Angleterre à chaque fois que je le pourrai. Nous nous appellerons en vidéo.

— Je ne comprends pas... Tu voulais être un véritable père pour lui... Il a besoin de toi aussi pour être heureux.

— Je peux disposer de ma fortune personnelle comme je l'entends.

Theseus sortit une enveloppe de sa poche.

— Tiens. C'est un chèque. Pour les frais des cinq dernières années... pendant lesquelles tu as lutté seule.

Jo prit machinalement l'enveloppe, sans avoir vraiment compris ce qu'il venait de dire. C'était un malentendu. Ça ne pouvait pas être autre chose.

— Je vais t'acheter une maison, poursuivit-il. Choisis ce que tu veux, où tu veux. Je te verserai également une pension. Et je vais faire des investissements et ouvrir des comptes au nom de Toby...

Theseus continuait de parler, encore et encore, mais elle n'entendait que le son de sa voix. Pas ce qu'il disait. Une panique insurmontable la submergeait.

— Mais... tu voulais que Toby devienne un Kalliakis...

Hébétée, elle était prête à se raccrocher à n'importe quoi. Elle ajouta :

— Si tu veux te débarrasser de moi, Toby et moi nous pouvons repartir en Angleterre après le mariage. A moins que ta Constitution l'exige, nous ne sommes pas obligés de vivre sous le même toit.

Theseus secoua la tête.

— Et si tu rencontres un autre homme ? Et si tu veux l'épouser ?

— Rencontrer un autre homme ? s'écria-t-elle d'une voix suraiguë. Comment veux-tu que ça m'arrive ? Tu es le seul ! Tu ne le vois donc pas ? Il n'y a jamais eu que toi ! Je t'aime...

Theseus pâlit.

— Je ne t'ai jamais demandé ton amour. Je t'ai demandé au contraire de protéger ton cœur.

— Tu crois que j'ai eu le choix ?

Theseus bondit sur ses pieds, appuya les poings sur la table et se pencha vers elle.

— L'amour ne fait pas le bonheur. Ma mère aimait mon père, et il lui a fait vivre un véritable calvaire. Je ne pourrai jamais te rendre heureuse. Peut-être quelques semaines, ou quelques mois, mais après ? Que se passera-t-il le jour où tu te réveilleras en proie à la frustration parce que tu auras pris conscience qu'il n'y a rien à attendre de plus ?

— Mais pourquoi n'y aurait-il rien à attendre de plus ?

Une pensée traversa soudain l'esprit de Jo.

— Tu ne t'es pas encore assez puni ? reprit-elle en baissant la voix. Tu as passé des années à essayer de te racheter après avoir tourné le dos à tes responsabilités. Est-il vraiment indispensable que tu sacrifies également le reste de ta vie ?

D'un geste rageur, Theseus saisit la carafe de jus de fruits et la lança de toutes ses forces dans la piscine. Jo le considéra avec effarement. Jamais elle ne l'avait vu dans une telle fureur. Même la nuit où il avait appris l'existence de Toby…

— Ne parle pas de ce que tu ne connais pas. Ma grand-mère m'aimait, mais à cause de mon égoïsme monstrueux je n'ai pas pu lui faire mes adieux.

— Quoi ?

— Je suis arrivé trop tard. Elle était déjà morte.

Jo porta les mains à ses joues, consternée. Il tenait tellement à revoir sa grand-mère…

— Tu ne peux pas t'en vouloir pour ça. Tu as fait tout…

— Si, je m'en veux ! Si j'avais pris mon portable quand

je suis parti faire de l'escalade, Helios aurait réussi à me joindre plus tôt et j'aurais eu trois jours supplémentaires pour rentrer au palais. Elle me réclamait, bon sang !

— Tu n'es pas responsable.

— Peu importe, le résultat est le même. Je n'étais pas là quand elle a eu besoin de moi. Depuis j'ai fait le vœu de l'honorer et d'honorer mon grand-père comme j'aurais dû le faire depuis toujours. C'est ma vie. Mon devoir. Je suis un prince d'Agon par ma naissance et je le resterai jusqu'à ma mort. Si nous nous marions, tu deviendras une princesse et tu seras privée des libertés auxquelles tu tiens. Irrémédiablement. Je refuse de t'infliger ça.

Un long silence suivit cette tirade. Même les oiseaux avaient cessé de chanter. Jo se leva, les jambes tremblantes.

— Tu n'as aucune raison de te priver de ta liberté. Il est possible de concilier devoir et liberté. Les bons moments que tu as vécus quand tu voyageais, ceux que nous avons partagés ici, dans cette villa…

— Tu n'étais pas dans cette villa en tant que princesse. C'était une parenthèse coupée du réel, et tu le sais. J'ai vu ta réaction quand tu as découvert le nombre d'employés que tu devrais avoir et le genre d'obligations que tu aurais à remplir. Tu ne tiendrais jamais le coup.

Malgré la dureté de sa voix, il y avait quelque chose dans le regard de Theseus qui donna à Jo le courage de poursuivre.

— Mes sentiments pour toi sont bien réels. Je ne suis pas une petite fleur fragile qui se flétrit pour un rien. Tu ne le vois pas ? C'est toi qui m'as rendue forte il y a cinq ans, Theo. Et je le suis restée. Pour toujours.

Le regard de Theseus devint dur.

— Quand vas-tu comprendre ? Je ne suis pas Theo. L'homme que tu aimes n'existe plus.

— C'est faux ! Theo est toujours là. Il fait partie de toi.

— Nikos viendra vous chercher dans deux heures pour vous emmener à l'aéroport.

Sur ces mots, Theseus pivota sur lui-même et s'éloigna en direction de la villa.

Non, non… Ça ne pouvait pas être terminé !

La mort dans l'âme, Jo le vit disparaître dans la villa sans un regard en arrière.

Theseus discutait avec Talos d'une nouvelle société qui lui paraissait constituer un investissement prometteur, mais il ne pensait qu'à Jo. De son côté, Talos semblait absent lui aussi. Il avait annoncé ses fiançailles avec sa belle violoniste et il avait visiblement hâte de la rejoindre. Quant à Helios, il était resté cinq minutes à leur réunion, puis il avait quitté la pièce d'une démarche mal assurée en prétextant un rendez-vous…

Theseus avait beau faire appel à toute sa volonté, il était incapable de se concentrer sur la conversation. Dire qu'il était persuadé que Jo serait soulagée de retrouver sa liberté… Qu'elle partirait en courant à l'aéroport…

Elle avait affirmé qu'elle l'aimait. C'était impossible. Il ne méritait pas son amour. A Illya il lui avait menti, et ici il avait exercé sur elle un chantage odieux. Comment pourrait-elle l'aimer ? *Theos,* elle lui manquait tant !

— Que t'arrive-t-il ?

La voix de Talos arracha Theseus à ses pensées.

— Rien.

— Debout ! intima Talos. On va à mon club de boxe. Tu as besoin d'évacuer ton « rien ». Si tu as la tête à Oxford, tu ne peux rien faire de bon ici.

Theseus bondit.

— Qu'en sais-tu ?

Talos croisa les bras et darda sur lui son fameux regard.

— Je suis beaucoup plus au courant que tu ne le penses.

Son café était froid. Oh ! de toute façon, il était infect. Le café préparé par le personnel de Theseus l'avait rendue trop exigeante... Jo était de retour en Angleterre depuis une semaine. Cent soixante-huit heures interminables, passées presque exclusivement à lutter pour ne pas s'effondrer devant Toby. La maternelle l'avait accueilli de nouveau à bras ouverts, si bien qu'elle disposait de quelques heures par jour pour hurler des insultes et bourrer les oreillers de coups de poing rageurs. Toby s'était bien réadapté à sa vie anglaise, et par chance leur propriétaire n'avait pas encore reloué l'appartement. C'était comme s'ils n'étaient jamais partis...

Leur séjour à Agon aurait pu tout aussi bien n'être qu'un rêve. Sauf qu'elle se réveillait tous les matins avec un bloc de pierre sur la poitrine... Heureusement qu'elle n'avait pas préparé Toby à une installation définitive à Agon. Ayant réalisé son rêve de rencontrer le roi — son arrière-grand-père — et reçu l'assurance qu'il pourrait revenir voir bientôt son papa, il avait été heureux de rentrer en Angleterre et de retrouver ses copains, sa tante, son oncle et sa cousine.

Abattue, désœuvrée, Jo regarda par la fenêtre. La rue était animée, tout le monde allait visiblement quelque part, dans la bruine du printemps. Pressant la joue contre la vitre, elle ferma les yeux. Que faisait-il en ce moment ? Avec qui était-il ? Toby lui manquait-il ? Elle, lui manquait-elle ?

Les yeux fixés sur l'échiquier, Theseus attendait que son grand-père joue. En réalité, son esprit était loin, très loin des pions disposés devant lui. Il était à des milliers de kilomètres, à Oxford. Et ça durait depuis plus d'une semaine…

— Tu joues ?

Il tressaillit. Son grand-père l'étudiait, l'air inquiet. C'était la première fois qu'ils jouaient aux échecs depuis le gala. Depuis qu'il avait renvoyé Jo. Il avait rendu une brève visite à son grand-père pour l'informer que le mariage était annulé et que Jo et Toby rentraient en Angleterre. Il s'était préparé à une pluie de questions, mais son grand-père s'était contenté de hocher la tête en disant :

— Tu es adulte. Tu sais ce qui est le mieux pour toi et pour ta famille.

Theseus déplaça son fou et se rendit compte trop tard que sa dame était exposée.

— Ça va s'arranger, dit son grand-père.

Il ne feignit pas de ne pas comprendre.

— Tu crois ?

— Est-ce que ça pourrait être pire ?

— Non.

En réalité, si, bien sûr. Un jour Toby, qui avait désormais son propre téléphone, avec lequel il l'appelait régulièrement, ferait allusion à un nouvel oncle. Oh ! pas tout de suite. Jo n'était pas le genre de femme à quitter le lit d'un homme pour sauter aussitôt dans celui d'un autre… Il ferma les yeux, dans l'attente d'une souffrance aiguë. Il ne se passa rien. En fait, il était tout simplement incapable d'imaginer Jo avec un autre homme…

— Dois-je comprendre que tu lui as laissé le choix de t'épouser ou pas et qu'elle a choisi la deuxième solution ? demanda son grand-père.

— Non. Je lui ai rendu sa liberté.

— En voulait-elle ?

— Non.

Le doigt de son grand-père se posa sur sa tour.

— Tu ne lui as pas laissé le choix ?

— Pour son bien.

— Il faut laisser les gens faire leur propre choix.

— Même si ce n'est pas le bon ?

Astraeus secoua la tête.

— Comment savoir ? Je pensais que ta grand-mère n'était pas le bon choix pour moi. C'était une princesse, mais je la trouvais trop indépendante pour devenir reine. Si j'avais eu le choix, j'aurais opté pour quelqu'un d'autre. Et j'aurais commis une immense erreur. Chaque jour de notre mariage, j'ai remercié le ciel de ne pas m'avoir laissé le choix. Parce que si c'était moi qui avais choisi, je n'aurais jamais trouvé l'amour.

Theseus se frotta la nuque. Encore l'amour. Il avait aimé ses parents, mais ils étaient morts beaucoup trop tôt. Cette perte, en particulier celle de sa mère, lui avait brisé le cœur. Il avait aimé sa grand-mère et sa disparition avait achevé de réduire son cœur en miettes. Et bientôt, son grand-père…

Il pensa à Jo. Son courage, son énergie farouche quand il s'agissait de protéger leur fils. *Theos*, s'il lui arrivait quoi que ce soit… Il en mourrait.

Un coup fut frappé à la porte, et Nikos entra, brisant le fil de ses pensées.

— Vous m'avez demandé de vous avertir s'il se passait quelque chose, dit-il en tendant un document à Theseus.

Lorsqu'il en prit connaissance, celui-ci sentit une douce chaleur se répandre dans ses veines, chassant le froid qui le glaçait depuis dix jours.

14

Jo enleva ses tongs en cuir fauve et les garda à la main, laissant ses pieds s'enfoncer dans le sable chaud d'Illya. La tête renversée en arrière, elle savoura longuement la brise dans ses cheveux. Elle avait tout son temps. Il y avait un seul endroit qu'elle voulait visiter.

Elle marcha le long de la plage, laissant les vagues lui lécher les pieds. Le soleil de mai lui caressait la peau, l'enveloppant d'une douce chaleur. Le froid qui la glaçait depuis qu'elle avait quitté Agon, deux semaines auparavant, s'estompa enfin. Cinq ans plus tôt, elle avait passé sur cette île les meilleurs moments de sa vie. Elle y avait perdu ses inhibitions, sa virginité, son cœur. Et malgré toute la souffrance qui avait suivi elle ne regrettait rien.

Illya, qui faisait partie d'un petit groupe d'îles rocheuses de l'Adriatique, avait très peu changé. Le ferry quotidien restait le seul moyen d'accès et le Marin's Bar l'unique bar. En fait de bar, c'était plutôt une paillote au toit de palmes, avec une grande cuisine à l'arrière et quelques bungalows disséminés tout autour. Aujourd'hui, elle aurait dû épouser Theseus… Mon Dieu, que faisait-elle ici ?

Trois jours plus tôt, alors qu'elle rentrait par une rue commerçante après avoir déposé Toby à la maternelle, elle était passée devant une agence de voyages. Dans la vitrine, une publicité pour des séjours à Korcula, une autre île croate, avait attiré son regard.

Aujourd'hui, elle était là. De retour à Illya. Là où elle avait regardé Theseus jouer au football sur la plage avec ses amis scandinaves. Le bar était vide, à l'exception d'une barmaid blonde qui l'accueillit avec un sourire chaleureux.

— Est-ce que Marin est là ? demanda Jo.

Elle avait toujours apprécié le propriétaire, un hippy vieillissant avec un dalmatien qui avait l'habitude de s'endormir aux pieds des clients.

— Il est sorti, mais il va bientôt revenir. Je vous sers quelque chose ?

— Une limonade, s'il vous plaît.

Jo promena son regard autour d'elle. Le décor n'avait pas beaucoup changé non plus. Les murs étaient couverts de photos de voyageurs, des centaines et des centaines de photos qui occupaient tout l'espace disponible. Et le grand panneau d'affichage, sur lequel les gens pouvaient se laisser des messages, était toujours accroché au-dessus du juke-box. Tout en buvant sa limonade, elle regarda les photos. Peut-être verrait-elle des visages familiers… Elle resta clouée sur place. Il y avait une photo d'elle et de Theo, prise le lendemain de leur rencontre. Levant leurs verres, joue contre joue, ils tiraient la langue à l'objectif. Qui avait mis cette photo là ? Elle effleura leurs visages. Côte à côte, ils formaient un cœur. Une souffrance indicible la transperça, si intense qu'elle dut s'agripper à une table. Elle prit plusieurs inspirations. Ça allait passer. Ça passait toujours…

— Je me doutais que je te trouverais ici.

Elle pivota sur elle-même, renversant la moitié de son verre de limonade. Theseus ? Elle ferma les yeux. Les rouvrit. Les referma. Les rouvrit. Il était toujours là… En pantalon de toile, torse nu, les cheveux ébouriffés. La mâchoire ombrée d'une barbe naissante, il affichait un sourire malicieux, mais l'appréhension se lisait dans ses yeux. Elle ouvrit la bouche, mais aucun son n'en sortit. Elle secoua la tête.

— Que fais-tu là ? finit-elle par demander d'une voix étranglée.

— Je t'attendais.

— Mais comment… ?

Il eut un petit sourire contrit.

— Tu es la mère de mon fils. Toby et toi êtes discrètement accompagnés de gardes du corps depuis que vous avez quitté Agon. Dès qu'ils m'ont informé que tu avais réservé un voyage à Korcula, j'ai su que tu viendrais ici.

Il la rejoignit.

— C'est moi qui ai accroché cette photo, dit-il en effleurant la photo d'eux comme elle l'avait fait quelques instants plus tôt.

— C'est toi ?

Elle ne reconnaissait pas sa propre voix. Elle lui paraissait très lointaine… D'un instant à l'autre elle allait se réveiller sur le ferry de Korcula, la grande île qui se trouvait à une heure d'Illya et où elle avait laissé Toby dans une pension de famille avec son frère et sa belle-sœur.

— Je l'ai retrouvée la semaine dernière dans un carton dans mon dressing. A mon retour d'Illya, j'ai mis tout ce qui était lié à mes voyages dans des cartons et j'ai essayé de les oublier. J'ai même retrouvé mon ancien téléphone. J'avais demandé à Stieg — tu te souviens de lui — de nous photographier.

Theseus eut un sourire en coin.

— Il y avait des tas de photos de toi dans ce téléphone. Bien plus que de n'importe qui d'autre. Je vais te montrer.

Il sortit son vieux portable de la poche arrière de son pantalon.

— Tu vois ?

Mais ses mains tremblaient trop pour qu'elle puisse

prendre le téléphone. Theseus se rapprocha d'elle et fit défiler les clichés. Des dizaines et des dizaines, des paysages pour la plupart. Elle apparaissait sur la moitié des autres et ne posait que sur deux d'entre eux. Le reste avait été pris par Theseus sans qu'elle en ait conscience.

— Et ce n'est pas tout, ajouta-t-il en ouvrant son carnet d'adresses.

— Tu vois, là ?

Elle hocha la tête, trop émue pour parler. Il y avait son nom. « Jo ». Et, dessous, son ancien numéro de portable.

— Viens, dit-il en la prenant par la main. Allons nous asseoir sur la plage.

Elle le suivit dehors, sur un petit nuage. Rêvait-elle ?

— A ton avis, pourquoi est-ce que je me rappelais que tu as du sang royal ?

— Parce que tu as une bonne mémoire.

— J'ai une bonne mémoire, c'est vrai. Mais quand il s'agit de toi je me rappelle absolument tout. Je me revois sur le ferry en train de supprimer ton numéro. Mais, quand j'ai eu le message me demandant de confirmer la suppression, j'ai renoncé. Je ne pouvais pas m'y résoudre. Quand je suis arrivé au palais…

Il lui prit la main et la porta à ses lèvres. Elle fut bouleversée par la tendresse de son baiser. Mon Dieu, elle ne rêvait pas… Theseus était bien là, avec elle !

— Helios a toujours su que son destin était de devenir roi. Le mien était d'être son ombre — son suppléant —, mais je rêvais d'autre chose. J'avais besoin de liberté. Quand j'ai décidé de voyager pendant deux ans, je n'ai pas eu conscience que ma famille considérait ça comme un reniement. Une marque de mépris envers le nom des Kalliakis. Quand je suis arrivé trop tard pour faire mes adieux à ma grand-mère, j'ai su que je devais choisir. Ou m'impliquer réellement dans la vie de ma famille, ou la quitter pour toujours. J'ai enfermé tout ce qui concernait mes voyages dans des cartons. Tous mes souvenirs. J'ai enfermé Theo dans un carton. Je ne pouvais pas être à la fois Theo et Theseus.

Il déglutit péniblement.

— A partir de ce moment, je me suis consacré à la vie du palais et à la société que j'ai fondée avec mes frères. Je voulais que mon grand-père soit fier de moi. J'étais déterminé à faire mes preuves, mais à l'intérieur j'étais vide. Et puis un jour tu es revenue dans ma vie…

Un sourire attendri aux lèvres, il caressa la joue de Jo.

— Si on m'avait dit il y a un mois que j'étais tombé amoureux d'une femme avec qui j'avais passé une seule nuit cinq ans plus tôt, je me serais esclaffé. Et pourtant c'est la vérité. Tu m'as apporté du réconfort au moment où j'en avais le plus besoin et tu m'as dérobé mon cœur par la même occasion. Depuis cette nuit-là, il n'y a pas eu d'autre femme que toi. Mais c'est seulement maintenant que je comprends pourquoi. Je t'appartiens corps et âme depuis cette nuit où nous avons conçu Toby. Quand tu es revenue dans ma vie, tu as comblé le vide qui était en moi. Mais je n'en ai pris conscience qu'après t'avoir renvoyée. Parce que sans toi le vide est redevenu abyssal.

Alors qu'elle s'apprêtait à parler, il posa un doigt sur ses lèvres.

— Non, je sais que tu m'aimes. Je l'ai toujours su. Dis-moi juste une chose. Quand je t'ai renvoyée en Angleterre parce que je croyais stupidement savoir ce qui était le mieux pour toi, je t'ai privée de ta liberté de choix. Est-ce que…

— Mon choix, c'est toi.

— Mais…

Cette fois, ce fut Jo qui posa un doigt sur les lèvres de Theseus.

— A ton tour de m'écouter. Je n'ai jamais rêvé d'explorer les étoiles. Mon seul rêve c'était de trouver ma place dans le monde et je l'ai trouvée auprès de toi. Tu m'as révélée à moi-même. Si je suis fière de ce que je suis aujourd'hui, c'est grâce à toi. C'est le plus beau cadeau que tu pouvais me faire.

Elle traça le contour de sa mâchoire du bout des doigts avant de reprendre :

— La vie de palais ne m'effraie pas autant que tu le penses. Et de toute façon, du moment que tu es auprès de moi, je suis prête à tout. Je serai fière d'être ta princesse et de représenter la plus grande famille de la planète.

Il soupira et déposa un baiser sur ses lèvres.

— Après la façon dont je t'ai traitée, je n'osais pas espérer…

— La liberté peut prendre de multiples formes. Tu n'es pas obligé de réprimer ta vraie nature en permanence.

— Oui, j'ai fini par le comprendre. Ma grand-mère était une femme au grand cœur. Elle m'aurait pardonné. A présent, c'est à moi de me pardonner à moi-même. Et curieusement quand je suis avec toi mon besoin de liberté s'évanouit. Avec toi, je me sens libre.

Elle lui prit le visage à deux mains.

— Je t'aime.

— Moi aussi, je t'aime, répondit-il avant de l'embrasser avec ferveur.

Épilogue

— Bonjour, princesse.

Jo ouvrit les yeux. Son mari était assis au bord du lit.

— Quelle heure est-il ?

— 6 heures.

— C'est le milieu de la nuit !

— Les vagues nous attendent.

Il avait appris à surfer à Jo, et elle y avait pris goût. Trois mois après leur mariage, rien ne leur plaisait autant que de se lever tôt quand les vagues étaient bonnes, puis de passer la matinée sur la plage avec Toby avant de partir au palais pour y remplir leurs obligations. Avec la bénédiction de tous les Kalliakis, ils avaient en effet décidé de rester à la villa.

— Je pense que je vais m'abstenir ce matin.

— Ah bon ? Tu ne te sens pas bien ?

— Si, si, mais je crois qu'il va falloir consulter un médecin pour s'assurer que je peux faire du surf sans risque pendant les sept ou huit prochains mois.

Theseus ouvrit des yeux ronds.

— Tu veux dire que tu es… ?

— J'ai plus d'une semaine de retard !

— Je vais être de nouveau père ?

— Il n'y a qu'un moyen de le savoir.

Elle bondit hors du lit et prit dans la commode le test

de grossesse qu'Elektra avait acheté pour elle la veille. Elle se rendit dans la salle de bains et en ressortit trois minutes plus tard, rayonnante.

— Que préfères-tu ? Un garçon ou une fille ?

Avec un cri de triomphe, Theseus la souleva de terre et la porta jusqu'au lit.

MICHELLE SMART

Quand l'amour fait loi

Traduction française de
ÉLISABETH MARZIN

HARLEQUIN

Titre original :
HELIOS CROWNS HIS MISTRESS

Ce roman a déjà été publié en 2017

1

— Il faut vraiment que tu te rases ? demanda Amy Green d'une voix câline tout en admirant les fesses et le dos nus d'Helios.

Il lui adressa un clin d'œil dans le miroir de la salle de bains.

— Ça repoussera.

Amy fit la moue. Avec précaution. Son masque à l'argile avait séché et il lui était difficile de bouger un seul muscle de son visage sans qu'il se craquelle. Encore dix minutes et elle pourrait le rincer.

— Tu es tellement sexy avec la barbe !

— Parce que sans barbe je ne le suis pas ?

— Bien sûr que si ! Tu es toujours sexy !

Beaucoup trop sexy… Avec ou sans barbe. Même la voix d'Helios était sexy. Une voix chaude et profonde, que l'accent agonite rendait encore plus mélodieuse. Grand, élancé, athlétique, la peau mate et les cheveux noirs comme l'ébène, Helios avait tout d'un pirate. La fine cicatrice qui suivait l'arête de son nez aquilin — souvenir d'une bagarre d'adolescents avec son frère Theseus — et qu'il arborait avec fierté, ajoutait à la virilité qui émanait de lui.

Amy réprima un petit soupir d'aise. C'était l'homme le plus sexy qu'elle eût jamais rencontré… Bientôt son corps musclé serait caché sous un smoking, mais sa force et sa vitalité resteraient flagrantes. L'éclat de ses yeux noirs serait toujours aussi polisson. Il deviendrait le prince Helios Kalliakis, héritier du trône d'Agon, mais il resterait un homme de chair et de sang. Il souleva le rasoir pour le lui montrer dans le miroir.

— Tu es sûre que tu ne veux pas le faire ?

Amy secoua la tête.

— Tu imagines, si je te coupais ? Je serais arrêtée pour haute trahison.

Il sourit et essuya d'un revers de main le miroir embué par la vapeur du bain dans lequel elle se prélassait. Réprimant un sourire malicieux, elle étira la jambe droite et ouvrit légèrement le robinet d'eau chaude avec son orteil.

— Je suis sûr que remplir la pièce de buée pour m'empêcher de me voir dans le miroir serait également considéré comme un acte de haute trahison, rétorqua-t-il en mettant le ventilateur en marche.

Puis il s'accroupit à côté de la baignoire et approcha son visage du sien.

— Encore un autre acte comme celui-ci, *matakia mou*, et je serai obligé de te punir.

— Et quel genre de punition devras-tu m'infliger ? demanda-t-elle, le souffle court.

Dire qu'elle se croyait comblée pour longtemps après la « sieste » qu'ils venaient de faire... Elle vibrait de nouveau de désir. Une étincelle jaillit dans les yeux noirs fixés sur elle, et un sourire narquois étira les lèvres qui l'avaient couverte de baisers un moment plus tôt. Une bouche qu'elle ne se lasserait jamais d'embrasser.

— Une punition que tu n'oublieras jamais.

Helios gronda et fit mine de la mordre avant de se redresser pour reprendre place devant le miroir. Tout en la surveillant du coin de l'œil, il prit son blaireau, le trempa dans un pot et recouvrit sa barbe noire d'une épaisse couche de mousse blanche.

Amy ne parvenait pas à détacher ses yeux de lui. Le voir se raser comme s'il était la vedette d'un vieux film en noir et blanc était fascinant, mais également assez effrayant. La lame de son rasoir était très tranchante. Un faux mouvement et…

C'était malgré tout un spectacle intéressant. S'il le voulait, Helios pourrait claquer des doigts et une armée de courtisans arriveraient en courant pour le raser. Mais ce n'était pas son genre. Les Kalliakis étaient des descendants directs d'Ares Patakis, le guerrier qui avait libéré Agon du joug vénitien, huit siècles plus tôt. Dans l'éducation des princes d'Agon, le maniement des armes était aussi important que la maîtrise du protocole. Pour Helios, son rasoir était une arme parmi d'autres. Amy attendit qu'il ait essuyé la lame sur une serviette avant de demander :

— Si je comprends bien, malgré toutes mes petites allusions, tu ne m'as pas réservé une place, ce soir ?

En fait de « petites allusions », elle n'avait pas cessé de rappeler à la moindre occasion qu'elle adorerait assister au bal dont toute l'île parlait. Mais elle n'avait jamais espéré sérieusement recevoir une invitation. Elle n'était qu'une employée du musée du palais. Et encore, une employée temporaire…

Comme sa relation avec Helios. Il n'était pas prévu qu'ils restent ensemble pour toujours, se rappela-t-elle avec un étrange pincement au cœur. Leur liaison n'avait jamais été un secret, mais elle n'avait jamais été affichée non plus. Elle n'était pas la petite amie d'Helios, mais sa maîtresse. C'était clair depuis le début. Elle n'avait pas de place officielle dans sa vie et elle n'en aurait jamais.

Il rasa une autre bande de peau.

— Tu sais à quel point j'apprécie ta compagnie, mais il ne serait pas approprié que tu assistes au bal.

Elle fit la grimace, oubliant son masque qui se fissura autour des lèvres.

— Oui, je sais. Je suis une roturière et tous les gens qui sont invités au bal appartiennent à la « crème de la crème ».

— Rien ne me ferait plus plaisir que de te voir au bal, vêtue de la plus belle robe haute couture qui puisse exister. Mais il serait inapproprié que ma maîtresse assiste au bal pendant lequel je dois choisir ma future épouse.

L'eau chaude du bain refroidit subitement.

Amy se redressa.

— Ta future épouse ? De quoi parles-tu ?

Helios croisa son regard dans le miroir.

— L'objectif de ce bal est que j'y choisisse ma future épouse.

Après un silence, elle demanda :

— Comme dans *Cendrillon* ?

— Exactement.

Helios essuya de nouveau la lame sur la serviette.

— Tu sais déjà tout ça...

— Non, répliqua-t-elle, glacée jusqu'aux os. Je pensais que ce bal était une réception de prégala.

Dans trois semaines, Agon accueillerait des chefs d'Etat et des dignitaires du monde entier pour les cinquante ans de règne du roi Astraeus.

— C'est le cas, en effet. C'est ce qu'on appelle faire d'une pierre deux coups.

— Pourquoi ne peux-tu pas trouver ta femme comme tout le monde ?

— Parce que, *matakia mou*, je suis l'héritier du trône. Je dois épouser une femme de sang royal. Tu le sais.

Oui, elle le savait. Sauf qu'elle n'avait jamais imaginé que ça arriverait aussi vite.

— Je dois choisir avec soin, poursuivit Helios sur le

même ton que s'ils discutaient d'une commande à passer aux cuisines du palais pour le dîner. Bien sûr, j'ai effectué une présélection — des princesses et des duchesses que j'ai rencontrées au fil des ans et qui ont retenu mon attention. La princesse Catalina de Monte Cleure est la mieux placée. Je connais sa famille depuis des années. Ils assistent à nos bals de Noël depuis l'époque où la princesse était bébé. Sa sœur et son beau-frère se sont rencontrés lors du dernier.

Helios sourit au souvenir du scandale déclenché à cette occasion.

— Catalina et moi avons dîné ensemble deux ou trois fois lorsque j'étais au Danemark, il y a quelques semaines. Elle a toutes les qualités d'une excellente reine.

Une image de la princesse aux cheveux de jais, souvent sous les feux des projecteurs en raison de son rang et de sa beauté, s'imposa à l'esprit d'Amy. Elle réprima une nausée.

— Tu ne m'en avais jamais parlé.

— Il n'y avait rien à dire, répliqua-t-il en souriant.

De toute évidence, il n'éprouvait aucun remords.

— Tu as couché avec elle ?

Il plongea son regard dans le sien dans le miroir.

— Qu'est-ce que c'est que cette question ?

— Une question naturelle de la part d'une femme à son amant.

Encore une chose qu'elle n'avait jamais imaginée. Qu'il ait pu la tromper. Il ne lui avait jamais juré fidélité, mais il n'en avait pas eu besoin. Depuis leur première nuit, leur désir mutuel ne s'était jamais apaisé.

— La princesse est vierge et elle le restera jusqu'à son mariage, qu'elle se marie avec moi ou avec un autre. Cela répond-il à ta question ?

Pas du tout. Au contraire. Une foule d'autres questions lui venaient à l'esprit, qu'elle n'avait pas le droit de poser et dont elle n'avait de toute façon aucune envie de connaître les réponses. Il y en avait une seule qu'elle pouvait difficilement éviter.

— Quand espères-tu épouser l'heureuse élue ?

S'il avait perçu l'ironie dans sa voix, Helios le cacha bien.

— Ça sera un mariage d'Etat, mais j'espère être marié dans quelques mois.

Quelques mois ? Il espérait choisir une épouse et organiser leurs noces en quelques mois ? Ce n'était sûrement pas possible…

Mais c'était Helios. S'il y avait une chose qu'elle savait au sujet de son amant, c'était qu'il n'était pas du genre à laisser traîner les choses.

Mais quelques mois… ?

Pour sa part, elle devait rester à Agon encore cinq mois, jusqu'à la fin de son contrat en septembre. Elle s'était imaginé… Elle avait espéré… Amy pensa au roi Astraeus, le grand-père d'Helios. Elle ne l'avait jamais rencontré, mais à force de travailler au musée, elle avait l'impression d'avoir appris à le connaître. Le roi était mourant. Helios devait se marier et engendrer un héritier pour perpétuer la dynastie.

Elle savait tout ça. Et pourtant, elle avait partagé son lit nuit après nuit et s'était laissée aller à croire qu'Helios retarderait son mariage jusqu'à ce qu'elle quitte Agon. Se cramponnant aux bords de la baignoire, elle se mit debout et en sortit. Les mains tremblantes, elle prit un drap de bain chaud et le pressa devant elle pour se couvrir la poitrine. Helios tira sur sa lèvre supérieure pour se raser la moustache.

— Je t'appellerai quand le bal sera terminé.

Elle se dirigea vers la porte, sans se soucier de l'eau qui ruisselait le long de son corps et tombait sur le sol.

— Non, tu ne m'appelleras pas.

— Où vas-tu ? Tu es trempée.

Du coin de l'œil, elle vit Helios se tamponner le visage avec une serviette, puis la suivre dans la chambre sans prendre la peine de se couvrir. Elle ramassa ses vêtements et les serra contre elle. Un bourdonnement étrange résonnait dans sa tête, lui brouillant les idées. Trois mois. Il y avait trois mois qu'elle partageait le lit d'Helios. Ils n'avaient dormi séparément qu'une dizaine de fois, quand il était en voyage officiel à l'étranger. Comme lorsqu'il était allé au Danemark et, à son insu, avait dîné avec la princesse Catalina. Et aujourd'hui, il donnait un bal pour trouver la femme avec laquelle il partagerait son lit pour le reste de sa vie !

Elle savait depuis le début qu'ils n'avaient pas d'avenir ensemble et elle avait pris soin de ne pas s'attacher. Mais l'entendre parler de son mariage prochain avec une telle désinvolture la blessait. Elle fit une pause devant la porte du passage secret qui reliait leurs appartements. Un passage comme il y en avait des dizaines dans le palais, dont l'histoire était riche en intrigues de cour et liaisons clandestines.

— Je rentre chez moi. Passe une bonne soirée.

— J'ai raté quelque chose ?

De toute évidence, Helios était réellement perplexe. Ce qui était encore pire…

— Selon toi, il ne serait pas approprié que j'assiste au bal, mais je vais te dire ce qui n'est pas approprié. C'est de parler de l'épouse que tu es sur le point de choisir avec la femme qui partage ton lit depuis trois mois !

— Je ne vois pas où est le problème, répliqua-t-il en haussant les épaules. Mon mariage ne changera rien entre nous.

— Si tu le crois, c'est que tu es aussi stupide qu'insensible et misogyne. Tu parles des femmes comme si c'étaient des friandises à choisir dans une confiserie.

Elle secoua la tête avec une moue dégoûtée, tandis que sur le visage d'Helios, la perplexité laissait place à la colère.

Il n'acceptait pas facilement la critique. Très affable et d'une bonne humeur contagieuse, il était très apprécié sur l'île et au palais. Cependant, si on le contrariait, il se métamorphosait. Il s'avança vers Amy et se posta devant elle, les bras croisés et la mâchoire crispée.

— Fais attention à ce que tu dis. Je suis peut-être ton amant, mais ça ne te donne pas le droit de m'insulter.

Trop furieuse contre lui pour avoir peur, elle rétorqua :

— Pourquoi ? Parce que tu es un prince ? Tu es sur le point de t'engager envers une autre femme et je ne veux pas être mêlée à ça.

Benedict, le labrador noir d'Helios, visiblement conscient de la tension soudaine qui régnait dans la pièce, s'approcha d'eux. Il s'assit à côté d'Amy et fixa son maître d'un air réprobateur. La colère disparut aussitôt des traits d'Helios qui adressa un sourire indulgent à Amy.

— Ne dramatise pas. Je sais que tu vas bientôt avoir tes règles et que cela te rend très émotive, mais tu dis n'importe quoi. Ta réaction est excessive.

Amy resta un instant muette d'indignation.

— Oh ! mais c'est vrai. Pourquoi devrais-je m'émouvoir ? Mon amant compte sur moi pour continuer à réchauffer son lit quand il aura épousé une des femmes qu'il a rencontrées secrètement ces derniers temps. Quoi de plus normal ?

Trop furieuse pour continuer à regarder Helios, elle tourna la poignée de la porte et ouvrit celle-ci d'un coup de hanche, tout en serrant le drap de bain et ses vêtements contre elle.

— Tu me quittes ?

Le ton narquois d'Helios acheva de la mettre hors d'elle. Il trouvait ça amusant ? L'ignorant, elle s'engageait dans le petit couloir qui conduisait à son appartement quand une main de fer se referma sur son bras, l'obligeant à se retourner. Malgré la souffrance qui lui broyait le cœur, elle parvint à parler d'une voix ferme.

— Lâche-moi. C'est fini entre nous.

— Non.

Il fit glisser sa main jusqu'à sa nuque et se pencha pour lui murmurer à l'oreille :

— Pendant que tu feras la tête, je penserai à toi et à tout ce que nous pourrons faire quand le bal sera terminé.

Malgré tous ses efforts pour rester de marbre, ses paroles et son souffle chaud sur sa peau firent courir des frissons dans tout son corps. Pourquoi lui faisait-il autant d'effet ? Elle avait été irrésistiblement attirée par lui dès l'instant où elle l'avait rencontré, et son désir n'avait jamais faibli depuis. Posant la main sur son torse et résistant à l'envie d'enfoncer les doigts dans la toison noire qui recouvrait ce dernier, elle le repoussa. Puis elle se força à plonger son regard dans le sien et déclara :

— Passe une bonne soirée. Essaie de ne pas renverser de vin sur la robe d'une princesse.

Son rire moqueur la poursuivit jusqu'à son appartement. Ce fut seulement après avoir refermé la porte derrière elle qu'elle aperçut son reflet dans un miroir et prit conscience que son masque à l'argile recouvrait toujours son visage.

Il était entièrement craquelé.

Helios entraîna sa cavalière — une princesse appartenant à l'ancienne famille royale grecque — autour de la salle de bal. Mais tout en dansant avec elle et en l'écoutant parler, il la raya mentalement de sa liste. Quelle que soit la femme qu'il épouserait, il voulait pouvoir discuter avec elle d'autre chose que du dernier défilé de mode.

A la fin de la valse, il s'inclina et s'excusa pour aller s'asseoir à la table de son frère Theseus, ignorant tous les regards suppliants des femmes qui espéraient avoir droit à une danse. Les paroles d'Amy lui revinrent en mémoire. Elle l'avait accusé de choisir les femmes comme des friandises dans une confiserie... Il fallait reconnaître qu'elle n'avait pas tout à fait tort. Mais puisqu'il devait choisir une femme avec qui passer le reste de sa vie et faire des enfants, il voulait qu'elle soit aussi proche de la perfection que possible. Si Amy voyait les femmes en question avec leurs regards pleins d'espoir, elle comprendrait qu'elles voulaient être choisies. Elles étaient prêtes à tout pour qu'il les trouve à son goût.

Theseus regardait leur plus jeune frère, Talos, danser avec la ravissante violoniste qui jouerait au gala du jubilé trois semaines plus tard.

— Il y a quelque chose entre eux, commenta Theseus en vidant sa flûte de champagne. Regarde-le. Cet idiot est complètement mordu.

Helios suivit le regard de son frère et comprit aussitôt ce qu'il voulait dire. Les quelque deux cents autres invités pourraient tout aussi bien ne pas être là, vu l'attention que Talos et sa cavalière leur portaient. Ils n'avaient d'yeux que l'un pour l'autre et l'électricité qui circulait entre eux était presque visible. Et étrangement fascinante.

Dommage qu'Amy ne soit pas là... Ce n'était pas la première fois de la soirée que cette pensée traversait l'esprit d'Helios. Elle adorerait valser tout autour de la salle de bal. Pour une universitaire, elle savait s'amuser et sa compagnie était très agréable.

Theseus reporta son attention sur Helios.

— Et toi ? Tu ne devrais pas être sur la piste de danse ?

— Je fais une pause.

— Tu devrais la faire en compagnie de la princesse Catalina.

Helios et ses frères avaient souvent discuté de ses épouses potentielles. Ils étaient tous d'accord. Catalina serait parfaite. A l'époque de la génération précédente, les mariages des héritiers du trône d'Agon étaient arrangés. Le mariage de ses propres parents avait été un mariage arrangé. Son grand-père, le roi Astraeus, avait été témoin de la faillite de leur union. C'était ce qui l'avait incité à modifier le protocole et à autoriser les héritiers du trône des générations suivantes à choisir leurs propres épouses, à condition qu'elles soient de sang royal. Helios lui en était reconnaissant. Et il était déterminé à ne pas mentir à sa future épouse, quelle qu'elle soit. Leur mariage ne serait qu'un mariage de raison.

— Tu crois ? demanda-t-il d'un ton désinvolte.

La perspective de danser avec une nouvelle princesse, même ravissante, l'ennuyait... Il jeta un coup d'œil à sa montre. Dans une ou deux heures ce serait terminé. Il téléphonerait à Amy et elle le rejoindrait. Au souvenir de leur dernière discussion, il fut parcouru d'un long frisson. C'était la première fois qu'il la voyait en colère. Une colère mêlée de jalousie. D'ordinaire, quand une de ses maîtresses montrait les premiers signes de jalousie, c'était le signe qu'il fallait mettre fin à leur relation. Or chez Amy il avait trouvé ça étrangement séduisant.

Il la soupçonnait depuis longtemps de cultiver un jardin secret. Physiquement, elle s'abandonnait à lui sans réserve, et elle prenait autant de plaisir que lui quand ils faisaient l'amour. Mais le fonctionnement de son esprit brillant restait un mystère.

Dès le début elle s'était révélée différente de ses maîtresses habituelles. Belle et très intelligente, elle le fascinait comme aucune femme avant elle. Au lieu de le hérisser, sa colère l'avait intrigué parce qu'elle lui avait révélé une nouvelle facette de cette femme passionnée dont il ne se lassait pas. Quand il était avec elle, il pouvait oublier tout le reste et vivre pour l'instant présent.

La gravité de la maladie de son grand-père le minait, mais quand il était en compagnie d'Amy, son angoisse était reléguée au second plan. Il oubliait toutes les responsabilités qui incombaient à l'héritier du trône et devenait un homme comme les autres. Un amant. *Son* amant. Elle était source pour lui d'une fièvre permanente. Il n'avait pas l'intention de renoncer à elle, mariage ou pas mariage.

— Une autre femme a-t-elle retenu ton attention ? demanda Theseus ?

— Non.

Helios savait depuis toujours qu'il devrait se marier un jour. Il n'avait jamais remis cette obligation en question et elle ne lui posait aucun problème. Le mariage était l'institution au sein de laquelle il devrait engendrer la prochaine génération d'héritiers Kalliakis, et il avait la chance de pouvoir choisir son épouse, même si ce choix était limité par certaines contraintes. Ses parents n'avaient pas eu la même chance. Leur mariage avait été décidé alors qu'ils n'étaient encore que des enfants et avait tourné au désastre. Le seul véritable souhait qu'il pouvait formuler à propos du sien était qu'il ne ressemble en rien au leur.

La princesse Catalina, qui était en train de danser avec un prince britannique, attira son regard. Elle était incroyablement belle et très raffinée, comme le voulaient son éducation et son milieu social. Son frère était un ancien camarade d'école, et lorsqu'il avait déjeuné avec elle au Danemark, elle s'était révélée aussi intelligente que belle, bien qu'un peu trop sérieuse à son goût.

Elle était loin d'avoir l'irrévérence d'Amy.

Malgré tout, Catalina ferait une excellente reine, et de toute façon il avait perdu assez de temps. Il aurait déjà dû avoir fait son choix quand ses frères et lui avaient été informés de la gravité de l'état de leur grand-père. Catalina avait été élevée comme lui dans un univers régi par le protocole. Elle ne se faisait pas d'illusions sur le mariage et n'en attendait pas de l'amour. S'il la choisissait comme épouse, leur mariage serait un mariage de raison, ni plus ni moins. Sans complications sentimentales. Exactement ce qu'il cherchait.

Fonder une famille avec elle ne serait pas difficile non plus. Avec un peu de bonne volonté de part et d'autre, ils parviendraient à nouer des liens. En principe, l'entente sexuelle devrait suivre. Pas comme avec Amy, bien sûr. Une harmonie aussi parfaite serait impossible à retrouver.

Une image de la jeune femme s'éloignant pieds nus dans le passage obscur, pressant son drap de bain et ses vêtements contre sa poitrine, ses cheveux mouillés flottant dans son dos et ses fesses nues se balançant au rythme de ses pas, s'imposa à l'esprit d'Helios. A cet instant, elle s'était montrée aussi hautaine qu'une princesse et il avait hâte de la punir pour son insolence. Cette nuit, il allait la tenir juste au bord du gouffre de la volupté jusqu'à ce qu'elle finisse par le supplier en sanglotant de mettre fin à son supplice.

Mais ce n'était pas le moment de penser à Amy nue dans ses bras… Faisant appel à toute sa volonté, Helios réprima le désir qui montait en lui et reporta son attention sur les femmes présentes dans la salle de bal. Mais avant de se résigner à en inviter une à danser, il fit signe à un serveur qui passait à proximité. Il prit une flûte de champagne sur son plateau et but une longue gorgée.

Theseus lui lança un regard suspicieux.

— Qu'est-ce qui t'arrive ?

— Rien.

— Tu as la tête d'un homme qui arrive à une dégustation de vins et qui découvre que toutes les bouteilles sont bouchonnées.

Helios accrocha un sourire à ses lèvres.

— C'est mieux ?

— Maintenant tu ressembles à un tueur en série.

— Comme toujours, ton soutien est précieux.

Vidant sa flûte d'un trait, il se leva.

— Etant donné que je ne suis pas le seul prince censé se marier et engendrer des héritiers, je te suggère de te lever de ton siège et de te mêler aux invitées de ce bal, toi aussi.

Devant la grimace de Theseus, il eut un sourire narquois. Alors que pour sa part il acceptait son destin, il savait que son frère envisageait le mariage avec l'enthousiasme d'un zèbre sur le point d'entrer dans la fosse aux lions.

Plus tard, alors qu'il dansait avec la princesse Catalina en prenant soin de maintenir entre eux une distance respectueuse, ses pensées se tournèrent vers son grand-père. Le roi n'était pas présent ce soir. Son énergie étant limitée, il la réservait pour le gala du jubilé. C'était pour ce grand homme, qui l'avait élevé ainsi que ses frères, qu'il était prêt à sauter le pas et à se marier. Pour son grand-père, il ferait n'importe quoi.

Bientôt, il deviendrait roi à son tour — plus tôt qu'il ne le souhaitait — et il avait besoin d'une reine à ses côtés. Il voulait que son grand-père quitte ce monde l'esprit en paix, avec la certitude que la perpétuation de la dynastie des Kalliakis était assurée.

Avec un peu de chance, son grand-père vivrait assez longtemps pour assister à son mariage.

2

Bon sang, où était-elle passée ?

Helios était de retour dans son appartement depuis un quart d'heure et Amy ne répondait pas au téléphone. D'après le responsable de la sécurité, elle avait quitté le palais. Les données correspondant à son badge personnel indiquaient qu'elle était partie à 19 h 45, au moment où ses frères et lui-même accueillaient leurs invités.

Une fois de plus il l'appela, tout en se servant un double gin. Une fois de plus, il tomba directement sur la messagerie. Il vida son verre d'un trait et emporta la bouteille dans son bureau. Les écrans de sécurité affichaient les images provenant des caméras disposées le long des passages secrets du palais et auxquelles il était le seul à avoir accès. Il scruta l'image correspondant à la caméra numéro trois, placée en face de la porte blindée donnant sur son appartement. Il y avait quelque chose par terre, mais quoi ? Impossible de voir distinctement…

Il déverrouilla la porte et trouva un carton rempli de flacons de parfum, de bijoux, de livres et de souvenirs divers. Tous les cadeaux qu'il avait offerts à Amy depuis leur rencontre, jetés dans un carton abandonné devant sa porte. Une colère noire le submergea. Il leva le pied et écrasa le carton dans un bruit de verre brisé qui résonna dans le silence.

Puis pendant un long moment il resta là, tremblant de

rage. Son père réagissait aux problèmes par la violence. Il avait la même propension, il le savait. Mais contrairement à celui-ci, il savait se maîtriser. La fureur subite qui venait de s'emparer de lui le dépassait.

Consciente d'être très en retard, Amy claqua la porte de son appartement derrière elle et descendit quatre à quatre l'escalier qui aboutissait au musée du palais. Elle passa son badge dans le lecteur et attendit que la lumière verte s'allume avant de pousser la porte et de pénétrer dans la zone réservée au personnel. En passant devant la petite cuisine, elle croisa les doigts. Pourvu qu'il reste des pâtisseries et du café ! Elle était devenue accro aux *bougatsas* confectionnées chaque jour par les chefs du palais... Surtout celles à la crème ! Elle n'avait presque rien avalé depuis deux jours. Mais ce matin, après avoir enfin réussi à dormir correctement, elle s'était réveillée avec une faim de loup. Sans avoir entendu le réveil sonner... A cette pensée, elle pressa encore le pas en montant les marches qui conduisaient à la salle de conférences.

— Je suis vraiment désolée d'être en retard, dit-elle en entrant dans la pièce tout essoufflée, la main sur la poitrine. Je n'ai pas enten...

Elle s'interrompit à la vue d'Helios, assis à la grande table ronde. Il était rasé de frais, et malgré sa tenue décontractée — un simple pull vert bouteille à manches longues et col rond — il respirait le pouvoir et l'autorité.

— Très aimable à vous de vous joindre à nous, *despinis* Green.

Sa voix était suave mais son regard meurtrier.

— Asseyez-vous, je vous en prie.

Complètement déstabilisée, elle prit une profonde inspiration. Helios dirigeait le musée, mais il ne supervisait que de loin le fonctionnement quotidien de l'établissement. Depuis qu'elle avait été engagée, quatre mois auparavant, il n'avait pas assisté une seule fois à la réunion hebdomadaire du personnel. Bien sûr, lorsqu'elle était rentrée au palais tard dans la nuit, elle avait conscience qu'elle ne tarderait pas à le croiser. Mais elle espérait avoir quelques jours de répit. Pourquoi fallait-il qu'il fasse son apparition au musée aujourd'hui, le seul jour où elle arrivait en retard et avec une mine épouvantable...

Malheureusement, la seule place inoccupée était située juste en face de lui. Elle s'assit et croisa les mains sur la table pour masquer leur tremblement. Greta, une conservatrice de musée qui collaborait à l'organisation de l'exposition et qui était la meilleure amie d'Amy sur l'île, occupait le siège voisin du sien. Au courant de ses relations avec Helios, elle lui pressa les mains dans un geste de réconfort. Au centre de la table était posé un plateau de *bougatsas*. Il restait trois pâtisseries mais Amy avait perdu son appétit. Greta lui servit une tasse de café qu'elle prit avec reconnaissance.

— Nous parlions des œuvres que nous attendons pour l'exposition sur mon grand-père, déclara Helios en s'adressant directement à elle.

Le musée du palais d'Agon, célèbre dans le monde entier, attirait des conservateurs de nombreux pays, si bien que, pour plus de commodité, l'anglais était la langue utilisée par tout le personnel pendant les heures de travail.

S'efforçant de se ressaisir, Amy s'éclaircit la voix.

— Les statues de marbre ont été expédiées depuis l'Italie et devraient arriver au port tôt demain matin.

— Y a-t-il quelqu'un pour les réceptionner ?

— Bruno m'enverra un message dès l'entrée du navire dans les eaux territoriales, répliqua-t-elle en faisant allusion à l'un des conservateurs italiens chargés de rapporter les statues. Dès réception, nous partirons pour le port. Les chauffeurs sont de garde. Tout est prévu.

— Et les œuvres en provenance du musée d'Athènes ?

— Elles arriveront vendredi.

Elle réprima un soupir. Helios savait tout ça. L'exposition était son projet personnel et ils y avaient travaillé en étroite collaboration. Elle était venue pour la première fois à Agon en novembre, en tant que membre d'une équipe du British Museum chargée d'accompagner les œuvres prêtées par ce dernier au musée du palais d'Agon. Au cours de ce séjour de quelques jours, elle avait sympathisé avec Pedro, l'administrateur général du musée. A son insu, il avait été doublement impressionné par sa connaissance de la culture agonite et par sa thèse de doctorat sur l'héritage minoen de l'île. C'était lui qui avait proposé qu'elle soit engagée comme commissaire de l'exposition du jubilé. Cette proposition avait été l'accomplissement d'un rêve, ainsi qu'un immense honneur en raison de son expérience réduite. Mais à vingt-sept ans, elle compensait par son enthousiasme l'expérience qui lui manquait.

A dix ans, elle avait découvert que sa famille n'était pas aussi parfaite qu'elle l'avait toujours cru. Et qu'elle-même n'était pas exactement celle qu'elle croyait être. Son père était bien son père biologique, mais sa mère n'était que sa belle-mère ; et ses frères, ses demi-frères. La femme qui lui avait donné le jour était originaire de l'île d'Agon.

Elle avait donc elle-même du sang agonite.

Après cette découverte qui lui avait fait l'effet d'une bombe, elle s'était passionnée pour tout ce qui concernait Agon. Elle avait dévoré tous les ouvrages disponibles sur son héritage minoen et son évolution vers la démocratie. Elle avait été fascinée par les récits des guerres successives livrées par son peuple pour repousser les envahisseurs. Elle avait étudié tant de cartes de l'île et contemplé tant de photos de ses montagnes verdoyantes et de ses plages de sable baignées par une mer d'un bleu intense que sa géographie lui était devenue aussi familière que celle de sa région natale.

Agon était devenue une obsession.

Son histoire personnelle était liée à celle de cette île qui lui permettait de mieux comprendre qui elle était réellement. Une mission de neuf mois sur place était une occasion inespérée, un signe du destin l'incitant à rechercher sa mère biologique. Quelque part dans ce pays d'un demi-million d'habitants se trouvait la femme qui l'avait mise au monde. Une femme à qui elle pensait depuis dix-sept ans, le cœur et l'esprit emplis de questions. Comment était-elle physiquement — elle-même lui ressemblait-elle ? Avait-elle des regrets ? Avait-elle honte de ce qu'elle avait fait ? Certainement. Comment Neysa Soukis pourrait-elle ne pas avoir honte ?

Il avait été facile de retrouver sa trace, mais comment prendre contact avec elle ? C'était le plus gros problème. Elle ne pouvait pas se contenter d'aller frapper à sa porte. Il y avait de grandes chances pour qu'on la lui claque au nez. Et elle n'aurait jamais les réponses à ses questions. Elle avait envisagé de lui écrire mais elle n'avait pas trouvé quoi dire à part :

> Bonjour, tu te souviens de moi ? Tu m'as portée pendant neuf mois puis tu m'as abandonnée. Pourrais-tu m'expliquer pourquoi ?

Avec l'aide de Greta, elle s'était connectée aux réseaux sociaux grecs. Neysa ne les utilisait pas, mais elle y avait découvert un demi-frère. Pour l'instant leurs échanges restaient limités mais il fallait espérer qu'il accepterait de servir d'intermédiaire.

— As-tu organisé le transport pour vendredi ? demanda Helios, le regard toujours aussi noir.

— Oui. Tout est prévu. Nous sommes en avance sur le planning.

— Tu es certaine que l'exposition sera prête pour le jour du gala ? insista-t-il d'un ton inhabituellement dur et sceptique.

— Oui.

Elle serra les dents, s'efforçant de surmonter sa souffrance et sa colère. Il la punissait. Elle aurait dû répondre au téléphone. Mais par lâcheté elle avait choisi la fuite, dans l'espoir que deux jours loin de lui et du palais lui donneraient la force nécessaire pour lui résister. Or elle allait en avoir besoin car le voir, là, devant elle, était une véritable torture. L'idée qu'elle ne sentirait jamais plus sa bouche sur la sienne ni ses bras autour de son corps était insupportable. Pourtant, il fallait absolument qu'elle lui résiste. Elle ne pouvait pas se contenter du rôle de *l'autre* femme. C'était hors de question.

Mais elle n'avait pas imaginé que le revoir serait aussi douloureux.

Avant son engagement définitif pour la mission, Helios l'avait reçue lui-même pour un entretien. L'exposition du jubilé lui tenait à cœur et il voulait que le poste soit attribué à quelqu'un qui manifeste un intérêt sincère pour son île. Par chance, il avait estimé, comme Pedro, qu'elle était la candidate idéale. Quelques mois plus tard, alors qu'il la tenait dans ses bras après l'amour, il lui avait dit que c'étaient sa passion et son enthousiasme qui l'avaient convaincu. Il avait eu la certitude qu'elle accomplirait sa mission avec le zèle qu'elle méritait.

Sa première rencontre avec Helios… Il n'avait rien à voir avec le prince pontifiant et guindé auquel elle s'attendait. Son attirance pour lui avait été immédiate.

Une réaction viscérale et incontrôlable qui l'avait prise au dépourvu. Cependant, elle n'y avait pas attaché d'importance. C'était un prince, après tout. A la fois puissant et dangereusement séduisant. Jamais dans ses rêves les plus fous elle n'avait imaginé que cette attirance pourrait être réciproque.

Elle ne s'attendait pas non plus à ce qu'il s'implique à ce point dans la préparation de l'exposition. Il lui était souvent arrivé de travailler seule avec lui, ce qui n'avait fait qu'attiser son désir. L'amour au travail était courant, y compris dans l'univers studieux de l'histoire de l'art, mais pour sa part elle n'avait jamais éprouvé la moindre tentation. Elle était trop passionnée par son travail pour s'en laisser distraire. En étudiant la culture de son peuple, elle était témoin de l'évolution des techniques, des arts et des mœurs au fil des siècles. Ce qui lui apportait la preuve que l'avenir n'était pas un recommencement du passé et qu'elle-même n'était pas condamnée à reproduire la conduite de sa mère, même si elle en portait le poids.

Pour elle, il avait toujours été hors de question d'envisager des relations sérieuses. Comment s'engager envers quelqu'un si elle ignorait qui elle était vraiment ? Alors éprouver subitement une attirance aussi forte pour un homme, qui se trouvait être son patron doublé d'un prince héritier... Pas étonnant qu'elle ait été en proie à la plus grande confusion !

Helios n'avait pas eu les mêmes inhibitions. Bien avant de l'avoir touchée, il l'avait déshabillée du regard maintes et maintes fois. Jusqu'au jour où, en fin d'après-midi, alors qu'ils étaient chacun à un bout d'une petite salle d'exposition et qu'elle lui parlait, il l'avait soudain rejointe à grands pas et serrée dans ses bras. Et c'est ainsi que tout avait commencé.

Pendant trois mois, ils avaient vécu comme dans un

rêve. Leur relation avait été à la fois torride et sereine. Sans attentes. Sans inhibitions. De la passion pure.

Dans la salle de conférences, le regard d'Helios se détacha d'Amy pour se tourner vers Pedro et l'inviter à aborder les questions plus générales concernant l'administration du musée. Visiblement perturbé par cette attitude autoritaire, Pedro passa en revue les autres points à l'ordre du jour et termina en réclamant un volontaire pour remplacer l'un des guides du musée absent pour la journée. Amy se proposa aussitôt. Ce mardi était sa seule journée relativement calme cette semaine, et elle se chargeait volontiers d'une partie des visites guidées quand l'occasion se présentait. La bonne entente et la solidarité qui régnaient au sein de l'équipe du musée lui plaisaient. Cet esprit de coopération devait beaucoup à Helios, même si ce mardi, contrairement à son habitude, il avait tout d'un patron intraitable.

— Avant que nous nous séparions, déclara Pedro, puis-je vous rappeler à tous que les menus de mercredi prochain doivent être rendus d'ici à vendredi ?

Pour remercier les efforts fournis par le personnel du musée pour l'organisation de l'exposition, Helios avait prévu d'inviter tout le monde à une soirée en ville avant le rush de la saison estivale. Une soirée dont Amy se faisait encore une fête quelques jours plus tôt mais que désormais elle redoutait.

La fin de la réunion fut accueillie avec un soulagement palpable. Au lieu de s'attarder comme à l'accoutumée, tout le monde se leva pour s'en aller au plus vite.

— Amy, juste un mot, s'il te plaît.

Electrisée par la voix profonde d'Helios, Amy s'immobilisa à quelques pas de la sortie. Se composant un visage impassible, elle se retourna.

— Ferme la porte, s'il te plaît.

Elle s'exécuta la mort dans l'âme, puis se rassit à sa place, en face de lui. Toute la largeur de la table les séparait, mais ce n'était pas suffisant pour la rassurer. Helios était plus attirant que jamais… et il avait un air menaçant qui ne présageait rien de bon. Le cœur battant à tout rompre, elle croisa les bras. Il pianota de la main droite sur la table.

— Tu as passé un bon week-end chez Greta ?

— Oui, merci, répondit-elle d'un ton crispé avant de prendre conscience de ce qu'impliquait sa question. Comment sais-tu que j'étais chez elle ?

— Grâce au GPS de ton portable.

— Quoi ? Tu m'espionnes ?

— Tu es la maîtresse de l'héritier du trône d'Agon. Notre liaison est un secret de polichinelle. Je veille sur la sécurité de ce qui m'appartient.

Amy fut submergée par une telle colère qu'elle en oublia sa peur.

— Je ne t'appartiens pas ! Et tu vas retirer de mon téléphone le mécanisme que tu as caché dedans. Tout de suite !

Elle sortit son portable de son sac et le fit glisser sur la table. Il l'arrêta et le lui renvoya avec un rire sans joie.

— Je n'ai rien mis dedans. Tout se fait par logiciel via ton numéro.

— Eh bien tu vas désactiver le logiciel en question !

Il l'enveloppa d'un regard scrutateur qui la hérissa.

— Pourquoi es-tu partie ?

— Pour être loin de toi.

— Tu n'as pas pensé que je risquais de m'inquiéter ?

— Non. J'ai pensé que tu serais trop occupé à choisir ta future épouse pour t'apercevoir de mon absence.

Un sourire finit par étirer les lèvres d'Helios.

— Ah, tu voulais me punir…

— Non, pas du tout. Je me suis éloignée de toi parce que je savais que tu avais l'intention de coucher avec moi après avoir passé la soirée à courtiser des épouses potentielles.

— Et tu craignais de ne pas pouvoir me résister.

A la grande satisfaction d'Helios, Amy s'empourpra. Il avait vu juste… Sa belle et ardente maîtresse était jalouse.

Mince, ses épaisses boucles châtain doré ruisselant sur les épaules, féminine jusqu'au bout des ongles, Amy était sans doute la femme la plus belle qu'il avait jamais rencontrée. Un sculpteur n'aurait pas hésité à la prendre pour modèle d'une statue d'Aphrodite, et le simple fait de la regarder suffisait à éveiller son désir. Même quand elle portait comme en ce moment une tenue sage — jupe évasée marine et petit haut lilas. Aujourd'hui, il y avait pourtant quelque chose de négligé dans son apparence. Des cernes profonds soulignaient ses yeux noisette, ses lèvres étaient sèches et son teint plus pâle qu'à l'accoutumée.

Tout ça à cause de lui… A cette pensée, Helios fut parcouru d'un long frisson. La punition qu'elle avait voulu lui infliger en disparaissant quelques jours s'était retournée contre elle. Jamais il ne lui parlerait de la rage folle dans laquelle il était entré en voyant le carton qu'elle avait déposé devant sa porte. A ce propos… Il fit glisser vers elle l'épaisse enveloppe matelassée qu'il avait posée sur la table. En piétinant le carton il avait cassé les flacons, et le parfum s'était répandu sur les livres, mais les bijoux n'avaient pas été abîmés.

Plissant les yeux, Amy l'ouvrit avec précaution et pinça

les lèvres en découvrant son contenu. Elle la reposa sur la table et se leva.

— Je n'en veux pas.

— Ils sont à toi. Tu m'offenses en me les rendant.

— Et toi, tu m'offenses en me les donnant de nouveau alors que tu es sur le point de glisser une bague de fiançailles au doigt d'une autre femme.

Il se leva, la rejoignit et referma les bras sur elle. Elle tenta de se dégager, mais il était trop fort pour elle. Et de toute façon, elle ne se débattait que pour la forme. Son cœur battait à grands coups, ses pupilles se dilataient et elle avait le souffle court… Elle vibrait de désir et elle était d'autant plus désirable…

— Tu n'as aucune raison d'être jalouse, murmura-t-il en resserrant encore son étreinte. Mon mariage ne change pas mes sentiments pour toi.

Elle se mordit la lèvre inférieure.

— Mais il change les miens.

— Menteuse. Tu as toujours envie de moi. Tu ne peux pas le nier. Il y a quelques jours, tu hurlais mon nom. J'ai encore des griffures dans le dos.

Elle se débattit de plus belle.

— C'était avant de savoir que tu prévoyais de te marier très prochainement. Je ne serai pas ta maîtresse !

— Il n'y a pas de honte à cela. Des générations de monarques agonites ont pris des maîtresses après leur mariage, fit valoir Helios.

Son grand-père avait été l'exception à la règle, mais uniquement parce qu'il avait eu la chance de tomber amoureux de sa femme. Sur les trente et un monarques qui avaient gouverné Agon depuis 1203, très peu avaient trouvé l'amour auprès de leurs épouses. Son propre père, même s'il était mort trop tôt pour monter sur le trône, avait eu des dizaines de maîtresses. Il avait même pris un grand plaisir à tromper sa femme amoureuse sous le nez de cette dernière.

— Et il y a quelques siècles tes ancêtres découpaient leurs ennemis en morceaux ! Mais c'est une coutume dont tu as appris à te passer.

Il pouffa et effleura du bout du doigt la ligne de la mâchoire d'Amy. Même sans maquillage, elle était magnifique…

— Nous ne nous marions pas par amour comme la plupart des gens, mais pour le bien de notre île. Considère ça comme une association d'intérêt national. C'est toi la femme avec qui j'ai envie d'être.

Sa mère avait eu la malchance d'être amoureuse de son père quand ils s'étaient mariés. Et cet amour avait fini par la détruire, bien avant l'accident de voiture dans lequel ils avaient péri tous les deux.

Il n'infligerait jamais à personne la souffrance que son père avait provoquée. Il était obligé de se marier mais il ne cachait pas ce qu'il recherchait : une épouse de sang royal, qui donnerait naissance à la prochaine génération d'héritiers Kalliakis. Pas de sentiments. Pas de promesses de fidélité. Une union fondée uniquement sur le devoir.

Amy scruta son visage pendant un long moment. Qu'y cherchait-elle ? Il n'en avait aucune idée. Il se pencha vers elle pour l'embrasser, mais elle eut un mouvement de recul et il effleura à peine ses lèvres.

— Je suis sérieuse, Helios. C'est fini entre nous. Je ne serai jamais ta maîtresse, déclara-t-elle d'une voix à peine audible.

— Tu es sûre ?

— Oui.

— Alors pourquoi es-tu toujours là ? Pourquoi ton souffle est-il toujours chaud sur mon visage ?

Promenant les lèvres sur sa joue, il referma les mains

sur ses fesses et pressa sa virilité pleinement éveillée contre son ventre. Elle laissa échapper un gémissement étouffé.

— Tu vois ?

Il traça un sillon de baisers autour de son oreille.

— Tu as envie de moi. Mais tu as décidé de me punir.

— Non, je...

— Chut...

Il posa un doigt sur ses lèvres.

— Tu sais aussi bien que moi que je pourrais te faire l'amour ici et maintenant.

Elle cilla mais releva aussitôt le menton d'un air de défi.

— Je vais te laisser cinq secondes de liberté, poursuivit-il d'une voix caressante au creux de son oreille. Cinq secondes pour quitter cette pièce. Si au bout de ces cinq secondes tu es toujours là... je te prendrai sur cette table.

A sa grande satisfaction, il sentit un long frisson familier la parcourir. Il releva la tête pour contempler son visage. Ses pupilles s'étaient encore dilatées. Le bout de sa langue pointait entre ses lèvres entrouvertes. S'il posait les mains sur ses seins, il sentirait leurs pointes se durcir sous sa paume... Il s'écarta d'elle et croisa les bras.

— Un...

Elle déglutit avec peine.

— Deux...

Elle ne le quittait pas des yeux et son désir était palpable.

— Trois... Quatre...

Elle pivota sur elle-même et courut jusqu'à la porte.

— Une semaine, dit-il alors qu'elle franchissait le seuil. Dans une semaine, *matakia mou*, tu seras de retour dans mon lit.

3

Amy contempla les statues qui étaient arrivées au port le matin même et qui trônaient à présent sur leur socle dans le hall du musée. Trois statues de marbre. Trois rois au sommet de leur gloire. Tous nommés Astraeus. La quatrième statue, commandée pour l'exposition, serait acheminée depuis l'atelier du sculpteur dans une semaine. Elle représenterait le monarque actuel, le quatrième roi Astraeus, dans la fleur de l'âge.

C'était Helios qui s'était occupé personnellement de cette commande. Non, elle ne voulait pas penser à Helios. Mais comment pourrait-elle s'en empêcher ? Il était partout. Dans chaque tableau, chaque sculpture, chaque fragment de manuscrit encadré, chaque poterie. Tout lui rappelait que cette culture, ce peuple, ces ancêtres étaient les siens...

Le regard d'Amy revenait sans cesse à la statue d'Astraeus II, un titan de marbre qui avait régné au XVe siècle. Complètement nu, trident à la main, il avait un air arrogant et dur qui évoquait celui qu'Helios arborait si souvent. Même si elle ignorait tout de la dynastie agonite, elle aurait deviné que son amant descendait de cet homme. Agon vivait en paix depuis plusieurs décennies, mais les racines guerrières de son peuple étaient plus que millénaires. Helios était un guerrier dans l'âme. Elle soupira. Il fallait absolument qu'elle cesse de penser à lui.

Pourquoi était-ce aussi difficile ? Elle avait été tentée de rester dans la salle de conférences avec lui. Le désir qui l'avait embrasée avait bien failli lui faire perdre la tête. Mais dans un coin de son esprit, elle l'avait vu glisser une alliance au doigt d'une femme sans visage…

Elle ne pouvait pas se résoudre à être « l'autre femme ». Quel que soit le genre de mariage envisagé par Helios, ça resterait un mariage bien réel. Il avait besoin d'un héritier et ferait l'amour avec sa femme. Pour sa part, bien placée pour savoir quels ravages pouvait provoquer une liaison adultère, elle ne pourrait jamais se résoudre à faire souffrir une autre femme. Après tout, elle était née d'une liaison de ce genre. Elle n'était rien d'autre qu'un secret sordide.

Le chauffeur d'Helios arrêta la voiture derrière le palais, devant son entrée privée. Des écoliers pique-niquaient sur la pelouse proche de l'entrée du musée. Au loin, un groupe de touristes sortait du labyrinthe végétal, connu comme l'un des plus grands du monde. Helios consulta sa montre. Il aimait passer du temps avec les visiteurs mais il était souvent trop occupé. Aujourd'hui, il avait un petit créneau avant la réunion prévue avec ses frères. Ces derniers géraient les affaires courantes de la société d'investissement qu'ils avaient fondée tous les trois, mais il prenait quand même une part active à son fonctionnement. Et bien sûr, il y avait ses responsabilités d'héritier du trône, qui n'avaient cessé d'augmenter depuis le début de la maladie de son grand-père. S'il n'en avait pas le titre, il exerçait toutes les fonctions d'un prince régent. Il lui incombait entre autres de prendre les mesures nécessaires pour favoriser le tourisme, encourager les investissements étrangers, renforcer le rôle de son pays sur la scène internationale, et assurer à son peuple prospérité et sécurité.

Tandis qu'il s'approchait des enfants, suivi par deux courtisans, ils tournèrent vers lui des regards curieux. Le reconnaissant aussitôt, ils se précipitèrent vers lui. Ce manque d'inhibition était l'une des choses qu'il aimait chez les enfants. Quand on vivait dans un univers où le protocole était omniprésent, c'était très rafraîchissant. Catalina et lui étaient d'accord pour avoir deux enfants au minimum. Ils étaient d'ailleurs d'accord sur beaucoup de choses, ce qui était de bon augure pour leur mariage. Sur le papier, leur future union s'annonçait parfaite. Pourtant... Quand il essayait d'imaginer leurs enfants, aucune image ne se formait dans son esprit. Malgré la grande beauté de Catalina, il n'éprouvait pour l'instant aucune attirance pour elle. Mais ce n'était qu'un problème mineur, qui se résoudrait avec le temps. Demain, il partirait à Monte Cleure pour demander officiellement sa main à son père. Heureusement, ce genre de formalité avait évolué avec le temps. Il n'était plus question de dot ni de traité d'alliance entre les pays des mariés. Il suffisait que sa future épouse soit de sang bleu. Mais le bleu était une couleur si froide...

Helios reporta son attention sur les enfants et répondit à une salve de questions, parmi lesquelles : « C'est vrai que votre salle de bains est toute en or ? » Celle qu'il préférait étant : « C'est vrai que vous emportez une mitraillette partout où vous allez ? » Il y répondait en sortant de sa poche le couteau que son grand-père lui avait offert lorsqu'il était sorti officier de l'Académie royale militaire de Sandhurst. Un insigne honorifique, symbole de l'entrée dans l'âge adulte, qui remplaçait le canif offert à chaque prince Kalliakis pour son dixième anniversaire.

— Non, mais j'ai toujours ça sur moi.

Comme prévu, les enfants ouvrirent des yeux ronds, et des exclamations admiratives fusèrent de toutes parts. L'institutrice regarda le couteau comme s'il était brandi par le démon des Enfers, Eurynomos lui-même. Puis elle consulta sa montre et tapa dans ses mains avec un soulagement manifeste.

— Tout le monde en rangs ! C'est l'heure de la visite.

On était mardi et Amy devait se charger de certaines visites… Un frisson parcourut Helios et il jeta un coup d'œil vers l'entrée du musée. A la vue de la mince silhouette qui se tenait en haut des marches, il sentit les battements de son cœur s'accélérer. Deux jours seulement s'étaient écoulés depuis qu'elle l'avait laissé seul dans la salle de conférences, en proie à une frustration qui venait à peine de s'estomper. Il aurait parié qu'elle avait subi la même torture et que pendant ces deux jours elle avait sursauté à chaque fois que son téléphone avait sonné. Sa fierté avait été blessée quand elle avait appris qu'il allait se marier, mais elle s'en remettrait. Elle ne pourrait pas continuer à le punir indéfiniment.

Après un instant de réflexion, Helios fit signe à un de ses courtisans et le chargea de l'excuser auprès de ses frères. La réunion pouvait se tenir sans lui. Le moment était venu d'inciter Amy à revenir.

Les cachots du palais, enfouis tout au fond des souterrains du château, ne manquaient jamais d'exciter la curiosité des visiteurs, quel que soit leur âge. On y accédait par un étroit escalier en colimaçon et seuls les enfants de plus de huit ans étaient autorisés à les visiter. Ils étaient faiblement éclairés par des ampoules électriques dont la lumière vacillante rappelait les chandelles d'antan et qui projetaient sur les murs des ombres inquiétantes.

Les enfants du groupe pris en charge par Amy restaient blottis les uns contre les autres.

— A l'origine, ces cachots étaient une fosse dans laquelle on jetait les envahisseurs vénitiens, expliqua-t-elle. Les Vénitiens furent le seul peuple qui réussit à occuper Agon, et ce pendant une brève période. Lorsque Ares le Conquérant, cousin du roi de l'époque, s'est soulevé contre eux en 1205, la première chose qu'il a ordonnée à ses hommes a été de construire ces fosses. Le roi Timios, à qui les Agonites reprochaient d'avoir laissé les Vénitiens envahir l'île, a été jeté dans la cellule située sur ma gauche.

Tous les enfants s'approchèrent tour à tour de la grille pour regarder, bouche bée, le minuscule cachot au sol de terre battue.

— La chaîne scellée dans le mur de droite est la chaîne d'origine avec laquelle il était attaché.

— Est-ce qu'il est mort là ? demanda un garçon.

— Non, répondit une voix profonde qui résonna dans l'étroit souterrain et fit tressaillir tout le monde.

Une ombre se projeta sur le groupe et Helios apparut. La lueur vacillante des chandelles faisait ressortir sa haute stature et c'était comme si Orion, le géant réputé pour sa beauté, venait de ressusciter.

Amy laissa échapper un soupir. Que faisait-il là ? Elle l'avait vu une heure plus tôt dans le parc en train de parler à des écoliers, aussi à l'aise entouré d'enfants que dans n'importe quelle autre circonstance. Et elle en avait oublié de respirer... *Ça va s'arranger. La rupture est encore toute fraîche, mais bientôt ça ira mieux.*

— Le roi Timios a été retenu prisonnier dans ce cachot pendant six mois avant qu'Ares Patakis l'expulse de l'île et prenne sa place sur le trône, avec le soutien du peuple, précisa Helios aux enfants captivés. Le palais a été construit sur ses cachots, afin que le roi Ares puisse surveiller personnellement les prisonniers.

— A-t-il tué des gens ? demanda le même garçon.

— Il a tué beaucoup de gens, répondit Helios d'un ton solennel. Au combat. Les prisonniers de guerre étaient libérés et renvoyés à Venise.

Il fit une pause avant d'ajouter en souriant :

— Mais seulement après avoir eu les mains tranchées. Le roi Ares voulait donner un avertissement aux autres armées qui projetaient d'envahir l'île. « Posez le pied sur notre rivage et vous ne pourrez jamais plus brandir une arme. » Ça, c'était pour ceux qui avaient la chance de survivre, bien sûr.

Au fur et à mesure qu'ils avançaient dans les souterrains, assez vastes pour accueillir jusqu'à trois cents prisonniers, les enfants continuaient à lancer des questions tout en s'amusant à s'effrayer les uns les autres dans la pénombre.

Au grand soulagement d'Amy, Helios répondait volontiers à chacun. Depuis son arrivée, elle était incapable d'émettre un son.

— Et vous, vous avez déjà tué quelqu'un ? demanda une petite fille en gloussant.

Il secoua lentement la tête.

— Non, mais dès que j'ai su marcher on m'a appris le maniement d'armes comme les couteaux, les flèches ou les lances. Mes frères et moi nous avons reçu une formation militaire. Croyez-moi, si un autre pays tentait de nous envahir, les Agonites seraient prêts à se battre. Nous sommes un peuple de guerriers. Nous ne craignons pas de verser du sang pour défendre notre île. Nous la défendrons jusqu'à la mort !

Un silence impressionné suivit ce discours enflammé. Vingt-trois paires d'yeux dans lesquels se lisait une admiration mêlée de terreur étaient fixées sur Helios, tandis que l'institutrice semblait en état de choc.

Quant à Amy, elle ne pouvait s'empêcher d'être fascinée. C'était moins sa beauté saisissante que son tempérament passionné qui l'avait attirée chez Helios. Pour rompre le silence et tenter de chasser les frissons qui la parcouraient, elle déclara :

— Ce que vous venez d'entendre prouve que le prince Helios n'a pas seulement hérité des gènes d'Ares le Conquérant, mais aussi de son dévouement sans borne à sa terre natale. Et maintenant, que diriez-vous de faire un tour à la boutique du musée, les enfants ?

Cette proposition ranima l'enthousiasme du groupe.

— Heureusement que tu ne seras jamais guide, ne put-elle s'empêcher de dire à Helios en laissant quelques marches entre elle et les enfants dans l'escalier. Ils vont tous faire des cauchemars.

— Ils apprennent l'histoire de ma famille, répliqua-t-il en la suivant de près. Je l'ai juste replacée dans le contexte actuel.

— Justement. Il y a une grande différence entre étudier des guerres sanglantes remontant à plusieurs siècles et entendre évoquer la possibilité qu'il y en ait d'autres aujourd'hui, surtout quand on visite les cachots. Ils n'ont que dix ans.

— Le monde est plein de violence et il en est ainsi depuis le début de l'histoire de l'humanité. Le seul moyen de préserver notre île, c'est de montrer que nous sommes prêts à la défendre. Agon est une démocratie mais le rôle de la famille royale est toujours primordial pour le peuple. Notre opinion compte beaucoup. Et nos actions encore davantage.

— D'où ton mariage prochain avec la princesse Catalina.

— Si nous sommes une nation prospère et stable, c'est

grâce aux efforts fournis par mes ancêtres sur plusieurs générations, *matakia mou*. Mais tant que le monde entier ne vivra pas en paix, nous ne sommes pas à l'abri d'attaques éventuelles. L'unité de la famille royale nourrit l'unité du peuple. Mon grand-père va bientôt mourir. Mon mariage le tranquillisera et rassurera nos sujets. Les gens savent qu'avec un descendant d'Ares Patakis sur le trône, leur pays est capable non seulement de résister aux agressions étrangères, mais aussi de survivre aux crises financières internationales.

Pendant qu'Helios parlait, ils s'étaient arrêtés dans l'escalier. Face à lui, deux marches plus haut mais les yeux au niveau des siens, Amy était fascinée par les ombres que la lumière vacillante faisait danser sur son visage, soulignant la beauté de ses traits. La tentation de poser la main sur sa joue était si forte qu'elle en avait le vertige.

— Il faut que je rattrape les enfants, dit-elle d'une voix faible.

Mais elle resta clouée sur place.

— Ils savent où ils vont, murmura-t-il en se penchant vers elle.

S'appuyant d'une main contre le mur, il referma l'autre sur sa hanche et l'attira vers lui. Elle fut envahie par une chaleur délicieuse, et ses lèvres s'entrouvrirent d'elles-mêmes dans l'attente de son baiser. Elle se ressaisit juste à temps et, écartant la main d'Helios, elle objecta :

— Je ne leur ai pas dit au revoir.

— Alors va leur dire.

Une lueur amusée brillait dans les yeux noirs posés sur elle.

— Continue à fuir, *matakia mou,* mais sache que tu ne pourras pas fuir éternellement. Bientôt je t'attraperai…

Sans répondre, elle pivota sur elle-même et finit de monter aussi vite qu'elle le put l'escalier très raide en se cramponnant à la rampe. Une fois dans le couloir, elle reprit son souffle. Que lui avait-il pris ? Elle avait été à deux doigts de l'embrasser. N'avait-elle donc aucune fierté ? Aucun instinct de conservation ? C'était à pleurer de frustration. Qu'Helios le croie ou non, c'était fini entre eux. Il allait épouser une autre femme. Qu'elle puisse encore être attirée par lui à ce point était insupportable.

Il n'y avait qu'une solution : partir. Dès que l'exposition serait ouverte, le jour du gala dans un peu plus de deux semaines, elle quitterait définitivement le palais.

Après une journée passée à surveiller l'arrivée des œuvres envoyées par le musée d'Athènes, Amy aurait dû être épuisée. Mais le mail qu'elle venait de recevoir avait agi sur elle comme un stimulant. Après des mois de recherches et des semaines d'échanges hésitants, Leander avait accepté de la voir. Demain soir, elle rencontrerait son demi-frère pour la première fois. Elle consulta sa montre. En se dépêchant, elle pouvait arriver à Resina avant la fermeture des magasins ouverts en nocturne et s'acheter une robe pour leur dîner. Demain dans la journée elle n'aurait pas le temps.

Après avoir éteint son ordinateur et mis un peu d'ordre sur son bureau, elle descendit au rez-de-chaussée pour voir si Pedro était toujours là et pouvait fermer le musée. Arrivée dans le hall, elle se figea. Pedro s'y trouvait, en grande conversation avec Helios. Ils se tournèrent tous les deux vers elle avant qu'elle ait le temps de faire demi-tour.

— Quand on parle du loup, commenta Pedro en lui adressant un large sourire.

— Qu'ai-je fait ? demanda-t-elle en s'efforçant de masquer son trouble.

Le sourire de Pedro s'élargit encore.

— Ne prends pas cet air inquiet. Helios et moi discutions de ton avenir.

Au sein du musée, le personnel appelait Helios par son prénom, à sa demande.

— Oh ?

Elle regarda Helios.

— Je croyais que tu allais à Monte Cleure, lâcha-t-elle étourdiment.

— Mon avion décolle dans une heure.

Elle sentit son cœur se serrer. Stupidement, elle avait vérifié la distance entre Agon et Monte Cleure. Environ deux mille kilomètres. Deux heures et demie de vol. En tenant compte du décalage horaire, il arriverait à temps pour dîner en tête à tête avec la princesse… Pinçant les lèvres pour étouffer un gémissement de souffrance, elle s'efforça de rester impassible. Helios avait beaucoup trop de pouvoir sur elle. Il fallait à tout prix éviter qu'il en prenne conscience.

— J'avais prévu d'attendre demain, mais puisque tu es là, déclara soudain Pedro.

— Nous disions que nous étions très impressionnés par l'efficacité dont tu fais preuve dans l'organisation de l'exposition, coupa Helios d'une voix suave. A tel point que nous aimerions te proposer un poste permanent au musée à la fin de ta mission.

— Quel genre de poste ? demanda-t-elle avec circonspection.

Une semaine plus tôt, cette nouvelle l'aurait comblée de joie. Mais aujourd'hui tout avait changé.

— Corinna nous quitte à la fin de l'été. Nous souhaiterions que tu prennes son poste.

Corinna occupait la deuxième place dans l'organigramme du musée, juste en dessous de Pedro.

— Il y a des conservateurs plus qualifiés que moi qui travaillent ici, commenta-t-elle avec prudence.

Comme elle aurait aimé que Pégase arrive à l'instant et l'emporte loin d'ici…

— Pedro sera ravi de compléter ta formation dans les domaines où tu manques d'expérience, affirma Helios, une lueur triomphante dans les yeux. Tu es largement à la hauteur de la tâche et tout le monde ici t'apprécie et te respecte. Quant aux conservateurs des autres musées, ils aiment travailler en collaboration avec toi. Tu es un élément précieux et nous serions stupides de te laisser partir.

Elle serra les dents. Si Pedro n'était pas là, elle aurait dit à Helios ce qu'elle pensait de cette tentative grossière de manipulation.

— Qu'en penses-tu ?

Il plongea dans le sien un regard entendu, presque espiègle.

— Ça te dirait de vivre et de travailler ici ?

De plus en plus irritée, elle s'exhorta au calme. La démarche d'Helios était vraiment odieuse. Sachant qu'elle adorait son travail et Agon, il pensait qu'elle lui serait tellement reconnaissante de cette offre qu'elle lui tomberait de nouveau dans les bras. Dès le début, elle n'avait jamais envisagé autre chose avec lui qu'une relation éphémère fondée sur le désir, et cela lui convenait parfaitement. Pourtant, aujourd'hui elle avait la mort dans l'âme quand elle l'imaginait avec la princesse et songeait à son propre avenir sans lui.

Comment pourrait-elle rester sa maîtresse dans ces conditions ? L'annonce de son mariage prochain avait été la confirmation de ce qu'elle avait toujours su : il la voulait dans son lit mais pas dans sa vie. Bien sûr, il n'avait pas choisi d'être l'héritier du trône et il ne pouvait pas modifier la constitution d'Agon, mais ça ne changeait rien à la situation.

Tout au fond de son cœur, elle avait toujours rêvé de rencontrer quelqu'un à qui elle pourrait révéler la vérité sur sa naissance sans craindre d'être rejetée. Quelqu'un qui l'aimerait pour elle-même. Au fil de leur relation, Helios avait gagné sa confiance. Elle était presque certaine qu'elle pourrait lui confier son secret sans provoquer sa répugnance. Cependant, il ne pouvait pas lui donner les autres choses dont elle avait toujours rêvé en secret. L'amour. La fidélité. L'engagement. Elle avait donc préféré protéger son cœur. Hélas, celui-ci semblait plus vulnérable qu'elle l'avait cru.

— Je vais avoir besoin de temps pour réfléchir, éluda-t-elle.

Helios plissa les yeux.

— Réfléchir à quoi ?

— Ma vie est en Angleterre, répliqua-t-elle d'un ton neutre.

Sauf qu'en réalité, c'était tout réfléchi. Il pourrait lui proposer de quadrupler son salaire, sa réponse ne changerait pas. A son grand soulagement, le téléphone d'Helios sonna, lui évitant d'avoir à donner des précisions.

— Il faut que j'y aille, dit-il en lui adressant un sourire étincelant. Nous reprendrons cette discussion plus tard.

« Plus tard » signifiait qu'il avait l'intention de passer la voir dimanche soir, à son retour de Monte Cleure, comprit-elle. Mais elle ne pouvait pas se permettre de lui dire le fond de sa pensée devant Pedro...

Après leur avoir souhaité un bon week-end à tous les deux, Helios se hâta vers la sortie. En route pour Monte Cleure, où il passerait le week-end en compagnie de la princesse et de sa famille.

Alors qu'elle...

Dès qu'elle rentrerait de sa séance de shopping de dernière minute, elle écrirait sa lettre de démission.

Et elle la remettrait à Pedro demain, quand Helios serait à deux mille kilomètres d'Agon.

4

Amy s'apprêtait à se mettre du rouge à lèvres quand un coup frappé à la porte du passage reliant son appartement et celui d'Helios la fit sursauter. Le cœur battant à tout rompre, elle déglutit péniblement.

Helios ? Que faisait-il là ? Il était censé passer tout le week-end à Monte Cleure, où il demanderait officiellement la main de la princesse Catalina à son père… Prenant une profonde inspiration, elle l'exhorta en pensée à s'en aller. Un nouveau coup énergique lui démontra la futilité de ses prières. Il n'y avait pas de temps à perdre… Elle mit son rouge à lèvres dans son sac et quitta sa chambre au moment où un troisième coup retentissait. Prenant au passage sa veste accrochée au portemanteau, elle sortit de son appartement par la porte principale et dévala l'escalier. Quelques secondes plus tard, elle quittait le palais en rasant les murs pour éviter la lumière des spots qui éclairaient le crépuscule printanier. Enfin, elle traversa en courant la cour réservée au personnel du palais. Dieu merci, la voiture qu'elle avait commandée en fin d'après-midi était déjà là. Elle ouvrit la portière d'un geste vif, faisant tressaillir Eustachys, le chauffeur, qui pianotait sur son portable.

— Vous êtes en avance, commenta-t-il avec un large sourire. Où voulez-vous aller ?

Elle se força à sourire. A chaque fois qu'elle avait besoin

d'une des voitures avec chauffeur mises à la disposition du personnel du palais, elle était conduite par Eustachys, qui parlait couramment l'anglais.

— A Resina, s'il vous plaît.

Elle lui précisa le nom du restaurant où elle avait rendez-vous et s'efforça de masquer son impatience, tandis qu'il programmait son GPS. Pourquoi éprouvait-il le besoin d'utiliser cet appareil alors qu'il connaissait l'île comme sa poche ? Une minute plus tard, ils étaient en route pour la capitale d'Agon, une ville cosmopolite aussi riche en vestiges du passé qu'en boutiques et restaurants. Elle ne voulait surtout pas penser à Helios en train de frapper à sa porte. Elle ne voulait pas penser à lui du tout.

Elle avait besoin de tout son sang-froid pour sa première rencontre avec l'homme qui partageait le même sang qu'elle.

Lorsque Eustachys vint la chercher au restaurant quelques heures plus tard, les étoiles scintillaient dans le ciel de la nuit et les rues de Resina étaient pleines de fêtards. Cependant, Amy était trop nerveuse pour se mêler à cette foule joyeuse. Sans tourner au désastre, ce dîner avec Leander avait été beaucoup plus pénible qu'elle ne s'y attendait. Certes, son anxiété due au retour inopiné d'Helios et sa crainte de le voir apparaître à tout instant n'avaient pas simplifié les choses.

Mais Leander ne les avait pas simplifiées non plus. Elle avait déjà deviné au vu de son profil et de ses posts sur les réseaux sociaux que ce n'était pas le plus mûr des hommes. Mais ce dîner — dont elle avait payé l'addition sans qu'il émette la moindre protestation — lui avait malheureusement confirmé que son demi-frère était un enfant gâté. Il lui avait annoncé franchement qu'il avait parlé à sa mère de leur rencontre, en précisant aussitôt qu'il serait le seul à juger si Neysa devait rencontrer l'enfant qu'elle avait abandonnée. Et il n'avait pas caché que détenir ce pouvoir le réjouissait au plus au point.

Un enfant gâté ? Non, son demi-frère était un monstre. Entre deux reniflements — elle avait la quasi-certitude qu'il se droguait —, il lui avait révélé que son père, un homme prospère, ignorait son existence. Les Soukis étaient une famille aisée sans histoire. L'apparition inopinée d'une fille cachée n'était pas dans leur intérêt. En ce qui concernait Leander, Amy s'apparentait à une boîte de Pandore dont l'ouverture risquait fort de compromettre son existence confortable.

Si ce rendez-vous n'avait pas été une véritable tragédie grecque, il y ressemblait par bien des aspects.

Eustachys déposa Amy dans la cour et elle regagna son appartement d'une démarche lasse, ôtant ses escarpins à talons pour monter l'escalier. Sans surprise, elle trouva Helios chez elle. Assis sur son canapé, nu-pieds, en jean moulant et T-shirt, il avait les bras croisés et le regard noir.

— Comment es-tu entré ?

— Avec une clé. Où étais-tu ?

— En ville.

Il promena sur elle un regard méfiant. Elégant chignon, créoles, et surtout une robe vert menthe qu'il ne connaissait pas…

— Tu avais rendez-vous ?

Elle poussa un soupir las.

— Ce que j'ai fait n'a aucune importance. Et toi, ne devrais-tu pas être avec ta fiancée ? Je suppose que c'est officiellement ta fiancée, à présent ?

— Son père m'a accordé sa main. Nous ferons l'annonce officielle au cours du gala.

— Alors pourquoi n'es-tu pas en train de fêter la bonne nouvelle à Monte Cleure ?

— Une mauvaise nouvelle m'a obligé à rentrer un jour plus tôt.

Une lueur inquiète s'alluma dans les yeux d'Amy.

— Il est arrivé quelque chose à ton grand-père ?

— Mon grand-père va bien.

Du moins aussi bien que possible pour un homme de quatre-vingt-sept ans rongé par un cancer. Lorsqu'il était à Agon, il rendait visite à son grand-père tous les jours en priant pour qu'un miracle se soit produit. Mais au lieu de s'améliorer, son état ne faisait qu'empirer. L'homme plein de vitalité qui avait été non seulement la tête mais aussi le cœur de la famille Kalliakis s'étiolait sous ses yeux.

La société qu'Helios avait fondée avec ses frères était si prospère que les Agonites ne payaient plus un centime d'impôt pour les dépenses de la famille royale. Par ailleurs, elle leur fournissait des réserves monétaires suffisantes pour protéger le pays des conséquences d'une crise financière internationale majeure. Mais toute cette richesse ne leur permettait pas de guérir l'homme qui avait consenti d'immenses sacrifices pour les élever. Elle n'avait servi à rien non plus contre la pneumonie qui avait emporté leur grand-mère bien-aimée cinq ans plus tôt. Une disparition dont leur grand-père ne s'était jamais remis.

Mais ce soir, pour une fois, il n'avait pratiquement pas pensé à son grand-père… Helios serra les dents. Il était resté assis des heures sur l'inconfortable canapé d'Amy, à attendre son retour en s'efforçant de contenir sa colère. A présent elle était devant lui, vêtue d'une robe neuve pour un rendez-vous romantique avec un autre homme. C'était le coup de grâce à la fin d'une journée cauchemardesque. Au lieu d'une simple formalité, demander la main de sa fille au roi de Monte Cleure s'était révélé une épreuve pénible. Le roi l'avait reçu comme un fils prodigue, visiblement très fier et très heureux de l'avenir qui s'offrait à sa fille. Pendant toute l'audience, Helios avait été en proie à un profond malaise et il avait eu toutes les peines du monde à prononcer les paroles qu'on attendait de lui. Son esprit était tout entier accaparé par le manque d'enthousiasme avec lequel Amy avait réagi à son offre d'emploi permanent.

C'était pourtant la solution idéale. Par cette offre il prouvait à Amy qu'elle avait toujours un rôle à jouer dans sa vie et qu'il n'avait pas l'intention de renoncer à leur relation sous prétexte qu'un contrat lierait bientôt sa vie à celle d'une autre femme. Et de toute façon, elle méritait ce poste. Toutes les louanges qu'il lui avait adressées étaient sincères.

Sa réaction l'avait hérissé.

Aussi, dès qu'il avait reçu ce message de Pedro, il avait repris son jet pour rentrer à Agon.

— Où étais-tu ? répéta-t-il.

Fuyant son regard, elle se laissa tomber dans le fauteuil. Un mouvement convulsif agita une de ses paupières et elle se frotta l'œil, barbouillant sa joue de mascara.

— Tu n'as pas le droit de me poser cette question. Qui je vois et ce que je fais de mon temps libre ne regarde que moi.

— Si tu as pris un autre amant, j'ai le droit de le savoir ! rétorqua-t-il en réprimant une violente nausée.

Si elle avait pris un autre amant…

— Non, tu n'as aucun droit ! protesta-t-elle avec feu. C'est toi qui vas épouser quelqu'un d'autre, pas moi. Ça fait de moi une femme libre. Je n'ai aucun compte à te rendre.

Il la contempla un instant en silence. Sa colère était manifeste. De toute évidence, elle avait réellement décidé de mettre fin à leur relation. Jusque-là, il pensait qu'elle voulait juste le punir, par fierté et par jalousie.

— Avec qui étais-tu ? Un homme ?

Elle soutint son regard et hocha la tête.

— Je le connais ?

— Non.

— Où l'as-tu rencontré ?

— Peu importe. Ecoute, Helios, s'il te plaît, laisse-moi tranquille. Ce que nous avons vécu… c'est terminé.

— Alors tu as sauté dans le lit d'un autre homme ? C'est ta façon de me punir d'accomplir mon devoir envers ma famille et mon pays ?

— Ce raisonnement est odieux, répliqua-t-elle avec une moue de dégoût.

Il masqua son soulagement. Elle n'avait pas couché avec cet homme mystérieux… Mais son soulagement s'évanouit presque aussitôt.

— Si tu ne l'as pas fait pour me punir, pourquoi es-tu sortie avec un autre homme ? Tu tiens tellement à prouver que c'est fini entre nous que tu n'hésites pas à m'humilier ?

— En quoi le fait que je dîne avec quelqu'un d'autre est-il humiliant pour toi ? Et comment oses-tu dire ça alors que tu t'apprêtes à épouser quelqu'un d'autre ?

— Et toi, comment oses-tu imaginer que je vais te laisser partir ?

Amy se figea et sa paupière fut de nouveau agitée par une espèce de tic.

— Si je suis rentré plus tôt de Monte Cleure, c'est parce que Pedro m'a informé que la commissaire de l'exposition consacrée à mon grand-père a décidé de démissionner cinq mois avant la fin de son contrat.

La colère faillit suffoquer Helios. Jamais il n'aurait cru qu'Amy pouvait se montrer aussi sournoise !

— Helios…

Elle soupira.

— Ai-je le choix ? Je ne peux plus rester ici, à présent.

— Tu n'es pas l'héroïne d'un mélodrame, déclara-t-il d'un ton cinglant. Qu'est-ce que tu croyais ? Qu'en apprenant ta démission, j'allais me contenter de hausser les épaules et de dire « pas de problème » ? Ou bien que je serais tellement désespéré à l'idée de te perdre que j'annulerais mes fiançailles avec Catalina et que je renoncerais au trône pour t'épouser ?

— J'espérais que tu l'accepterais et que tu essaierais au moins de me comprendre.

— Eh bien, je ne te comprends pas et je n'accepte pas ta démission. Tu resteras ici jusqu'à la fin de ta mission, sinon je t'attaquerai pour rupture de contrat.

— Tu ne ferais pas ça…

— Vraiment ? Pars avant septembre et tu verras !

— La préparation est pratiquement achevée, protesta-t-elle, les yeux étincelants de colère. Le jour du gala, le musée sera prêt à accueillir les visiteurs. J'aurai accompli mon travail. N'importe qui pourra prendre la relève.

— « N'importe qui » ne possédera pas toutes les connaissances que tu as acquises au sujet de mon grand-père et de nos ancêtres. Tu as signé ce contrat et tu vas l'honorer.

Amy sauta sur ses pieds, les poings crispés.

— Pourquoi fais-tu ça ? Pourquoi refuses-tu de me laisser partir ?

— Parce que nous sommes faits l'un pour l'autre. Tu m'appartiens… tu comprends ça ?

— Non, c'est la princesse qui t'appartient. Pas moi. Je n'appartiens à personne d'autre qu'à moi-même. Tu peux m'obliger à travailler jusqu'à la fin de mon contrat — tu en as parfaitement le droit — mais pour le reste ça ne change rien. Je ne partagerai plus ton lit.

Helios était assailli par des sensations étranges. Des sensations très désagréables. Que lui arrivait-il ? Il n'en avait aucune idée mais, *Theos*, que c'était douloureux !

Il avait su dès le début qu'Amy était une femme d'honneur. L'enthousiasme avec lequel elle avait réagi à son offre de mission avait été si flagrant qu'il en était devenu contagieux. Toutefois, elle n'avait pas voulu signer le contrat avant d'en avoir discuté de vive voix avec ses supérieurs au British Museum. S'ils avaient émis la moindre réserve, elle aurait refusé le poste, qui représentait pourtant selon son propre aveu un rêve devenu réalité. Si c'était un rêve, pourquoi était-elle prête à y renoncer aujourd'hui ? Et si elle avait un tel sens de l'honneur, comment pouvait-elle avoir déjà commencé à chercher un nouvel amant ? Prenant une profonde inspiration, il s'efforça de se ressaisir. Il fallait absolument qu'il quitte cet appartement avant de commettre un acte qu'il regretterait. Il était en proie à un tel tourbillon d'émotions qu'il ne savait plus où il en était. Tout ce qu'il savait, c'était qu'il brûlait d'envie de réduire en miettes tous les meubles et les bibelots que contenait cet appartement.

Pour la deuxième fois en deux semaines, il était sur le point de perdre le contrôle de lui-même et de donner libre cours à sa fureur. Depuis quand était-il devenu incapable de maîtriser le penchant à la violence qu'il avait hérité de son père ? Contrairement à ce dernier, cependant, il n'exercerait jamais cette violence contre une femme. C'était sa seule certitude. Et son seul réconfort... Il se dirigea vers Amy et lui prit le menton pour l'obliger à le regarder. *Theos*, qu'elle était belle ! Il se refusait à croire qu'il ne lui ferait plus jamais l'amour.

— Il faut que tu comprennes bien une chose. Tu seras *toujours* à moi.

Sur ces mots, il la lâcha et sortit.

Le téléphone d'Amy se mit à vibrer, l'arrachant à la contemplation de la bague de saphir qu'elle était censée répertorier mais qu'elle se contentait de fixer, la gorge nouée. Cette bague avait appartenu à la mère d'Helios. Bientôt, elle serait au doigt de la princesse Catalina.

Elle lut le message de Leander. Il était bref et sans équivoque.

Elle ne veut pas te rencontrer. Ne me contacte plus.

Elle le relut plusieurs fois avant de fermer les yeux et de se masser la nuque en retenant les larmes qui lui piquaient les yeux. Bien sûr, elle n'avait jamais espéré que sa mère biologique accueille à bras ouverts la fille qu'elle avait abandonnée depuis tant d'années. Mais malgré tout, elle attendait quelque chose. Au moins une certaine curiosité. Sa mère ne se demandait-elle même pas à quoi elle ressemblait ? Ni qui elle était devenue ? Trop de honte sans doute. Pour Neysa Soukis, elle n'était rien d'autre qu'une cicatrice sur ses souvenirs. Une cicatrice qui devait rester cachée. Si elle avait été moins scrupuleuse, elle aurait insisté et traqué Neysa jusque chez elle pour l'obliger à la rencontrer. Mais même si elle en était capable, qu'y gagnerait-elle ? Une hostilité accrue de la part de Neysa et sans doute une injonction d'éloignement en prime.

Tout ce qu'elle voulait, c'était lui parler. Juste une fois. Mais visiblement, elle n'était même pas digne de ça.

— Tu es prête ?

La voix de Greta, debout sur le seuil du bureau, la fit tressaillir et elle éteignit son portable.

— Elle ne veut pas me rencontrer.

Au moins, avec Greta elle n'était pas obligée de faire semblant. Celle-ci la rejoignit et passa un bras autour de ses épaules.

— Je suis désolée.

— Je pensais que…

— Je sais. Mais apprendre ta présence sur l'île lui a sans doute fait un choc. Elle finira par changer d'avis.

— Et si ce n'est pas le cas ?

— Tu verras, elle changera d'avis, affirma Greta. Maintenant, éteins ton ordinateur. Ce soir nous sortons et il faut que nous allions nous préparer.

— Je ne viens pas.

— Bien sûr que si ! Une soirée en ville est exactement ce qu'il te faut.

— Mais… Helios sera là.

— Et alors ? Ce sera l'occasion de lui montrer que tu t'amuses et que votre rupture ne te perturbe pas le moins du monde.

Amy laissa échapper un petit rire étranglé. Heureusement que Greta était là ! Sans son amitié et son optimisme à toute épreuve, la vie à Agon serait insupportable… Y avait-il seulement quatre mois qu'elle était arrivée sur l'île, vibrante d'excitation à l'idée des perspectives que lui ouvrait ce séjour ? Un séduisant prince pour patron et l'occasion de retrouver la femme qui l'avait mise au monde ? Aujourd'hui, elle était coincée là pour encore cinq mois, le séduisant prince s'apprêtait à épouser sa princesse, et sa mère biologique ne voulait pas entendre parler d'elle…

Comme elle regrettait d'être venue !

Greta lui tapota affectueusement le dos.

— Allez, viens. On va prendre ta robe et on va aller chez moi. Une bouteille d'ouzo nous y attend.

— Mais…

— A cause de cet homme, tu vas te priver d'une soirée en ville tous frais payés en compagnie de tes amis et collègues ? Tu veux vraiment lui laisser un pouvoir aussi exorbitant sur toi ?

Amy secoua la tête en soupirant. Greta avait raison. Elle venait de passer quatre jours terrée dans le sous-sol du musée, sous le prétexte de répertorier des objets, pour éviter Helios. Avec succès. Mais à dix jours du gala il était très occupé, bien sûr.

— Peut-être qu'il ne viendra pas, dit-elle, soudain pleine d'espoir.

— Peut-être…

Le ton de Greta manquait de conviction. Et de toute façon, l'idée qu'il pourrait ne pas venir était aussi déprimante que la perspective de le voir, constata Amy, le cœur serré. S'il venait, pourvu qu'il n'amène pas la princesse !

Se retrouver face à sa rivale ? Non, elle ne le supporterait pas.

5

Si Helios avait choisi l'Hôtel Giroud pour cette sortie, c'était parce que son personnel méritait de passer une bonne soirée dans l'hôtel le plus luxueux d'Agon, dont le parc donnait sur une plage privée. Comme le Club Giroud, le club le plus fermé de l'île, il appartenait à Nathaniel Giroud, un de ses anciens camarades d'école.

Helios invitait le personnel du musée à sortir le soir deux fois par an. La première au début de la saison estivale, la deuxième à la fin de l'année. Ces sorties n'étaient pas obligatoires mais tout le monde répondait à l'invitation, y compris les conservateurs, qui passaient beaucoup de temps dans les réserves du musée. Helios soupira. Jamais il n'aurait imaginé qu'un jour il éprouverait une attirance irrésistible pour une de ses employées... Son emploi du temps n'avait jamais été aussi chargé, et pourtant il ne parvenait pas à chasser Amy de son esprit. Même la nouvelle inouïe que son frère Theseus lui avait annoncée deux jours plus tôt n'y changeait rien — celui-ci avait un fils caché! —, et Amy continuait à occuper toutes ses pensées.

Il était beaucoup trop occupé pour trouver le temps d'aller faire un tour au musée, et pourtant la tentation était permanente. Mais il ne restait plus que dix jours avant le gala et il avait encore une montagne de détails à régler d'ici là. Il voulait que cette journée de célébration soit parfaite, pour son grand-père et pour tout son peuple.

A Agon, la tradition voulait que les princes héritiers montent sur le trône à l'âge de quarante ans. Son père était mort quelques années avant son quarantième anniversaire, si bien que son grand-père — sans un mot de regret — avait abandonné tous ses projets de retraite. Sa grand-mère avait prévu de reprendre sa carrière de violoniste dès son abdication et il se réjouissait à l'avance de l'accompagner dans ses tournées à travers le monde. Ils avaient renoncé à leurs rêves pour élever leurs petits-enfants et les préparer à devenir des princes dont tout le peuple d'Agon pourrait être fier. Ils avaient tout sacrifié.

Il n'y avait personne au monde qu'Helios aimait et respectait davantage que son grand-père. Il ferait n'importe quoi pour lui. Et il savait que le souhait le plus cher de ce dernier était de le voir se marier. Le roi Astraeus IV voulait quitter ce monde avec la certitude que la perpétuation de la dynastie était assurée. Même si ses fiançailles n'étaient plus un secret, l'annonce officielle apporterait la sérénité à son grand-père. Or c'était ce qui comptait le plus pour lui, et il préférait ne pas penser aux conséquences de ces fiançailles sur son propre état d'esprit. Catalina ne reviendrait pas à Agon avant le gala. Il l'avait dissuadée de venir plus tôt, prétextant qu'il avait trop de travail, songea-t-il, tandis que le remords s'emparait de lui. Quand il avait quitté Monte Cleure avec un jour d'avance, elle avait été visiblement très déçue. Au moment de lui dire au revoir, elle lui avait offert ses lèvres, mais c'est tout juste s'il avait été capable d'effleurer sa joue. Elle sentait divinement bon, elle était très belle, mais elle le laissait froid.

Mais Catalina savait quel genre de mariage l'attendait, se rappela-t-il. Elle ne se faisait aucune illusion et n'attendait pas d'amour de sa part. Elle le lui avait assuré elle-même. Mais le respect mutuel suffirait-il à cimenter leur union s'il ne pouvait même pas se résoudre à l'embrasser ?

Debout dans le hall de l'hôtel, Helios accueillait personnellement ses employés et leurs partenaires. Plus de cent personnes étaient attendues. Il saluait chaque arrivant, tandis que Talia, son assistante, donnait à tous une enveloppe.

Bientôt le hall fut plein. Des serveurs circulaient parmi la foule avec des plateaux chargés de flûtes de champagne. L'atmosphère était encore un peu guindée, comme souvent au début de ce genre de soirées, mais bientôt elle s'animerait. A travers les portes vitrées, Helios vit approcher deux jeunes femmes qui discutaient en riant. Son cœur fit un bond dans sa poitrine et il perdit le fil de la conversation qu'il avait engagée avec un des guides du musée. Les deux jeunes femmes montrèrent leurs papiers et leurs invitations aux gardes postés devant l'entrée, puis les portes s'ouvrirent et elles pénétrèrent dans le hall.

Il salua Greta la première en lui donnant l'accolade comme à tous les autres invités, et elle manifesta avec chaleur sa joie d'être là. Puis vint le tour d'Amy. Elle souriait mais son regard était éteint. Il déglutit péniblement. Il l'avait déjà vue en tenue de soirée lorsqu'il leur était arrivé de sortir ensemble, et le week-end dernier au retour de son rendez-vous avec le mystérieux inconnu. Mais ce soir... *Theos*. Elle était sublime. Sa robe sans manches en mousseline de soie marine, incrustée de strass autour de l'ourlet et du col montant, s'arrêtait juste au-dessus du genou, et des escarpins noirs à talons aiguilles mettaient en valeur le galbe de ses jambes. Du fard à paupières vert bronze soulignait ses grands yeux noisette, tandis que ses lèvres pulpeuses brillaient sous un gloss transparent. Fasciné, Helios était incapable de détacher son regard d'Amy. Pour la première fois de sa vie, il ne savait pas quoi dire... Et de son côté, elle ne semblait pas plus inspirée que lui.

Ce fut Greta qui rompit le silence.

— Champagne !

Adressant un large sourire à Helios, elle prit Amy par le bras et l'entraîna avec elle à la recherche de deux flûtes.

— Merci, marmonna Amy dès qu'elles furent hors de portée de voix d'Helios.

Son cœur battait si fort qu'elle était au bord du malaise.

— De rien. Tiens.

Greta lui tendit une flûte.

— Bois ça.

— J'ai déjà assez bu.

Elles avaient pris deux ouzos chacune chez Greta, avant de partir, et sans être ivre elle se sentait un peu grise.

— Tu vas avoir besoin de boire bien davantage si tu veux arriver au bout de la soirée sans te jeter dans ses bras.

— Il n'y a aucun risque que je me jette dans ses bras.

— Vu la façon dont vous vous regardez, permets-moi d'en douter.

— C'est fini.

— Ça, c'est ce que tu te racontes !

— C'est la vérité.

— Je sais que tu le crois, mais je ne pense pas que ton cœur soit d'accord.

Greta pressa la main d'Amy.

— Ne t'inquiète pas. Je t'empêcherai de te jeter de nouveau dans la gueule du grand méchant loup.

S'efforçant d'arrêter de jeter des coups d'œil à Helios, Amy hocha la tête et but la moitié de son champagne.

— Voyons ce qu'il y a dans ces enveloppes, dit Greta en ouvrant la sienne.

Amy en fit autant et découvrit une carte la remerciant

personnellement pour son ardeur au travail depuis son arrivée au musée, ainsi que deux cents euros à dépenser au casino.

— L'année dernière nous avons passé une journée sur le yacht d'Helios, confia Greta en palpant ses billets avec un plaisir manifeste. C'était fantastique. Quand nous sommes revenus au port, Talia était tellement ivre que Pedro a été obligé de la porter.

Amy ne put s'empêcher de pouffer en imaginant la scène. L'assistante d'Helios était toujours si sérieuse et si efficace... Jamais elle ne l'aurait crue capable de se lâcher à ce point ! Un peu plus détendue, elle décida de s'amuser et de passer une bonne soirée. Après tout, pratiquement tous les gens qui avaient une liaison au travail finissaient par se retrouver un jour ou l'autre dans cette situation. Il ne fallait pas en faire toute une histoire. Si elle restait avec Greta et si elle évitait de regarder Helios, tout se passerait bien.

Mais cela devint plus difficile dans le restaurant, qui leur était réservé pour la soirée. De sa place, elle voyait parfaitement la table d'Helios. Elle la voyait si bien que dès qu'elle s'assit leurs regards se croisèrent. Elle baissa aussitôt les yeux sur son menu. Quand elle finit par les relever, il était en grande conversation avec Jessica, une conservatrice américaine qui travaillait au musée depuis vingt ans.

— Tu le dévores des yeux, murmura Greta.

Avec un sourire crispé, Amy s'efforça de participer à la conversation et poussa un soupir de soulagement quand le hors-d'œuvre fut servi. Les coquilles Saint-Jacques et la purée de céleri accompagnées d'une sauce aux crustacés étaient succulentes, mais elle était beaucoup trop consciente de la présence d'Helios deux tables plus loin pour pouvoir les apprécier réellement. C'était plus fort qu'elle. Son regard était attiré par lui. Contrairement aux autres hommes, il ne portait pas de cravate, et le col de sa chemise de soie blanche était ouvert sur son cou hâlé, tandis que sa veste de smoking bleu marine soulignait sa carrure. Il était tout simplement sublime... Jessica lui dit quelque chose qui le fit rire et Amy fut assaillie par une bouffée de jalousie à la vue de sa mine réjouie et de ses yeux brillants. C'était ridicule ! Jessica aurait pu être sa mère. Heureusement qu'il n'avait pas invité la princesse ! Le voir discuter et rire avec elle aurait été insupportable. Tout à coup il croisa de nouveau son regard et elle crut que son cœur allait bondir hors de sa poitrine. Sans la quitter des yeux, il prit son verre de vin et but une longue gorgée.

Un coup de coude dans les côtes arracha Amy à sa contemplation.

— Arrête ! intima Greta à mi-voix.

Elle réprima un soupir. Impossible, c'était vraiment plus fort qu'elle. Même le filet de bœuf à la truffe ne parvint pas à détourner son attention d'Helios. Après tout, elle pouvait bien se permettre de le regarder. Du moment qu'elle restait loin de lui. Le toucher, non, c'était hors de question. Mais le regarder... Pourquoi pas ? Lorsque le dîner se termina enfin, elle s'apprêtait à s'enfuir au casino, loin du regard d'Helios, quand il se leva pour faire un discours qu'il termina en levant son verre pour porter un toast à toute l'assemblée.

— Si vous allez jusqu'à la plage privée à minuit, vous y trouverez une dernière surprise, ajouta-t-il avec un large sourire. D'ici là, profitez du casino et de la discothèque. Amusez-vous, surtout ! Vous l'avez mérité.

Emboîtant le pas à Greta, Amy se rendit au casino. Ce dernier était aussi somptueux qu'elle s'y attendait, et très animé. Cependant, des tables de poker, de black-jack et de roulette étaient réservées exclusivement aux invités d'Helios. Amy n'était pas tentée par le jeu, mais elle trouva amusant d'observer les joueurs. Surtout Jessica, qui se révélait imbattable au black-jack, à la surprise générale.

La seule ombre au tableau, c'étaient ces frissons sur sa nuque. Le regard d'Helios sur elle… Et bien sûr, elle mourait d'envie de le regarder à son tour. Nul doute que d'un instant à l'autre il allait venir lui parler…

Il ne vint pas. Du coin de l'œil elle le regarda faire le tour du casino puis de la discothèque, discutant tour à tour avec tous ses employés, sourire aux lèvres. Elle but machinalement les verres que les serveurs distribuaient, et bientôt elle fut si étourdie qu'elle décida de passer au café. Son cœur s'affolait malgré elle à chaque fois qu'Helios quittait un invité pour s'adresser à un autre. Pourquoi l'évitait-il ? Elle devait être la seule personne avec qui il n'avait pas discuté. En dehors de Greta, qui ne la quittait pas d'une semelle. Peut-être avait-il fini par accepter leur rupture. C'était ce qu'elle voulait, non ? Elle aurait dû être soulagée, mais la perspective de ne plus jamais sentir ses bras puissants autour d'elle était insupportable.

Il fallait à tout prix qu'elle quitte cet endroit. Qu'elle rentre chez elle pour panser ses blessures en paix avant de laisser échapper le hurlement de douleur qui montait dans sa gorge. Elle avait fait de son mieux ce soir, mais même l'alcool n'avait pas réussi à atténuer la souffrance qui la rongeait. Celle-ci s'était même accrue. Mais comment pourrait-elle trouver la paix dans son appartement, que seul un passage secret séparait de celui d'Helios ? Dire qu'il lui restait cinq mois à vivre tout près de lui… Comment allait-elle faire ? Malheureusement, elle ne pouvait pas se permettre de partir. S'il mettait sa menace à exécution, ce serait la fin de sa carrière. Quel employeur ferait confiance à une conservatrice traînée devant les tribunaux par l'héritier du trône d'Agon pour rupture de contrat ?

Helios n'était pas un homme cruel, mais sa lettre de démission l'avait atteint dans son amour-propre. Si elle partait maintenant, il la poursuivrait sans aucun doute en justice. Cependant, s'il avait fini par accepter leur rupture, il se montrerait peut-être plus compréhensif si elle abordait de nouveau le sujet de sa démission une fois le gala terminé. Le cœur lourd, Amy soupira. Elle aurait tant aimé pouvoir le haïr ! Mais c'était impossible. Qui pourrait haïr Helios ?

— Il est presque minuit, annonça Greta avec entrain. Allons sur la plage.

Amy hocha la tête. Le brouhaha des conversations lui donnait la migraine et prendre l'air lui ferait le plus grand bien. Elle resterait jusqu'à la surprise annoncée par Helios, et ensuite elle rentrerait chez elle pour tenter de panser ses blessures.

Nichée dans une anse, la plage privée de l'hôtel arracha des exclamations émerveillées à tout le monde, à la grande satisfaction d'Helios. Cette soirée était un succès et même si beaucoup d'esprits risquaient d'être embrumés demain matin, personne ne s'en plaindrait.

Des tables en bois avaient été installées sur le sable, et des lampes à gaz éclairaient la nuit sans lune. Le bar de la plage était ouvert et on ne tarderait pas à servir des cocktails. La moitié des places étaient déjà occupées quand il vit Amy descendre les quelques marches qui donnaient accès à la plage, en compagnie de Greta, à qui elle s'était cramponnée toute la soirée comme à un bouclier.

De toute évidence, Amy ne voulait pas rester seule de crainte qu'il ne la rejoigne à la première occasion. Et il ne pouvait y avoir qu'une seule raison à cette crainte : elle savait qu'elle aurait du mal à lui résister. Elle ne l'avait pas quitté des yeux de la soirée. Leur attirance mutuelle était toujours aussi forte, et bientôt elle serait obligée d'admettre que résister ne servait à rien. C'était une force qui les dépassait. Ils n'y pouvaient rien ni l'un ni l'autre.

Malgré tout… quand elle était arrivée à l'hôtel, il avait vu de la souffrance dans ses yeux. Une souffrance qui l'avait profondément perturbé. Serait-il possible qu'il en soit la cause ? En bas des marches, elle s'appuya sur Greta pour enlever ses chaussures, puis elles se dirigèrent vers une table occupée par certains de leurs collègues conservateurs. Une fois assise, elle le chercha du regard. Même à la faible lueur des lampes, il était facile de lire le désir dans ses yeux. Quant à la souffrance, il avait dû l'imaginer. Entre la maladie de son grand-père, le fils caché de Theseus, le gala qui approchait et ses fiançailles, il était débordé et son esprit lui jouait des tours.

Une musique à la fois douce et rythmée s'éleva de la cabine du DJ. Un long frisson parcourut Helios. Bientôt, Amy serait de nouveau dans son lit.

Et il ne la lâcherait plus jamais.

6

Malgré son envie de fuir l'hôtel et Helios, Amy était charmée par le cadre enchanteur de cette fin de soirée. La beauté de la plage, le ciel étoilé et le bruit des vagues qui se mêlait à la musique lui apportaient un sentiment de paix qui avait disparu de sa vie depuis qu'Helios lui avait annoncé son intention de se marier.

— Il faut que j'aille aux toilettes, murmura Greta en se levant. Tu viens ?

— Tu n'as pas besoin que je te tienne la main, je suppose ? répliqua Amy d'un ton taquin.

Greta pouffa et partit en direction du bar d'une démarche chancelante. Amy secoua la tête en souriant. Greta avait beaucoup apprécié le flot ininterrompu de cocktails gratuits… A peine celle-ci avait-elle disparu que deux hommes barbus coiffés de catogans apparurent, vêtus de tenues noires évoquant à la fois des samouraïs et des pirates. Par l'intermédiaire d'interprètes traduisant du grec, ils demandèrent que la table d'Amy soit déplacée de quelques mètres. Dès que ce fut fait, ils tracèrent dans le sable un demi-cercle en précisant que personne ne devait le franchir. Tout le monde se leva et s'approcha. Sans ses talons, Amy avait du mal à voir ce qui se passait, si bien qu'elle s'éloigna du groupe pour se mettre en haut des marches qui permettaient d'accéder à la plage. Alors que les hommes se préparaient, sortant d'énormes caisses des objets qu'elle ne parvenait pas à voir, Greta revint du bar et rejoignit le groupe de spectateurs. Le soleil s'était couché depuis longtemps, et loin de la chaleur de la foule, Amy sentait la fraîcheur de l'air. Se frottant les bras, elle garda les yeux fixés sur les deux hommes, feignant de ne pas avoir remarqué qu'Helios venait de sortir du bar, un cocktail dans chaque main.

— J'ai eu l'impression que tu avais soif, dit-il en montant les marches pour venir la rejoindre.

Le cœur battant, elle secoua la tête. D'accord, elle se doutait que le fait de s'écarter du groupe serait perçu comme une invitation. Mais pas question pour autant de sauter de joie à son arrivée... Avec un sourire entendu, il lui tendit un verre.

— Goûte ça. Je pense que ça te plaira.

Des fraises décoraient le bord du verre plein de glace pilée, qui contenait un liquide rose où flottaient des feuilles de menthe. Sans un mot, elle le prit et but une gorgée à la paille. Il connaissait trop bien ses goûts...

— C'est délicieux. Qu'est-ce que c'est ?

— Un mojito fraise.

— C'est toi qui l'as préparé ?

Helios secoua la tête en riant.

— J'en serais bien incapable.

Elle but une deuxième gorgée. L'association des fraises écrasées, de la menthe fraîche et du rhum était divine.

— Et toi, que bois-tu ?

— Un Long Island Iced Tea. Tu veux goûter ?

Il ne fallait pas. Il ne fallait surtout pas. Le ciel étoilé, le murmure de la mer, la musique... Trop romantique. Elle devrait prendre la fuite. Mais sa main se tendit d'elle-même et prit le verre d'Helios. Ses lèvres se refermèrent sur la paille qui se trouvait entre les siennes quelques minutes plus tôt. Elle but une gorgée.

— C'est fort !

Il sourit et lui reprit le verre en effleurant ses doigts. Parcourue d'un long frisson, elle s'empressa de boire une autre gorgée de mojito en luttant contre la force qui la poussait à se laisser aller contre lui. Il était si proche...

— J'ai découvert il y a quelques jours que j'avais un neveu, déclara Helios.

Nul doute que si Amy avait des velléités de fuite, cette nouvelle allait la retenir. Et de toute façon, il avait besoin d'en parler... Elle ouvrit des yeux ronds.

— Vraiment ?

— Theseus. Il a eu une aventure d'une nuit avec une femme qu'il a rencontrée pendant son congé sabbatique.

— Ça remonte à quelques années, non ?

— Le garçon a quatre ans. Il s'appelle Toby. Theseus l'a appris par un caprice du destin. Il n'avait pas donné sa véritable identité à la mère, si bien qu'elle n'a jamais pu le prévenir. Or il y a quelques semaines, elle est arrivée au palais pour travailler sur la biographie de mon grand-père.

— Un incroyable caprice du destin, en effet. Il va reconnaître l'enfant ?

— Oui. Et il va épouser la mère pour qu'il devienne son fils légitime.

Amy but une longue gorgée de mojito.

— Ton grand-père est au courant ?

— Theseus va le lui dire après le gala. Nous avons décidé qu'il valait mieux que cette journée soit consacrée exclusivement à mon grand-père.

Amy baissa les yeux. Etait-elle en train de penser que de son côté il avait choisi le jour du gala pour annoncer ses fiançailles ? se demanda Helios. Ce n'était pas la même chose. Pour son grand-père, cette annonce serait le moment le plus important de la journée. L'assurance que l'avenir de la dynastie était assuré.

— Theseus a des relations compliquées avec notre grand-père, reprit-il. Le fait d'être prince d'Agon lui a toujours pesé. C'est la raison pour laquelle il s'investit à ce point dans la biographie. Il veut prouver qu'il est prêt à assumer pleinement son rôle de prince.

— Toi, tu as toujours été prêt à assumer ton destin ?

— Je suis qui je suis, répliqua-t-il en haussant les épaules.

Pas question d'admettre que l'espace d'un instant, la révélation de Theseus l'avait fait réfléchir. Son frère avait un héritier tout prêt et une fiancée qui ne le laissait visiblement pas indifférent… Mais il avait chassé la pensée qui l'avait effleuré avant qu'elle ait le temps de s'incruster dans son esprit. Il monterait sur le trône comme prévu. C'était son destin. Et sa fierté. Theseus détesterait devenir roi. Comme Amy remuait la glace avec sa paille pour recueillir les dernières gouttes de cocktail, il héla le barman qui passait à proximité et lui commanda deux verres.

— Cette nouvelle est confidentielle, bien sûr, déclara-t-il une fois que le barman se fut éloigné. En dehors de toi, de moi et des proches collaborateurs de Theseus, personne ne sait qu'il vient de se découvrir un fils.

— Ce qui signifie que la moitié du palais est au courant.

Il pouffa.

— Je reconnais que le téléphone arabe du palais fonctionne à la perfection, mais je n'avais pas entendu la moindre rumeur avant que Theseus m'en parle. Je crois que pour l'instant le secret est bien gardé.

— Je ne dirai rien à personne.

— Je n'en doute pas un seul instant, assura Helios.

Au fil du temps il avait constaté qu'il pouvait faire entièrement confiance à Amy. Jamais il n'avait été obligé de surveiller ses propos devant elle. Il fut soudain touché en plein cœur par une étincelle furtive qui jaillit dans les yeux noisette. Il faillit se pencher vers elle pour l'embrasser, mais le retour du barman l'en empêcha.

Amy but une gorgée de son nouveau mojito fraise en s'efforçant de se ressaisir. C'était stupide, mais la nouvelle que venait de lui annoncer Helios avait fait naître une lueur d'espoir en elle. S'il y avait déjà un héritier tout prêt dans la famille... Mais non. Inutile de se bercer d'illusions. Helios était né pour diriger cette nation avec à ses côtés une épouse de sang royal. C'était son destin. Quant à elle, elle n'était rien.

— Le spectacle est sur le point de commencer.

— Pardon ?

Un nouveau sourire entendu étirait les lèvres d'Helios, constata-t-elle. Il indiqua la foule sur la plage. Suivant son regard, elle vit les deux hommes aux allures de pirates qui se tenaient côte à côte à l'intérieur du demi-cercle qu'ils avaient dessiné, les jambes écartées, en position de combat. Ils exécutèrent une danse acrobatique avec un synchronisme parfait. Cette démonstration éblouissante fut suivie par un spectacle encore plus fantastique. Les deux hommes disparurent quelques instants avant de resurgir, des torches à la main, et d'entamer une nouvelle danse. Les dessins de feu tracés dans l'obscurité avaient quelque chose de magique.

— On dirait que tu as froid, murmura Helios derrière Amy en passant un bras autour de sa taille.

Hypnotisée par les volutes étincelantes et parcourue de longs frissons, Amy ne tenta même pas de résister. Elle se laissa aller contre lui, envahie par une douce béatitude. Enfin, elle avait retrouvé sa place. Dans les bras d'Helios. Une petite flèche de désir la transperça quand elle sentit sa main remonter lentement vers ses seins et s'immobiliser juste en dessous. Il fallait réagir. Ecarter cette main et prendre la fuite. Rester là était trop dangereux... Hélas son corps refusa d'obéir à sa raison. Le pouce d'Helios effleura la base de son sein, tandis qu'il se pressait contre elle. Le contact de sa virilité pleinement éveillée contre ses fesses l'embrasa tout entière et elle réprima un gémissement. Si seulement elle avait pu rester de marbre ! Mais, incapable de résister à la tentation, elle ondula contre lui, tandis qu'il refermait la main sur sa hanche...

Soudain, un tonnerre d'applaudissements dissipa la brume de sensualité dans laquelle elle était enveloppée. Le spectacle était fini. La foule se dispersait. Déglutissant péniblement, consciente que Greta devait la chercher, elle trouva enfin la force de s'écarter d'Helios.

— Reviens-moi, murmura-t-il en la couvant du regard.

Pour une fois, il n'y avait pas la moindre trace d'arrogance dans sa voix.

— Je ne peux pas.

— Si, tu peux.

Greta les avait vus et elle se dirigeait vers eux d'une démarche toujours aussi chancelante.

— Reviens, répéta-t-il.

— Non.

Elle descendit les marches. Il fallait s'éloigner avant que le « oui » qui lui brûlait les lèvres finisse par lui échapper. Il la suivit, lui saisit la main au moment où elle arrivait en bas de l'escalier et la fit pivoter. Retenant son souffle, elle attendit qu'il dise quelque chose. Mais il se contenta de lui caresser le poignet du bout du pouce. Un message limpide qui se passait de mots. Dégageant sa main d'un mouvement vif, elle s'éloigna.

Dans sa chambre vide, Helios laissa échapper un soupir de frustration. Plus d'une heure qu'il était rentré, et pas moyen de trouver le sommeil malgré ses deux Long Island Iced Tea… Il n'était pas encore totalement débarrassé du désir qui l'avait submergé dès qu'il avait touché Amy. Quatre cents ans plus tôt, le prince héritier aurait pris le passage secret, enfoncé la porte d'Amy et exigé qu'elle se donne à lui. Elle n'aurait pas eu le choix. Elle aurait été obligée de se soumettre à sa volonté. Mais la bonne reine Athena, montée sur le trône d'Agon en 1671, avait aboli la loi qui donnait aux membres de la famille royale tous les droits sur les femmes de la nation. Et de toute façon, même si la loi l'y autorisait, il n'userait jamais de contrainte à l'égard d'Amy. Il voulait qu'elle lui revienne de son plein gré. Il savait qu'elle était rentrée au palais. Après le spectacle elle avait disparu dans la foule, puis il l'avait vue monter dans une des voitures mises à la disposition des invités en compagnie d'autres membres du personnel résidant au palais. Pourquoi lui infligeait-elle ça ? Pourquoi *leur* infligeait-elle ça ? Elle était aussi folle de lui qu'il était fou d'elle. Pourquoi lui résistait-elle aussi farouchement ? C'était incompréhensible. D'accord, elle voulait le punir parce qu'il allait épouser une autre femme. S'il était à sa place, il aurait sans doute le même genre de réaction. Il lui suffisait de l'imaginer avec un autre homme pour avoir envie de tout casser. Et à sa grande honte, il avait demandé à son service de sécurité de vérifier avec qui elle avait dîné samedi soir. Leander Soukis, un oisif de vingt-deux ans d'un petit village de la banlieue de Resina. Comment avait-elle rencontré cet homme ? C'était un mystère. Et il y avait quelque chose qui ne collait pas dans leur rendez-vous. Pour commencer, Leander avait cinq ans de moins qu'elle. Or il se souvenait parfaitement de l'avoir entendue dire qu'elle n'était pas attirée par les hommes jeunes. Ensuite, c'était un gringalet. Et pour couronner le tout, il avait mauvaise réputation. Il était issu d'une famille aisée, mais il avait été renvoyé de trois écoles et n'avait jamais gardé un emploi plus d'une semaine. Pourquoi diable avait-elle dîné avec lui ? Etait-ce une façon de lui prouver qu'elle était sérieuse quand elle disait que c'était fini entre eux ? Peut-être aurait-il mieux fait d'accepter sa démission. Si elle avait quitté Agon, il ne serait pas en train de se morfondre dans son lit, en proie à l'insomnie et à la frustration. Non. Ça ne changerait rien. Même absente, Amy continuerait de l'obséder. Et il parierait qu'en ce moment elle se morfondait elle aussi dans son lit en pensant à lui.

Un tintement discret émis par le système d'alarme fixé au mur interrompit les pensées d'Helios. Il se leva d'un bond et pressa un bouton qui activa l'écran de contrôle. L'alerte avait été déclenchée par les détecteurs de mouvements disposés dans le passage secret. Une silhouette familière avançait dans le passage en direction de sa chambre. Le cœur battant à tout rompre, il vit Amy hésiter devant la porte et l'exhorta silencieusement à se décider à frapper.

Les yeux fixés sur la porte d'Helios, Amy demeurait indécise. Que lui avait-il pris de venir là ? Pour éviter de succomber à ce genre de tentation, elle avait accepté d'aller boire un verre chez un autre conservateur, qui avait invité plusieurs collègues à finir la soirée chez lui. Mais malgré tous ses efforts pour sortir de l'espèce de transe dans laquelle elle se trouvait depuis qu'Helios l'avait prise dans ses bras sur la plage, elle ne s'était pratiquement pas mêlée à la conversation. D'ailleurs elle ne gardait aucun souvenir des propos échangés par ses collègues.

C'était comme si elle flottait au-dessus du groupe, à la fois présente et absente.

Elle avait regagné son appartement après un seul verre, mais une fois dans sa chambre elle s'était immobilisée devant la porte donnant sur le passage secret. Le cœur battant, elle avait été envahie par une nostalgie insurmontable. Comme dans un rêve, elle avait déverrouillé la porte et elle était entrée dans le passage sans l'avoir vraiment décidé. Mais à présent, devant la porte d'Helios, sa raison la rappelait à l'ordre. Elle ne pouvait pas faire ça. Ce serait une grave erreur. Fermant les yeux, elle pressa la main contre la porte et resta immobile. Impossible d'aller plus loin. Si elle frappait et qu'il ouvrait… Le bruit du verrou la fit tressaillir. Elle retira précipitamment sa main, le cœur battant à tout rompre. La porte s'ouvrit. Helios se tenait sur le seuil, nu, l'air nonchalant, comme si la situation était tout à fait banale. Mais à en juger par son regard brûlant, sa nonchalance n'était qu'apparente. Tout à coup, il tendit la main pour la refermer sur sa nuque et l'attirer dans sa chambre. Dès qu'elle eut franchi le seuil, il referma la porte et l'adossa à elle.

— Pourquoi es-tu venue ? demanda-t-il d'une voix rauque.

— Je ne sais pas.

C'était vrai. Elle ne savait pas. Elle avait agi comme dans un rêve, sans avoir conscience de ce qu'elle faisait. Mais à présent qu'elle était là, tout près de lui, elle avait une conscience aiguë de son corps, qui vibrait tout entier d'un désir irrépressible.

— Moi, je sais.

Sur ces mots, Helios se pencha vers elle et captura sa bouche.

7

Si le baiser d'Helios avait été impérieux, elle aurait trouvé la force de le repousser. Mais ses lèvres se posèrent sur les siennes avec une douceur infinie qui la bouleversa. C'était comme si tout ce qui s'était passé au cours des dix derniers jours s'effaçait, y compris les raisons pour lesquelles elle ne devrait pas être là, chez lui, dans ses bras. Parce que c'était justement tout ce qu'elle voulait : être dans ses bras et y rester pour toujours.

Ce fut elle qui glissa la langue entre les lèvres d'Helios et noua les bras sur sa nuque en se pressant contre lui. Ce fut elle qui interrompit leur baiser pour l'embrasser dans le cou et lécher sa peau du bout de la langue tout en humant avec délectation son odeur masculine et musquée. Ce fut elle encore qui captura de nouveau sa bouche. Comme il approfondissait leur baiser, elle laissa échapper un gémissement étouffé. Une main puissante plongea dans ses cheveux, tandis que l'autre descendait le long de son dos pour se refermer sur une de ses fesses. Helios plaqua son bassin contre le sien et la dureté de sa virilité lui coupa le souffle. Après l'avoir longuement embrassée, il s'arracha à sa bouche et se baissa pour relever sa robe tout en traçant un sillon de baisers de son ventre à son cou en passant par ses seins. Puis il se redressa et fit passer la robe par-dessus sa tête avant de la jeter par terre.

Les yeux étincelants, il promena sur elle un regard ébloui et referma les mains sur ses joues.

— Ne pas pouvoir te toucher m'a rendu fou, murmura-t-il d'une voix rauque. Tu m'as rendu fou…

Il la souleva dans ses bras et la porta à travers la chambre. Elle avait les joues rouges et les pupilles dilatées, constata-t-il avec satisfaction. Son vœu avait été exaucé. Elle lui était revenue. Avec quelle anxiété il avait attendu son retour !

Il l'allongea délicatement sur le lit et déposa un baiser sur sa bouche. Il ne restait plus qu'à la débarrasser de ses dessous de soie noire. Une fois, au début de leur relation, il les lui avait enlevés avec les dents. Leur désir était si impérieux qu'à l'époque il était persuadé qu'il finirait par s'estomper. Mais il avait au contraire gagné en profondeur et en intensité. A tel point qu'il ne pouvait plus se passer d'elle… Maintenant qu'il l'avait retrouvée, il était bien décidé à la garder dans son lit coûte que coûte.

Elle posa une main sur son torse et le caressa avec cette délectation qui lui donnait l'impression d'être une des sept merveilles du monde. Une petite veine battait à son cou et ses pupilles étaient de plus en plus dilatées. *Theos*, elle était aussi impatiente que lui ! Il lui souleva légèrement le buste pour dégrafer son soutien-gorge, qu'il jeta par terre. Il contempla un instant ses seins délicieux, puis il se pencha sur un bourgeon hérissé qui n'attendait que sa bouche, l'aspirant, le léchant et le mordillant tour à tour. Les doigts enfoncés dans ses cheveux, les reins cambrés, elle laissait échapper des gémissements qui attisèrent le feu qui le dévorait. Il quitta ses seins pour s'emparer de sa bouche dans un baiser avide. Tout en lui répondant avec ardeur, elle glissa une main entre eux et la referma sur sa virilité. Ses caresses faillirent lui faire perdre le peu de contrôle qui lui restait. Il s'arracha à sa bouche, s'écarta d'elle et lui enleva sa culotte.

— Oui... S'il te plaît, murmura-t-elle d'une voix suppliante en ondulant les hanches.

Etourdi de désir, il s'enfonça au plus profond d'elle d'un seul mouvement puissant. Elle noua les jambes autour de sa taille et, peau contre peau, leurs corps entremêlés entamèrent une danse sensuelle et torride. Ils ne faisaient plus qu'un et bientôt, une spirale de feu les emporta tous deux... Helios sentit les premières vagues qui se formaient au creux des reins d'Amy. Haletante, elle agrippait ses fesses, accélérant le rythme. Puis elle fut balayée par un raz-de-marée qui lui arracha un cri rauque. Il sentit ses dents s'enfoncer dans son épaule, tandis que le plaisir déferlait en elle. Il aurait voulu que le temps s'arrête, il aurait voulu rester enfoui en elle pour l'éternité... Quand le plaisir le submergea à son tour, il bascula dans un gouffre sans fond qui vida son esprit de toute pensée cohérente.

Amy se réveilla dans les bras d'Helios, la tête enfouie dans son cou, les jambes prisonnières d'une cuisse musclée.

Le remords l'assaillit. Dire qu'elle s'était juré de ne pas succomber à la tentation... Il fallait qu'elle s'en aille. Elle ne pouvait pas rester là. La respiration d'Helios était profonde et régulière. Si elle se levait avec précaution, elle parviendrait peut-être à s'échapper sans le réveiller. Elle rentrerait chez elle, prendrait une valise et elle irait à l'hôtel. Oui. C'était la meilleure solution. Impossible de rester au palais. Elle était incapable de lui résister. Elle avait pourtant fait tout son possible pour rester éloignée de lui. Oui, il fallait qu'elle s'en aille. Tout de suite. Avec précaution, elle se dégagea de l'étreinte d'Helios et se leva. En tâtonnant dans la pénombre, elle finit par trouver sa robe dans un fauteuil. Où étaient passés son soutien-gorge et sa culotte ? Aucune idée, mais pas question de s'attarder à les chercher. Elle enfila sa robe et se dirigea vers la porte sur la pointe des pieds.

— Tu ne serais pas en train de prendre la fuite, par hasard ?

Helios alluma la lampe de chevet. A la vue de la profonde tristesse qui voilait le regard d'Amy, il sentit son cœur se serrer.

— Je suis désolée, répliqua-t-elle d'une voix tremblante. Je sais que c'est lâche de filer à l'anglaise.

— Alors pourquoi le fais-tu ?

— Je ne devrais pas être ici. Nous n'aurions pas dû…

Sa voix s'éteignit et elle baissa les yeux.

— Faire l'amour ?

Elle hocha la tête.

— C'était une erreur.

— C'était fantastique.

Elle laissa échapper un petit rire amer.

— C'est vrai. Je n'arrête pas de me demander comment une erreur peut être aussi fantastique.

— Ce n'était pas une erreur.

— Si. Tu vas te *marier*.

L'estomac d'Helios se noua. C'était un détail qui ne quittait jamais son esprit. Sauf que dans les bras d'Amy il l'avait oublié… Il se leva, la rejoignit et s'appuya d'une main contre la porte pour l'empêcher de s'échapper. Il chercha prudemment ses mots. A la moindre maladresse, elle prendrait la fuite, qu'il barricade la porte ou non…

— Amy, je vais me marier mais c'est toi que je veux.

— Nous en avons déjà discuté. Ce que tu veux ou ce que je veux ne change rien à la situation. Cette nuit nous avons commis une erreur qui ne doit pas se renouveler.

— Prendre la fuite ne changera rien non plus. Reconnais-le, *matakia mou*. Nous sommes faits l'un pour l'autre.

Elle resta silencieuse, la mâchoire crispée, le visage pâle.

— Quelles sont tes intentions ? lança-t-il d'un ton vif. Prendre la fuite et avoir une liaison avec Leander pour me prouver que c'est bien fini entre nous ?

— Comment es-tu au courant pour Leander ?

Elle secoua la tête, les yeux étincelants de colère.

— Non. Inutile de répondre. Je devine.

Il n'avait aucune raison de se sentir coupable d'avoir pris des renseignements, se dit-il fermement. Il avait l'habitude de veiller sur les gens qui comptaient pour lui.

— Il est trop jeune pour toi. Je te connais, Amy. Ce n'est pas d'un gamin que tu as besoin. C'est d'un…

— C'est mon frère.

Interdit, il s'écarta d'elle et passa la main dans ses cheveux.

— Mais… Leander est agonite.

— Je ne suis qu'à moitié anglaise.

— Tes parents sont anglais, non ?

Non ? N'avaient-ils pas déjà discuté de sa famille… ?

— Mon père est anglais. Elaine — ma mère — ne m'a pas mise au monde. Ma mère biologique est agonite.

Helios n'en revenait pas. Comment cette information avait-elle pu lui échapper ? Devinant ses pensées, Amy demanda :

— Tu te souviens qu'un jour tu m'as demandé pourquoi j'étais aussi passionnée par ton pays ?

— Tu m'as répondu… Tu ne m'as pas vraiment répondu.

Amy secoua la tête. Une tristesse mêlée de colère se lisait sur ses traits.

— Et tu n'as pas insisté.

— Je ne savais pas que ça cachait quelque chose. Je ne lis pas dans les pensées.

Elle haussa les épaules.

— J'avais envie de t'en parler et de te demander de m'aider à la retrouver. Mais je savais que ça changerait la nature de notre relation.

— Qu'est-ce que ça aurait changé ? s'exclama-t-il, au comble de la perplexité.

Dès le premier instant, ils avaient été irrésistiblement attirés l'un par l'autre. Et ses relations avec elle étaient très différentes de celles qu'il avait d'ordinaire avec les autres femmes. Pas une seule fois il n'avait éprouvé le besoin de lui demander de rentrer chez elle en pleine nuit. Il aimait partager son intimité avec cette femme sexy dotée d'une intelligence supérieure. Il aimait qu'elle soit capable de lui apprendre des choses sur son propre pays.

— Moi, je ne t'ai jamais rien caché, ajouta-t-il, profondément ébranlé.

— Sauf que c'était pour trouver une épouse que tu organisais un bal, par exemple.

Oui, dut-il s'avouer. Il lui avait caché le véritable objet du bal jusqu'au dernier moment. Mais ce qu'elle avait omis de lui dire était d'une tout autre dimension. Il avait deviné qu'elle lui cachait quelque chose, mais il ne se doutait pas qu'il s'agissait d'une information aussi capitale.

— J'avais peur, avoua-t-elle.

Il sentit son cœur se serrer.

— De moi ?

— De ce que tu risquais de penser de moi. Du moins au début. Et j'avais peur également parce que le temps nous était compté. Et nous avons tous les deux gardé certaines choses pour nous.

— Pas moi.

— Vraiment ?

Il n'y avait aucune trace de défi dans la voix d'Amy. C'était une simple question.

— Helios, je ne pouvais pas prendre le risque de nouer des liens trop étroits avec toi. Nous ne resterons pas ensemble très longtemps. J'essayais de me protéger.

Il la regarda pendant un long moment. Si seulement il avait pu lire dans son esprit… Si seulement la situation avait pu être différente…

— Reste là, intima-t-il avant de se rendre dans son dressing. Il faut que nous parlions. Nous avons dépassé depuis longtemps le stade des secrets.

Il revint presque aussitôt, en caleçon et T-shirt.

— Je suis sérieux, Amy. Tu n'iras nulle part tant que nous ne nous serons pas expliqués.

— A quoi bon ?

— Si c'est ton histoire qui nous empêche d'être ensemble, j'ai le droit de savoir la vérité.

Il s'assit sur le lit et s'adossa à la tête de lit.

— Assieds-toi.

Elle s'assit au pied du lit et prit une profonde inspiration.

— Mon père a eu une aventure avec la jeune fille au pair. Celle-ci est tombée enceinte de moi et m'a abandonnée deux semaines après m'avoir mise au monde. Elle m'a déposée à la réception de la société où il travaillait, et elle n'a plus jamais voulu entendre parler de moi. Son mari et ses parents ignorent mon existence.

8

A part un léger hochement de tête, Helios resta impassible.

— Ma mère biologique m'a eue à dix-neuf ans. Je sais très peu de choses d'elle. Elle n'a pas travaillé longtemps pour eux.

— Quand tu dis « pour eux »... ?

— Mes parents. Ma mère — celle qui m'a élevée — était enceinte et ils avaient déjà un fils de trois ans quand ils ont engagé Neysa, ma mère biologique, comme jeune fille au pair. Elle a démissionné au bout de deux mois, mais elle s'est présentée sept mois plus tard au laboratoire où travaillait mon père et m'a laissée à la réception.

Amy scruta le visage d'Helios. Elle ne craignait plus réellement, comme au début de leur relation, de chuter dans son estime, mais le doute subsistait malgré tout. Les quolibets entendus dans la cour de récréation l'avaient profondément marquée.

« Tu devais être un bébé affreux pour que ta mère t'abandonne ! » ou encore « Ta mère est un monstre ! »... Elle s'était efforcée de paraître indifférente alors qu'elle était mortifiée. Pendant des années, elle s'était demandé s'il n'y avait pas du vrai dans toutes ces railleries. Pendant des années, elle avait mené une vie exemplaire pour prouver qu'elle n'était pas foncièrement mauvaise. Pendant des années elle s'était demandé comment Elaine — sa vraie mère à ses yeux — pouvait la supporter.

Helios la regardait avec une stupéfaction manifeste.

— A-t-elle laissé un mot ? demanda-t-il d'une voix douce. Donné une explication ?

— Elle a laissé un mot. Dans lequel elle disait à mon père que j'étais sa fille et qu'elle ne pouvait pas me garder.

— Donc ton père a eu une aventure avec la jeune fille au pair quand ta mère était enceinte ? Et ils sont toujours ensemble ?

Elle hocha la tête.

— Je ne sais pas comment maman a réussi à lui pardonner, mais elle l'a fait et elle m'a élevée comme sa propre fille.

— Elle t'a élevée avec ses enfants ?

— Oui. Danny est né cinq mois avant moi. Nous étions dans la même tranche d'âge à l'école.

— Ça a dû être difficile.

— Par moments c'était horrible. Surtout au collège. Mais nous nous en sommes sortis.

Son existence même aurait pu créer des problèmes avec ses frères, mais aussi bien Danny que leur frère aîné, Neil, avaient toujours veillé sur elle, en particulier pendant leur adolescence.

— Tu as toujours su la vérité ?

— Pas quand j'étais petite. Ma famille était ma famille. Danny qui n'avait que cinq mois de plus que moi... c'était juste ma vie. Notre vie. Neil savait depuis le début que je n'étais que sa demi-sœur, mais là encore il considérait ça comme normal. Mes parents n'en parlaient jamais, donc lui non plus. Mais quand nous avons grandi, les autres enfants ont commencé à poser des questions... Maman m'a révélé la vérité quand j'avais dix ans.

Amy réprima un frisson. Découvrir que toute sa vie

n'avait été jusque-là qu'un mensonge avait été un choc terrible.

— Elle a attendu que je sois assez grande pour comprendre.

Ce jour-là avait été le plus marquant de sa vie. Elle aurait pu avoir le sentiment que tout son univers venait de s'effondrer, mais Danny et Neil avaient continué à la traiter exactement de la même manière. Comme leur sœur. Leur attitude l'avait aidée à surmonter le traumatisme.

— Tu n'avais jamais eu l'intuition que tu n'étais pas sa fille ?

— Jamais. Elle m'aimait. Et si elle éprouvait le moindre ressentiment, elle le cachait bien.

— Et ton père ?

— Il a laissé à ma mère le soin de me mettre au courant. Et il a continué à se comporter comme avant. Comme si rien n'avait changé.

Mais bien sûr, tout avait changé. Elle-même avait changé. Comment aurait-il pu en être autrement ? Tout ce qu'elle avait cru jusque-là sur ses origines était faux.

— Une fois que j'ai su la vérité, mes parents ont eu à cœur de continuer à me traiter comme avant. Quand je faisais des bêtises, ils me réprimandaient de la même manière. Et ma mère venait toujours me border et m'embrasser tous les soirs pour me souhaiter une bonne nuit.

— Et comment prend-elle que tu sois venue ici et que tu essaies de retrouver ta mère biologique ?

— Elle me comprend. Elle-même a été adoptée. Je pense que c'est pour ça qu'elle a pu m'élever sans m'en vouloir. Et elle comprend le besoin de savoir qui on est vraiment.

Sa mère avait encouragé Amy dans sa quête de documentation sur Agon. C'était elle qui l'avait emmenée à la bibliothèque pour chercher des livres sur Agon et la culture minoenne et qui avait enregistré à la télévision toutes les émissions sur l'île. A tel point qu'Amy n'avait pu s'empêcher d'avoir des doutes. Et si sa mère avait envie qu'elle parte à Agon et qu'elle y reste ? Et si elle voulait se débarrasser de la preuve vivante de l'infidélité de son mari ? Et si tout l'amour que sa mère lui avait prodigué n'avait été qu'une comédie ? Mais le jour de son départ pour Agon, elle avait lu de l'appréhension dans le regard de sa mère. Et depuis qu'elle était sur l'île, elle recevait davantage de coups de téléphone et de mails de sa part que lorsqu'elle avait quitté la maison pour la première fois pour aller à l'université. Sa mère aurait-elle peur qu'elle ne l'abandonne pour Neysa ? En tout cas, il était certain qu'ayant été elle-même adoptée, elle savait exactement ce qu'on ressentait quand on ne connaissait pas tout de ses origines. Contrairement à Helios, qui avait toujours su qui il était. Depuis toujours, il savait quelle était sa place dans le monde et quel était son destin.

— C'est une femme bien, manifestement.

— Oui. Elle est très généreuse.

Et très aimante. Elle n'avait aucune raison de douter de son amour, reconnut Amy. Ses doutes étaient irrationnels, mais elle ne parvenait pas à s'en débarrasser. Ils restaient enfouis dans un coin de son esprit.

— Pourquoi tiens-tu à rencontrer ta mère biologique ? demanda Helios avec perplexité.

Comment Amy pouvait-elle avoir envie de tisser le moindre lien avec une femme qui avait causé tant de souffrance ?

Amy détourna les yeux.

— Je ne veux pas nouer des liens avec elle. Je veux juste... savoir qui elle est. Si je lui ressemble. Parce que la seule chose que j'ai héritée de mon père, c'est son nez. Et je veux savoir pourquoi elle m'a abandonnée comme ça.

— Même si la vérité te fait souffrir ?

Si sa mère biologique était comme son fainéant de fils, il y avait des chances pour qu'elle ait abandonné Amy par pur égoïsme, songea Helios.

— Je souffre tous les jours depuis que j'ai appris la vérité sur ma naissance. Je sais que la rencontrer n'est pas sans risque, mais je ne peux pas passer le reste de ma vie à me poser des questions.

— Ton père n'a pas été en mesure de répondre à certaines de ces questions ?

— Pas réellement. Il n'aime pas parler d'elle. Il est encore poursuivi par le remords. C'est un scientifique, ravi d'être enfermé dans un laboratoire toute la journée, et ce qu'il a fait ne lui ressemble pas du tout.

Amy eut un sourire triste.

— Même s'il avait envie de parler d'elle, il n'aurait pas grand-chose à dire. Il la connaissait à peine. Elle a été engagée sur la recommandation d'un de ses collègues, qui avait quitté le laboratoire quand elle m'a abandonnée. Tout ce que mes parents savaient, c'était qu'elle était d'Agon et qu'elle était venue passer un an en Angleterre pour améliorer son anglais. Tout le reste, je l'ai appris depuis mon arrivée ici. Greta m'a aidée dans mes recherches.

Mais elle ne s'était pas confiée à lui alors qu'elle savait qu'il était le mieux placé pour l'aider, songea Helios avec un pincement au cœur.

— Comment s'entendent tes parents aujourd'hui ?

Elle haussa les épaules.

— Ils ont préservé leur mariage du mieux qu'ils ont pu pour nous, leurs enfants. Ils semblent heureux. Je ne pense pas que mon père ait jamais eu d'autres infidélités, mais qui sait ?

— Ma mère était une femme bien, elle aussi.

Une évidence venait de s'imposer à l'esprit d'Helios. Amy avait raison. Lui non plus ne lui avait pas tout dit de sa vie. Chacun avait eu des secrets pour l'autre. Le moment était venu de les dévoiler.

— Mon père avait lui aussi des aventures, déclara-t-il. Mais contrairement au tien, il n'a jamais exprimé le moindre remords. Au contraire.

La stupéfaction se peignit sur le visage d'Amy, mais elle resta silencieuse, attendant qu'il poursuive.

— Mon père était un véritable coureur. Et de son côté, ma mère était très jalouse. Pour la faire taire quand elle le questionnait sur ses infidélités, il la frappait. Elle méritait mieux que lui.

C'était un sujet qu'il n'avait jamais abordé devant une personne étrangère à la famille. Les infidélités de son père étaient de notoriété publique, mais sa violence... Ses frères et lui avaient toujours gardé ça pour eux. Etre les fils d'un homme aussi brutal et narcissique était quelque chose qu'ils avaient tous les trois du mal à accepter.

— Je suis désolée, murmura Amy. Tu savais ce qui se passait ? La violence, je veux dire.

— Je n'en ai jamais été témoin, mais j'en ai toujours eu l'intuition.

— Et toi, quel genre de relations avais-tu avec ton père ?

Assailli par un flot de souvenirs, Helios sourit.

— J'étais la prunelle de ses yeux. Il m'adorait. A tel point qu'il négligeait mes frères. J'étais flatté d'être le préféré, mais je me sentais également très coupable. Il était cruel. Surtout avec Theseus. Ma mère faisait tout son possible pour l'inciter à nous traiter tous les trois de la même manière.

Amy gardait le silence, se contentant de l'envelopper d'un regard compatissant.

— J'étais encore enfant quand ils sont morts. Mes souvenirs sont faussés par tout ce que j'ai appris après leur disparition, mais je me souviens très bien des regards noirs qu'il lançait à ma mère quand elle prenait la défense de Theseus ou qu'elle faisait allusion à ses maîtresses. J'étais malade d'inquiétude pour elle, mais il attendait toujours que je sois ailleurs, hors de portée de voix, pour la frapper. C'est devenu encore pire quand je suis parti en pension. Une fois que je n'étais plus là, il n'avait plus besoin de se cacher.

— Tu ne culpabilises pas à cause de ça, j'espère ?

— Plus maintenant. Mais quand j'ai appris la vérité, j'ai culpabilisé, oui. Il m'a fallu longtemps pour comprendre que je n'aurais pas pu l'arrêter, même si j'avais été au courant. Talos a essayé. Le dernier jour, avant qu'ils partent en voiture pour l'ambassade de Grèce et qu'ils aient l'accident. Talos a assisté à une dispute. Il a même été blessé en tentant d'intervenir.

— Oh ! mon Dieu. Ça a dû être horrible pour lui.

— Ça l'a dégoûté du mariage. Il a décidé de ne jamais se marier.

— Alors que toi, tu n'as pas le choix.

— Non. Et Theseus non plus. L'avenir de notre famille et de notre île est entre nos mains. Mais je me suis juré que mon mariage n'aurait rien à voir avec celui de mes parents.

— Et si tu avais le choix ? Si tu étais un homme ordinaire ? Qui serais-tu aujourd'hui ?

— Je ne sais pas. Je ne me suis jamais posé la question.

— Vraiment ?

— Theseus a passé la plus grande partie de sa vie à se rebeller contre sa condition, et cela ne lui a apporté que de la souffrance. A quoi bon lutter contre quelque chose qu'on ne contrôle pas ? Je n'ai eu aucun contrôle sur ma conception, ni sur le mariage de mes parents ou leur mort. Mon destin est ce qu'il est. Je l'ai toujours su et accepté. Je suis qui je suis et ça ne m'a jamais posé de problème.

Mais ce destin avait pris un goût amer depuis quelques semaines…

Au cours de leur conversation, Amy s'était rapprochée d'Helios sur le lit. Elle était maintenant assise en face de lui, les bras autour de ses genoux remontés contre sa poitrine. Il tendit la main et prit son pied gauche pour le poser sur ses cuisses. Il se sentait étrangement libéré. Il n'évoquait jamais ces souvenirs, parce que comme ses frères il se sentait sali par la conduite odieuse de son père vis-à-vis de sa mère. Mais Amy était la dernière personne au monde qui jugerait un enfant pour les fautes de ses parents. De ce point de vue ils partageaient une expérience qu'ils étaient seuls à pouvoir comprendre.

— Si j'ai choisi Catalina, c'est avant tout parce qu'elle ne se fait aucune illusion sur la nature de notre mariage, poursuivit-il en massant le pied d'Amy. Dès sa naissance elle a été élevée pour épouser un homme de son rang. Je deviendrai roi, mais je ne serai jamais comme mon père. En épousant Catalina, je sais qu'elle n'attendra jamais de moi autre chose que ce que je peux lui offrir.

— Mais ta mère était elle aussi une princesse avant d'épouser ton père.

Il eut une moue amère.

— Leur mariage avait été arrangé avant même qu'elle sache marcher. Elle avait grandi en sachant qu'elle épouserait mon père et elle s'était forgé une image idyllique de leur mariage. Elle l'a aimé toute sa vie et, malheureusement, elle était condamnée à la désillusion car mon père n'aimait personne d'autre que lui-même. Catalina ne m'aime pas plus que je ne l'aime. Il n'y aura pas de jalousie car elle n'attend pas de moi que je sois fidèle.

— Elle l'a dit ? demanda Amy d'un air peu convaincu.

— Tout ce qu'elle attend, c'est que je sois respectueux envers elle et discret. Or je le serai toujours. Quoi qu'il arrive dans l'avenir, je ne lui infligerai *jamais* la souffrance que mon père a infligée à ma mère.

— Je sais que tu ne la feras pas souffrir intentionnellement. Mais Helios, ce qu'elle dit aujourd'hui… Rien ne dit qu'elle restera dans les mêmes dispositions d'esprit une fois que vous serez mariés.

Amy ferma les yeux et soupira.

— Et ça ne change rien à ce que je ressens. Je ne veux pas être « l'autre femme ». Les liens du mariage doivent rester sacrés.

Helios emprisonna ses deux mains tandis qu'elle détournait le visage.

— Regarde-moi, intima-t-il.

— Non.

— Amy, regarde-moi.

Il ne relâcha son étreinte que lorsqu'elle s'exécuta à contrecœur.

— Tu n'es pas Neysa. Tu es la fille d'Elaine, avec toute sa générosité. Catalina n'est pas ta mère. Ni la mienne. Et je ne suis pas mon père. Il n'y a aucune raison pour que nous répétions les erreurs de nos parents. Nous ne nous le permettrions ni l'un ni l'autre.

Il approcha ses lèvres à quelques millimètres des siennes.

— Et je ne suis pas encore marié.

Elle darda sur lui un regard étincelant, dans lequel la souffrance se mêlait au désir. Il l'embrassa dans le cou en promenant une main sur ses seins avant de relever doucement sa robe…

— Nous ne sommes prêts ni l'un ni l'autre à mettre fin à notre relation. Pourquoi nous priver alors que je ne suis pas encore marié et que nous ne faisons de mal à personne ?

Amy s'efforça d'ignorer les sensations familières qui l'assaillaient. Mon Dieu, deux minutes plus tôt elle ne pensait qu'à le prendre dans ses bras pour le réconforter et chasser ses mauvais souvenirs... et tout à coup elle brûlait de désir. C'était insensé ! Elle ondula sous lui, le souffle court.

— Je n'arrive pas à penser quand tu me fais ça...

— Alors ne pense pas. Contente-toi de ressentir. Et admets que ce n'est pas fini entre nous.

Il s'enfonça en elle, lui arrachant un gémissement de plaisir.

— Nous sommes faits l'un pour l'autre, ajouta-t-il d'une voix rauque qui l'électrisa.

Si seulement elle ne se sentait pas aussi bien dans ses bras... Elle était folle de lui. Bien plus qu'elle n'aurait pu l'imaginer. Ils s'étaient confiés l'un à l'autre et ce qu'elle craignait était en train d'arriver. Elle se sentait encore plus proche de lui, comme si des liens affectifs invisibles s'étaient enroulés autour d'eux...

Plus tard, alors qu'elle était blottie dans ses bras, encore étourdie de plaisir, il murmura d'une voix ensommeillée :

— Ne pense même pas à essayer de t'esquiver.

— Je n'essaierai pas.

Elle laissa échapper un petit rire doux-amer. Sa volonté l'avait désertée. Elle se sentait si étroitement liée à lui qu'elle était incapable d'envisager de le quitter. Pas encore. Pas avant d'y être obligée.

— Toi et moi...

Sa voix s'éteignit.

— Quoi donc ? demanda-t-il.

— Personne ne doit savoir. S'il te plaît. Tous les gens qui savaient que nous étions ensemble savent que nous avons rompu. Je ne supporterais pas qu'ils pensent que nous avons renoué dans le dos de la princesse.

Pendant leur liaison, Helios n'avait jamais caché quelle place elle occupait dans sa vie. Certes, elle ne l'accompagnait pas aux cérémonies et elle n'était pas reconnue comme sa petite amie officielle, mais à l'intérieur du palais ils ne se quittaient pratiquement jamais. Elle passait beaucoup plus de temps chez lui que chez elle, et à chaque fois qu'il allait au musée il venait la voir. Tout en restant discret, il avait des petits gestes qui trahissaient leur intimité. Enfin, quand il devait s'absenter du palais, c'était elle qui s'occupait de son chien Benedict. Mais s'ils étaient inséparables, ils n'étaient pas vraiment liés affectivement. Aujourd'hui, ça venait de changer. Elle ne s'était jamais sentie aussi proche de quelqu'un.

— Je serai la discrétion personnifiée, approuva-t-il.

— Et quand tu te marieras, tu me laisseras partir.

Il se raidit et ses yeux s'ouvrirent.

— Ça te laisse deux mois pour trouver quelqu'un pour me remplacer, murmura-t-elle. J'ai besoin de savoir que tu me rendras ma liberté. Je sais que ça implique de mettre fin prématurément à mon contrat, mais je ne pense pas que je serai capable de vivre et de travailler ici en sachant que c'est avec la princesse que tu partages ton lit.

Lorsqu'il se marierait, leurs liens seraient détruits.

Helios prit une profonde inspiration, puis il hocha la tête.

— Je peux accepter ça. Mais d'ici là…

— D'ici là je suis à toi.

9

Helios cliqua sur le profil de Leander Soukis et l'examina attentivement. Il y avait quelque chose dans le menton et dans la couleur de cheveux qui évoquait Amy, mais à part ça il ne voyait aucune ressemblance. Comment pouvait-elle être du même sang que ce bon à rien ?

Il n'avait jamais rencontré quelqu'un qui travaillait avec autant d'acharnement qu'Amy. Ce qui dans un musée rempli de bourreaux de travail n'était pas peu dire…

Et comment pouvait-elle être la fille de Neysa Soukis ? C'était incompréhensible. Il s'était renseigné sur la mère biologique d'Amy et ce qu'il avait découvert ne laissait rien présager de bon. Neysa était une femme intéressée. A l'approche de la cinquantaine elle était encore d'une grande beauté. Elle avait un mari âgé, riche et très amoureux, auprès de qui elle menait une vie aisée. Il se souvenait vaguement d'avoir rencontré son mari lors d'une réception au palais quelques années plus tôt. Neysa l'avait épousé à vingt ans, moins de deux ans après avoir eu Amy. Si elle ne lui avait pas avoué qu'elle avait un enfant, c'était sans doute moins par honte que par crainte de perdre la fortune que lui apporterait ce mariage.

Neysa avait fait passer son intérêt avant celui de sa fille. S'il ne tenait qu'à lui, Amy aurait l'interdiction d'approcher cette femme, mais il comprenait l'importance des liens du sang. Ce matin, il avait rencontré son neveu pour la première fois. Il avait ressenti un élan de tendresse immédiat pour ce petit garçon qui faisait partie de sa famille. Amy en souffrirait peut-être cruellement, mais elle méritait de connaître sa mère. Et si la famille Soukis lui brisait le cœur, il serait là pour la réconforter et l'aider à surmonter son chagrin, comme elle l'avait fait pour lui à chaque fois qu'il avait craqué à cause de la maladie de son grand-père. Helios rédigea rapidement un message privé. Si un décret de l'héritier du trône ne suffisait pas à convaincre Leander d'organiser une rencontre entre sa mère et sa demi-sœur, c'était sans espoir.

— Amy, tu es en retard pour ta réunion.

— Quelle réunion ? demanda-t-elle à Pedro du haut de l'escabeau depuis lequel elle rectifiait la position des portraits accrochés dans la première salle d'exposition.

Elle tenait à ce qu'ils soient parfaitement alignés. En vue de la préparation du gala, le musée et le palais avaient été fermés aux visiteurs toute la semaine. A vingt-quatre heures du jour J le palais était une véritable ruche, et des hélicoptères atterrissaient à intervalles réguliers sur l'héliport. Jamais elle n'avait vu une telle agitation. Non seulement tout le monde déployait une activité fébrile, mais les couloirs bruissaient de potins dont même les conservateurs les plus sérieux, d'ordinaire absorbés dans l'étude de documents historiques, se faisaient l'écho.

L'Orchestre national de Paris était arrivé, et un cirque de réputation internationale avait été aperçu dans le parc, les jardins avaient été fermés pour y planter de nouvelles fleurs… Partout où allait Amy, il se passait quelque chose.

L'exposition était presque prête pour la visite très privée qui aurait lieu après le déjeuner de prégala. Une autre visite, moins privée, était prévue pour dimanche, puis l'exposition ouvrirait au public lundi. Les visiteurs promettaient d'être très nombreux. Les ventes de billets avaient dépassé toutes les prévisions.

Elle tenait à ce que tout soit parfait. Pas seulement par conscience professionnelle mais pour Helios, pour son grand-père et pour ses frères.

— Ta réunion avec Helios, répliqua Pedro. Il t'attend dans ses bureaux privés.

— Oh…

Les joues en feu, elle évita le regard curieux de Greta. Pourvu que ni son amie ni Pedro ne remarque son trouble… Helios avait tenu parole. Personne ne savait qu'ils passaient de nouveau leurs nuits ensemble, pas même Greta. Si elle ne s'était pas confiée à celle-ci, ce n'était pas par honte, mais parce que sa relation avec Helios était désormais trop intime pour qu'elle ait envie d'en parler.

— Oui, c'est vrai. Je me souviens.

Elle s'empressa de descendre de l'escabeau et de s'en aller. Quand elle avait embrassé Helios ce matin avant de venir travailler, elle pensait qu'il serait débordé toute la journée. Le simple fait de regarder son planning lui avait donné le vertige. Elle réprima un frisson. Que voulait-il ? Ça n'avait sûrement rien à voir avec le musée… Les bureaux privés d'Helios étaient attenants à son appartement. Le chemin pour y arriver était d'autant plus long que, en plein jour et pour une « réunion » officielle, elle ne pouvait pas couper par chez elle et prendre le passage secret.

Les gardes habituels, postés à l'entrée, l'attendaient et lui ouvrirent la porte sans rien lui demander. Elle pénétra dans un vaste hall de réception. Talia, l'assistante d'Helios, se leva pour la saluer, un gâteau à la main.

— Bonjour, Amy, dit-elle avec un sourire chaleureux. Il vous attend.

Talia soupçonnerait-elle qu'Helios et elle étaient de

nouveau ensemble ? D'autres personnes le soupçonneraient-elles ?

Amy sourit poliment.

— Comment ça se passe ?

Talia fit la moue.

— La folie... C'est la première pause que nous faisons de toute la journée.

Elle pressa une touche sur l'un des téléphones posés sur son bureau.

— *Despinis* Green est arrivée.

— Faites-la entrer, répondit la voix d'Helios.

Amy le trouva assis derrière son immense bureau. Benedict, son labrador noir qui dormait à côté de lui, ouvrit les yeux et dressa l'oreille à son entrée, puis se rendormit aussitôt.

— Assieds-toi, dit Helios d'un ton courtois.

Dès que la porte fut refermée, il se leva de son fauteuil et fit le tour du bureau pour la prendre dans ses bras.

— Avais-tu une autre raison d'inventer une réunion que l'envie de flirter avec moi ? demanda-t-elle avec perplexité quand il interrompit leur baiser.

Plongeant les mains dans ses cheveux, il l'embrassa de nouveau.

— Le vol de l'ambassadeur de France a été légèrement retardé, si bien que j'ai un créneau imprévu d'une demi-heure.

— C'est presque le temps qu'il m'a fallu pour venir jusqu'ici, fit-elle remarquer d'un ton taquin.

— Je sais.

Il poussa un soupir théâtral.

— Quelques baisers, c'est mieux que rien.

— Je dois repartir maintenant ?

Il consulta sa montre.

— Encore cinq minutes. Et pour répondre à ta question, oui, j'avais une autre raison de te voir qu'une envie irrésistible de t'embrasser. Mais avant tout… Je ne veux pas que tu penses que je me suis mêlé de ce qui ne me regarde pas.

— De quoi parles-tu ?

— J'ai pris contact avec ta mère biologique.

Amy crut que son cœur s'arrêtait de battre.

— Et ?

— Elle a accepté de te rencontrer en terrain neutre lundi.

Elle secoua la tête, étourdie par cette nouvelle inattendue.

— Tu m'en veux ?

— Non. Bien sûr que non.

Elle referma les bras sur lui et huma son odeur familière. Une odeur si rassurante…

— C'est dans ta nature de tout régenter.

Il rit.

— Je me suis présenté comme ton patron. Et comme son prince.

— C'est incroyable, cette capacité qu'ont les gens à faire volte-face sur un simple mot de toi.

— En effet, acquiesça-t-il joyeusement.

Se hissant sur la pointe des pieds, elle déposa un baiser sur ses lèvres.

— Merci.

— Ne me remercie pas encore. Rien ne garantit que la rencontre va bien se passer.

Elle haussa les épaules.

— Après mon dîner avec Leander, je n'attends rien. Je ne veux pas faire partie de sa famille ni lui causer de problèmes. Je veux juste la rencontrer.

— Sois prudente quand même. Ne nourris aucun espoir.

— Ne t'inquiète pas.

— Bien. Je t'enverrai tous les détails par mail.

— Merci.

Un téléphone sonna sur le bureau. En soupirant, Helios s'écarta d'Amy et pressa une touche.

— Oui ?

— La délégation française vient d'atterrir et devrait être là dans vingt minutes.

— Merci. Je vais aller les accueillir, dit-il avant de s'adresser à Amy : Un dernier baiser avant que le devoir m'appelle ?

Elle s'empressa de l'embrasser, puis il s'écarta d'elle avec un sourire contrit.

— A plus tard, et nous ferons bien plus que nous embrasser, dit-il avant de traverser le bureau et d'ouvrir la porte.

— Les Coréens arrivent dans une heure, rappela Talia quand il passa devant elle.

Il secoua la tête.

— Qui a eu l'idée de faire venir autant d'invités un jour à l'avance.

— Vous !

— La prochaine fois que j'ai une idée de ce genre, vous avez le droit de me trancher les mains.

S'efforçant de paraître aussi à l'aise que lui, Amy prit congé de Talia. Quand elle sortit dans le couloir, Helios avait déjà disparu.

Le jour du gala était arrivé. Si Helios avait été très occupé la veille, ce n'était rien en comparaison de cette journée. Il avait passé toute la matinée à recevoir des invités et à s'assurer que tout se déroulait comme prévu.

C'était un moment qu'il avait attendu avec impatience. Le personnel du palais n'avait pas son pareil pour organiser ce genre d'événements, et il était à chaque fois heureux et fier de faire partager aux invités sa passion pour sa famille et son île. Vu l'état de santé de son grand-père, il s'attendait malgré tout à ce que ce jubilé ait un goût doux-amer, bien sûr. Mais ce qu'il n'avait pas prévu, c'était cette lassitude qui l'accablait. Le simple fait de serrer des mains et de regarder les gens dans les yeux lui demandait des efforts. Quant à sourire, c'était encore plus difficile. Il n'avait même pas trouvé l'énergie d'être déçu d'apprendre que la violoniste avec qui Talos avait tant travaillé ne pourrait pas jouer en raison d'un trac insurmontable.

Le moment le plus réjouissant de la matinée avait été celui où ses frères et lui avaient feuilleté la biographie de son grand-père, conçue par Theseus. Voir le vieil homme faire la paix avec Theseus avait été une grande joie. Le roi Astraeus leur avait par ailleurs réservé une surprise. Il avait révélé qu'il savait que Theseus avait un fils et comptait épouser la mère, et avait donné sa bénédiction.

Le déjeuner, en revanche, avait été très éprouvant. Lui qui d'ordinaire se délectait de la cuisine raffinée du chef du palais, il avait eu l'impression que tous les plats avaient un goût de carton et que le champagne avait perdu ses bulles. Sa fiancée, venue en compagnie de son père et de son frère, était assise à côté de lui, et il avait dû se forcer pour se montrer aimable. Quand le père de Catalina, le roi de Monte Cleure, avait évoqué leur future union, il avait dû faire appel à toute sa volonté pour ne pas frapper du poing sur la table en s'écriant : « Au diable cette mascarade ! »

A présent le déjeuner était terminé, et l'instant où il annoncerait officiellement ses fiançailles au monde entier se rapprochait à une vitesse vertigineuse. Mais avant cela, son grand-père devait visiter l'exposition en compagnie de ses trois petits-fils. Pour sa part, c'était le moment de la journée qu'il attendait avec le plus d'impatience.

Comme la biographie pour Theseus, cette exposition était le plus beau témoignage d'amour et de reconnaissance qu'il pouvait offrir à son grand-père. Accompagné de ses frères et de deux courtisans, Helios escorta son grand-père hors du palais. En principe il aurait dû être au comble de la joie et de la fierté. Alors pourquoi éprouvait-il une telle anxiété ? Lorsqu'ils arrivèrent en vue du musée, il comprit. Amy, Pedro et quatre autres membres du personnel ayant collaboré étroitement à la préparation de l'exposition, attendaient devant l'entrée, tirés à quatre épingles dans leurs uniformes. Cette visite revêtait pour eux la même importance que pour lui.

Talos poussa le fauteuil roulant de son grand-père devant chaque employé, afin qu'il puisse saluer chacun. Lorsque vint le tour d'Amy, le cœur d'Helios se mit à battre à coups redoublés. C'était la première fois qu'elle rencontrerait sa famille... Et la dernière. Inspirant profondément, il déclara :

— Grand-père, je te présente la commissaire de l'exposition, Amy Green. Elle est venue d'Angleterre pour l'organiser.

Sans regarder Helios, Amy fit la révérence.

— C'est un honneur de vous rencontrer, Votre Majesté.

— C'est un honneur pour moi également, répliqua son grand-père. J'ai hâte de visiter cette exposition. Est-ce vous qui allez me servir de guide ?

Amy jeta un coup d'œil à Pedro. En tant que directeur du musée, c'était à lui que revenait ce rôle.

— *Despinis* Green sera enchantée de te servir de guide. Entrons.

Dans la plus grande salle d'exposition, les statues des quatre rois Astraeus étaient juchées sur leurs socles. Le sculpteur de la quatrième, encore recouverte et prête à être dévoilée, attendait d'être présenté au roi. Lorsque ce fut fait, la statue fut dévoilée dans un silence solennel, sous les objectifs des photographes officiels. Pendant un long moment, le roi contempla pour la première fois cette image de sa jeunesse taillée dans le marbre. Le soulagement général fut palpable lorsqu'il exprima enfin sa joie et qu'il tendit une main noueuse pour toucher son propre pied de pierre.

Une image qui serait reprise dans toute la presse internationale, songea Amy avant de commencer la visite. Loin d'être angoissant, le fait de servir de guide au roi présentait un avantage inestimable. Concentrée sur ses explications et attentive à respecter le protocole, elle parvenait presque à faire comme si Helios n'était rien d'autre pour elle que son employeur.

Après que le roi eut examiné et admiré toutes les pièces concernant l'histoire militaire d'Agon, ils passèrent dans la salle consacrée à son mariage avec la reine Rhea, disparue cinq ans plus tôt. Leurs tenues de mariés avaient été placées sur des mannequins protégés par une vitrine. La robe de la reine Rhea, parsemée de plusieurs milliers de minuscules diamants, était l'une des créations les plus somptueuses qu'Amy avait jamais eu le privilège de manier. Le roi Astraeus la contempla avec des yeux humides avant de lui dire :

— Ma reine était magnifique, ce jour-là.

Amy acquiesça dans un murmure. Le mur opposé était occupé par le portrait officiel du mariage. La reine Rhea était superbe, mais le bonheur qui faisait rayonner son visage illuminait le portrait et toutes les photos prises ce jour-là, ajoutant encore à sa beauté. Les mariages aussi réussis étaient-ils fréquents ? Celui de ses parents lui paraissait heureux mais lorsqu'elle avait appris la vérité sur sa naissance, le doute s'était installé dans son esprit. L'infidélité de son père n'était jamais évoquée, mais elle avait laissé des cicatrices. Neil et Danny l'aimaient comme une sœur à part entière, mais leurs relations avec leur père n'étaient pas si faciles. Ils n'avaient pas confiance en lui. Et de son côté elle l'aimait beaucoup, sans pour autant lui faire entièrement confiance. Lorsqu'ils vivaient encore chez leurs parents et que leur père travaillait tard le soir, personne ne disait jamais rien mais il était évident que tout le monde se demandait si son travail n'était pas un alibi. Quant à leur mère... Vus de l'extérieur ses parents s'entendaient bien, mais il lui était arrivé de surprendre sa mère en train d'inspecter le portable de son père. Une fois la confiance perdue, il était très difficile de la retrouver.

Le mariage du roi Astraeus et de la reine Rhea avait donné naissance à quelque chose de très rare : un amour durable et sincère. Le genre d'amour dont elle rêvait, songea Amy avec un pincement au cœur. Le genre d'amour qu'elle ne vivrait jamais puisque l'homme qu'elle aimait allait épouser une autre femme...

Elle resta foudroyée par cette révélation. Oui, elle aimait Helios. Et elle allait le perdre. Prenant une profonde inspiration, elle s'efforça de résister à la vague de désespoir qui la submergeait : l'amour dont elle rêvait ne deviendrait jamais réalité. Lorsqu'elle trouva le courage de jeter un coup d'œil à Helios, elle rencontra son regard interrogateur. Il était aussi sensible à ses changements d'humeur qu'elle l'était aux siens.

Elle se força à sourire et redressa les épaules. Quels que soient ses tourments intérieurs, elle devait rester professionnelle. Aujourd'hui c'était le jubilé du roi Astraeus. L'aboutissement de quatre-vingt-sept ans de sens du devoir et d'esprit de sacrifice. C'était un grand jour pour lui, ainsi que pour Helios et ses frères. Cette journée était pour les trois princes l'occasion de témoigner leur amour et leur estime à leur grand-père, et elle se devait de tout faire pour contribuer à son succès. Amy fit bonne figure jusqu'au bout de la visite, mais dès que celle-ci fut terminée elle s'esquiva, prétextant qu'elle devait se changer pour le gala, ce qui était le cas de tous les membres du personnel.

Enfin seule dans son appartement, elle se laissa tomber sur le lit. Mais les larmes qu'elle avait eu tant de mal à retenir tout au long de la visite refusaient à présent de couler.

10

Cinq mille personnes assistaient aux spectacles qui se déroulaient dans le théâtre en plein air du palais. Amy, assise avec les membres du personnel du musée, s'efforçait d'apprécier pleinement le talent des artistes exceptionnels qui se succédaient sur scène. Un duo de chanteurs lyriques américains mondialement connus venait d'interpréter un pot-pourri d'extraits du *Fantôme de l'Opéra,* et c'était à présent une troupe de danseurs russes qui fascinait l'assistance.

Après leur départ, le présentateur annonça d'un ton solennel :

— Mesdames et messieurs, avant la poursuite du programme officiel, j'ai l'honneur d'accueillir sur scène son Altesse Royale le prince Helios…

La foule se leva aussitôt pour applaudir. Amy suivit le mouvement comme un automate. Elle avait l'impression qu'on venait de lui injecter un liquide glacé dans les veines, et le poids qui lui écrasait la poitrine depuis le début du gala s'alourdit encore.

Helios commença par remercier le public pour sa présence, puis il se lança dans un petit discours plein d'esprit sur son grand-père, qu'il conclut en invitant tout le monde, y compris les téléspectateurs qui suivaient le gala en mondovision, à visiter l'exposition consacrée au roi Astraeus au musée du palais. Puis il s'éclaircit la voix.

— Je voudrais également profiter de cette occasion pour confirmer les rumeurs qui circulent dans les médias internationaux au sujet de ma vie privée. J'ai l'honneur de vous annoncer que la princesse Catalina Fernandez de Monte Cleure a accepté de devenir mon épouse…

La fin de son discours fut noyée par des cris de triomphe et des applaudissements frénétiques. La foule manifestait toujours bruyamment sa joie quand il quitta la scène après l'avoir saluée avec un large sourire, qui aux yeux d'Amy ressemblait plutôt à une grimace. Elle promena son regard autour d'elle. Les visages les plus réjouis étaient ceux des Agonites présents sur les gradins.

C'était donc officiel : Helios et la princesse étaient fiancés. Il n'y avait plus aucune chance que cet engagement soit rompu. Pas quand l'honneur de deux nations était en jeu.

La minuscule lueur d'espoir qui brillait encore tout au fond d'elle sans même qu'elle en ait conscience s'éteignit.

Helios serra la main d'un énième invité à la réception qui suivait le gala en maudissant Talos en silence. Dire que son frère n'avait rien trouvé de mieux à faire que de disparaître avec la violoniste ! D'accord, celle-ci avait finalement surmonté son trac et subjugué l'assistance. Mais ce n'était pas une excuse ! Quant à son grand-père, il s'était couché tôt, épuisé après une journée aussi intense. Si bien que Theseus et lui se retrouvaient seuls pour accueillir personnellement chacune des trois cents personnes figurant sur la liste des invités.

Dieu merci, le protocole interdisait que sa fiancée exerce la moindre fonction officielle tant que leur mariage n'aurait pas été célébré. Il ne parvenait toujours pas à l'imaginer à son côté. Et encore moins dans son lit…

Jusque-là il y était opposé, mais il fallait se rendre à l'évidence : il était préférable qu'Amy quitte l'île quand il se marierait. C'était la meilleure solution. Pour tout le monde. Il serait incapable d'assumer son rôle de mari auprès de Catalina si Amy habitait dans le palais et travaillait au musée. Quand elle lui était revenue, il avait cru que tout s'était arrangé et pouvait recommencer comme avant. Mais rien ne s'était arrangé. La situation se compliquait même de jour en jour. Ses sentiments pour elle... le menaçaient chaque jour un peu plus.

Comme lors de toutes les réceptions organisées au palais, les invités n'étaient pas pressés de partir. Mais de son côté, contrairement à son habitude, il n'avait qu'une hâte : que la soirée se termine. Comme il était de son devoir, il avait dansé avec la princesse. Toujours rien. Pas le moindre frémissement de désir. Elle le laissait de marbre.

Quand Catalina quitta enfin le palais pour rentrer à Monte Cleure en avion avec son père et son frère, Helios partit à la recherche de Theseus, qui faisait acte de présence auprès des derniers invités. A en juger par sa mine sombre, il avait autant besoin d'un verre que lui, et vu l'heure, ils pouvaient décemment s'éclipser. Helios entraîna Theseus dans son appartement. Pour quelqu'un qui adorait le fils caché qu'il venait de découvrir et dont il s'apprêtait à épouser la mère, Theseus cachait bien sa joie. Il avait l'entrain d'un homme qui venait d'être condamné à passer le reste de sa vie dans les cachots du palais...

Ce qui était exactement l'état d'esprit dans lequel il se trouvait lui-même, reconnut Helios. Il n'avait jamais considéré l'alcool comme un remède à ses problèmes, mais était au contraire convaincu qu'il ne servait qu'à les rendre encore plus pesants. Mais son objectif n'était pas de trouver l'oubli. Il savait qu'il n'y parviendrait pas, quoi qu'il fasse. Tout ce qu'il voulait, c'était s'étourdir un peu pendant quelques heures.

Amy était-elle en train de l'attendre ? Ils ne s'étaient pas donné rendez-vous comme chaque jour. Ce matin il avait failli lui dire comme d'habitude : « Je te rejoins dès que j'ai terminé », mais quelque chose l'en avait empêché. Un sentiment d'inconvenance. Passer la nuit avec sa maîtresse après avoir annoncé ses fiançailles au monde entier… Impossible.

Une image s'imposa à l'esprit d'Helios : Amy dans la cathédrale, en robe de mariée, la bague de saphir au doigt… Une image qui le poursuivait depuis des semaines. Il ferma les yeux et inspira profondément. C'était de la démence. Il but une nouvelle gorgée de gin et déclara sans préambule :

— Tous ces gens qui assistaient au gala n'ont pas la moindre idée des sacrifices que nous sommes obligés de faire.

— Quoi ? marmonna Theseus avec un regard vitreux.

— Rien.

Même s'il avait eu envie de se confier à Theseus, celui-ci n'était visiblement pas en état de l'écouter. Il devrait lui demander ce qui n'allait pas, bien sûr. Mais pour être honnête, il n'était pas lui non plus en état d'écouter. Un silence sinistre s'installa dans la pièce, tandis que les deux frères ruminaient leur mélancolie.

Helios finit par poser son verre sur la table d'un geste vif.

— Il est temps de regagner ton appartement. Je vais me coucher.

Theseus vida son verre sans protester, se leva péniblement et quitta la pièce d'un pas chancelant. Il allait laisser Amy dormir, se promit Helios. Il était très tard. Le soleil se lèverait bientôt. La réveiller serait cruel. Aller la retrouver cette nuit serait d'une indélicatesse sans nom.

Il venait juste de se fiancer, bon sang ! Pour une nuit, il pouvait faire preuve de bienséance, non ? Mais le visage terreux d'Amy pendant la visite du musée le hantait. Non, il fallait qu'il aille voir si elle allait bien. Si elle ne répondait pas, il n'insisterait pas. Il prit le passage secret et frappa doucement à la porte. Au bout de quelques secondes, il entendit le bruit du verrou. Lorsqu'elle ouvrit, son visage exprimait un mélange d'angoisse et de désir. Il franchit le seuil et elle referma les bras sur lui.

A la lumière du soleil matinal qui filtrait à travers les rideaux, Amy contemplait Helios endormi. Il avait fini par la rejoindre, plusieurs heures après la fin de la réception qui avait suivi le gala. Et pour la première fois depuis le début de leur relation, ils n'avaient pas fait l'amour. Avant qu'il frappe à sa porte, elle avait tenté en vain de trouver le sommeil. Elle ne voulait pas l'attendre. Elle avait trop peur qu'il ne vienne pas… tout en craignant qu'il vienne. Elle s'était tournée et retournée dans son lit pendant des heures, hantée par des images plus insupportables les unes que les autres. Helios et la princesse en train de danser ensemble. De rire ensemble. De discuter des préparatifs de leur mariage.

Au fil des heures, son anxiété s'était accrue. Elle avait vu le ballet des hélicoptères et des limousines qui remmenaient les invités chez eux et elle n'avait pu s'empêcher de se demander quand repartait la princesse. Enfin, au moment où elle avait perdu tout espoir de le voir, Helios était arrivé, les yeux injectés de sang et visiblement épuisé. Il s'était déshabillé, s'était mis au lit, l'avait prise dans ses bras et s'était endormi. Combien de nuits leur restait-il ? L'annonce officielle avait déclenché le compte à rebours dans son esprit, et l'approche implacable de la fin était terrifiante. En prenant soin de ne pas le réveiller, elle s'assit dans le lit et continua de le dévorer des yeux. Combien de nuits encore aurait-elle la possibilité de le regarder dormir ? Dans la journée, il prendrait l'avion pour les Etats-Unis, où il était attendu en visite officielle.

Elle posa doucement la main sur sa joue. Il tourna la tête, à moitié endormi, et déposa un baiser au creux de sa paume. Elle promena les doigts sur ce visage qu'elle aimait tant, effleura sa chaîne en argent puis son propre collier de grenat. C'était lui qui le lui avait offert pour son anniversaire, peu de temps après le début de leur relation. De tous les présents qu'il lui avait faits, c'était celui qui lui était le plus cher. Elle avait été tellement touchée qu'il se donne du mal pour trouver un bijou fait avec la pierre de sa naissance, qu'elle avait mis de côté son amour-propre et l'avait sorti de l'enveloppe matelassée où elle avait remisé tous ses cadeaux quand elle avait décidé de rompre. Quoi que lui réserve l'avenir, elle savait qu'elle n'enlèverait plus jamais ce collier.

Elle poursuivit son exploration, traçant du bout des doigts le contour de sa clavicule avant de caresser son torse. A en juger par sa respiration hachée, il ne dormait plus du tout. Elle fit glisser sa main sur son ventre. Ignorant le contact de sa virilité pleinement éveillée, elle détourna sa main vers sa hanche gauche, sa cuisse, puis sa jambe, effleurant sur son mollet la cicatrice laissée par une chute de cheval. Elle lui caressa ensuite les pieds avant de remonter le long de sa jambe droite jusqu'à sa virilité toujours dressée. Le souffle court, il enfonça la main dans ses cheveux tandis qu'elle le prenait dans sa bouche pour lui dispenser la plus intime des caresses. Lorsqu'elle le sentit prêt à basculer dans le gouffre de la volupté, elle s'interrompit et l'enfourcha, électrisée par le désir qui faisait étinceler ses yeux. Il referma la main sur sa nuque et l'attira vers lui pour s'emparer de sa bouche dans un baiser ardent. Elle y répondit avec ferveur, tout en abaissant lentement le bassin pour l'accueillir au plus profond d'elle. Puis elle s'arracha à sa bouche pour se redresser. Elle avait besoin de le voir. En ondulant le bassin, elle accéléra peu à peu le mouvement, grisée par le plaisir inouï de le sentir en elle. Elle pourrait faire l'amour à cet homme chaque jour jusqu'à la fin de sa vie. Même s'ils avaient l'éternité devant eux, ce ne serait pas assez long pour qu'elle ait le temps de se rassasier de lui...

Submergée par une vague irrésistible, elle s'engloutit dans les abysses du plaisir suprême. Elle se laissa tomber en avant pour enfouir son visage dans le cou d'Helios, qui referma aussitôt les bras sur elle et la rejoignit avec un cri rauque.

Sur les instructions d'Helios, Talia avait organisé le rendez-vous dans l'hôtel le plus ancien d'Agon, où régnait une atmosphère feutrée. Plein de charme, il était recommandé par tous les guides et accueillait de nombreux touristes toute l'année. Pour la mère biologique d'Amy, c'était l'assurance de passer inaperçue. Amy la reconnut aussitôt, et elle sentit son cœur bondir dans sa poitrine en croisant ses yeux noisette identiques aux siens. Cette femme était celle qui l'avait portée pendant neuf mois... avant de l'abandonner.

— Amy ? demanda Neysa Soukis après une hésitation.

— Neysa ?

Pas question de l'appeler « maman » ni même « mère », bien sûr. Neysa était habillée avec une grande élégance et impeccablement coiffée. Après avoir commandé des boissons et des mezzés, Neysa eut un sourire crispé.

Ce fut Amy qui rompit le silence.

— Pourquoi refusiez-vous de me rencontrer ?

— Vous êtes une étrangère pour moi.

Neysa parlait anglais avec un fort accent agonite.

— Vous m'avez mise au monde. Vous n'éprouviez pas une certaine curiosité ?

— J'ai une vie, aujourd'hui. Un mari. Un fils.

— Qu'est-ce qui vous a fait changer d'avis ?

Neysa eut un rire sonore.

— Je n'ai pas eu le choix. On m'a menacée de révéler votre existence à mon mari.

Helios... Neysa était là parce qu'il avait exercé un chantage sur elle. Pas parce qu'elle voulait rencontrer la fille qu'elle avait abandonnée...

— Leander pourrait parler à votre mari.

— Il ne le fera jamais.

De toute évidence, Neysa était sûre de son fils. Pas étonnant. D'après ce qu'avait découvert Helios, le père de Leander avait renoncé à attendre quoi que ce soit de ce dernier. C'était Neysa qui gâtait son fils. Leander dépendait d'elle. Si elle lui coupait les vivres, il serait obligé de trouver un emploi et de le garder. Comment réagirait le mari de Neysa s'il apprenait que sa femme lui avait caché un secret d'une telle importance ? Neysa et Leander pourraient bien perdre tous les avantages auxquels ils tenaient tant.

Un serveur apporta les boissons.

— Vous arrivait-il de penser à moi ? demanda Amy quand il se fut éloigné.

— Souvent.

Elle mentait. Amy en eut la certitude sans savoir pourquoi. L'enfant qu'elle avait abandonnée n'intéressait pas Neysa. La seule chose qui comptait pour elle, c'était de protéger son secret.

— Je savais que votre père prendrait soin de vous, expliqua Neysa.

C'était faux. Elle ne pouvait pas le savoir et elle n'avait jamais cherché à le vérifier. Amy réprima une moue amère. Dire que pendant dix-sept ans elle avait espéré que c'était la honte qui avait empêché Neysa de chercher à la voir… En réalité, celle-ci n'avait jamais éprouvé le moindre remords. Contrairement à son père, qui depuis vingt-sept ans s'efforçait de se racheter.

Amy étudia Neysa. Le pire, c'était qu'elle lui ressemblait trait pour trait. Comment Elaine avait-elle pu l'aimer comme sa fille, alors qu'à chaque fois qu'elle l'avait regardée elle avait vu l'image de la femme avec qui son mari l'avait trompée ? Dire que de son côté il lui était arrivé d'avoir peur qu'Elaine ait secrètement envie de se débarrasser d'elle… Non. Sa mère — sa vraie mère — l'avait aimée chaque jour de sa vie depuis l'âge de deux semaines. Il n'y avait aucun doute là-dessus.

Le serveur revint avec les mezzés. Amy attendit qu'il eut déposé tous les plats sur la table, puis elle se leva et prit son sac.

— Vous n'avez rien à craindre de moi, déclara-t-elle. Je ne veux pas faire partie de votre vie. Je voulais juste vous voir. C'est fait.

— Vous partez ?

— Je n'aurais pas dû venir. Au revoir.

Laissant Neysa bouche bée, Amy sortit de l'hôtel dans la rue ensoleillée pleine de touristes. Inspirant profondément, elle remercia le ciel d'avoir été abandonnée par Neysa. Qui serait-elle aujourd'hui si elle avait été élevée à Agon par une mère aussi narcissique ? Si elle avait grandi en compagnie de Leander ? Sans la protection de Danny et de Neil, l'amour de sa mère et la présence silencieuse mais constante de son père ? Elle pouvait également remercier Helios de l'avoir aidée à trouver la réponse à l'une des questions essentielles de sa vie : qui l'avait mise au monde ? A présent qu'elle le savait, elle pouvait tourner la page et cesser de se torturer l'esprit.

Son portable vibra, annonçant l'arrivée d'un message. Helios voulait savoir si tout allait bien. Il était en voyage officiel aux Etats-Unis, mais il avait trouvé le temps de penser à elle et de lui envoyer un message… Elle répondit qu'elle allait bien et qu'elle lui raconterait tout plus tard, quand il l'appellerait. Parce qu'il l'appelait tous les soirs quand il était en déplacement.

Mais comment pourrait-elle aller bien, alors que très bientôt elle devrait dire adieu à l'homme qui illuminait sa vie ?

11

Les jours suivants, Amy s'efforça de faire bonne figure, sourire aux lèvres et tête haute. Pas question que quiconque puisse soupçonner sa souffrance.

Toute l'île était en effervescence suite à la confirmation des fiançailles d'Helios et de la princesse. Naturellement, au palais l'excitation était encore plus vive. Partout où elle allait, elle entendait des commentaires joyeux. La date avait été fixée. Dans six semaines et un jour, Helios se marierait. Plus tôt qu'elle ne le pensait. Elle avait oublié que dans les coulisses le personnel s'affairait pour les préparatifs, et Helios évitait judicieusement d'en parler au téléphone.

A part dans la solitude de son appartement, il n'y avait que chez ses collègues du musée qu'elle parvenait à trouver un semblant de paix. Alors que les visiteurs — qui chaque jour se comptaient par milliers — ne parlaient que du mariage, le personnel se montrait plus discret. Tout le monde savait qu'elle avait eu une liaison avec Helios, si bien qu'en sa présence le sujet du mariage était soigneusement évité. Ce qui ne l'empêchait pas de surprendre des coups d'œil compatissants.

Le personnel du musée formait une équipe soudée au sein de laquelle chacun était attentif aux autres. C'est dans cet esprit que Claudia, l'une des guides, vint trouver Amy dans la salle du personnel le vendredi suivant le gala.

— Excuse-moi de te déranger pendant ton déjeuner, mais la princesse Catalina est là.

Amy sentit son sang se glacer dans ses veines.

— Elle te demande, ajouta Claudia avec un embarras manifeste.

— Moi ?

— Oui. Elle veut visiter l'exposition et elle a insisté pour que ce soit toi qui lui serves de guide.

Amy se retint juste à temps de demander si Helios était avec la princesse. S'il était là, la princesse n'aurait pas besoin de guide. Elle ne savait même pas s'il était rentré de son voyage aux Etats-Unis. En principe son retour était prévu dans l'après-midi.

Elle avait passé cinq nuits sans lui. La séparation avait été beaucoup plus pénible que d'ordinaire. Il lui avait manqué terriblement et son seul réconfort avait été la présence de Benedict, qu'elle avait gardé chez elle pendant qu'Helios était en voyage. L'adorable labrador noir avait paru sensible à son abattement et il ne l'avait pas quittée. Elle avait passé toutes ses soirées sur le canapé à regarder des films, la tête de Benedict sur les genoux. A son retour en Angleterre, elle prendrait un labrador pour lui tenir compagnie… Expirant lentement, Amy repoussa son assiette et se leva. Elle était incapable d'avaler une bouchée de plus.

— Où est-elle ?

— Dans le hall.

— D'accord. Laisse-moi deux minutes pour me laver les mains.

Aux toilettes, elle se recoiffa rapidement et appliqua un peu de blush sur ses joues. Elle tenta de mettre de l'eye-liner et du rouge à lèvres mais ses mains tremblaient trop. Dire qu'elle avait espéré ne pas avoir à croiser la princesse au cours des prochains mois… Pourquoi elle ? Pourquoi la princesse avait-elle donné son nom en demandant qu'elle lui serve de guide ? Comment la connaissait-elle ? Assaillie par une bouffée de panique, Amy prit une profonde inspiration. La princesse était une invitée de marque. Il était naturel qu'elle demande que la commissaire de l'exposition lui serve de guide. *Reste professionnelle*, se dit-elle en quittant son refuge.

La princesse l'attendait dans le hall, flanquée de deux gardes du corps. Vêtue d'un jean blanc moulant et d'un bustier rose, une écharpe de soie bleu pâle autour du cou et des escarpins bleus à talons aux pieds, elle était l'élégance incarnée. Ses cheveux noirs flottaient librement sur ses épaules et de luxueuses lunettes de soleil étaient relevées sur le sommet de son crâne. Elle était d'une grande beauté, mais ce qui frappait avant tout, c'était sa distinction.

Accrochant à ses lèvres un sourire accueillant, Amy se dirigea vers elle.

— Votre Altesse, je suis Amy Green, déclara-t-elle en faisant la révérence. C'est un honneur de vous rencontrer.

La princesse sourit gracieusement.

— Excusez-moi d'interrompre votre pause, mais je souhaitais visiter l'exposition, répliqua-t-elle dans un anglais parfait. On m'a dit que vous étiez la commissaire et que vous connaissiez bien l'histoire de la famille de mon fiancé. Je ne pouvais pas rêver meilleur guide.

Elles commencèrent la visite. Amy plaçait chaque pièce exposée dans le contexte de l'histoire de la famille Kalliakis et répondait aux questions de la princesse en s'efforçant d'ignorer l'anxiété qui lui nouait l'estomac. Ce ne fut que quand elles pénétrèrent dans la Salle du Mariage que la princesse s'anima. Elle se dirigea aussitôt vers la robe de mariée de la reine Rhea et la contempla d'un air émerveillé pendant un long moment.

— Cette robe est splendide, n'est-ce pas ? commenta-t-elle en dardant sur Amy un regard scrutateur.

Amy hocha la tête, de plus en plus tendue.

— La couturière qui l'a confectionnée a accepté de faire la mienne bien qu'elle soit à la retraite. Le premier essayage est prévu pour demain... Helios vous a-t-il informée que je passais le week-end au palais ?

— Je l'ai entendu dire, répliqua Amy d'une voix faible.

Elle avait entendu deux guides du musée évoquer l'arrivée de la princesse et se demander si celle-ci viendrait avec son fabuleux sac Vuitton. Oui, en effet, elle était venue avec.

La princesse sourit, mais il y avait de la tristesse dans son regard.

— Pratiquement rien de ce qui se passe au palais ne reste secret, n'est-ce pas ?

A son grand dam, Amy sentit ses joues s'enflammer. La princesse ne semblait pas attendre de réponse. Son regard à la fois triste et scrutateur ne quittait pas son visage, mais elle sourit.

— Je vous remercie de m'avoir accordé votre temps.

— Vous ne voulez pas voir les autres salles ?

Prise au dépourvu, Amy saisit la main de la princesse. Une grave entorse au protocole dont celle-ci ne s'offusqua pas, se contentant de la regarder avec un sourire énigmatique.

— J'ai vu ce que je voulais voir.

Adressant un signe de tête à ses gardes du corps, elle s'éloigna d'une démarche souple et assurée. Amy la suivit des yeux avec effarement. La princesse savait.

Oui, elle *savait*.

Complètement déstabilisée, Amy erra un moment dans les salles d'exposition en priant pour que personne ne lui pose de questions. Elle était incapable de former la moindre phrase cohérente, même sur les sujets qu'elle possédait le mieux... Dans la plus grande salle, elle fut attirée malgré elle par les quatre statues de marbre et s'en approcha. Le roi Astraeus III était réputé pour sa grande sagesse. Si seulement il pouvait lui en insuffler une partie ! Mais c'était surtout Astraeus II qui la fascinait. Sa ressemblance avec Helios était si saisissante... Un jour, dans quelques dizaines d'années, Helios aurait lui aussi sa statue. Il lui suffisait de fermer les yeux pour voir chacun de ses traits, chacun de ses muscles. Elle serait même capable de le décrire précisément au sculpteur devant son bloc de marbre. Une pensée s'imposa soudain à elle. Le lendemain du gala, si elle avait promené les doigts sur chaque parcelle de son visage et de son corps, c'était pour les mémoriser. Sur l'instant, elle n'avait pas eu le courage de regarder la réalité en face, mais aujourd'hui elle était obligée de se rendre à l'évidence : elle avait voulu graver son souvenir dans sa mémoire parce qu'elle savait inconsciemment que c'était la dernière fois qu'elle partageait son lit.

Leur histoire était vraiment terminée.

Les murs de la salle semblèrent soudain s'incliner vers elle et les statues devinrent floues. Elle avait besoin d'air... Mais si elle sortait du musée, elle risquait de tomber sur la princesse. Ou pire, sur Helios. Or elle n'était pas en état de se retrouver en face de lui devant témoins. La prochaine fois qu'elle le verrait, il fallait que ce soit en tête à tête. Décrochant son badge de son uniforme, elle le mit dans sa poche et partit à la recherche de Claudia.

— J'ai une migraine épouvantable, prétexta-t-elle

quand elle l'eut trouvée. J'ai besoin de me reposer. Tu peux m'excuser auprès de Pedro ?

— Bien sûr, répondit Claudia en la considérant d'un air inquiet. Tu as besoin de quelque chose ?

— Non, merci. Juste de dormir un peu dans le noir.

Sur ces mots, Amy s'éloigna en toute hâte vers l'entrée du palais réservée au personnel. Dès qu'elle arriva dans son appartement, elle enleva ses chaussures et se jeta sur son lit. Elle n'avait peut-être pas vraiment la migraine mais une bonne douzaine de cloches semblaient sonner à toute volée dans son crâne.

Dans la grande salle de réception, Helios discutait avec un groupe d'hommes d'affaires allemands qui voulaient investir des sommes considérables dans l'infrastructure touristique d'Agon, afin bien entendu de réaliser des profits plus considérables encore. Le ministre des Transports participait à la discussion. Les décisions concernant les investissements étrangers étaient du ressort du Sénat, mais un avis favorable du prince héritier pouvait être déterminant pour la signature d'un contrat. Helios était conscient du poids de son avis et il ne le donnait jamais qu'après une étude approfondie des dossiers. Lorsque son téléphone sonna, il fut tenté de l'ignorer. Mais c'était son numéro personnel, connu de ses seuls proches. C'était Amy, constata-t-il en consultant l'écran. Il n'avait pas eu le temps de l'appeler pour la prévenir qu'il était de retour des Etats-Unis, mais il s'était dit qu'elle était de toute façon occupée au musée. Que se passait-il ? Elle l'appelait très rarement, et jamais sans raison.

— Excusez-moi, murmura-t-il à l'adresse de la délégation avant de s'éloigner avec un sourire contrit.

— Amy ?

— Excuse-moi de te déranger, dit-elle d'une voix étrangement sourde. Je sais que tu es occupé mais je voulais savoir si tu venais ce soir.

La perplexité d'Helios s'accrut. Jamais non plus elle ne lui posait ce genre de question… Un frisson d'angoisse le parcourut.

— Quelque chose ne va pas ?

Elle hésita.

— J'ai juste besoin de te parler.

Il consulta sa montre.

— Où es-tu ?

— Chez moi.

— Tu es malade ?

— Non. Pas exactement.

Conscient des regards curieux posés sur lui, il résista à l'envie de réclamer des précisions.

— Je viendrai dès que possible, déclara-t-il avant de raccrocher.

Dès qu'il pourrait s'éclipser sans paraître grossier, il irait la retrouver. Que se passait-il ? S'efforçant de surmonter l'angoisse qui l'étreignait, il reprit la discussion. Il dut attendre une demi-heure avant d'annoncer aux membres de la délégation qu'il était obligé de s'absenter pour régler un problème personnel, mais qu'il les verrait au dîner donné en leur honneur. Il dit ensuite à Talia qu'elle pouvait partir plus tôt.

Il se rendit dans son appartement et emprunta le passage qui conduisait à celui d'Amy, qui lui ouvrit avec un air surpris.

— Je ne pensais pas te voir si tôt, dit-elle d'une voix éteinte. J'espère que je ne t'ai pas dérangé.

— Tu ne me déranges jamais.

Il scruta son visage. Teint gris, yeux rouges et cheveux mal coiffés…

— Tu étais en train de pleurer ?

Elle se mordit la lèvre et ferma la porte.

— La princesse est au courant.

— Catalina ? Au courant de quoi ?

— Pour nous. Elle est venue au musée. Elle a demandé que ce soit moi qui lui fasse visiter l'exposition.

— Tu en es la commissaire.

— Elle est au courant, Helios. Elle a dû entendre des rumeurs. Peut-être que quelqu'un m'a vue promener Benedict… Je pense qu'elle voulait vérifier si ces rumeurs étaient fondées. Et je suis sûre que j'ai fait quelque chose — je ne sais pas quoi exactement — qui a confirmé ses soupçons.

Helios passa la main dans ses cheveux.

— A supposer que tu aies raison, tu ne dois pas t'inquiéter. Catalina n'est pas stupide. Elle sait qu'il y aura d'autres femmes.

A peine ces mots eurent-ils quitté ses lèvres qu'il se maudit. Quel idiot ! C'était la dernière chose à dire ! Amy le regardait comme s'il venait de la gifler…

— Je me suis mal exprimé. Ce que je voulais dire, c'est que Catalina ne s'imagine pas que je lui serai fidèle. Tu sais bien qu'il n'y a pas d'amour entre elle et moi.

Il n'y avait rien entre eux. Pas l'ombre d'un élan…

Secouant la tête, Amy s'éloigna en direction de la cuisine.

— Tu te trompes. Elle veut un mariage d'amour.

— Non…

— Si. Tu te trompes à son sujet.

— Elle ne m'aime pas.

— Pas encore.

Amy se détourna et sortit une bouteille de vin blanc du réfrigérateur.

— Tu veux un verre ?

— Tu as vu l'heure ? s'exclama-t-il avec stupéfaction.

— J'en ai besoin.

Elle servit deux verres et en tendit un à Helios en prenant bien soin que leurs doigts ne se touchent pas. Elle porta le sien à ses lèvres, mais avant qu'elle ait le temps de prendre une gorgée, elle se décomposa. Il la rejoignit aussitôt, saisit son verre, le posa avec le sien sur le comptoir, puis referma les bras sur elle. Au début elle résista, mais très vite elle se laissa aller contre lui.

— Ne pleure pas, *matakia mou,* murmura-t-il en lui caressant les cheveux. Ça va bien se passer, je te le promets.

— Comment ? bredouilla-t-elle entre deux sanglots. Comment veux-tu que ça se passe bien ? Nous sommes en train de lui briser le cœur.

— Pas du tout.

— Si. Elle ne t'aime peut-être pas encore, mais elle en rêve. Elle veut que votre mariage soit une réussite. L'as-tu seulement vue depuis ton retour ?

— J'ai été occupé.

Amy s'écarta d'Helios et prit une poignée de mouchoirs en papier dans un paquet. Les larmes continuaient d'inonder son visage.

— Helios, la princesse est ta fiancée. Elle est venue de Monte Cleure pour te voir. Tu devrais être avec elle en ce moment. Vous devez profiter du temps qui reste avant votre mariage pour apprendre à mieux vous connaître.

— Nous nous connaissons.

— Vraiment ? Peux-tu me dire quels sont ses rêves ? Ses craintes ? Es-tu capable de répondre à ces questions ? Tu vas passer le reste de ta vie avec elle.

— Oui. Le reste de ma vie. Mais le reste de ma vie n'a pas encore commencé.

— Il a commencé dès l'instant où tu as glissé une bague de fiançailles à son doigt.

La bague de fiançailles… Helios réprima un soupir.

Il avait dit à Catalina de la choisir elle-même pour être sûr qu'elle soit à son goût. Il n'avait pas pu se résoudre à le faire lui-même. Il savait qu'elle convoitait la bague de saphir de sa mère. Depuis son adolescence, il savait que cette bague reviendrait à la femme qu'il épouserait. Mais il avait eu une excuse toute trouvée pour retarder le moment de la passer au doigt de Catalina. Elle faisait partie des pièces de l'exposition. Il avait cependant promis à la princesse qu'une fois l'exposition terminée, le bijou serait à elle.

— Je ne peux pas continuer comme ça.

La voix d'Amy se brisa.

— Ce que nous faisons à la princesse est odieux. Je suis rongée par la culpabilité.

Il voulut la reprendre dans ses bras, mais elle leva la main et secoua la tête.

— Non, nous ne pouvons pas. *Je* ne peux pas. Il est hors de question que je cause la souffrance d'une autre femme. Je suis trop bien placée pour savoir les ravages que provoque l'infidélité.

Essuyant un nouveau flot de larmes, elle déglutit péniblement.

— Si je voulais retrouver ma mère biologique, ce n'était pas pour nouer des liens avec elle. J'étais en quête de mes racines et j'avais très envie de voir à quoi elle ressemblait, bien sûr. Mais ce que je voulais avant tout, c'était savoir pourquoi.

— Pourquoi elle t'avait abandonnée ?

Amy avait raconté à Helios sa rencontre avec sa mère.

— Oui, bien sûr. Mais je voulais surtout comprendre comment elle avait pu trahir ma mère, qui est la femme la plus aimante et la plus généreuse du monde. Neysa était la jeune fille au pair et ma mère n'a pas pu la traiter autrement qu'avec sa gentillesse habituelle. Comment Neysa avait-elle pu coucher avec son mari derrière son dos ?

— Tu lui as posé la question ?

— Non. J'avais tellement hâte de m'en aller loin d'elle que je ne lui ai posé aucune des questions qui me hantaient depuis dix-sept ans. Et maintenant, je n'ai plus envie de savoir. Je ne veux pas entendre ses mauvaises excuses. Parce qu'elle n'aurait que cela à me donner. Je suis persuadée qu'elle n'éprouve aucun remords.

— Amy... Notre situation est très différente.

— Tu n'es peut-être pas encore marié, mais les fiançailles sont un engagement tout aussi important. Quand je pense à ce que ma mère a dû endurer... Elle ne s'en est jamais remise. Elle a pardonné à mon père mais elle n'a jamais oublié. Et elle n'a plus jamais été capable de lui faire confiance.

De nouveaux sanglots interrompirent Amy un instant.

— Je ne peux pas vivre avec ce sentiment de culpabilité. Pendant toute mon enfance et mon adolescence, j'ai été montrée du doigt à cause d'une faute dont je n'étais pas responsable. Il m'a fallu beaucoup de temps et d'efforts pour me convaincre que je ne méritais pas un tel traitement et que j'étais innocente. Alors comment pourrais-je me résoudre aujourd'hui à faire souffrir une autre femme ? Je refuse de faire preuve du même égoïsme que Neysa. La princesse est quelqu'un de bien, qui ne mérite pas ce genre de souffrance et d'humiliation. Personne ne le mérite.

Devant la détresse d'Amy, Helios fut submergé par des remords si cuisants qu'il en eut le vertige.

— Ecoute-moi, Amy. Le fait que tu te sentes aussi coupable prouve que tu n'as rien à voir avec Neysa. Alors oublie ta peur de lui ressembler. Tu es incapable de faire souffrir quelqu'un intentionnellement.

— C'est pourtant ce que j'ai fait ! Je suis exactement comme elle.

— Non ! Tout ce que tu as hérité de Neysa, c'est sa beauté. Tu es quelqu'un de bien, Amy. Tu es la personne la plus merveilleuse que je connaisse.

Helios était aux cent coups. Amy ne semblait pas du tout convaincue par ses arguments. Que faire pour la délivrer de son sentiment de culpabilité ? Il devait bien y avoir une solution… Mais il eut beau chercher, il ne trouva rien. Il était *obligé* d'épouser une femme de sang royal pour perpétuer la lignée des Kalliakis, mais cela faisait souffrir Amy. Cette idée était insupportable… La souffrance que son père avait infligée à sa mère n'était pas seulement physique. Il l'avait aussi détruite moralement. Pour sa part, il avait toujours su que, contrairement à son père, il ne frapperait jamais une femme. Alors découvrir tout à coup qu'il était en train de détruire la femme à laquelle il tenait le plus au monde… Helios fut submergé par une vague de panique.

Sa relation avec Amy avait dépassé depuis longtemps le stade de l'intermède insouciant et joyeux. Au fil du temps elle avait acquis une telle profondeur que le risque de perdre pied était immense.

S'il avait une once de sensibilité, il la laisserait partir avant de la détruire.

12

Croisant les bras, Helios contempla Amy. Comment allait-il survivre sans voir son beau visage tous les matins et sans faire l'amour avec elle toutes les nuits ? Elle n'était pas seulement sa maîtresse, mais aussi sa meilleure amie. Avec elle il avait découvert ce qu'était l'amitié. Le dévorant elle aussi du regard, elle esquissa un pauvre sourire.

— Tu crois qu'il existe quelque part un univers parallèle où nous pourrions vivre librement notre amour ?

Il tressaillit. « Notre amour » ?

Visiblement consciente de son effarement, elle émit un petit rire désabusé.

— Oh ! oui, je t'aime. Comme je n'aurais jamais imaginé pouvoir aimer un jour.

Il recula et s'adossa à la porte de la cuisine. Que répondre ? Il n'en avait aucune idée… Jamais il n'avait eu l'esprit aussi confus. Son portable privé sonna. Il le sortit de sa poche et rejeta l'appel sans vérifier de qui il provenait.

— Je n'ai jamais demandé à être aimé, finit-il par dire.

— Je sais.

Le menton d'Amy se mit à trembler. Elle inspira profondément en levant les yeux vers le plafond.

— *Theos*, Amy, tu… J'ai su très tôt que le devoir m'imposerait de faire un mariage de raison. L'amour n'a jamais fait partie de mes projets. Je n'y ai même jamais pensé. Il n'a pas de place dans ma vie. Tu le comprends, non ?

— Oui.

Bien sûr qu'elle comprenait. Amy connaissait mieux l'histoire de ses ancêtres qu'elle ne connaîtrait jamais celle des siens.

— Si tu m'aimes, comment peux-tu me quitter ? demanda-t-il, toujours sous le choc de sa déclaration.

— Je veux être capable de me regarder dans le miroir tous les matins sans avoir envie de cribler mon visage de fléchettes, répliqua-t-elle avec un petit rire étranglé. Mais ce n'est pas seulement à cause de Catalina que je pars. Tu as raison, je ne suis pas comme Neysa et je ne serai jamais comme elle. Même si tu le souhaitais — même si tu m'aimais —, ton titre t'empêcherait de me donner ce que j'attends. Je veux être à toi. Uniquement à toi. Sans me cacher. Avec le monde entier pour témoin. Je ne pourrais pas faire l'amour avec toi en sachant que tu dors avec une autre. Que je suis assez bien pour partager ton lit mais pas assez pour partager ta vie.

Mieux valait éviter de préciser qu'il occupait une telle place dans son cœur qu'elle doutait qu'un autre homme puisse un jour y entrer… Il y avait des semaines qu'elle aurait dû partir. La souffrance qu'elle avait ressentie quand il lui avait annoncé son intention de se marier dès que possible aurait dû lui servir d'avertissement. Si elle était partie à ce moment-là, sa fierté serait encore intacte et il resterait encore assez de place dans son cœur pour un autre homme.

Le visage d'Helios se crispa.

— Ne dis *jamais* que tu n'es pas assez bien.

— C'est ce que je ressens, même si je sais que ce n'est pas ce que tu penses. Je n'y peux rien. Pendant une grande partie de ma vie, j'ai été un secret honteux.

C'est exactement ce que je redeviendrais si nous poursuivions notre relation. Que nous y mettions fin avant ton mariage ou non.

Helios resta silencieux, se contentant de la regarder comme s'il la voyait pour la première fois.

— Quand tu seras marié à la princesse, sois-lui fidèle. Donne une chance à ton mariage. Elle le mérite et toi aussi.

— Tu parles comme si tu avais décidé de partir maintenant…

Helios quitta la cuisine et se rendit dans la chambre. A la vue des valises à moitié pleines sur le lit, il secoua la tête.

— Non.

— Helios…

— Non !

Il crispa les poings, luttant visiblement contre une furieuse envie de jeter les valises par la fenêtre. Son portable sonna pour la troisième fois.

— Réponds, dit-elle. C'est peut-être important.

— *C'est* important.

Après une hésitation, il sortit son portable de sa poche.

— Oui ?

Il ne prononça que quelques mots en grec avant de raccrocher.

— Il faut que j'y aille. Mon grand-père souffre d'une légère infection et il refuse le traitement.

— J'espère que ce n'est pas trop grave, commenta-t-elle, alarmée.

— C'est juste qu'il est très têtu.

Helios se frotta le menton et darda sur elle un regard étincelant.

— Je reviendrai plus tard. Ne songe même pas à t'en aller.

Elle ne répondit pas.

— J'ai besoin de l'entendre, Amy. Dis-moi que tu ne partiras pas avant mon retour. Promets-le-moi.

— Je serai là, mentit-elle.

Il s'approcha d'elle, lui prit le visage à deux mains et l'embrassa avec une ferveur déchirante. Puis il la lâcha et quitta la pièce. Quelques secondes plus tard, elle entendit claquer la porte du passage.

Theos, son grand-père était l'homme le plus têtu de la planète ! Il refusait les intraveineuses préconisées par les médecins. Que faire ? Il ne pouvait pas l'obliger à les accepter. Le roi n'était pas un gamin à qui on pouvait imposer d'obéir. Il avait tenté en vain de lui faire entendre raison, et à présent il avait une furieuse envie de s'arracher les cheveux…

— Au moins il ne souffre pas, déclara Talos.

Leur grand-père avait accepté de prendre des antalgiques. Le cancer, momentanément jugulé par des mois de chimiothérapie, donnait de nouveau l'assaut à son corps épuisé. Personne ne voulait le formuler, mais le temps leur filait entre les doigts… La seule bonne nouvelle de la journée était venue de Theseus, parti quelques jours plus tôt retrouver Jo, la mère de son fils. Cet idiot avait fini par prendre conscience — presque trop tard — qu'il l'aimait. Par chance, elle avait accepté de l'épouser. Theseus s'apprêtait à faire un mariage d'amour et il n'avait jamais semblé aussi heureux.

Ses deux frères allaient se marier.

Talos ayant choisi une épouse qui n'était pas de sang royal — sa violoniste —, leurs enfants ne seraient pas inscrits dans l'ordre de succession au trône. Cependant, la future épouse de Theseus avait des liens de parenté indirects avec la famille royale d'Angleterre. La perpétuation de la dynastie était donc d'ores et déjà assurée par leur fils Toby. Jusqu'à la naissance de ses propres enfants…

Helios se leva en soupirant.

— Il faut que j'aille me changer pour le dîner.

Si seulement il pouvait échapper à cette corvée ! Mais dans sa famille on mettait un point d'honneur à faire passer le devoir avant la vie privée. Or il était de son devoir d'assister à ce dîner. Auquel Catalina serait présente, se rappela-t-il, l'estomac noué. Elle était arrivée depuis des heures au palais et il ne parvenait pas à se décider à l'appeler…

Quant à Amy, malgré son envie il n'avait pas le temps de faire un saut chez elle pour voir comment elle allait. En soupirant, il lui envoya un message avant de prendre une douche et d'enfiler son smoking. Il quitta son appartement pour la salle sélectionnée pour le dîner et mit ses boutons de manchette en chemin. Avant de franchir le seuil de la pièce, il se força à accrocher un sourire affable à ses lèvres. La délégation l'attendait. Catalina également. Quand elle le vit, elle s'excusa auprès des invités avec qui elle discutait et le rejoignit. Si elle soupçonnait qu'il avait une liaison avec Amy, elle le cachait bien…

— J'ai entendu dire que ton grand-père était souffrant ?

— Il va mieux, répondit-il brièvement.

Pourquoi n'avait-il aucune envie de lui parler ? Pourquoi ne ressentait-il rien pour elle ? Pourquoi cette femme belle, élégante et de sang royal le laissait-elle de marbre ?

— Il a une infection, ajouta-t-il en s'efforçant de parler d'un ton moins crispé.

Catalina eut un sourire compatissant.

— J'espère qu'il se remettra vite.

— Moi aussi.

Il sentit son cœur se serrer. En réalité, il n'avait pas beaucoup d'espoir. Les cinq derniers mois avaient été un combat de tous les instants pour son grand-père, farouchement déterminé à rester en vie jusqu'au gala. A présent, le gala terminé, ses trois petits-fils fiancés et la succession au trône assurée, le roi Astraeus se préparait à mourir. Son devoir accompli, il aspirait à rejoindre la femme qu'il avait aimée toute sa vie.

Ce dîner fut le plus long de toute sa vie. Il était incapable de fixer son attention sur la conversation, et sa verve habituelle l'avait déserté. Impossible de trouver une seule remarque spirituelle à faire ou de raconter une des anecdotes qui enchantaient d'ordinaire les invités. Plus le temps passait, plus il était oppressé, poursuivi par un pressentiment obscur. Dès que tout le monde eut terminé son café, il s'éclaircit la voix.

— Excusez-moi, mesdames et messieurs, mais je dois me retirer. Je sais que je n'ai pas été de très bonne compagnie ce soir — les effets du décalage horaire —, mais soyez assurés que j'ai été très impressionné par tout ce que vous m'avez dit et que je transmettrai mon avis au Sénat en début de semaine prochaine.

Il jeta un coup d'œil à Catalina, qui le regardait d'un air pensif. Le temps de saluer chaque personne individuellement, et il quitta la salle sans qu'elle tente de le suivre.

Plus il approchait de chez lui, plus il se sentait oppressé. En arrivant devant sa porte, il était en sueur et son cœur battait à tout rompre. Il entra chez lui, prit le passage et frappa à la porte d'Amy.

Pas de réponse.

Il frappa plus fort. Pas de réponse.

— Amy ?

Il tambourina à la porte. Toujours rien. Amy verrouillait toujours la porte mais il essaya quand même la poignée.

La porte s'ouvrit. Au comble de l'angoisse, il entra dans l'appartement.

— Amy ?

L'estomac noué, il entra dans la chambre. Elle était vide. Sur la table, qui d'ordinaire disparaissait sous un amoncellement de produits de beauté, il n'y avait plus rien à part une enveloppe. L'enveloppe matelassée contenant les bijoux qu'il lui avait offerts et qu'elle lui avait déjà rendus une première fois quelques semaines plus tôt. A côté, un morceau de papier. Sur lequel étaient écrits deux mots.

Pardonne-moi.

— Tu sembles perturbé, Helios, dit son grand-père de cette voix sifflante qui l'angoissait tant.

Ils jouaient aux échecs, le jeu favori de son grand-père. Le roi était assis dans son fauteuil roulant, un masque à oxygène à sa droite et une infirmière légèrement en retrait à sa gauche.

— Je suis juste fatigué.

Helios déplaça un pion, la gorge nouée par l'anxiété. Et si c'était leur dernière partie d'échecs ?

— Comment se passent les préparatifs du mariage ?

— Bien.

En fait, il ne s'en mêlait pas. Le personnel du palais était parfaitement capable de les mener à bien sans lui. Et sans Catalina, qui s'en désintéressait autant que lui…

Son grand-père plaça le masque à oxygène sur son visage pendant une minute avant de faire signe à l'infirmière de l'enlever.

— Je me souviens très bien de mon mariage, déclara-t-il, les yeux humides. Ta grand-mère ressemblait à un ange descendu du ciel.

Son regard devint plus vif.

— Ta mère aussi était belle le jour de son mariage. Malheureusement, ton père ne voyait pas sa beauté. J'en ai toujours éprouvé beaucoup de peine. Ta mère était belle au-dehors et au-dedans.

Helios se raidit. Le mariage de ses parents était un sujet que son grand-père et lui abordaient rarement.

— Le plus grand regret de ma vie — et de celle de ta grand-mère, paix à son âme —, c'est que ton père n'ait pas eu la possibilité de choisir son épouse. Cela aurait-il changé quelque chose ? Nous ne le saurons jamais. Malgré tous nos efforts, c'était un homme vaniteux et cruel. Il adorait le pouvoir. Ta mère n'a jamais eu la moindre chance.

Le roi Astraeus avança sa tour d'un doigt noueux.

— Dans l'espoir d'éviter un autre mariage aussi désastreux que celui de tes parents, nous avons apporté à la Constitution les modifications nécessaires pour que toi et tes héritiers puissiez choisir librement vos épouses.

Sa voix faiblissait à chacune de ses paroles.

— Le devoir est important, bien sûr, mais un mariage sans amour n'apporte que de la souffrance. Et souffrir toute sa vie, c'est très long.

L'infirmière posa de nouveau le masque sur son visage. Pendant qu'il inhalait tout l'oxygène dont il avait besoin, Helios s'interrogeait. Que cherchait à lui dire son grand-père ? Qu'il ne passait pas assez de temps avec Catalina et que son indifférence à son égard était trop apparente ? Mais comment pourrait-il ressentir autre chose que de l'indifférence quand tout son esprit était occupé par Amy ? Elle avait quitté le palais depuis une semaine mais elle était toujours présente. Partout… Il déplaça son cavalier et regarda son grand-père. Ce dernier s'était assoupi. Il se tourna vers l'infirmière, qui eut une moue compatissante. Il expira lentement puis regarda de nouveau son grand-père, submergé par une vague d'amour et de tendresse. Ce que le vieil homme avait essayé de lui dire pouvait attendre.

— Je vais le coucher moi-même ce soir, dit-il à l'infirmière.

Devant sa mine effarée, il ajouta avec un sourire narquois :

— Ne vous inquiétez pas. Je sais ce que je fais. Mais vous pouvez superviser si vous y tenez.

Une demi-heure plus tard, le roi était au lit, le masque à oxygène sur le visage. Ses légers ronflements étaient étrangement apaisants. Helios déposa un baiser sur son front.

— Je t'aime, murmura-t-il avant de s'en aller.

Un mouvement à côté d'elle réveilla Amy, qui s'était assoupie. Depuis son retour en Angleterre, une semaine plus tôt, elle avait beaucoup dormi. Dormir était si réconfortant. C'était le meilleur moyen d'oublier. Le problème, c'était le réveil… Sa mère lui tendit une tasse de thé et s'assit près d'elle.

A son arrivée en Angleterre, elle avait donné au taxi l'adresse de sa maison d'enfance au lieu de celle de l'appartement qu'elle partageait avec des colocataires au centre de Londres. Par moments, une fille avait juste besoin de sa mère. Sa *vraie* mère. La femme qui l'avait élevée avec amour. Et devant la joie de la sienne, ses ultimes doutes s'étaient évanouis. Tard dans la soirée elles avaient échangé des confidences, et sa mère avait admis qu'elle avait eu très peur qu'elle noue des liens avec Neysa.

— Jamais, avait-elle commenté en secouant la tête avec énergie. C'est toi, ma mère. Pas elle.

— Bien.

Des étincelles avaient jailli dans les yeux d'ordinaire si doux de sa mère.

— Parce que tu es *ma* fille. Pas la sienne.

— Alors pourquoi m'as-tu encouragée à chercher mes racines ? avait-elle demandé avec perplexité.

— Nous avons tous besoin de savoir d'où nous venons. Et je craignais que tu fasses les recherches en cachette si je te décourageais. Je craignais par-dessus tout de te perdre.

— Tu ne me perdras jamais.

Cette nuit-là, les larmes avaient coulé à flots.

A présent, elles étaient assises ensemble dans le jardin au soleil, et seul le gazouillis des oiseaux troublait le silence de cette belle journée de printemps.

— Es-tu prête à en parler ? demanda sa mère.

La gorge nouée, Amy secoua la tête. Elle n'avait pas encore trouvé le courage d'aborder le sujet d'Helios. Le seul fait de penser à lui était douloureux. Elle n'avait reçu qu'un seul message de lui depuis qu'elle avait quitté Agon.

Je te pardonne.

Il ne lui en voulait pas d'avoir pris la fuite. Et à en juger par le silence qui avait suivi et qui se prolongeait, il avait accepté sa décision. Elle n'avait aucune raison d'être blessée qu'il n'ait pas tenté de l'appeler depuis.

— Qu'est-ce que tu portes autour du cou et que tu n'arrêtes pas de toucher ?

Sans un mot, Amy se pencha vers sa mère pour lui montrer le collier de grenat. Elaine le prit entre ses doigts et sourit.

— Il est beau.

Quand elle le lâcha, Amy referma la main dessus.

— Les morceaux d'un cœur brisé peuvent se recoller, commenta sa mère d'une voix douce.

— C'est très douloureux.

Sa mère lui prit la main et la pressa doucement.

— Sais-tu ce qu'il faut faire quand la vie te donne des citrons ?

— De la limonade ?

— Non. Tu les rends et tu prends une orange.

Amy pouffa malgré elle.

— Je ne comprends pas du tout ce que ça signifie.

— Moi non plus. C'est quelque chose que me disait ma mère quand j'étais enfant.

Toujours main dans la main, elles se prélassèrent un moment au soleil.

— A mon avis, reprit Elaine, ma mère voulait dire que quoi que nous inflige la vie, il y a toujours d'autres options que les plus évidentes. Le jour où ton père t'a ramenée à la maison, j'aurais pu le jeter dehors et toi avec. Mais quand je t'ai regardée, tout ce que j'ai vu c'était un bébé innocent et sans défense. Une sœur pour l'enfant que j'avais déjà et pour celui que je portais. Alors j'ai préféré une orange à la limonade. Je t'ai gardée et je ne l'ai jamais regretté. C'était toi mon orange. Mon seul regret c'est de ne pas t'avoir portée dans mon ventre comme tes frères.

Elle enleva ses lunettes de soleil et sourit.

— Cet homme qui t'a brisé le cœur… C'est quelqu'un de bien ?

— Fantastique.

— Il vaut la peine de souffrir ?

— Oui.

— Alors tu vas devoir choisir entre la limonade et l'orange. Vas-tu te complaire dans ta souffrance ou en faire quelque chose de constructif.

— Je ne saurais pas par quoi commencer.

— Par accepter la souffrance, mais en refusant de te laisser dominer par elle.

Amy ferma les yeux. Si quelqu'un savait comment réagir

à la souffrance, c'était bien sa mère. En comparaison, elle n'avait aucune raison de se plaindre. Sa mère avait été innocente. Alors que de son côté, elle était responsable de ce qui lui arrivait.

Helios entra dans ce qui avait été autrefois la chambre du roi et qui ressemblait depuis quelques mois à une salle d'hôpital. Son grand-père dormait dans son lit médicalisé, un masque à oxygène sur le visage. Ses frères étaient assis à son chevet, tandis qu'une infirmière lisait à l'écart.

— Du changement ? demanda-t-il à voix basse.

Il ne s'était absenté qu'une heure, mais au cours des deux derniers jours l'état de son grand-père avait empiré à une rapidité effrayante. Talos secoua la tête. Helios reprit sa place auprès du lit, en face de ses frères. Theseus tenait la main droite de son grand-père. Il saisit la gauche, prenant la même position que son grand-père lorsqu'il était au chevet de sa reine mourante, quelques années plus tôt. Au bout d'un long moment, les yeux de son grand-père s'ouvrirent.

— De l'eau, réclama-t-il d'une voix rauque.

Tandis qu'Helios et Theseus le redressaient dans le lit, Talos approcha un verre de sa bouche et plaça la paille entre ses lèvres. Lorsqu'il fut de nouveau allongé, le roi posa sur chacun de ses trois petits-fils un regard ému.

Sa respiration se ralentit. Un sourire serein étira ses lèvres et ses yeux se fermèrent pour la dernière fois.

13

Amy apprit la nouvelle au journal du matin.

« Sa Majesté le roi Astraeus IV s'est éteint paisiblement dans son sommeil la nuit dernière. Ses trois petits-fils étaient à son chevet. » La lecture du communiqué officiel du palais d'Agon fut suivie par des interrogations sur les conséquences de ce décès pour l'île. Une photo d'Helios et de Catalina, prise le jour du gala, s'afficha à l'écran tandis qu'une voix off commentait : « L'héritier du trône devrait épouser la princesse avant de prendre officiellement la succession de son grand-père. »

Amy éteignit la télévision et saisit un oreiller contre lequel elle se pelotonna. Le grand-père d'Helios, le roi, était mort… Elle avait beau s'y attendre, elle était bouleversée. Après avoir travaillé pendant des mois à la préparation de l'exposition consacrée à sa vie, elle avait fini par avoir l'impression de le connaître personnellement. Et sans en avoir conscience elle s'était persuadée qu'il était immortel…

Helios devait être très affecté. Il aimait tant son grand-père ! Elle regarda son portable posé par terre à côté du lit. Si seulement elle pouvait l'appeler ! Mais aurait-il envie d'entendre ses condoléances ? Elle avait quitté le palais comme une voleuse alors qu'elle lui avait promis de rester… Il lui avait pardonné son mensonge, mais il avait Catalina désormais. A présent qu'elle n'était plus au palais pour le réconforter, il se tournerait vers la princesse, ce qui était dans l'ordre des choses. Le chagrin le rapprocherait peut-être d'elle. Elle souhaitait de tout cœur qu'il soit heureux... Repliant les genoux sur sa poitrine, Amy donna libre cours à ses larmes.

Les funérailles nationales se déroulèrent dans la tristesse et le recueillement. Des dizaines de milliers de personnes rassemblées sur le passage du cortège funèbre rendirent un hommage solennel à l'homme qui s'était dévoué corps et âme pendant cinquante ans à son peuple et à son pays.

Après l'enterrement, l'atmosphère changea radicalement. Les rues s'animèrent de reconstitutions historiques illustrant des événements dont certains remontaient à la civilisation minoenne, des orchestres s'installèrent sur les places de la ville, des barbecues furent allumés sur les plages. Partout on commença à boire, à manger, à danser.

Dans la grande salle de réception bleue du palais également, la solennité avait laissé place à l'allégresse. Le roi avait retrouvé sa reine. Il ne souffrait plus. Son peuple et sa famille l'avaient accompagné à sa dernière demeure. L'heure était venue de célébrer sa mémoire dans la joie.

Helios était incapable de se réjouir. Certes son grand-père ne souffrait plus et il avait rejoint la femme qu'il aimait tant, mais il avait laissé dans son cœur un trou béant. Plus jamais ils ne discuteraient tous les deux. Plus jamais ils ne dîneraient ensemble. Plus jamais ils ne joueraient aux échecs. Plus jamais il ne verrait cet homme qu'il vénérait.

Helios regarda ses frères et un sourire finit par étirer ses lèvres pour la première fois depuis bien longtemps. Talos et Theseus ne quittaient pas d'une semelle leurs fiancées respectives. Le mariage de leurs parents avait été le pire exemple qu'un enfant pouvait avoir. Savoir que ses frères suivaient plutôt le chemin de leurs grands-parents était très réconfortant. Ils seraient heureux.

Pour sa part, il n'aurait pas cette chance. Depuis la mort de son grand-père il n'avait pas beaucoup vu Catalina, mais elle était restée à son côté tout au long des funérailles, et avait su prononcer des paroles apaisantes en toute circonstance. Mais elle avait beau être parfaite, ils ne seraient jamais aussi proches que Talos et Theseus l'étaient de leurs fiancées. Le dernier sourire que leur avait adressé leur grand-père lui avait mis un peu de baume au cœur. C'était un réconfort de savoir qu'il avait accueilli la mort avec sérénité. Il avait quitté le monde avec la certitude que ses trois petits-fils prendraient soin de son île bien-aimée, prêt à rejoindre sa femme chérie, l'esprit en paix.

Ses *trois* petits-fils. Trois garçons éduqués pour devenir princes. Catalina le rejoignit. Il se tourna vers elle et rencontra son regard songeur.

« Un mariage sans amour n'apporte que de la souffrance. » C'était ce que lui avait dit son grand-père la dernière fois qu'il lui avait parlé en toute lucidité. Ces paroles n'étaient pas un reproche, comprit-il soudain, mais un avertissement. La mise en garde d'un homme qui connaissait la puissance de l'amour et qui avait vu les ravages causés par le mépris de son fils pour l'épouse qu'il n'aimait pas...

A cet instant, tout devint clair dans l'esprit d'Helios. Il ne pouvait pas épouser Catalina. S'il n'avait jamais rencontré Amy, tout serait différent. Lui-même serait différent. S'il n'avait jamais rencontré Amy, il épouserait Catalina sans savoir ce qui pouvait unir un homme et une femme. Il serait roi. Elle serait reine. Leur seul lien serait celui du devoir. Il ignorerait ce que c'était d'aimer et d'être aimé.

L'amour… Jamais il n'avait imaginé qu'il pourrait être un jour concerné par l'amour. L'amour pour sa famille, il l'éprouvait depuis toujours, bien sûr. Mais l'amour romantique ? Destiné à faire un mariage de raison, et échaudé par l'exemple de ses parents, il n'avait jamais envisagé que ce genre de sentiment puisse faire partie de sa vie. En grande partie par lâcheté, il le comprenait aujourd'hui. Parce que l'amour était le sentiment le plus terrifiant de tous.

Mais aussi le plus merveilleux.

Parce qu'il aimait Amy. *Theos,* il l'aimait de toute son âme. Malgré tous ses efforts pour tourner la page, elle lui manquait terriblement. Au musée. Chez lui. Partout. A chaque instant du jour et de la nuit. Après l'annonce officielle de la mort de son grand-père, il avait attendu que son téléphone sonne, tout en sachant qu'il ne sonnerait pas. En s'efforçant de se convaincre qu'elle avait raison de ne pas l'appeler et que c'était mieux ainsi… Mieux ainsi ? Son cœur n'était pas d'accord. Parce qu'il appartenait à Amy. Il aimait Amy et toute relation avec une autre femme serait vouée à l'échec.

Helios chercha Theseus du regard. Il discutait avec Jo, sa fiancée, et un politicien suédois qui avait fréquenté la même pension que ses frères et lui. Theseus avait un enfant. Il se mariait dans une semaine… Mais avant de parler à son frère, il y avait quelqu'un d'autre à informer.

— Catalina…

— Il faut que nous parlions, n'est-ce pas ? demanda-t-elle d'une voix calme.

— Oui.

Ils quittèrent la salle de réception et sortirent dans le parc.

— Catalina, je suis désolé mais je ne peux pas t'épouser.

Elle ferma les yeux et prit une profonde inspiration.

— J'ai été très déloyal envers toi. Je... Je suis amoureux d'une autre femme.

— Merci d'être enfin honnête avec moi... et avec toi-même.

— Je n'ai jamais eu l'intention de te faire souffrir.

— Tu n'as blessé que mon amour-propre, répliqua-t-elle avec un sourire stoïque.

Il ouvrit la bouche, mais elle l'arrêta d'un geste.

— Ça n'aurait jamais marché entre nous. Je le sais depuis un moment, mais je ne voulais pas ajouter au fardeau que tu portais à cause de la maladie de ton grand-père.

Elle soupira.

— Dans quelques jours, je ferai publier par le palais de Monte Cleure un communiqué de presse expliquant que j'ai rompu nos fiançailles pour incompatibilité d'humeur.

Il hocha la tête. C'était le moins qu'il pouvait lui accorder.

— Catalina, je suis désolé. Je n'ai jamais eu l'intention...

— Non. Ne dis rien de plus. Laisse-moi partir d'ici avec un semblant de dignité.

Il la contempla un instant sans rien dire, puis il la serra dans ses bras.

— Tu trouveras quelqu'un de mieux que moi.

— J'en doute, répliqua-t-elle d'un ton pince-sans-rire. Mais je trouverai peut-être un homme dont le cœur sera libre.

— Je te le souhaite.

Ils s'embrassèrent sur les joues et se sourirent. Helios se sentit soudain beaucoup plus léger.

— J'attends une invitation, dit-elle en s'éloignant.

— Une invitation ?

— A ton mariage avec ta conservatrice anglaise. La

bague de ta mère lui ira très bien, dit-elle avec un dernier clin d'œil avant de rentrer dans le palais.

Helios fit un tour dans le parc, admirant les pelouses verdoyantes et les fleurs odorantes aux couleurs vives, le labyrinthe végétal, un peu plus loin. Cet endroit était un paradis. Qu'il devienne roi ou non, les fleurs continueraient de s'épanouir. Il n'y avait aucun doute là-dessus. Le cœur battant à tout rompre, il sortit son téléphone de sa poche et appela le numéro qu'il avait failli appeler des dizaines de fois au cours des trois semaines précédentes. Messagerie. Il fit une nouvelle tentative. Même chose…

Il regagna la salle de réception et interrompit Pedro qui discutait avec un invité.

— J'ai besoin de toi.

— Où allons-nous ? demanda Pedro.

— Au musée. J'ai besoin de prendre quelque chose.

Une fois dans le musée, fermé pendant toute la durée du deuil national, Helios entraîna Pedro dans la salle consacrée à la famille Kalliakis et lui expliqua ce qu'il voulait. Puis il demanda :

— Sais-tu où travaille Amy en ce moment ?

— Elle est retournée au British Museum.

Pas étonnant qu'elle ait coupé son téléphone, songea-t-il. Elle devait travailler. Il demanda le numéro du musée à Pedro et appela. Au bout de plusieurs minutes de transferts successifs d'un bureau à un autre, il finit par aboutir au département Grèce Antique. On l'informa qu'Amy Green était absente pour cause de funérailles et serait de retour lundi. Il raccrocha et se massa la nuque. Elle aussi avait perdu quelqu'un ? Elle devait avoir besoin de réconfort… Il comprit brusquement à quelles funérailles elle avait assisté. Le cœur gonflé d'espoir, il appela son assistante.

— Talia, j'ai besoin que vous trouviez Amy Green pour

moi. Elle est sur l'île. Commencez par vous renseigner à l'aéroport. J'arrive tout de suite.

Quand Pedro lui eut remis ce qu'il lui avait demandé, ils rebranchèrent les alarmes, fermèrent le musée et regagnèrent la salle de réception. Helios trouva Talia dans un couloir silencieux, le téléphone coincé contre l'épaule, en train de prendre des notes.

— Elle est à l'aéroport, annonça-t-elle après avoir raccroché. Elle rentre en Angleterre et son avion décolle dans quarante-cinq minutes. L'embarquement va commencer d'un instant à l'autre.

Il faut que j'y aille.

Talia écarquilla les yeux.

— Toutes les routes sont bloquées. Vous n'arriverez jamais à temps.

— On parie ?

Sur ces mots, il regagna la salle de réception, trouva Philippe, le majordome de la villa de Theseus, et lui demanda de lui prêter sa moto.

Amy regarda par le hublot, le cœur lourd. Elle avait bien fait de venir. Elle s'était décidée sur un coup de tête, poussée par le besoin de rendre hommage à l'homme qu'elle avait côtoyé pendant six mois passionnants. A la vue d'Helios et de ses frères marchant devant le cercueil, le regard fixe, elle avait imaginé leur souffrance et son cœur s'était serré douloureusement. La foule était trop dense pour qu'Helios risque de l'apercevoir, mais elle était restée éloignée des barrières pour ne prendre aucun risque. Il n'avait pas besoin d'elle, de toute façon. La princesse était là, comme prévu, dans une voiture officielle, en compagnie des fiancées de Talos et de Theseus.

L'avion commença à rouler sur la piste et un steward

remonta l'allée pour vérifier les ceintures de sécurité. La voix grave du pilote souhaita à tous les passagers la bienvenue à bord de ce vol. Elle déglutit avec peine. Heureusement qu'elle avait décidé de repartir tout de suite après l'enterrement ! Si elle était restée quelques heures de plus, la tentation d'appeler Helios pour le rencontrer aurait été trop forte... Elle avait suivi le conseil de sa mère et elle faisait tout son possible pour s'offrir une orange. Elle avait repris son poste au British Museum et s'était inscrite à des cours de troisième cycle sur la Rome antique, qui débuteraient en septembre. Diversifier ses centres d'intérêt pour éviter que toute sa vie tourne autour d'Agon et de son peuple ne pouvait être que positif. Ses journées étaient bien remplies et elle se forçait à sortir le soir. C'étaient les nuits qui étaient insupportables... Mais elle finirait par l'oublier.

Alors qu'il venait de s'engager sur la piste de décollage, l'avion s'immobilisa brusquement et la voix de l'hôtesse s'éleva dans la cabine.

— Amy Green pourrait-elle avoir l'amabilité de se faire connaître à un membre de l'équipage, s'il vous plaît ?

Amy l'entendit à peine. Son attention était fixée sur un motard qui roulait sur le tarmac en direction de l'avion, suivi par un véhicule léger à bord duquel se trouvaient deux agents de piste en combinaison fluorescente. Pourquoi cette silhouette lui était-elle familière ?

— Amy Green ? Mademoiselle Amy Green, merci de vous faire connaître à un membre de l'équipage.

Elle tressaillit. C'était elle qu'on appelait ? Détournant les yeux du hublot, elle leva une main hésitante. Une hôtesse se précipita vers elle.

— Amy Green ?

Elle hocha la tête, l'estomac noué.

— Venez avec moi, s'il vous plaît.

— Pourquoi ?

— Nous avons reçu l'ordre de vous faire descendre de l'appareil.

— Mais pourquoi ? Qu'ai-je fait ?

— Je l'ignore.

Mortifiée, elle se leva et dut déranger le couple assis à côté d'elle pour atteindre l'allée. Puis elle suivit l'hôtesse vers la sortie, le visage en feu. Jamais elle n'avait été aussi embarrassée. Que se passait-il, bon sang ? Les autres membres de l'équipage, postés près de la sortie, la regardaient comme si elle était une dangereuse criminelle. En était-elle une ? Avait-elle sans le savoir commis un délit qui justifiait qu'on l'expulse de l'avion pour l'arrêter ?

Une fois la porte ouverte et l'échelle en place, elle s'approcha de l'ouverture et jeta un coup d'œil anxieux vers la piste. Des policiers l'attendaient-ils en bas de l'échelle pour l'emmener au poste ?

Une seule personne l'attendait. Le motard qu'elle avait vu quelques minutes plus tôt. A califourchon sur sa moto, son casque sous le bras.

14

Amy crut que son cœur allait bondir hors de sa poitrine. Derrière elle, l'équipage laissa échapper un petit soupir collectif. Une main lui pressa l'épaule.

— Rejoignez-le.

Elle ne pouvait pas ! Ses jambes allaient la lâcher d'une minute à l'autre… Que faisait-il là ?

Il descendit de la moto, posa le casque sur la selle et monta l'échelle.

— Helios…

Elle posa une main sur sa joue. Ce n'était pas un mirage. Il était bien là…

— Encore en train de t'enfuir ?

La voix d'Helios se voulait taquine mais elle était mal assurée.

— Que fais-tu ici ?

Il plongea dans le sien un regard étincelant d'émotion.

— Je suis venu te chercher pour te ramener à la maison.

Il la prit dans ses bras et la souleva.

Autre soupir collectif de l'équipage. Puis des applaudissements retentirent comme Helios descendait les marches. Amy était trop occupée à dévorer des yeux le visage de l'homme qu'elle aimait pour entendre quoi que ce soit. Un sourire éclatant illumina soudain ce visage.

— *Despinis* Green serait-elle tentée par un petit tour à moto ?

Elle éclata d'un rire joyeux.

— Oui. Emmène-moi où tu veux.

Amy se cramponnait à Helios dans les rues de Resina. C'était inutile. La foule était trop dense pour qu'il puisse rouler à plus de deux à l'heure. Mais c'était si agréable ! Bientôt ils quittèrent la ville et Helios prit une route qui grimpait vers le sommet du mont Ares, la plus rocheuse des montagnes d'Agon. Il s'arrêta dans une clairière, coupa le moteur et mit la béquille avant de l'aider à descendre. Elle le regarda en riant. Elle n'avait même pas remarqué qu'il était en pantalon de smoking, chemise de soie blanche aux manches relevées et boots de cuir noir. Son pantalon et sa chemise étaient aussi froissés et tachés l'un que l'autre...

Il lui prit la main et l'entraîna vers une zone herbeuse. Ils s'assirent par terre et il referma les bras sur elle, la tenant serrée contre son torse.

— Quand nous étions enfants, mes frères et moi, nous faisions la course jusqu'au sommet, puis nous redescendions dans cette clairière pour pique-niquer. C'est d'ici qu'on peut le mieux admirer le coucher du soleil sur l'île.

Le soleil amorçait justement sa descente. Ils contemplèrent le paysage pendant un instant, puis elle demanda :

— Comment as-tu su que j'étais ici ?

— J'ai appelé au British Museum et on m'a dit que tu étais à un enterrement. J'ai deviné.

— Mais comment savais-tu sur quel vol je repartais ?

— Est-il vraiment nécessaire que je réponde à cette question ?

Elle sourit, puis se rappela brusquement pourquoi elle était venue à Agon.

— Je suis désolée pour ton grand-père.

Il embrassa ses cheveux.

— Il était prêt à partir.

— J'avais envie de t'appeler.

— Je sais. Et tu as eu raison de ne pas le faire.

Elle soupira. Elle était merveilleusement bien dans ses bras, mais ce n'était qu'une parenthèse. La situation n'avait pas changé…

— Comment as-tu réussi à t'échapper sans tes gardes du corps ?

— Très simple. Je ne les ai pas prévenus. Il y a tellement de monde au palais aujourd'hui que je n'ai eu aucun mal à passer inaperçu. Talia les a certainement prévenus depuis.

— Talia sait que tu es venu me chercher ?

— Oui. Pedro aussi.

— Combien de temps avons-nous ? Ici, je veux dire.

— Autant de temps que nous le souhaitons.

— Mais… tu as des obligations. Ton absence va être remarquée.

— J'ai rempli mon devoir envers mon grand-père. Et je sais qu'il serait heureux de me savoir ici avec toi, *matakia mou*.

— Vraiment ?

— Mon grand-père croyait en deux choses : le devoir et l'amour.

Le cœur d'Amy fit un bond dans sa poitrine mais elle l'ignora.

— S'il te plaît, Helios. Ne dis pas ce genre de choses. C'est injuste.

Il lui prit le menton et lui fit tourner la tête vers lui.

— La vérité n'a rien d'injuste. Tu es tout pour moi, Amy. Je t'aime.

— Arrête ! Ne parle pas d'amour alors que tu vas épouser Catalina…

— Le mariage est annulé, coupa Helios en se maudissant de ne pas l'avoir précisé plus tôt.

Elle écarquilla les yeux.

— Annulé ? Depuis quand ?

— Trois heures, environ. Quand j'ai pris conscience que je ne pourrais pas vivre un jour de plus sans toi. Catalina et moi, nous avons parlé. Il n'y a pas de problème. C'est quelqu'un de bien, tu avais raison. Et nous avons sa bénédiction.

— Mais...

Elle fut incapable de prononcer un mot de plus. Il déposa un baiser sur ses lèvres.

— Je t'aime. C'est toi que je veux épouser.

— Moi aussi. C'est ce que je souhaite le plus au monde.

— Alors pourquoi as-tu l'air aussi triste ?

— Parce que c'est impossible. Tu n'as pas le droit d'épouser une roturière.

Helios prit la main d'Amy et la pressa contre sa poitrine.

— Tu sens battre mon cœur ? J'ai su que je devais chercher une épouse dès que la maladie de mon grand-père a été diagnostiquée. Mais je retardais sans cesse ce moment parce que tout au fond de moi je ne voulais pas te perdre. Mon cœur bat pour toi depuis le début.

La gorge nouée par l'émotion, Amy resta silencieuse.

— Je ne m'étais jamais autorisé à penser à l'amour, parce que j'étais destiné depuis toujours à monter sur le trône. Je ne pensais qu'à mon devoir. Mon seul espoir était de faire un mariage moins désastreux que celui de mes parents. Un mariage sans amour, parce que j'ai trop vu ma mère souffrir à cause de ses sentiments pour mon père. Voilà pourquoi je n'ai pas compris plus tôt que je t'aimais. Je croyais être imperméable à l'amour. Mais quand tu es partie... Vivre sans toi, c'était vivre au fond d'un cachot, obscur et glacial. Je ne veux plus souffrir une telle torture. Et si je dois renoncer au trône pour pouvoir passer le reste de ma vie avec toi, j'y renoncerai sans le moindre regret.

Elle ouvrit de grands yeux.

— Mais… le trône ? Que va-t-il devenir ?

— Je ne sais pas.

Helios eut un petit rire contrit.

— Theseus est second dans l'ordre de succession. C'est mon suppléant. C'est lui qui doit prendre ma place en cas de besoin.

— Mais… S'il ne veut pas ta place ?

— Il n'en veut probablement pas. Mais il sait ce qu'on éprouve quand on est séparé de la personne aimée. Sa fiancée a des liens de parenté indirects avec la famille royale britannique. Ça devrait suffire.

— Et si ça ne suffit pas ?

— Nous trouverons une solution. Quoi qu'il arrive, je te promets que nous vivrons ensemble jusqu'à la fin de nos jours et que la monarchie agonite sera préservée. Tu peux avoir confiance, *matakia mou*. Et pour te le prouver…

Helios sortit de sa poche un petit carré de papier de soie qu'il déplia sous le regard incrédule d'Amy.

— Cette bague te revient, mon amour.

Il glissa la bague de saphir au doigt d'Amy, puis il l'embrassa.

— Un jour, l'aîné de nos enfants en héritera, puis il la transmettra à son tour à l'aîné de ses enfants…

— Nos *enfants* ?

— Tu en veux, n'est-ce pas ? Mais si tu n'en veux pas, nous confierons la bague à Theseus…

— Non ! Je veux des enfants de toi, bien sûr.

Un sourire radieux illumina le visage d'Amy et elle captura la bouche d'Helios avec un tel enthousiasme qu'il tomba en arrière dans l'herbe.

Épilogue

Six mois plus tard

Le dôme rouge d'Aghia Sophia, la cathédrale située à mi-chemin entre le palais d'Agon et la capitale Resina, prenait des reflets dorés sous le ciel d'automne.

Dans la calèche acclamée par la foule en liesse, Amy offrit son visage aux rayons du soleil et poussa un petit soupir d'aise. Elle était encadrée par son père, qui devait la conduire à l'autel, et le petit Toby, très fier de s'être vu confier le rôle de porteur d'alliances. La calèche qui les précédait était occupée par ses trois demoiselles d'honneur. Amalie et Jo, ses futures belles-sœurs, accompagnées de Greta. Sept gardes à cheval en uniforme d'apparat menaient le cortège, le premier d'entre eux portant l'étendard de la dynastie Kalliakis. Quatre autres gardes encadraient les calèches, tandis qu'une douzaine supplémentaire fermait la marche.

Quinze jours plus tard, quand Helios et elle retourneraient à la cathédrale en carrosse pour être couronnés roi et reine d'Agon, les gardes seraient encore trois fois plus nombreux…

Des dizaines d'hélicoptères, affrétés par les médias du monde entier pour filmer l'événement, tournaient dans le ciel.

Comme dans un conte de fées, la petite fille abandonnée

à deux semaines par sa mère biologique allait devenir reine d'Agon, en même temps qu'Helios deviendrait roi. Et c'était précisément la femme qui l'avait abandonnée qui avait rendu possible ce miracle.

D'après Helios, quand il avait expliqué à ses deux frères qu'il n'était pas exclu qu'il renonce à la couronne, Theseus avait plaidé pour la recherche active d'une solution permettant à Helios de monter sur le trône tout en épousant une roturière. Talos avait alors eu une idée de génie. Il suffisait de modifier la Constitution. Celle-ci n'avait-elle pas déjà subi de nombreux amendements au fil des siècles ? Une réunion de la famille royale et du Sénat avait été convoquée. Le président du Sénat, favorable comme tous les sénateurs à la requête d'Helios, avait suggéré que modifier la Constitution ne poserait pas de problème majeur si la mariée était agonite.

Lors d'un référendum au taux de participation record, la modification de la Constitution autorisant un membre de la famille royale à épouser une roturière d'origine agonite avait été approuvée par quatre-vingt-treize pour cent des votants.

La calèche s'arrêta devant l'entrée de la cathédrale sous des applaudissements assourdissants. Amy en descendit avec précaution, aidée par un courtisan. Mieux valait éviter de se prendre les pieds dans la traîne interminable... Elle adorait sa robe de soie ivoire, confectionnée par Natalia, l'ancienne couturière officielle de la reine Rhea. Avec ses fines bretelles, son décolleté rond qui taquinait la naissance de ses seins, et sa jupe évasée qui tombait en plis souples sur ses chevilles, c'était l'antithèse de la robe meringue traditionnelle. Par ailleurs, c'était une chance qu'elle ait insisté pour un modèle plus simple que les robes de la reine Rhea et de la mère d'Helios. Parce que au dernier essayage il avait fallu élargir la taille...

Quelques mois plus tôt, en accord avec Helios, elle avait décidé de faire un bébé après le couronnement. Ils pensaient tous les deux qu'il faudrait attendre plusieurs mois avant que son organisme soit mûr pour une grossesse. Erreur... Assez vite, ses seins avaient commencé à gonfler... et son ventre avait suivi. Leur bébé — le nouvel héritier du trône — devait arriver dans six mois, mais ils avaient décidé d'attendre que la cérémonie ait eu lieu pour annoncer la nouvelle. Ce qui n'empêchait pas la moitié du palais d'être déjà au courant.

Au musée, Greta occupait désormais le poste de Corinna, tandis qu'Amy travaillait comme guide depuis la fin de l'exposition consacrée au roi Astraeus. C'était un métier moins prenant que celui de conservatrice et il lui permettrait d'assumer parallèlement les responsabilités qui lui incomberaient une fois qu'elle serait devenue reine.

Les portes de la cathédrale s'ouvrirent et l'orgue retentit. Au bras de son père, Amy se mit en marche vers sa nouvelle vie. L'assemblée s'était levée et tous les regards étaient fixés sur elle. Le premier visage qu'elle distingua fut celui de la princesse Catalina, qui lui adressa un sourire chaleureux. Lorsque les médias avaient harcelé celle-ci de questions à propos du mariage de son ex-fiancé, elle y avait répondu avec une générosité très touchante, en adressant ses vœux de bonheur au nouveau couple. Au dernier rang se trouvait Neysa Soukis, en compagnie de son mari et de leur fils, Leander. L'espoir de devenir reine mère l'avait subitement poussée à reconnaître Amy comme sa fille, attestant du même coup qu'elle était agonite. Elle avait déchanté en apprenant que pour Amy elle n'était rien d'autre qu'un nom sur un morceau de papier.

C'était Elaine — sa vraie mère, la femme qui l'avait élevée avec amour — qui deviendrait reine mère. Elle était d'ailleurs assise au premier rang. Vêtue d'une robe vert émeraude et coiffée d'un élégant chapeau, elle était très belle et rayonnante de fierté. A côté d'elle, ses deux frères, Neil et Danny, accompagnés de leurs épouses, n'étaient toujours pas descendus de leur petit nuage depuis qu'Helios les avait choisis comme garçons d'honneur.

Amy reporta son attention sur Helios, son amant, son meilleur ami et son presque mari, qui l'attendait devant l'autel en compagnie de ses frères. Vêtus de leur uniforme militaire et ceints de leur écharpe pourpre, les trois princes arboraient la même mine réjouie.

Helios distinguait-il son regard sous son voile ? se demanda-t-elle. Elle, elle voyait le sien. Et l'amour qui faisait briller ses yeux lui donnait l'impression d'être en apesanteur.